Die Enkelin

Edda Rönckendorff

Die Enkelin

Roman einer
deutschen Familie
durch
drei Generationen

Scherz

Dieses Buch ist der unveränderte Reprint einer älteren Ausgabe.

Erschienen bei Fischer Digital

Printed in Germany
ISBN 978-3-596-30264-2

5. Auflage der Sonderausgabe 1988.

Schutzumschlag: Manfred B. Limmroth.

1

Dorothea

Die alte Frau saß in Kissen und Decken verpackt auf der Terrasse. Hubert Dumartin, der aus dem Büro nach Hause kam, hob winkend die Hand, aber sie sah ihn nicht oder wollte ihn nicht sehen.

Hubert ging ins Haus und suchte seine Frau. Es war merkwürdig still; ein Spätnachmittag im Sommer, von draußen kaum ein Geräusch, nicht einmal Vogelgezwitscher. Im Haus ein Schweigen, das laut davon sprach, daß alle Kinder fort waren. Er fand Ruth in ihrem Zimmer vor der großen Arbeitsplatte, an der sie zeichnete. Sie drehte sich zu ihm um. Er legte ihr die Hand auf die Schulter.

«Ist was mit Dorothea? Als ich in die Garage gefahren bin, zeigte sie die Zähne. Ob aus Wut oder Freude ließ sich nicht erkennen, und zu ihr traue ich mich im Augenblick nicht. Seit vorgestern ist sie böse mit mir. Ich werde keines Wortes gewürdigt.»

«Worüber habt ihr euch wieder gezankt?» fragte Ruth rein rhetorisch und stand auf. «Ich kümmere mich um sie. Hoffentlich ist ihr nicht kalt geworden. Es war so friedlich. Die

Kinder sind zum Schwimmen, und ich habe meine Entwürfe fertig gemacht. Wie wäre es – wollen wir nicht endlich mal ins Kino? Die ‹Blechtrommel› läuft wieder.»

Sie ging durch das Wohnzimmer auf die Terrasse, kauerte sich neben den Stuhl, griff nach der Hand ihrer Großmutter und fragte: «Wie geht es dir? Möchtest du hereinkommen?»

«Eben habe ich einen der jungen Füchse gesehen, oben am Rand des Steingartens. Ein wunderschönes Tier. Er hat noch dicke Pfoten und ein Kindergesicht.»

«Ich möchte zu gern wissen, wie viele es dieses Jahr sind», sagte Ruth. «Sah er anders aus als der, den du neulich gesehen hast?»

«Es kommt mir so vor, aber ich bin nicht sicher.»

Die Generalin war neunzig Jahre alt. Sie sah und hörte noch gut, war vom Alter nur wenig gebeugt, ging am Stock und kämpfte zäh gegen die Last der Jahre, aber nicht gegen den Tod, der ihr willkommen war. Ruth liebte die Großmutter mit einer herben, kämpferischen Liebe. Bis sie erwachsen wurde, bestand ihre Familie allein aus der Generalin. Ruths Vater war fünfundzwanzigjährig im Krieg gefallen. Ihre Mutter war auf der Flucht aus Schlesien an einem durchgebrochenen Blinddarm gestorben. Andere Flüchtlinge nahmen sich des dreijährigen Mädchens an und brachten sie in ein Kinderheim am Rande von Dresden. Diese Familie, die über sie Bescheid gewußt hatte, war vermutlich ein paar Tage darauf bei dem Luftangriff auf Dresden ums Leben gekommen. Das Kind war zu klein, um Auskunft über sich geben zu können; es hatte ein Pappschild um den Hals, auf dem «Ruth Wossilo» stand. Außer dem besaß es nichts als eine zerfetzte Stoffpuppe und das, was es auf dem Leibe trug. Niemand wußte, woher das Kind kam und wann es geboren war. Die Generalin Wossilo fand die Enkelin durch Suchdienste erst nach drei Jahren. Die nun fast sechsjährige Ruth sprach sächsisch, war lang und mager und sah die Frau, die behauptete, ihre Großmutter zu sein, aus ängstlichen braunen Augen an. Dorothea Wossilo war sich nicht klar, ob dies ihre Enkelin war oder nicht.

Ihr Sohn Jesko hatte gegen ihres Mannes und ihren Willen eine österreichische Rote-Kreuz-Schwester geheiratet, die er im Frontlazarett als Verwundeter kennengelernt hatte. Sie stammte von einem Bauernhof in Kärnten. Bei der einzigen Begegnung mit ihren Schwiegereltern, als ihr Mann schon gefallen war, ohne sein Kind gekannt zu haben, preßte sie das winzige Mädchen, das ihre braunen Haare und braunen Augen geerbt hatte, an sich und sagte: «Ihr mögt fein sein und gebildet, aber bei euch friert's mich. Ich nehm die Ruth mit. Sehen könnt ihr sie, aber geben tu ich sie euch nicht.»

1947, als Dorothea die Enkelin fand, war auch sie allein. Der General wurde seit 1944 vermißt. Kurz bevor sie die Nachricht erreichte, daß in einem Kinderheim bei Dresden eine Ruth Wossilo lebte, war ihr über das Rote Kreuz der Brief eines Hauptmanns zugeleitet worden, der gesehen hatte, daß der General bei einem Gefecht in der Nähe von Jassy in Rumänien gefallen war.

«Weißt du, wie deine Mutter mit Vornamen hieß, Ruth?» fragte die Generalin das Kind. «Hieß sie Anna?» – «Ja, Anna», sagte das Mädchen unsicher. Die Leiterin des Heims zeigte Dorothea Wossilo das Pappschild und die Puppe. Sie hatte nie die Schrift ihrer Schwiegertochter gesehen, aber sie erkannte die Puppe wieder; die Mutter hatte sie der kleinen Ruth genäht. Das Kind spielte schon bei dem einen, so unglücklich endenden Besuch damit.

Die siebenundfünfzigjährige Dorothea nahm das Kind zu sich und begann mit ihm ein neues Leben.

Als Ruth zurückkam, saß ihr Mann in einem der Segeltuchsessel neben ihrem Zeichentisch. Er sah die Entwürfe für Glückwunschkarten durch, die sie in den letzten Tagen gezeichnet hatte. «Hübsch», sagte er. «Die gefällt mir besonders gut.» Es war die Zeichnung einer Katze, die durch hohes Gras lief. «Ist es die rot-weiß getigerte?»

«Ja. Wie gut du beobachten kannst! Ich habe die Streifen nicht mal angedeutet.»

«Die Graue und die Schwarze bewegen sich ganz anders. Übrigens, was war eben mit Großmutter?»

«Sie hat einen der jungen Füchse gesehen. Im Blumenbeet. Schade, aber ich bekomme sie nie zu Gesicht, weil ich nicht die Zeit habe, stundenlang auf der Terrasse zu sitzen. Worüber habt ihr eigentlich gestritten?»

«Ach, das übliche. Ich nehme nicht genug Rücksicht auf dich. Ich lade dir zuviel Arbeit auf, weil ich gern Gäste habe. Ich dulde, daß die Kinder Freunde mitbringen, obwohl ich weiß, wie überlastet du bist. Ich selbst bin indolent. Dann lassen meine Manieren zu wünschen übrig. Ich stehe nicht auf, wenn du ins Zimmer kommst. Ich frage dich nicht, was du zu trinken wünschst, und ich sehe zu, wie du dir selber einschenkst.»

Ruth seufzte tief auf.

«Was möchtest du denn trinken?» fragte Hubert grinsend.

«Einen Eimer Champagner. Bloß geht das nicht, weil ich soviel nicht vertrage. Gib mir einen Fingerhut Klaren, und dann laß uns spazierengehen. Großmutter ist in ihrem Zimmer und hat ihren Tee. Die Kinder kommen erst zum Abendessen. Wir haben eine Stunde Zeit.»

«Und deine Zeichnerei?»

«Eilt nicht. Ich habe keinen Termin.»

Die Generalin, Dorothea Wossilo, geborene Rechtern, war von Ruth in ihr Zimmer gebracht worden. Wie immer, sobald sie allein war, glitten ihre Gedanken in die Vergangenheit. Sie sah verwischte Bilder, auf denen die Gesichter unscharf waren wie auf sehr alten Fotografien. Sie versuchte, ihren Sohn vor sich zu sehen, diesen schwierigen einzigen Sohn, der sich gegen die Familie und die Tradition aufgelehnt hatte, der sich weigerte, Offizier zu werden, und als Gefreiter an einem Frontabschnitt kämpfte, an dem sein Vater eine Division kommandierte. Der Bruch kam, als er die zwei Jahre ältere Krankenschwester heiratete, diese Anna Oberbichler, die von einem armseligen Bauernhof nahe der slowenischen Grenze stammte. Keine fünf Monate nach der Heirat war Jesko gefallen. Nein, sie konnte sein Gesicht nicht heraufbeschwören. Auch nicht das seines Vaters. Dorothea drehte sich zur Seite und blickte auf die Fotografien auf dem kleinen Tisch. Es half nichts. Aus den Bildern wurden keine lebendigen Menschen. Nur diese Anna Oberbichler, von der es allein das Hochzeitsfoto gab, sah sie. Ein junges, trotziges Gesicht, einen weichen Mund, der härter wurde, je länger sie den Forderungen des Generals zuhörte, das Kind fest an sich gedrückt. Nein, hatte sie damals gesagt, nein, niemals! Dorothea erinnerte sich, neben ihrem Mann gestanden zu haben, kaum beachtet von dieser jungen Person, die ihre Schwiegertochter war und die letzte Wossilo auf dem Arm hielt. Sie wußte nicht mehr, ob sie damals gern eingelenkt hätte. Sie glaubte es nicht. Dorothea schüttelte den Kopf. Sie war zu alt, sich noch etwas vorzumachen: Sie hätte nicht eingegriffen.

Erst als sie nach dem Krieg ganz allein war, begann sie, nach Anna Wossilo und ihrem Kind zu suchen.

Für die alte Frau im Sessel verschoben sich die Bilder. Aus Anna wurde Ruth mit den braunen Haaren und ängstlichen braunen Augen, die dennoch sehr klar blickten. Sie wollte damals nicht bei geschlossener Tür schlafen; sie verlangte nach Licht und mußte hören können, was um sie geschah. «Papperlapapp», sagte Dorothea und machte die Tür zu. Ruth schrie oder weinte nicht; sie bekam denselben harten Mund wie ihre Mutter und machte die Tür wieder auf. Dorothea gab erst nach, als Friedrich, ihr und Jeskos alter Freund, der General Friedrich von Hortmann, begütigend auf sie einredete. «Dorothea, hab doch Mitleid mit dem Kind. Denkst du nie an deinen Sohn?» Sie hörte endlich, was der Freund nicht hatte aussprechen wollen, und ließ Ruth gewähren. Als die Kleine sieben wurde, verlor sich allmählich die Angst aus ihren Augen.

In der Geborgenheit ihres Zimmers schloß Dorothea die Augen, um besser sehen zu können. Sie war mit Ruth im Park. Das Mädchen blieb vor zwei Hunden stehen, die sich paarten. Sie sah aufmerksam zu. Dorothea wußte nicht, was tun. Sie wartete ab. Das gelang ihr nach einem Jahr mit Ruth bereits besser. Endlich drehte das Kind sich um. «Bei Hunden gefälld mir das», sagte sie in breitem Sächsisch. «Bei Menschen siehd es gomisch aus.»

«Hast du das denn schon gesehen?»

«Ofd. Im Bark. Wir haben uns rangeschlichen. Bei Hunden isd es ordendlich, bei Menschen isd es ein Gewurschdel mit den Gleidern . . . vielleichd wenn sie Fell hädden.»

Als Dorothea es Friedrich erzählte, lachte der. «Du hast dir ein weises, welterfahrenes und unglaubliches Kind aus diesem Heim geholt.»

Für den alten General blieb Ruth das unglaubliche Kind.

Dorothea wurde in die Schule bestellt. Die Lehrerin zeigte ihr Zeichnungen. Ruth hatte auf schlechtem Holzpapier die sich begattenden Hunde gezeichnet. Ungeschickt, aber richtig, die Bewegung stimmte. «Das ist hanebüchen!» sagte die Lehrerin. «Wenn Ruth nicht erst sieben Jahre alt wäre, müßte ich einschreiten. Sie verdirbt mir die Klasse. Und immer diese Erzählungen aus dem Kinderheim! Was sagen Sie dazu, Frau Wossilo?»

Wenn sie wollte, konnte die Generalin beeindruckend sein. Sie richtete sich auf, sah an ihrer schmalen, geraden Nase entlang und sagte eisig: «Ich sage dazu, daß meine Enkelin sehr talentiert ist. Hätten Sie in diesem Alter Hunde so zeichnen können, gleichgültig, welcher Beschäftigung sie gerade nachgingen? Ich nicht. Ich hoffe, Sie berücksichtigen das, wenn Sie dem Kind Noten geben. Und im übrigen: Ruth kann nur aus dem Heim erzählen, weil sie dort war. Sie hat noch ganz andere Beobachtungen gemacht. Seien Sie dankbar, daß sie die nicht zu Papier bringt.»

Von da an durfte das Kind zu Hause so oft und so viel zeichnen, wie sie wollte.

Die Generalin hatte es nach dem Krieg in den Westen verschlagen, in eine kleine alte Stadt südlich der Ruhr. Sie und Ruth lebten erbärmlich. Es gab für Offiziere oder ihre Hinterbliebenen noch keine Pensionen; die Wohlfahrt mußte einspringen. Bis Ruth eine Waisenrente bekam, verging viel Zeit. Dorothea verkaufte Schmuck und Hausrat auf dem schwarzen Markt. Friedrich von Hortmann ging es nicht besser. Die beiden alten Freunde trafen sich fast täglich und teilten mit dem Kind jeden kleinen Luxus, dessen sie habhaft werden konnten. Ruth schloß sich an den alternden Mann an. Selbst kinderlos und früh verwitwet, nahm er die ungestüme Liebe des kleinen Mädchens verwirrt, gerührt und fast demütig entgegen.

«Ist dir klar», sagte er zu Dorothea, «daß das Kind Menschen wie Briefmarken sammelt? O nein, nicht nur dich und mich. Vornehmlich Männer. Im Heim gab es einen Gärtner, von dem es erzählt.» Dorothea nickte. Auch sie kannte den

Gärtner. «Dieser Gärtner war der einzige Mann dort. Sonst gab es nur Frauen. Er war der Vater für ich weiß nicht wie viele sehr junge Kinder. Ruth erhebt Besitzanspruch. Ich konkurriere mit dem Briefträger, den sie auf seinem Weg begleitet, wann immer sie kann. Im Lebensmittelladen richtet sie es so ein, daß Herr Wollinsky sie bedient. Frau Wollinsky sagt, noch nie wäre sie auf eine Siebenjährige eifersüchtig gewesen.»

«Das ist nicht alles, Friedrich. Ich habe sie neulich auf dem Bock vom Wagen des Klüngelskerls gesehen. Der Mann trinkt; man muß immer Angst haben, daß er plötzlich auf die Straße fällt. Aber er nimmt Ruth mit. Ich habe ihm gesagt, er soll sie nach Hause schicken, wenn sie ihm lästig wird. ‹Nee, Frau General›, hat er gesagt, ‹dat Kind kann bleiben, dat erzählt mir so schöne Geschichten.›»

«Laß sie, Dorothea. Ich glaube nicht, daß es ihr gelingt, den Klüngelskerl zu verderben.»

Ruth sagte Friedrich zum General. «Warum nennst du ihn nicht Onkel Friedrich?» fragte Dorothea. «Ich hielte das für richtiger.»

«Du sagst auch Friedrich, Großmutter. Warum soll ich etwas anderes sagen als du?»

«Weil er ein alter Herr ist.»

Das Kind machte den bösen Mund, den sie nur zu gut kannte. «Mir gefällt aber Friedrich besser. Ich werde ihn fragen.»

Die Großmutter fühlte sich ausgeschlossen; es war eine neue Erfahrung für sie. Allerdings gab es Zeiten, in denen sie gebraucht wurde, ohne zu wissen, ob sie die richtige Hilfe gab. Sie mißtraute ihren Instinkten, die bei ihrem Sohn versagt hatten. Sie war zu klug und hatte ein zu gutes Gedächtnis, um sich noch auf Gefühle zu verlassen.

Das Kind litt unter Angstträumen. «Ich möchte zu dir

ins Bett», sagte es eines Nachts. Ruth stand in ihrem verschossenen Nachthemd mager und großäugig mitten im Zimmer.

Dorothea knipste die Nachttischlampe an. «Warum?»

«Ich bin allein.»

«Ich werde mit dir gehen und bei dir bleiben, bis du wieder einschläfst.» Weder bei den Rechterns noch bei den Wossilos hatte man um Kinder viel Aufhebens gemacht. Angstträume kamen vor; man erinnerte sich ihrer aus der eigenen Kindheit; irgendwann gingen sie vorüber.

Das Kind lag unter der Decke, beschützt vor bedrohlichen Ungeheuern, solange die aufrechte Gestalt der Großmutter in einem alten karierten Morgenrock des Generals Wossilo neben ihrem Bett saß. Es schlief ein.

Dorothea blieb wach und fragte ihren strengen protestantisch-preußischen Gott um Rat. Sie las im Alten Testament und fand nichts, was Kinder gegen Alpträume schützte. Das Kind war katholisch; sie nahm es wenigstens an. Sie wußte nicht, ob es getauft war, hatte Ruth aber auf alle Fälle in der Schule zum katholischen Religionsunterricht angemeldet. Es widerstrebte ihr, zu billigen Ausflüchten zu greifen. Was sagte man denn zu einem Kind, das an einen Jesus in Sandalen und blaßblauen Umhängen glaubte und mit einer süßlich lächelnden Maria aufwuchs? Sagte man: Bete einen Rosenkranz? Jesus wird dich beschützen? Dein Schutzengel wacht über dir?

Ruth bekam Übung, sich selber zu helfen. In der Schule gab es Fleißkärtchen. Sie hatte eins für gutes Lesen bekommen. Es war eine Oblate mit einem feisten, ins Leere grinsenden Engel, der sich mit fetten Grübchenarmen auf eine Wolke stützte. Ruth war hingerissen. Sie spürte, daß die Großmutter und Friedrich ihre Begeisterung nicht teilten, und hob den Engel in der Nachttischschublade auf. Beim nächsten Angsttraum, in dem wieder unheimliche, wolkenartige Gebilde sie bedrängten und zu ersticken drohten, bevölkerte sie das Zimmer, nachdem sie in Schweiß gebadet aufgewacht war, mit ihren eigenen, ungefährlichen, auf Wolken gestützten Engeln, bis kein Platz mehr für die anderen bösen Wolken blieb. Das half, bis sie den Angstträumen der Kinderzeit für immer entwachsen war. Aber als sie selber Kinder hatte und ihnen Bilderbücher malte, stellte sie erheitert ihre Vorliebe für Engel und Putten fest.

Während Dorothea in jener Nacht die schlafende Enkelin bewachte, dachte sie an Friedrich, der fragte: «Hast du eigentlich jemals von Ruths Familie in Österreich gehört?»

Die Generalin senkte den Blick. «Ich kenne nur den Namen ihrer Mutter und weiß ungefähr, wo sie in Kärnten zu Hause war. Sonst nichts. Meinst du nicht, es wäre besser, man ließe das ruhen?»

«Das meine ich nicht. Vielleicht hat das Kind dort noch Großeltern und Tanten und Onkel. Sollen sie glauben, die Tochter und ihr Kind wären umgekommen? Stell dir vor, du hättest nie erfahren, daß es das unglaubliche Kind gibt! Dorothea, jetzt geht die Post wieder. Man muß sie finden können.»

«Was hat Ruth davon, daß es vielleicht noch Oberbichlers gibt, mit denen sie verwandt ist, Friedrich?»

Der General wehrte ab. «Wenn du sie nicht suchst, suche ich sie.»

«Arme Kleinbauern, die wahrscheinlich keine Briefe beantworten?»

«Dein Sohn Jesko hat eine von ihnen geliebt und mit ihr dieses wunderbare Kind bekommen.»

Die Generalin schrieb ans Rote Kreuz. Nach Monaten bekam sie einen Brief von Annas Mutter.

Seitdem hatte Ruth eine neue Großmutter, zwei Onkel, eine Tante und zwei Vettern. Sie schrieb und zeichnete Bilder und schickte der neuen Großmutter ein Foto, bekam das Brautbild ihrer Eltern und träumte von einem Besuch in

Kärnten. Aber sie wurde sechzehn, bis sie die Erlaubnis erhielt, allein die weite Reise zu machen.

Dorothea hätte früher mit ihr reisen können, aber sie wußte, daß es zwischen ihr und den Oberbichlers keinen Berührungspunkt geben würde. Auch Ruth hätte keine Brücken schlagen können. Es waren zwei Welten, die sich besser nicht begegneten. Dennoch: Als aus Österreich Päckchen kamen mit Geselchtem, selbst eingekochtem Powidel und hausgeschlachteter Wurst, sorgte sie dafür, daß das Kind den Verwandten regelmäßig schrieb und Weihnachtsgeschenke bastelte.

«Laß mich Bilder für sie zeichnen, Großmutter. Du weißt, daß ich nicht gut stricken und häkeln kann.»

«Ruth, sie können inzwischen ihr Haus mit deinen Bildern tapezieren. Topflappen kannst sogar du häkeln, und die werden in jedem Haushalt gebraucht. Wenn ich dir helfe, kannst du deinen Onkeln Socken stricken. Dein Vater konnte Socken stricken. Das lernten bei uns auch die Jungen.»

Ruth betrachtete das Hochzeitsbild mit dem großen, ernsten jungen Mann, der ihr Vater gewesen war und stricken konnte.

Die uralte Dorothea in ihrem Sessel dachte an ihren Mann Jesko und an ihren treuen Freund Friedrich von Hortmann. Friedrich war mit Jesko auf der Kriegsschule gewesen. Die Kadettenanstalt war Jesko erspart geblieben, während der früh vaterlos gewordene Friedrich sie durchlitten hatte. Vielleicht war er darum so sanft und freundlich geworden, aus stetem Protest gegen das, was man ihm als Kind angetan hatte. Als sie diesem Gedanken nachhing, sah sie den Sohn vor sich, obwohl sie ihn gar nicht hatte sehen wollen, weil sich zu viele böse Erinnerungen in den Vordergrund drängten. Der zarte, hoch aufgeschossene blonde Sohn, begabt, künstlerisch und nicht für die Familie geschaffen, in die er hineingeboren wurde. Ein Kind, das Liebe und Zärtlichkeit brauchte, die sie nicht geben konnte, weil sie ihrem herben Wesen nicht entsprachen. Zwischen dem strengen Vater und dem weichen Sohn hatte schon in der Kinderzeit des jungen Jesko kein Verständnis aufkommen können. All diese Disziplin, all diese Regeln, die Gebote und Verbote, die strengen Strafen und die Schläge. Vielleicht, wenn sie mehrere Kinder bekommen hätte.

Aber dieser einzige Sohn besaß eine innere Härte, die stärker war als die äußere des Vaters. Er hatte sich nach der Schule geweigert, in die Wehrmacht zu gehen und Offizier zu werden. «Wenn du mich zwingst», sagte er zu seinem Vater, «sorge ich dafür, daß ich unehrenhaft entlassen werde. Daran kannst du mich nicht hindern. In zwei Jahren bin ich mündig, dann bekomme ich das Geld, das mir Tante Leonore hinterlassen hat, und kann damit mein Studium finanzieren. Wenn du mich jetzt studieren läßt, ersparst du dir viel. Ich glaube nicht, daß es der Karriere eines Generalmajors dienlich ist, wenn der Sohn geschaßt wird.»

Der junge Jesko brachte den Arbeitsdienst hinter sich und wurde bei der Musterung für die Wehrmacht wegen einer Meniskusverletzung, die vom Autobahnbau stammte, zurückgestellt. Er begann zu studieren. Dann kam der Krieg. Er wurde sehr bald eingezogen, mußte erst nach Frankreich, dann nach Rußland, wurde verwundet und wieder an die Front geschickt. Bei den seltenen Urlauben, in denen sie den Sohn noch sah, bahnte sich zwischen Dorothea und ihm ein neues, auf gegenseitige Achtung gebautes Verhältnis an. Dorothea schrieb ihm lange, sehr offene Briefe, in denen sie zu erklären suchte, warum es zu dem Zerwürfnis gekommen war. Sie schrieb ihm von ihrer strengen, ungeliebten Mutter, von ihrer frühen Flucht in die Ehe, in der sie sich ihrem Mann unterworfen hatte, weil sie dazu erzogen worden war. Doch dann kam die letzte Verwundung, die Jesko mit dieser Anna Oberbichler zusammenführte. Als die Eltern sich einer Verlobung und Heirat widersetzten, zeigte der Sohn seine Verlobung mit Fräulein Anna Oberbichler in der «Berliner Börsenzeitung» an. Als Anna schwanger wurde, kam die Kriegstrauung. Kurz darauf war der junge Jesko gefallen. Bei der einzigen Begegnung mit der Schwiegertochter hatte der General von seinem gefallenen Sohn gesprochen und die junge Frau zu überreden versucht, mit Ruth zu Dorothea auf das Gut in Brandenburg zu ziehen.

«Gefallen! So nennt ihr das», hatte Anna mit dem trotzigen Mund gesagt, den ihre Tochter geerbt hatte, «ein feines Wort für etwas Grausiges. Nein, nicht nur Sie, Herr General, haben Tote gesehen. Ich auch. Die ‹fallen› nicht. Sie werden zerrissen, und sie verbluten, weil keiner sie rechtzeitig holen kann. Sie haben keine Gesichter mehr, aber sie leben noch ein paar Tage und sterben qualvoll, wie man keinen Hund sterben läßt. Ich habe Jesko geliebt und habe ein Kind mit ihm. Aber an seinen Tod mag ich nicht denken, weil ich zu genau weiß, wie der gewesen ist. Sie sind ein mächtiger Mann. Sie schicken jeden Tag viele junge Männer wie meinen Jesko in den Tod. Sie sind hart und streng –» Als der General etwas sagen wollte, hob sie die Hand. «Wie streng Sie sind, hat mir Jesko oft genug erzählt.» Und dann kam ganz am Ende der Satz: «Bei euch friert's mich», den Dorothea nie mehr vergessen konnte, der in ihr vergraben lag, bis sie ihn nach dem Krieg, als sie das Schicksal wieder mit dem Freund Friedrich zusammenführte, zum ersten und einzigen Mal laut aussprach.

Aber durch diese junge Frau hatte sie, als sie eigentlich schon zu alt dazu war, eine neue Chance bekommen. Das Kind, das der Mutter glich und nur die Gestalt und ein paar Gesten und die gerade Wossilonase vom Vater geerbt hatte, ließ sie weicher werden, als sie es je gewesen war. Dorothea in ihrem Lehnstuhl lächelte vor sich hin.

Wenn sie sich bei ihm über Ruth beklagte, mahnte Friedrich manchmal liebevoll und ein bißchen spöttisch: «Zieh die Krallen ein, Dorothea. Ruth ist ein kleines Mädchen. Du brauchst keinen Krieg gegen sie zu führen. Abrüstung ist angebracht.»

Immer wieder Friedrich und Ruth: Ein neu geschenktes und mit Dankbarkeit entgegengenommenes Leben.

Eines Tages war es geschehen. Der Klüngelskerl war tot vom Bock seines Wagens gestürzt. Ein rascher gnädiger Tod. Das Kind war in der Schule. Als es davon erfuhr, schluchzte es hemmungslos.

«Ich will nicht, daß er tot ist!» schrie Ruth. «Ich will es nicht!» Dann schluchzte sie weiter.

«Hör jetzt auf!» befahl Dorothea barsch. «Eine Wossilo läßt sich nicht so gehen. Das ist kein guter Stil. Du weißt, daß alle Menschen einmal sterben müssen. Für ihn war es gut so. Er hat zuviel getrunken und war alt und allein. Wenn er länger gelebt hätte, wäre es ein elendes Sterben geworden.»

Friedrich kam und nahm Ruth in die Arme. «Du hast einen guten Freund verloren», sagte er. «Vielleicht weiß er, wo immer er jetzt sein mag, daß du um ihn trauerst. Vielleicht tut ihm das gut.»

Das Kind hatte ihn aus rotgeweinten Augen angesehen, die Lippen zusammengepreßt, den Kopf in den Nacken gelegt.

«Glaubst du das, Friedrich?»

«Glauben, Ruth? Ich weiß nicht. Niemand weiß, was kommt. Es wäre sicher einfacher, wenn man sich fest darauf verlassen könnte, daß nach dem Tod alles ein bißchen so weitergeht, wie es vorher war. Aber das weiß niemand.»

«Wie soll ich dann an ihn denken? Wo ist er?»

«Das ist einfach, Ruth. Denk an ihn auf seinem Wagen, mit

dem alten geduldigen Pferd. Stell dir vor, was er dir erzählt hat, was du ihm erzählt hast, wie es war, wenn die Sonne schien und er auf seiner Flöte spielte, wie es gerochen hat – das alte rostige Eisen, das schwitzende Pferd. Weißt du, wie seine Hände aussahen, wenn er die Zügel hielt? Könntest du das zeichnen?»

Ruth nickte. «Ich weiß genau, wie es ausgesehen hat, aber ich kann keine Hände zeichnen. Ich merke es mir, und wenn ich besser zeichnen gelernt habe, mache ich dir ein Bild von ihm und dem alten Moritz.»

«Darauf freue ich mich, Ruth.»

Das Kind wuchs mit den Erinnerungen zweier alter Menschen auf, die weit in die Vergangenheit zurückreichten, die ihm die Eltern, hätten sie gelebt, nie so hätten lebendig machen können. Es hörte den Geschichten zu, sog sie auf wie ein Schwamm und war unersättlich. Es lernte Kindersprüche aus Kinderstuben, die es sich nicht vorstellen konnte. Dorothea achtete streng auf gute Tischmanieren. Wenn das Kind manschte, sagte sie: «Herr von Pabel ißt die Suppe mit der Gabel und das Fleisch mit dem Löffel, ist er nicht ein Töffel?» Das Kind lachte und manschte etwas weniger. Von Friedrich lernte es die Geschichte von dem Mann mit dem Hund, der am Bahndamm stand und die Lokomotive anbellte, woraufhin er vom Lokomotivführer mit kleinen Kohlestücken beworfen wurde. «Damit», fuhr es strahlend fort, «begann er einen schwunghaften Handel mit Kohlen. Als er reich geworden war, kaufte er sich ein Schiff und stach damit in See.» – «Wie geht es weiter?» fragte Friedrich. «Dann kommt er nach Arabien und sieht dort ein Zelt. In dem Zelt saß ein Scheich und sagte: ‹Salem Aleikum›, er aber verstand, er solle mal reinkommen, und da vertobakte der Scheich ihn fürchterlich.»

Dorothea erzählte von ihrer väterlichen Familie, den Rechterns, die zur Zeit der napoleonischen Besetzung in Königsberg gelebt hatten. Sie bekamen Einquartierung. In der Küche gab es Heerscharen von Schaben. Als die Köchin für die Franzosen Suppe kochte, gerieten Schaben in den Topf. Am nächsten Tag waren keine Schaben in der Suppe. Die Franzosen beklagten sich bitter und sagten, sie wollten wieder Suppe «mit kleine Krebs».

«Wie lange ist das her, Großmutter?»

Dorothea rechnete. «Vierundneunzig und zweiundfünfzig – fast hundertfünfzig Jahre, Ruth.»

«Und du hast die noch gekannt!»

«Nein, natürlich nicht, aber mein Vater hat es von seiner Großmutter gehört, und die hat es miterlebt.»

Friedrich erzählte von den Ferien bei seiner Mutter, aber nie von der Kadettenanstalt. Er erzählte vom Burschen, der bei einem Fest eine Schale mit Maiglöckchen abgeben sollte. «Bringen Sie die Blumen zu Frau von Hortmann», war ihm aufgetragen worden. Er brachte Friedrichs Mutter die Blumen und ging erst wieder, als er die Schale zurückbekommen hatte.

«Eigentlich hat er es ganz richtig gemacht», sagte Ruth. «Sollen sie ihm doch genau sagen, was er tun muß.»

Der alte Jesko, ihr Großvater, den sie nur von Fotos kannte, auf denen er die Generalsuniform trug, war in einer brandenburgischen Stadt zur Schule gegangen. Er hatte Dorothea von einem Lehrer erzählt, den die Jungen Staketpfötchen nannten, weil er mit seinem Spazierstock an den Eisenstäben der Vorgartengitter entlangratschte. Das Kind hörte zu und hortete in sich Erinnerungen.

Die uralte Dorothea war müde geworden. Sie schlief in ihrem Sessel ein und nahm alles Erlebte in ihre Träume mit.

Die achtunddreißigjährige Ruth ging mit ihrem Mann spazieren. Kinder spielten auf der Straße, Nachbarn standen vor ihren Häusern und nickten ihnen zu. In der Reitschule führten größere dicke Mädchen Ponies, auf denen kleine dicke Mädchen saßen, am Halfter im Kreis herum. Es war wie immer: ein von der Großstadt ausgespartes Tal mit einem Zauber und Eigenleben, von dem phantasielose Stadtplaner die Finger nicht lassen wollten. Ein Park sollte daraus werden, ordentlich, langweilig, steril. Kein Platz mehr für die Schafe, die Schrebergärten, kein Platz mehr für die Füchse, die bei den Dumartins im alten Steinbruch in den Brombeerdickichten ihren Bau hatten. Kein Sommermorgen mehr, an dem man vom Hähnekrähen aufwachte, keine Katzen, die auf den Wiesen Mäuse fingen, kein Ziegenbock mehr, der auf der Straße spazierenging.

Ruth und Hubert bogen auf den schmalen Weg ab, der durch die Schrebergärten führte. Überall arbeiteten die Menschen, überall blühten Blumen, überall roch es nach Sommer.

«In drei Wochen sind wir schon unterwegs», sagte Ruth. «Ich freue mich schrecklich. Du auch?»

«Ja. Hoffentlich kommt nichts dazwischen. Was ist, wenn Großmutter krank wird?»

«Im Augenblick geht es ihr ganz gut, und sie ist noch nie krank geworden, wenn wir verreist waren und deine Eltern auf sie aufgepaßt haben. ‹Kein guter Stil.›»

«Wenn wir beide uralt sind oder unsere Kinder schon Enkel haben, werden ihre Sprüche noch in unserer Familie leben. ‹Kein guter Stil› und ‹Kinder sieht man nur, man hört sie nicht›. Wenn wir einen Kriminalroman lesen, der unter Verbrechern spielt, die nicht sehr gepflegtes Deutsch sprechen, dafür aber Sexorgien feiern, werde ich zu dir sagen: ‹Ich hatte immer das Gefühl, mich in schlechter Gesellschaft zu befinden.›»

Ruth griff nach seiner Hand, machte einen kleinen Sprung, um wieder mit ihm in den richtigen Tritt zu kommen, und sang: «Wir fahren in die Ferien. Ich freue mich, ich freue mich auf Kärnten!» Und sie dachte: Danke, Hubert, danke, daß du daran denkst, mit mir alt zu werden, daß du wieder daran denkst.

Vor zwei Jahren war sie sich dessen nicht sicher gewesen. Damals hatte es eine andere Frau in Huberts Leben gegeben. Woran hatte sie es gemerkt? Sie hätte es nicht zu erklären vermocht, war sich aber ganz sicher. Eine Frau, die ihre entscheidenden Jugendjahre mit zwei Menschen wie Dorothea und Friedrich verbracht hatte, machte keine Szenen – kein guter Stil. Hubert war eine Spur zu freundlich, zu besorgt, zu rücksichtsvoll. Auch in der Liebe war er anders als sonst.

Ruth, die ein wenig von Dorotheas grimmigem Humor geerbt hatte, stellte Mutmaßungen an. Wenn einer mit meinem Füller schreibt, merke ich es. Wenn einer auf meiner Maschine tippt, schreibt sie anders als vorher. Wenn einer, nein, eine mit meinem Mann schläft . . . Sie begann damals, Hubert genauer zu beobachten, und stellte immer nur fest, daß ihm das schlechte Gewissen in vieler Hinsicht gut bekam. Er wurde freundlicher und höflicher, geduldiger mit Dorothea und liebevoller im Umgang mit seinen Kindern. Er war oft verreist, aber das brachte sein Beruf mit sich; es war nichts Neues. Weil sie ihn nie bei heimlichen Telefongesprächen oder unmotivierten Unternehmungen ertappte und auch keine Briefe mit einer fremden Schrift für ihn eintrafen, fragte sie sich, ob es vielleicht nur Einbildung wäre. Aber dann gebrauchte er auf einmal eine ungewohnte Redewendung, sagte etwas in einem Tonfall, den sie noch nie von ihm gehört hatte – und sie war wieder sicher.

Unwillige Bewunderung für die andere Frau erfüllte sie. Wie machte sie das? Warum begnügte sie sich mit der wenigen Zeit, die für sie abfiel? Woher nahm sie das Taktgefühl, sich Hubert nicht aufzudrängen, keine Forderungen an ihn zu stellen? War das nur Klugheit, weil jeder Besitzanspruch Hubert sofort vertrieben hätte? Ruth konnte sich diese Frau nicht vorstellen und verstand sie auch nicht, während sie Hubert nur zu gut verstand. Es mußte eine Erholung sein, eine Frau zu lieben, die keine drei Kinder, keinen ausfüllenden Beruf und keine strenge preußische Großmutter hatte. Zumindest nicht alle drei Dinge auf einmal. Vielleicht war sie schön und jung. Verjüngte ihn die andere Frau etwa? Hubert wurde nicht gern alt, aber seine ständig größer werdenden Kinder führten ihm das Altwerden vor. Ruth sah ihn genauer an und fand ihn zu seinem Vorteil verändert. Nein, dreimal nein! Sie wollte keiner anderen Frau dafür dankbar sein müssen, daß sie einen guten Einfluß auf ihren Mann ausübte. Das nicht. Was wollte sie dann? Die andere aufspüren und mit ihr reden? «Geben Sie mir meinen Mann zurück. Ich brauche ihn dringender als Sie.» Ruth fand es komisch. Also, keine Szene mit Hubert. Keine Szene mit seiner Geliebten – so sie sie überhaupt finden würde.

Ruth tat, was Hubert ihr vorgeführt hatte. Sie brach aus. Der Ausbruch war von Anfang an falsch aufgezäumt und zum Scheitern verurteilt. Er brachte ihr nichts als Kummer und Scham. Sie setzte eine Freundschaft aufs Spiel, nur weil sie sich an ihrem Mann rächen wollte. Sie zerriß ein aus spinnwebenfeinen Fäden geknüpftes Gewebe aus Träumen, Wehmut und Liebe – und Hubert, eingekapselt in seine schwierige Welt, in der er zwischen Ruth, seiner Geliebten und dem Troß aus Kindern und Großmutter balancieren mußte, merkte nichts.

Nur Dorothea, die durch ihr Alter soviel Zeit hatte, erkannte mehr, als jeder einzelne aus der Familie ahnte. Sie wachte mit steter Sorge über das Wohl der Menschen, die sie liebte; sie beobachtete, sann, hörte und sprach endlich. «Dein Mann hat eine Freundin, Ruth. Daraufhin hast du ihn betrogen. Mit wem? Kenne ich ihn? Hat es genützt?»

Ruth bekam den harten Mund. «Nein, du kennst ihn nicht.

Nein, es hat nichts genützt. Ich halte es auch für besser, wenn Hubert und ich das allein miteinander abmachen, Großmutter.»

Dorothea lächelte verloren. «Es liegt mir fern, mich einzumischen. Aber du bist mir wichtig, und ich möchte dir darum etwas sagen, was ich selber erfahren und erlitten habe. In einer ähnlichen Situation habe ich wie du reagiert. Ich habe Jesko betrogen, weil er mir nicht treu war. Es hat mir viele Jahre lang eine Freundschaft entzogen, die ich bitter nötig hatte. Weil Jesko ein paar unbedeutende Liebschaften hatte, hätte ich um ein Haar Friedrich verloren.»

«Du – und Friedrich!»

Ruth starrte die alte Frau an und suchte hinter dem Altersgesicht mit seinem nur von einer dünnen Hautschicht überzogenen Knochengerüst nach einer jungen Dorothea mit schönen Augen und einem Mund, der zu Leidenschaften fähig gewesen war.

«Du hast Friedrich geliebt?»

«Ja. Immer.» Die alte Frau lachte leise auf. «Ich weiß, daß du dir das nicht vorstellen kannst. Ich konnte mir das schon bei meinen Eltern nicht vorstellen. Wie sollst du denn glauben, daß deine Großeltern Menschen aus Fleisch und Blut waren?»

«Neue Welten tun sich auf», hatte Ruth gesagt, weil sie sich in eine Ausflucht retten wollte. Aber dann hockte sie wie so oft als Kind neben Dorotheas Stuhl. «Großmutter, ich leiste dir Abbitte. Verzeih mir, wenn du kannst. Friedrich war meine erste große Liebe, auch wenn ich nur ein Kind war. Sicher hast du dich oft zurückgesetzt gefühlt und mich deswegen nicht gemocht. Aber ich wußte es doch nicht.»

«Es war anders, Ruth. Du hast ihn mir nicht genommen, sondern ihm und mir etwas eingebracht, an das wir beide nicht mehr glaubten: einen Neubeginn unseres Lebens, unseres gemeinsamen Lebens. Es waren nur elf Jahre, aber das ist eine lange Zeit, wenn man sie an der Lebensspanne mißt. – Doch darüber wollte ich nicht mit dir sprechen. Ich wollte dich nur warnen. Frauen sollten bewahren und hüten, statt zu zerstören.»

«Woran denkst du?» fragte Hubert, der Hand in Hand mit Ruth am Rand der Wiese ging, von der aus sie ein Stück des Tals und das Haus sehen konnten. «Du warst weit fort.»

«Ja, sehr weit. Komm, wir müssen umkehren. Es ist Zeit. Und laß uns heute früh zu Bett gehen.»

«Wir sind ein sehr altes Ehepaar», sagte er lachend und legte ihr den Arm um die Schulter. «Das wollte ich dir auch schon vorschlagen.»

Die Kinder waren vom Schwimmen zurück. Die Brüder, Jesko und Viktor, hatten die zehnjährige Anna mitgenommen.

«Wie war's?» fragte Ruth, während sie in der Küche den Tisch deckten.

«Wie soll's schon sein, wenn man dauernd auf ein kleines Kind aufpassen muß.» Jesko war über den Stimmbruch hinaus. Seine Eltern hatten sich noch nicht an seine Männerstimme gewöhnt.

«Blödmann!» Anna ging auf den Bruder los und versuchte mit ihm zu boxen. Beide Brüder liebten die kleine Schwester, die im Umgang mit den größeren Jungen geübt war. Jesko hielt sie lachend mit langen Armen von sich ab und sagte: «Und dieser Furie habe ich von meinem Taschengeld Eis gekauft!»

«Was? Du auch? Mich hat sie angebettelt und so lange beredet, bis ich mürbe geworden bin.» Viktor schüttelte den Kopf. «Wenn man sich vorstellt, wieviel Eis in ein so kleines Kind paßt!»

«Wenn ich mich richtig erinnere», sagte Ruth, «habe ich euch allen drei Geld für Eis gegeben.»

«Ja, aber nur für eins, und das reicht für einen ganzen Nachmittag nicht. Wenn du noch mal ‹kleines Kind› zu mir sagst, Viktor, verhaue ich dich.»

«Los, Viktor, Frau Mahlzahn zum Essen holen!» kommandierte Jesko.

Die strenge Drachendame aus Michael Endes «Jim Knopf und Lukas der Lokomotivführer» hatte es den Kindern Dumartin angetan. Das Buch war ein Mitbringsel von einer Reise, das ihnen der Vater abends vorlas. Sie tauften die Urgroßmutter um.

«Anna, hol Frau Mahlzahn.» Viktor gab ihr einen Schubs. «Du bist Urgroßmutters Liebling, dann kannst du auch was für sie tun.»

«Ich bin nicht ihr Liebling. Ihr sollt mich nicht immer ärgern.»

Als Anna wiederkam, führte sie Frau Mahlzahn fürsorglich am Arm, obwohl sie viel zu klein war, die große alte Frau wirklich stützen zu können.

Ruth liebte ihre Kinder sehr. Manchmal fragte sie sich, ob sie ein Lieblingskind hätte, aber alles Überlegen endete damit, daß sie immer eins mehr liebte als die beiden anderen, weil es sie gerade dringender brauchte als die Geschwister oder weil es fort war und die anderen zu Hause, oder weil es an einem bestimmten Tag zu einer bestimmten Stunde etwas sagte oder tat, was ihr Herz rührte.

Anna mit dem Oberbichlergesicht, die ihren Bruder Viktor verteidigte, weil er mit einem Dreiangel im neuesten Hemd nach Hause kam. «Mama, du darfst nicht mit ihm schimpfen! Er kann nichts dafür. Zwei große Jungen haben ihn herumgeschubst. Er hat sich bloß gewehrt, und dabei ist das Hemd zerrissen.»

Jesko, der den Namen von Ruths Vater trug und die hellen Haare und blauen Augen geerbt hatte. Er war Huberts und

Ruths erstes Kind. Als er Zähne bekam, lag er in seinem Bettchen, brüllte sie nachts wach, und als sie dann bei ihm standen und ihn trösteten, sah er sie aus seinem winzigen zornigen Gesicht mit klaren, kühlen Augen an, und beide Eltern waren von ihrem Sohn hingerissen, der den eigenen Zorn mit nüchterner Erkenntnis zu betrachten schien. Er konnte noch nicht sprechen, aber sie sahen, was er empfand.

Viktor, Huberts Sohn, rothaarig, von Sommersprossen übersät, der sie mit elf Jahren über die Familie ausfragte. «Wir sind also aus Frankreich; ich meine Papa und wegen dem Namen. Der Mann von Urgroßmutter kommt aus Westpreußen und sie aus Brandenburg – aber die Mutter von Mama ist aus Österreich, aus Kärnten.» – Alle Kinder kannten und liebten die Kärntener Verwandten. – «Was sind wir denn nun eigentlich?»

«Deutsche», sagte sein Vater.

«Du hast aber gerade gesagt, Westpreußen wäre polnisch und Wossilo wäre pruzzisch, und die Oberbichlers sind doch auch keine Deutschen.»

«Na ja, aber sie sprechen deutsch.»

Viktor grinste. «Wenn du das deutsch nennst.»

«Wenn du wie Kumpel Anton redest, ist das auch kein verständliches Deutsch», sagte Ruth.

Viktor grinste flüchtig und griff den Faden wieder auf. «Wir sind also Franzosen und Polen und Österreicher und – wie heißen die noch? – Pruzzen? Deutsche sind wir auch. Ein europäisches Kompott.»

Ruth erzählte es Dorothea, die lachte und dann nachdenklich sagte: «Was hätte sich Friedrich darüber gefreut!»

Immer wieder Friedrich, der in den Gedanken der beiden so verschiedenen Frauen weiterlebte. Für Dorothea war der eher zierliche Offizier aus dem Generalstab der Ausgleich gewesen, den sie brauchte, mit der ungebärdigen Enkelin fertig zu werden, die wie ein Rollkutscher fluchte, nachts nicht ohne Licht schlafen konnte, stärker als andere Kinder unter Angstträumen litt und Menschen sammelte.

Als die Lehrerin anrief, weil das Kind «alte Drecksau» zu ihr gesagt hatte, rutschte Dorothea die Hand aus, und sie gab Ruth eine schallende Ohrfeige. Das Mädchen warf den Kopf zurück, bekam den bösen Mund und zischte: «Mach das nicht noch einmal! Du bist eine blöde Kuh!» Dann brach sie leider nicht in Tränen aus, sondern lief türenschlagend in ihr Zimmer.

Die Generalin ging ihr nach. «Komm sofort zurück! Mach die Tür leise zu und entschuldige dich für diesen Ausdruck! So redet man nicht mit mir, Ruth. Ich habe es dir hundertmal gesagt. Du bist nicht mehr im Kinderheim. Und dort haben sie euch das auch nicht durchgehen lassen. Du hast selbst erzählt, daß ihr kein Abendessen bekommen habt. Los, schließe die Tür leise!»

Das unglaubliche Kind sah die Großmutter an, ging zur Tür, öffnete und schloß sie leise. «So», sagte es, «und jetzt möchte ich allein bleiben. Wenn du mich noch mal schlägst, geh ich für immer fort.»

«Wohin willst du denn gehen?»

«Wieder ins Kinderheim. Vielleicht auch zu Friedrich. Der schlägt mich bestimmt nicht.»

Als Friedrich zu ihnen kam, hörte Dorothea die helle, ziemlich laute Stimme Ruths. «Friedrich, sie hat mich geschlagen. Muß ich mir das gefallen lassen?»

«Vielleicht könntest du mir den Grund erzählen, Ruth?»

«Frau Halbzwerch hat sie angerufen und mich verpetzt. Ich hab alte Drecksau zu ihr gesagt. Dafür hab ich schon eine Ohrfeige von ihr gekriegt, und ich muß hundertmal schreiben: ‹Ich darf keine Schimpfworte gebrauchen.› Hundertmal, Friedrich!»

«Warum sagst du ‹sie›, wenn du von deiner Großmutter

sprichst? Ich finde es nicht gut, wenn du jetzt auch noch mir gegenüber unhöflich wirst, Ruth. Für mich ist deine Großmutter ‹Dorothea›, für dich ist sie ‹Großmutter›. Du könntest einen der beiden Namen nehmen. Und was das Petzen anbelangt, ich habe stark den Eindruck, daß du auch gerade petzt. Jetzt erzähl mir mal, wie du das mit Frau Halbzwerch in Ordnung bringen willst . . .»

«Friedrich, die blöde Gans hat zu mir –»

«Ruth! Du weißt, daß ich mich gern mit dir unterhalte, aber nicht so. Das paßt nicht zu mir und nicht zu dir.»

«Ach, Scheiße! Du bist genauso schlimm wie Frau Halbzwerch und sie – wie Dorothea oder Großmutter.» Das Kind knallte die Tür seines Zimmers zu.

Als Friedrich zu Dorothea ins Wohnzimmer kam, sah sie ihn an, erkannte seinen Ärger und lächelte voller Genugtuung. «So, das befriedigt mich. Ich wäre vor Wut geplatzt, wenn sie bei dir das sanfte Lamm gespielt hätte. Dieses Mädchen ist kein sanftes Lamm, sondern ein ausgekochter Satansbraten.»

Friedrich lachte schallend. «Meine liebe Dorothea, du kannst nicht alles auf ihre Mutter oder das Heim schieben. Findest du einen ausgekochten Satansbraten besonders liebevoll? Es ist vielleicht um Nuancen besser als alte Drecksau und Scheiße und dumme Kuh oder blöde Gans, aber nur um Nuancen.»

Dorothea wurde von ihm angesteckt und lachte ebenfalls. Plötzlich ging die Tür auf, und das grinsende Kind kam herein und triumphierte: «Jetzt habt ihr das alles selber gesagt, ätsch! Ich hab's gehört!»

«Geh raus!» sagte Friedrich mit einer Stimme, die auch Dorothea noch nie gehört hatte. «Du hast dich schlecht benommen, du hast gepetzt und jetzt auch noch gelauscht. Wir beide wollen uns heute nicht mehr mit dir unterhalten.»

Ruth sah ihn an, sah die Großmutter an und verschwand leise aus dem Zimmer.

«Komm mit zu mir, Dorothea. Bei mir können wir gemütlicher Tee trinken als in dieser stürmischen Atmosphäre.»

«Können wir sie allein lassen?»

«Natürlich. Sie wird weder das Haus anzünden noch Selbstmord begehen. Wenn man sich so verrannt hat wie sie, tut eine Kampfpause ganz gut. Außerdem ist sie noch lange nicht mit ihrer Strafarbeit fertig.»

«Ich wollte sie nicht schlagen, Friedrich», sagte Dorothea, als sie in seiner Bibliothek Tee tranken. «Ich hatte mir geschworen, sie nie zu schlagen. Aber –»

«Wenn es dich beruhigt, bei mir hat auch nicht viel gefehlt. Was hat sie denn nur mit dieser Lehrerin? Ein beinahe neunjähriges Mädchen müßte sich doch auf andere Art durchsetzen können oder einen Weg finden, mit der Frau auszukommen. Dumm ist sie ja nicht.»

«Aber stinkfaul. Vielleicht gerade, weil es ihr leichtfällt. Sie macht nur das, was sie gern tut. Sie liest gut, schreibt schlecht, zeichnet wunderbar, findet Rechnen blöd und Singen albern.»

«Singt sie eigentlich, wenn sie zu Hause ist? Wenn ich mich wohlfühle, pfeife ich. Wenn meine Putzfrau singt, kann ich sicher sein, daß sich bei ihr keine Katastrophen ereignet haben.»

«Hm!» machte Dorothea. «Ruth zeichnet und zischt dazu durch die Zähne, was sich erschreckend anhört, aber bei ihr der Ausdruck höchsten Wohlbehagens ist. Weißt du, daß meine Mutter dem Personal verboten hat zu singen? Sie sagte, sie bekäme von dem Geträllere Kopfweh.»

«Was muß sie für eine schreckliche Frau gewesen sein. Arme Dorothea.»

«Ach, so schlimm war es nicht. Man bekommt einfach

beizeiten ein dickes Fell. Aber laß mich dir von der Lehrerin, Frau Halbzwerch, erzählen. Sie ist eine Kämpfernatur und liebt ihre Kinder. Bei der letzten Elternversammlung – bei der ich mich wie immer fehl am Platze fühlte, weil ich altes Fossil die einzige Großmutter bin, obwohl es natürlich viele alleinstehende Mütter gibt – hat sie voller Stolz erzählt, daß zu Weihnachten jedes Kind ihrer Klasse ein Buch geschenkt bekommen habe. Sie hatte es vorher allen Eltern nahegelegt. Sie mag Ruth übrigens sehr gern, ist aber nicht gewillt, sich ihre Frechheiten gefallenzulassen. Ruth steckt gerade in einer besonders aufsässigen Phase. Sie hat sich mit Anke Kellermann angefreundet, die in der Nähe wohnt. Es ist eine Familie mit einem netten Vater, einer fröhlichen Mutter und, ich glaube, vier Kindern. Kannst du es ihr übelnehmen, wenn sie Vergleiche zieht?»

«Was sagst du ihr?»

«Daß man sich sein Leben nicht aussuchen kann. Daß es bei ihr bereits aufwärts geht. Im Heim war sie allein, jetzt hat sie dich und mich; wenn sie erwachsen ist, heiratet sie vielleicht einen netten Mann und bekommt selber Kinder. – Was, Friedrich, sagt man einem Kind? Daß es gar nicht so sicher ist, ob man Eltern hat, die man leiden kann? Nein. Laß sie von ihren Eltern träumen, laß sie ihnen einen Hausaltar errichten. Wenn sie noch lebten, würde sie es bestimmt nicht tun. Mir baut sie auch keinen, weil ich mit ihr Krieg führe – wie du siehst –, wenn sie flucht und schmatzt und ihren Bock austobt. Für Ruths Hausaltar bist du zuständig.»

«Na, heute bestimmt nicht», sagte er.

Als Dorothea um sechs Uhr nach Hause kam, klopfte sie an Ruths Tür.

«Ja, bitte.»

Dorothea lächelte grimmig. Sie blieb unter der Tür stehen. «Ich meine, wir sollten uns wieder vertragen. Wir zwei hier allein . . . Wenn wir uns nicht mal unterhalten können, weil wir gerade böse sind. Was meinst du, Ruth?»

Noch vor einem Jahr hätte sich das Kind in ihre Arme gestürzt. Jetzt war es an die Reserviertheit der Großmutter gewöhnt. Es lief auf sie zu und streckte die Hand aus. «Großmutter, es tut mir leid. Ich sage das nie wieder. Ehrenwort!»

«Na, lassen wir das mit dem Ehrenwort. Ich finde es schon gut, wenn du es versuchst. Ich kann dir auch kein Ehrenwort geben, daß du nie wieder eine Ohrfeige von mir bekommst.»

Das Kind strahlte sie an und ging dann zu seinem Schreibpult. «Meinst du, daß die Halbzwerch zufrieden ist, wenn sie das sieht?»

Dorothea betrachtete viele, viele Sätze: «Ich darf keine Schimpfworte gebrauchen», und dann kam der letzte in gestochen sauberer Schrift: «Ich darf keine Schimpfworte gebrauchen, weil sich Frau Halbzwerch ärgert und ich nicht mag das sie böse ist.»

«Ich denke, daß sie zufrieden sein wird.»

In der Sommernacht lag die erwachsene Ruth lange wach; sie hörte den leisen Atem ihres schlafenden Mannes und durch das offene Fenster die Nachtgeräusche aus dem Tal. Ein aus dem Schlaf geschreckter Vogel zwitscherte und verstummte wieder. Aus der Ferne kam eine Polizeisirene, irgendwo schlug ein Hund an. Im Buchenwald schrie ein Käuzchen. Ruth zählte die Rufe. Hatte es mit der Zahl etwas auf sich? Achtmal. Acht Tage, Wochen, Monate? Galt der Ruf Dorothea? Nein, kein Aberglaube, nur ein Auslösen von ängstlichen Gedanken, die sie gleich wieder von sich fort schob. Sie hatte einen Mann, Kinder, einen Beruf; sie war nicht einmal mehr jung. Kaum jemand in ihrem Alter hatte noch Großeltern. Dorothea wollte nicht mehr leben. Sie sprach manchmal davon. Und dennoch: Ruth konnte sich das Leben ohne sie nicht vorstellen.

«Das ist ganz einfach», hatte die alte Frau vor vielen Jahren zu Ruth gesagt, als sie um Friedrich weinte, der sterben mußte. «Du kannst es dir vorstellen wie eine Pflanze, die Ausleger bildet, wie Erdbeeren oder Hahnenfuß. Die kleine Pflanze wird vom Ausleger versorgt, bis sie selber Wurzeln schlägt und stark genug ist, allein zu leben. Erst dann verdorrt der Ausleger.»

«Ich weiß das alles», hatte Ruth gesagt, der die Tränen über die Wangen liefen und in den Kragen ihrer Bluse tropften. «Ich weiß, daß es für ihn eine Erlösung ist, wenn er endlich sterben darf. Aber was bleibt denn dann für dich und für mich?»

Dorothea, die viel mehr litt, als sie es Ruth zeigen konnte, hatte Zuflucht in der ihr anerzogenen Strenge gesucht. «Du weißt genau, was uns bleibt; zuallererst Dankbarkeit und zuallerletzt Dankbarkeit. So lange du lebst und so lange ich lebe. Nun wisch dir die Tränen ab, halte das Gesicht unter kaltes Wasser und zieh die aufgeweichte Bluse aus. Was soll er von dir denken, wenn er dich so verheult sieht?»

Wenn Großmutter stirbt, dachte Ruth jetzt, wird auch Dankbarkeit und Erinnern bleiben. Aber dann schrie das Käuzchen abermals schrill und klagend. Sie stand auf und schlich sich aus dem Schlafzimmer. Erst jetzt, im oberen Flur, sah sie, daß Vollmond war. Bei Vollmond schlief sie immer schlecht. Sie ging barfuß zu den Kinderzimmern, öffnete leise die Tür von Anna, die auf dem Bauch lag und ein rundes, braunes Kinderbein unter der Bettdecke hervorstreckte. Wieder fiel Ruth die Großmutter ein. Als sie gefragt hatte: «Wie war deine Mutter?» und in Wirklichkeit doch nur Erzählungen über die eigene Mutter heraufbeschwören wollte, hatte Dorotheas Antwort sie erschreckt und beunruhigt.

«Meine Mutter mochte mich nicht, Ruth. Das kommt vor. Wer sagt denn, daß Kinder ihre Eltern und Eltern ihre Kinder lieben müssen? Manchmal tun sie es nicht. Deine Mutter hat dich sehr geliebt, Ruth. Ich kannte sie nicht gut, aber daß sie dich geliebt hat, weiß ich.»

«Woher wußtest du denn, daß deine Mutter dich nicht mochte?»

Dorothea ließ die Hände in den Schoß fallen. «Vielleicht war sie enttäuscht, daß gerade ich am Leben geblieben bin. Ich hatte einen älteren Bruder, der ein paar Tage nach seiner Geburt gestorben ist, und eine kleinere Schwester und noch einen Bruder. Sie sind beide ganz jung an Krankheiten gestorben. Die Schwester mit zwei Jahren und der Bruder mit drei. An Diphtherie und Scharlach. Ich hatte die Krankheiten auch, bin aber schnell wieder gesund geworden.»

«Hat sie dir das gesagt?»

Dorothea tat es offensichtlich leid, das Gespräch begonnen zu haben. Vertraute Gespräche mit der Enkelin machten sie unsicher. Es gab Dinge, die man besser für sich behielt.

Ruth spürte es, gab aber nicht nach und drang in sie, bis sie sich endlich zu einem Beispiel bequemen mußte. «Als ich zehn oder zwölf war, lag ich im Garten auf dem Bauch und las. Ich hörte meine Mutter nicht kommen, sonst wäre ich rechtzeitig aufgesprungen. Es war undenkbar, daß ich auf der Wiese lag, während meine Mutter neben mir stand. Weißt du, ich sollte ja immer eine gesittete junge Dame sein. Als ich endlich auf den Beinen war, wollte ich zu meiner Entschuldigung etwas sagen. Ich glaube, ich habe verlegen gestottert, ich wäre so vertieft gewesen und läge so gern beim Lesen auf dem Bauch. Ihre Antwort weiß ich noch wörtlich. Sie sah mich an, verzog das Gesicht und sagte: ‹Wenn du erst mal vier Kinder gehabt hast, kannst du das auch nicht mehr.›»

«Das war gemein!» hatte Ruth gesagt und den flüchtigen Glanz zufriedener Genugtuung in den Augen ihrer Großmutter gesehen.

Jetzt stand sie unter der Tür des Kinderzimmers, sah ihre zehnjährige Tochter auf dem Bauch schlafen und dachte glücklich: Das wird dir nie passieren, Anna. Ich habe drei Kinder und liege immer noch auf dem Bauch. Hoffentlich tust du es noch, wenn du achtzig bist.

Ins Zimmer der Jungen fiel ein breiter Streifen Mondlicht. Jesko hatte den Kopf ins Kissen vergraben, um dem silbrigen Schein auszuweichen. Viktor knirschte im Schlaf mit den Zähnen. Ruth zog die Vorhänge fester zu.

Das warme Holz der Treppenstufen und danach die Kühle der Kacheln im unteren Flur fühlten sich mit nackten Füßen gut an. Sie spreizte die Zehen weit. Gleich darauf stand sie regungslos vor der Zimmertür ihrer Großmutter, legte das Ohr ans Holz, hörte nur ein leises Rauschen und dachte an die gedrehten Schneckenhäuser mit dem rosa Inneren, aus denen man noch in der Stadt das Meer hören konnte, wenn man sie ans Ohr preßte. Ruth spürte noch einmal die kindliche Enttäuschung, als ihr erklärt wurde, daß es nichts war als das Rauschen des eigenen Bluts.

Kein Ton drang zu ihr. Aber alle eingebauten Hemmungen hinderten sie, die Klinke herunterzudrücken. Man betrat ein Schlafzimmer nur, wenn man aufgefordert oder gerufen wurde. «Jeder Mensch braucht sein Refugium», hörte sie Dorotheas Stimme durch die Jahre. «Ich dringe auch nicht bei dir ein, Ruth, ohne anzuklopfen und zu warten.»

Ruth kehrte um.

Huberts und ihr Schlafzimmer lag auf der Mondschattenseite. Es war kühl und dunkel, die Vorhänge wehten sanft. Sie kroch in ihr Bett, legte sich mit dem Gesicht zur Wand auf die Seite und schlief schnell ein.

Unten im Haus war Dorothea aufgewacht. Sie wußte nicht, daß Ruth vor ihrer Tür gestanden hatte, hätte es auch nicht hören können, denn so gut waren ihre Ohren nicht mehr. Sie sah, wie hell es draußen war. Ihr Blick konnte im Zimmer spazierengehen. Sie brauchte keine Lampe. Gegenüber stand der alte Barockschrank, der wie durch ein Wunder alle Umzüge und Kriegswirren überstanden hatte. Sie kannte ihn, so lange sie sich erinnern konnte. Er stand in der Diele des elterlichen Gutshauses. Als Kind hatte sie sich manchmal in ihm versteckt. Wenn sie gesucht wurde, meldete sie sich nicht und verbrachte stille Stunden in seiner dämmrigen Tiefe, in der es nach altem Holz und immer ein wenig nach Kampfer roch.

«Wo warst du?»

«Spazieren.»

«Dorothea, wenn du gefragt wirst, hast du in richtigen Sätzen zu antworten. Wie oft muß ich das noch sagen?»

«Ich war im Park, Mama.»

Wie gewandt und leicht sie zu lügen gelernt hatte! Und wie schwer es gewesen war, sich das später wieder abzugewöhnen. Sie log noch, als sie schon mit Jesko verheiratet war. Sie hatte früh geheiratet, mit zwanzig. Er war der erste Bewerber, der ihren Eltern genehm gewesen war. Sie hatte ihn geheiratet, um von zu Hause fortzukommen.

«Wo warst du heute nachmittag, Thea?»

Sie hatte ihren Mann aus unschuldsvollen Augen angesehen. «Wieso? Beim Damen-Tee bei der Kommandeuse.»

«Da warst du nicht. Ich habe Melbers mit seiner Frau getroffen. Sie waren besorgt um dich und haben erzählt, du hättest das Mädchen geschickt, dich zu entschuldigen, weil dir nicht gut sei. Was hast du, Thea? Ist es etwa . . .»

Sie sah die Hoffnung in seinen Augen, schämte sich und

kam sich niederträchtig vor. «Nein, Jesko. Ich hatte einfach keine Lust. Es ist so entsetzlich langweilig. Ich bin spazierengegangen.»

«Hättest du es wenigstens mir gesagt. Dann wäre ich besser darauf vorbereitet gewesen. Es war eine peinliche Situation. Und du kannst Einladungen der Kommandeuse nicht übergehen. Ich bin Adjutant bei ihm. Wir müssen an unsere Zukunft denken, Thea.»

Die Zukunft führte geradewegs in den Krieg. Dorothea kehrte auf das Gut zu ihren Eltern zurück und bekam dort 1917 ihren Sohn. Ihr Vater starb gleich nach dem Krieg an der Grippe, und der aus Frankreich zurückgekehrte Major Wossilo dilettierte in der Landwirtschaft, ging dann in die Reichswehr und wurde in der neuen Wehrmacht rasch befördert. Dorothea blieb auf dem Gut wohnen und kam immer nur für wenige Tage nach Berlin, wenn es sich gar nicht umgehen ließ. Dann gab sie Einladungen, denen Jeskos Kameraden mit ihren Frauen gern folgten, weil nicht nur das Essen gut war, sondern auch die hochgewachsene elegante Frau mit ihrem trockenen Humor für gute Unterhaltung sorgte. Kein liebenswertes, aber ein eindrucksvolles Paar. Daß sie Schwierigkeiten mit dem einzigen Sohn hatten, machte sie menschlicher.

Zu der Zeit log Dorothea nicht mehr, nie mehr. Sie hatte es hinter sich gelassen wie die Träume und Phantasien, die zu dem alten Schrank gehörten, wie die kurze leidenschaftliche Liebe zu Friedrich, die der Zufall ihr Jahre später in einer sanfteren, glücklicheren Form wiederschenkte, als sie sich einige Monate nach Kriegsende in der kleinen Stadt an der Ruhr wiederbegegneten, in die es sie beide verschlagen hatte. Sie wohnten nur ein paar Häuser voneinander entfernt.

«Warum sucht ihr nicht nach einer größeren Wohnung? Wir könnten doch alle drei zusammenziehen», sagte Ruth, als die Großmutter und Friedrich eine Pension bekamen und auskömmlich leben konnten. Sie verstand nicht, warum beide das ablehnten, war damals aber schon so geübt im Umgang mit ihnen, daß sie nicht weiter in sie drang.

«Wie weit ist das Kind eigentlich aufgeklärt?» fragte Friedrich, als Ruth elf Jahre alt war. «Sie hat ja wohl einen guten Grundstock an Wissen mitgebracht, aber . . .»

Dorothea sah ihm an, wie peinlich ihm das Thema war. Ihr war es auch nicht angenehm. «Hast du schon mal gehört, daß eine Großmutter ihre Enkelin aufklären muß?» fragte sie ihn und verbarg ihre Verlegenheit hinter einem spöttischen Lächeln.

«Nein. Darum frage ich ja auch nur.»

Dorothea seufzte. «Gut, wenn du meinst. Aber ich glaube, es ist zu früh. Bei mir hat das erst mit vierzehn angefangen.»

Wie jedes Problem, ging sie auch dieses an, sobald sie überzeugt war, daß etwas zu geschehen hatte.

«Haben in deiner Klasse schon einige Mädchen ihre Periode, Ruth?»

«Meinst du das, worum sie immer so ein Getue machen und nicht verraten wollen, was es ist? Sie turnen dann nicht.»

Dorothea erklärte, und Ruth hörte stumm und kommentarlos zu. Am Ende sagte die Großmutter: «Wenn man will, kann man auch damit turnen.»

Ruth runzelte die Stirn. «Und das hat man, auch wenn man gerade gar keine Kinder will? Und bis man fünfzig Jahre alt ist! Scheußlich, was?»

Dorothea fand es auch nicht schön, enthielt sich aber jeden Urteils.

Zwei Jahre später sagte Ruth eines Morgens: «Ich habe heute nacht schreckliches Bauchweh gehabt, und jetzt blute ich.»

Dorothea brachte aus der Drogerie alles Nötige mit. «Bleib heute zu Hause. Ich schreibe dir eine Entschuldigung.»

«Aber nicht deswegen!»

«Natürlich nicht.»

Am Abend, als sie im Wohnzimmer Tee tranken, maulte Ruth ziemlich deprimiert: «Allmählich gewöhne ich mich dran, aber das alle vier Wochen und immer gleich mehrere Tage!»

«Vielleicht solltest du zum Arzt gehen, Ruth. Er könnte feststellen, ob alles in Ordnung ist.»

«Warst du bei einem Arzt?»

«Nein, aber das waren andere Zeiten.»

«Mach dir mal über so was keine Sorgen, Großmutter», sagte Ruth sehr erwachsen und gelassen. «Du hast mir schon genug geholfen. Alles andere kann ich allein. Nein, ich will nicht zum Arzt. Und wenn was ist, kann ich immer Anke fragen, die hat das schon länger.»

Damit verschwand «das» in der Versenkung. Dorothea scheute sich, Fragen zu stellen, und Ruth sprach nie mehr davon. Es war kein Thema, das sich für Großmutter und Enkelin eignete.

Für Friedrich schon gar nicht.

Der nahm nur stumm zur Kenntnis, daß das unglaubliche Kind erwachsen wurde. Das Mädchen schoß in die Höhe und bekam das, was er die «preußische» Figur nannte: gerade breite Schultern, lange Beine, schmale Hüften, lange Hände und Füße. Aber sie behielt das runde Oberbichlergesicht mit den braunen Augen und braunen Haaren, die im Sommer in der Sonne zu einem glänzenden Hellbraun ausbleichten.

«Ruth wird einmal sehr attraktiv werden», sagte er zu Dorothea.

«Hoffentlich nicht zu bald, Friedrich. Ich bin achtundsechzig, du zweiundsiebzig. Wir sind zu alt, ein junges Mädchen zu hüten, hinter dem die Männer her sein werden. Sie hat die Tanzstunde mit Pfennigabsätzen und dieser gräßlichen

Rock'n'Roll-Musik überstanden, ohne sich wirklich in einen der Jünglinge zu verlieben. Ich glaube, so alt und trottelig bin ich noch nicht, daß mir das nicht aufgefallen wäre. Fast finde ich es schade, denn Tanzstundenlieben sind recht gut zum Üben. Wenn sie sich erst später richtig verliebt, wird es gleich viel gefährlicher. Nur wird sie sich von uns nicht warnen lassen.»

«Du hast manchmal gesagt, es gäbe eingebaute Bremsen. Was ist damit? Ich habe von dir gehört, daß junge Mädchen wählerisch sind und Instinkte haben, die sie vor zu gefährlichen Experimenten zurückhalten.»

Dorothea lachte. «Du mußt mich nicht immer so ernst nehmen, Friedrich. Ich glaube, das sagen alle alten Frauen, um sich an den paar Dummheiten aufzurichten, die sie in ihrer Jugend nicht begangen haben.»

«Erzähle», sagte Friedrich. «Ich weiß nur von dem Reitknecht, dem du so lange nachgelaufen bist, bis er zu deinem Vater gerannt ist, der ihn dann zu seinem Schwager nach Pommern weitergelobt hat, um den armen Mann vor dir zu retten.»

«Das ist meine Version der Geschichte. Seine hätte sicher ein bißchen anders geklungen, wenn er sie richtig erzählt hätte.»

«Was uns wieder zu dem Kind zurückbringt. Wir können keine hübschen jungen Männer mehr auf andere Güter schikken, wenn wir sie los sein wollen. Und wenn ich einem Freund von Ruth sagte, er solle sich ans Portepee fassen, besteht die Gefahr, daß er mich fragt, was das ist.»

«Im besten Fall, Friedrich.» Dorothea schmunzelte.

Das war im Sommer gewesen, in dem Ruth zum erstenmal nach Kärnten fuhr. Dorothea und Friedrich wollten in derselben Zeit zusammen in den Schwarzwald reisen.

«Ich finde, Friedrich sieht schlecht aus. Vielleicht tut ihm der Luftwechsel gut», hatte Dorothea zu Ruth gesagt.

«Schleppe ihn nicht auf zu viele Berge, Großmutter. Ihr müßt nicht jeden Tag fünf Stunden wandern.»

Als sie Ruth zum Bahnhof begleiteten und auf dem Bahnsteig standen, beugte sie sich weit aus dem Fenster herunter, hielt jeden mit einer Hand fest und sagte mit einer merkwürdig heiseren und dunklen Stimme: «Daß mir keine Klagen kommen, hört ihr! Benehmt euch wie gesittete ältere Leute. Ich schreibe oft. Lebt wohl und schöne Ferien!»

Der Zug fuhr an. Dorothea und Friedrich winkten, solange sie das rotkarierte Taschentuch noch sehen konnten.

2

Ruth

Ruth, von zwei alten Menschen geprägt, hätte später selbst nicht so genau sagen können, wann sie erwachsen geworden war. Wahrscheinlich begann es, als sie mit sechzehn in den langen Sommerferien das Wagnis einging, ihre Vergangenheit zu entdecken, eine unbekannte Großmutter und die Verwandten ihrer Mutter in einer fremden Welt zu besuchen, nicht um sie kennenzulernen, sondern um sich selbst in ihnen zu finden. Das war der Anfang, während das Ende ein Abschied wurde, ein langer, schmerzvoller Abschied von ihrer Kindheit, weil Friedrich starb.

Ruth ging mit zwei Menschen um, die die Welt gedanklich erfaßten, sie aber sah und dachte in Bildern, mit Stiften auf Papier. Wenn sie in ihren Skizzenbüchern blätterte, die ihr Leben wie Tagebücher begleiteten, konnte sie an ihren Zeichnungen vergangene Eindrücke wiederaufleben lassen, Stimmungen nachfühlen und sich erinnern, was sie damals gesehen, gespürt, gerochen und gehört hatte.

Die Reise begann mit ohnmächtigem Ausgeliefertsein. Der Fensterplatz – Friedrich hatte die Platzkarte bestellt – in einem

Feriensonderzug nach Klagenfurt schützte wenig vor dem triefenden Wohlwollen, mit dem die Mitreisenden das junge Mädchen überschütteten. Ruth sah an der geraden Wossilonase entlang und hüllte sich in aus Unsicherheit geborene Arroganz. Wenn sie angesprochen wurde, reagierte sie mit Friedrichs höflicher Abwehr. Sie lehnte Butterbrote, Äpfel und Süßigkeiten ab und vergrub sich in ihr Buch, statt, worauf sie sich gefreut hatte, aus dem Fenster zu sehen, während der Zug sie immer weiter in den Süden brachte.

Das Abteil wurde im Handumdrehen zu einem Wohnzimmer, durch das ein Buschfeuer von Gemütlichkeit fegte. Auf dem freien Mittelplatz stapelten sich Zeitschriften und Eßbares. Die beiden Ehepaare schlossen sofort Freundschaft. Die jüngere, sehr rundliche Frau trug die Haare in einem Turmbau auf dem Kopf. Ihr Mann, dicklich, mit einem breiten roten Gesicht, nannte sie «Mutti». Das ältere Paar, eine Frau mit spitzem Gesicht und ein hagerer Mann mit verarbeiteten Händen und vom Nikotin gelb gefärbten Fingern, war gesetzter und sprach leiser. Sie tauschten Fotos und Erinnerungen aus. Beide Männer waren im Rußlandfeldzug gewesen. Als der Zug am Rhein entlangfuhr, sprachen sie von Frontabschnitten, Kesseln, von Stalinorgeln und der Armee Kleist, hinter deren großem «K» sie durch Südrußland bis in den Kaukasus gekommen waren. «Gut, daß die Jugend heute davon nichts mehr weiß», sagte der eine und sah Ruth an, Teilnahme erheischend. «Laß dat Kind», sagte die dicke Frau, die mit bohrender Neugier aus Ruth herausbekommen wollte, wieso sie allein nach Kärnten fuhr. «Also ich würd meine Tochter nicht allein so weit fortlassen», sagte sie zu ihrem Gegenüber, der älteren Frau, die schon den vierten Apfel schälte, in kleine Stücke teilte, die Stücke auf die Messerspitze spießte und reihum anbot. Zum Glück für Ruth saßen die beiden Frauen auf den Plätzen neben der Tür zum Gang. Ihr

Gegenüber war der ältere Mann, der neben dem zweiten Rußlandkämpfer saß.

Die Frauen kamen zum Bombenkrieg. «Können Sie sich da noch dran erinnern? Nee, da waren Sie wohl noch zu klein. Wie alt sind Sie denn, wenn man das fragen darf?»

«Sechzehn», sagte Ruth.

«Da kann man ja beinahe noch du sagen.»

Ruth blickte aus dem Fenster und lächelte unverbindlich.

«Gehen Sie noch in die Schule?» fragte der ältere Mann. Seine Augen richteten sich auf Ruths Hand. Sie trug den Siegelring ihres Vaters, den Dorothea nach seinem Tod zurückbekommen und ihr an ihrem sechzehnten Geburtstag geschenkt hatte. Sie steckte ihn nur selten an den Finger, aber bei der langen Reise ins Ungewisse war er etwas zum Festhalten. Sie wollte ihn der anderen Großmutter zeigen.

Jetzt nickte sie.

«Und dann wollen Sie studieren?»

«Ja.»

«Was denn?»

Hätte sie sagen können: Ich möchte auf die Kunstakademie und malen und zeichnen? Nein, wie sollte sie das erklären?

«Ich will Lehrerin werden.»

Am Main, als die Industriestädte hinter ihnen lagen, waren die ersten Themen erschöpft, und die Kreuzworträtselschlacht setzte ein. «Da kann uns dat Fräulein helfen», sagte der magere Mann. «Griechischer Liebesgott mit vier Buchstaben?» – «Amor», schlug die Frau mit den Äpfeln vor. «Dat paßt nich.» Er sah Ruth an.

«Geht Eros?»

«Jau, dat geht.»

Als Ruth nach einer Stunde auf dem Gang wieder ins Abteil zurückkehrte, machte sich dort Müdigkeit breit. Sie verkroch sich in ihre Ecke und überlegte, wie sie die Gesichter der vier Menschen zeichnen würde. Sie warf dann und wann einen vorsichtigen Blick auf sie, um sie sich besser einzuprägen. Erst als es dunkel wurde, konnte sie ungestört an den kommenden Tag denken, an dem sie nach einer längeren Busfahrt nach St. Urban kommen sollte, wo sie einer der Onkel abholen würde. Wenn niemand bei der Haltestelle wäre, sollte sie in den «Adler» gehen und dort warten. Ruth zog die Wolljakke fester um die Schultern. Es war warm im Abteil, aber sie fröstelte, sobald sie an die vielen fremden Menschen dachte. Eine Großmutter, zwei Onkel, eine Tante und zwei Vettern. Fast sechs Wochen unter lauter Fremden, denn nur die Großmutter schrieb, die anderen bestellten Grüße.

Sie hatte nicht gemerkt, daß der Mann ihr gegenüber wach war und schon länger in der Dunkelheit zu ihr herüberblickte.

«Müssen Sie morgen noch weit?» fragte er, und diesmal war es nicht Neugier. Sie konnte ihn nicht gut sehen, aber sie hörte es seiner Stimme an.

«Von Klagenfurt aus muß ich mit dem Postbus weiter. Das Dorf heißt St. Urban. Dort werde ich abgeholt.»

«Besuchen Sie Verwandte?»

«Ja.»

«Nahe Verwandte? Ich frage das bloß, weil ich nicht verstehe, warum jemand wie Sie sich fürchtet. Sie sind jung und hübsch und gebildet. Und arm sehen Sie auch nicht aus.»

In der Nacht, während der andere Mann und die beiden Frauen schliefen, erzählte ihm Ruth ihr Leben. Sie sprach vom Vater, den sie nie gekannt hatte, und der jetzt erst dreiundvierzig Jahre alt gewesen wäre; von der Mutter, an die sie sich nicht erinnern konnte; von der Großmutter und dem alten General, der mit ihrem gefallenen Großvater befreundet gewesen war, und der nun für sie die Rolle des Vaters, Großvaters und Freundes spielen mußte. Sie erklärte, daß die Kärntener Großmutter mit dem verheirateten Sohn und dessen Familie einen Hof bewirtschaftete, und daß ihr unverheirateter Onkel zur Arbeit in die nächste Kleinstadt fuhr, um Geld dazuzuverdienen. Als sie schwieg, sagte der Mann, der sie keinmal unterbrochen und nur etliche Male zustimmende Laute von sich gegeben hatte: «Und vor denen fürchtest du dich, Mädchen?»

«Ja, ein bißchen.»

«Weil du reich bist und die vielen Generäle, die da herumwimmeln, dir abgewöhnt haben, eine einfache alte Frau in die Arme zu nehmen und ihr zu sagen, wie froh du bist, daß es sie wenigstens noch gibt, wo du schon keine Mutter und keinen Vater mehr hast?»

Ruth verteidigte Dorothea und Friedrich. «Nein, nicht deshalb. Wir sind gar nicht reich. Und abgewöhnt haben sie es mir nicht. Es ist nur eine andere Welt. Ich freue mich auch sehr auf sie, aber jetzt habe ich trotzdem Angst. Es ist so lange, fast sechs Wochen, und ich kann doch nicht einfach heimfahren, wenn es nicht klappt und sie mich nicht mögen . . .»

«Die wollen dich mögen, genauso wie du es willst. Warum soll es nicht klappen? Abreisen täte ich nicht. Steh das doch durch. Ich glaube nicht, daß du zu Hause einen guten Eindruck machst, wenn du zu früh zurückkommst. Und die in dem Dorf werden dann das Gefühl haben, daß alles ihre Schuld ist. Bleib dort, steh auf, wann die aufstehen, arbeite, solange sie arbeiten, auch wenn dir dabei das Kreuz bricht. Zeig ihnen, daß du zu ihnen gehörst, auch wenn du zufällig nur Generäle kennst.»

Ruth lachte ein bißchen und sagte: «Das alles hat mir Friedrich auch gesagt.»

«Wer ist das, dein Freund?»

«Friedrich ist der alte General. Aber meine Großmutter war noch strenger. Sie wollte damals nicht, daß mein Vater meine

Mutter heiratete. Sie glaubt, meine Mutter hätte das nach Hause geschrieben. Jetzt soll ich denen zeigen, daß ich was tauge.» Ruth beugte sich vor. «Sie hat das zwar nicht gesagt, aber in Wirklichkeit soll ich ihnen wohl vorführen, daß sie mich gut erzogen hat.»

Der Mann zündete eine Zigarette an. Im Feuerschein des Streichholzes sah Ruth sein Gesicht völlig anders als am Tag. Tiefliegende Augen, kantige Backenknochen, eine breite Nase, die einen scharfen Schatten warf. Darunter ein Mund mit langen, dünngezogenen Mundwinkeln, die lächelten.

«Ich weiß ja nicht, wie das mit der Erziehung bei euch ist. Ich denke da immer an Zirkus und dressierte Hunde oder Affen. Daß man guten Morgen und gute Nacht sagt und bitte und danke und so was, weiß ja wohl jeder. Wenn ich an deiner Stelle wäre, würd ich zur Großmutter lieb sein und die Onkel über deine Mutter ausfragen. Meine Großmutter ist aus Kattowitz nach Gelsenkirchen gekommen. Als ich klein war, konnte die immer noch nicht richtig Deutsch. Gestört hat das keinen. Unsere Oma war eine liebe Frau, die hat mit uns Kindern geschmust und mit uns gespielt und erzählt und gesungen. Auf Polnisch natürlich, aber das ist doch Kindern egal. – Was wollt ich dir jetzt sagen? Na, ich weiß auch nicht mehr.»

«Aber ich weiß es», sagte Ruth. «Danke, das hat mir gut getan. Ich werde drüber nachdenken.»

«Ach was, lehn dich lieber in deine Ecke und schlaf noch ein bißchen. Morgen sieht alles ganz anders aus.»

Am Morgen erwähnte der Mann das Gespräch mit keinem Wort. Erst beim Aussteigen in Klagenfurt, als er ihr vom Bahnsteig aus den Koffer abnahm und ihren Arm umfaßte, um ihr vom Trittbrett zu helfen, griff er einen Moment nach ihrer Hand. «Also, dann viel Glück, Mädchen! Wenn alles schiefgeht, sind sechs Wochen keine Ewigkeit. Aber warum soll's denn schiefgehen?» Dann hob er die Hand an die Schläfe, grinste und sagte: «Und nun mach den vielen Generälen keine Schande.»

Ruth mußte fast eine Stunde auf den Bus warten, der dann auf holperigen Straßen von Dorf zu Dorf fuhr. Sie sah Felder mit Gemüse, Obstgärten, braune Feldwege, Tomatenbeete neben Tomatenbeeten, in der Ferne waldige Hänge und darüber die steile Kette der Karawanken. Im Bus saßen Frauen mit Kopftüchern, manche in Tracht, und sie sprachen ein Österreichisch, von dem Ruth kaum ein Wort verstand. Sie hatte Filme von Paul Hörbiger und Hans Moser in gemäßigtem Wienerisch gesehen, Schnitzler gelesen und war im Theater in Stücken von Raimund gewesen, aber mit dem, was im Bus gesprochen wurde, hatte das nichts gemein.

Eine freundliche alte Frau, die mehrere Haltestellen weit neben ihr saß, fragte sie über ihr Reiseziel aus. «So, St. Urban? Aah, St. Urban», sagte sie endlich und lächelte zahnlükkig Ruth an. Ruth lächelte zurück; dann schwiegen sie wieder. Als sie ausstieg, schenkte die Frau ihr einen Apfel. Sie aß ihn und überlegte besorgt, ob der Busfahrer ihr auch wirklich Bescheid sagen würde, wann St. Urban käme. Der Bus fuhr immer steilere Straßen hinauf, und plötzlich hörte Ruth die Männer auf der Bank vor ihr in einer fremden, kehligen Sprache sprechen. Sie wußte nicht, ob es Slowenisch war.

«Jetzt müssen's aussteign», sagte der Busfahrer und deutete auf die Tür. «St. Urban.»

Dann stand sie auf einem Dorfplatz mit einer Linde, einer Bank und einem Brunnen. Niemand sonst war ausgestiegen, niemand wartete auf sie. Der Platz war groß und staubig, die Luft flirrte in der Sommerhitze. Ruth setzte sich auf die Bank unter der großen Linde. Sie sah sich um. Der «Adler» lag auf der anderen Seite und war wenig einladend. Ein Steinkasten, quadratisch, in der Mitte eine doppelte braune Holztür, zwei Fenster rechts, zwei Fenster links, neben der Tür ein Kübel mit durstigen Geranien. Sie würde doch lieber noch ein wenig hier warten. Vor dem Wirtshaus parkten zwei Autos, beide voller Staub, beide alt. Ruth überlegte, ob eins davon einem ihrer Onkel gehören könnte und welcher von beiden sie abholen würde: Josef, der Junggeselle, oder Anton, der zwei Söhne hatte, einer zwei Jahre älter als sie, einer ein Jahr jünger. Sie malte mit der Schuhspitze Kreise und Spiralen in den trockenen Staub vor der Bank und schob über einem Zigarettenstummel einen kleinen Hügel zusammen. Die Großmutter und Friedrich; morgen würden sie in den Schwarzwald fahren. Sie sah sie vor sich, bekam Sehnsucht nach ihnen und fühlte sich auf diesem großen leeren Platz sehr klein, sehr jung, sehr einsam.

Aus der Richtung, in die der Omnibus gefahren war, kam das tuckernde Motorengeräusch eines Treckers. Das Geräusch wurde lauter, und gleich darauf sah Ruth ihn zwischen zwei Häusern auf den Platz fahren. Die Ladefläche war leer. Hinter dem Lenkrad saß ein dunkelbraun verbrannter Mann in einem karierten Hemd. Er hatte einen vergilbten Strohhut mit ausgefranster Krempe tief in die Stirn gezogen. Als er geradeaus auf das Schild der Bus-Haltestelle zufuhr, richtete Ruth sich auf und sah ihm entgegen. Sie begegnete seinem forschenden Blick, sah, daß er zu lächeln begann, stand auf und trat aus dem Schatten des Baums.

«Nachher bist du die Ruth?»

«Ja», sagte sie unsicher.

Der Trecker stand, der Motor verstummte, der Mann sprang herunter und war mit zwei Schritten bei ihr. Er legte ihr die Hände fest auf die Schultern, schob sie ein wenig zurück und sah sie lange und eindringlich an. «Ja, du gleichst der Anna. Ich bin dein Onkel Josef.»

Er zog sie an sich und umarmte sie. Er war kleiner als Ruth. Sie sah ihm verlegen über die Schulter, spürte seine trockene Lederhaut an der Wange – und begann auf einmal zu schluchzen, weil sie einen Onkel hatte, der sie umarmte; weil sie nach der langen Reise angekommen war; weil sie nicht länger allein auf der Bank sitzen mußte, und weil dieser stämmige kleine Mann der Bruder ihrer Mutter war und nun auch weinte.

Er zog ein großes blaues Taschentuch aus der Tasche, faltete es auf, gab es Ruth, nahm es zurück, als sie sich die Tränen abgewischt hatte, und rieb sich damit über Stirn und Augen.

«Onkel Josef», sagte Ruth. Sie hatte ihn schon oft so genannt, wenn sie mit der Großmutter oder Friedrich über die Oberbichlers gesprochen hatte. Aber jetzt war es ganz anders. «Onkel Josef», wiederholte sie. Es war keine Frage, kein Ausruf, nur ein Ausprobieren dieses Namens, der eine Gestalt bekommen hatte.

«Komm, Anna – nein, Ruth», sagte der Onkel. «Du wirst müde von der Reise sein und durstig. Wir gehn was trinken. Im ‹Adler› wollen sie dich auch sehen. Dann fahren wir heim. Wir brauchen fast eine Stunde.»

Ruth trank Obstmost, umringt von freundlichen Menschen, die sie kaum verstand, die aber alle von der Anna sprachen, und daß sie ihr glich, nur so viel größer und magerer wäre. Zwischen den Männern, die Pepi, Franzl, Egon und Anton hießen, und der Wirtin Zenzi mit dem runden, strahlenden Gesicht wurde ihr schwindlig. Sie wußte nicht, ob vom ungewohnten Alkohol in der Sommerhitze oder vom fremden, fast unverständlichen Dialekt oder von der Gegenwart des stillen Onkels, der sie nicht aus den Augen ließ. Als sie endlich neben ihm auf der Bank des Traktors saß, war sie verlegen und der Onkel auch.

Sie hatten das Dorf hinter sich gelassen und fuhren langsam über einen Feldweg. Als Ruth sich umdrehte, sah sie die Staubfahne, die ihnen folgte und sich hinter einer Kurve und Böschung verlor.

«Willst du mal fahren, Ruth?»

Sie sah ihn staunend an. «Das kann ich nicht.»

«Dann üb's halt. Wo du aus der Stadt kommst, wär's vielleicht nicht schlecht. Die Buben können's nämlich. Sie wollen dir imponieren. Du brauchst es nicht gut können, aber wenn du schon mal anlassen und lenken könntest . . .»

Er hielt an, kletterte an Ruth vorbei, tauschte mit ihr den Sitz und begann zu erklären. Ruth hatte Glück. Der Motor sprang an, sie bekam den Gang rein, fuhr erst Schlangenlinien und dann allmählich geradeaus. Als sie einen Seitenblick wagte, schmunzelte der Mann. Sie lachte glücklich, drehte sofort zu stark am Lenkrad und brauchte die Hilfe des Onkels, um wieder geradezukommen.

«Kannst du mich eigentlich verstehn?» fragte er nach einer Weile. «Ich meine, weil ich doch Österreichisch spreche.»

«Dich verstehe ich gut, Onkel Josef. Aber in der Wirtschaft hab ich kein Wort verstanden. Da hatte ich Angst, ihr würdet alle so reden. Spricht die Großmutter auch so? Und der Onkel Anton und die Tante Elli und die Jungen?»

«Wenn du mich verstehst, verstehst du die andern auch», sagte er beruhigend.

Ruth hätte ihn gern gefragt, wie sie denn wären und ob er glaubte, daß sie mit ihnen auskommen könnte, aber sie traute sich nicht. Außerdem war sie so mit dem Traktor beschäftigt, daß sie kaum Zeit zum Reden fand. Nach einer Weile zeigte er auf einen Waldstreifen, über dem Felder lagen. «Da drüben kannst du jetzt gleich den Hof sehen.»

Die Oberbichlers hatten ihr nie Fotos geschickt; sie hatte nur das Hochzeitsbild ihrer Eltern bekommen. Aus Dorotheas dürftigen Erklärungen hatte sie geschlossen, daß der Hof klein und die Familie arm wäre. Jetzt sah sie ziemlich dicht am Wald einen langgestreckten Bau auftauchen, mit braunen Holzbohlen verkleidet, die quer zu den Fenstern liefen. Im ersten Stock an der Stirnwand war ein breiter Balkon, der vom Dach überragt wurde. An der Brüstung hingen Blumenkästen, in denen rote Blumen üppig blühten und rankten. Ganz unbewußt hielt sie das Lenkrad nur mit einer Hand fest und schirmte mit der anderen die Augen.

«So groß hab ich mir das Haus nicht vorgestellt. Wie schön das ist! Ist es alt? Das Holz hat eine so eigenartige Farbe, dunkelbraun mit einem grauen Schimmer.»

«So wird es, wenn es verwittert. Der Hof ist fast hundert Jahre alt. Davor war auch schon ein Haus da, aber das ist abgebrannt. Unser Urgroßvater hat wieder neu aufgebaut.»

«Ich habe einen Fotoapparat im Koffer», sagte Ruth. «Ich werde alles fotografieren, euch und das Haus und die Landschaft und die Kühe . . .»

«Aber geh, was brauchst denn du einen Fotoapparat! Du kannst doch zeichnen. So, und jetzt halt mal an. Wir tauschen den Platz. Gleich geht's bergauf. Wenn die Burschen uns vom Haus aus gesehen haben, kommen sie uns wahrscheinlich entgegen. Es wär nicht gut, wenn du dann gerade den Motor abwürgst oder nicht in den Gang kommst.»

Ruth wußte nur noch direkt beim Kennenlernen, wie sie sich die neue Großmutter vorgestellt hatte. Sie hatte sich Dorothea genommen und alles an ihr ins Gegenteil verkehrt. Klein sollte die Oberbichler-Großmutter sein, leicht gebückt, sanft und von einer Zärtlichkeit, die Ruth ersehnte, aber auch fürchtete, denn niemand in ihrer Welt war zärtlich. Falls ihre Mutter zärtlich gewesen sein sollte, konnte sie sich nicht mehr daran erinnern.

Die neue Großmutter war nicht groß, hielt sich aber kerzengerade. Als Ruth, Onkel Josef und ihre beiden Vettern Ulrich und Peter zum Haus kamen und vom Traktor stiegen, stand sie unter der Tür und erwartete die Enkelin. Sie betrachtete das Mädchen forschend. Etwa eine Minute lang stand sie wortlos da, aber dann streckte sie die Hand aus, eine harte, schwielige Hand, die fest zugriff. «Ruth, herzlich willkommen! Ich freue mich, endlich die Tochter meiner Tochter zu sehen.» Jetzt lächelte sie und fuhr mit einer Herzlichkeit fort, die Ruths Ängste auflöste. «Kennen tun wir dich schon lange. Seit du geschrieben und deine Zeichnungen geschickt hast. Seitdem gehörst du zu uns.»

Ruth dachte an die Nacht im Zug und den Mann, dessen Gesicht beim Anzünden der Zigarette sie nie mehr vergessen würde. Sie beugte sich vor, legte der alten Frau die Arme um den Hals, küßte sie ein wenig linkisch auf die Wange und fragte: «Wie soll ich dich nennen? Darf ich weiter Großmutter sagen wie in all den Briefen?»

Um die Augen bildeten sich kleine Lachfalten, obwohl die Mundwinkel gerade blieben. «Wie wolltest du mich denn nennen? Oma? Das sagen sie ja wohl bei euch. Sag du ruhig Großmutter. Das sagen die Buben auch zu mir. Wie nennst du denn deine Großmutter Wossilo?»

«Auch Großmutter.»

«Na, verwechseln wirst du uns deswegen sicher nicht.»

Ruth lachte. Dann lachte Onkel Josef, und die Buben stimmten mit ein. Am Ende lachte auch die alte Oberbichlerin.

Das lernte Ruth am ersten Tag: Onkel Anton war der Oberbichler, seine Frau Elli die junge Oberbichlerin und die Großmutter die alte Oberbichlerin.

Nachdem sie auch noch Anton und seine Frau kennengelernt hatte, saß sie mit der Familie am großen, vom vielen Scheuern fast weißlichen Holztisch. Die Tante teilte das Essen aus einer schönen tiefen Tonschüssel aus, ein Ragout aus vielerlei Gemüse und selbstgeräuchertem Schweinefleisch, dazu Knödel, die nicht wie Knödel, sondern wie dicke Scheiben von einem Brotlaib aussahen. Die kaum überwundene Fremdheit kam wieder hoch und machte alle befangen und einsilbig.

«Das schmeckt gut», sagte Ruth endlich. «Hast du extra für mich ein Sonntagsessen gekocht, Tante Elli?»

Die schöne schwarzhaarige Frau sagte: «Schon für dich, aber schau dir mal die anderen an, Ruth.»

Ruth blickte auf, sah gegenüber die beiden Vettern, am oberen Tischende den Onkel Anton, neben ihm die Tante, dann Onkel Josef und am anderen Kopfende die Großmutter. Alle aßen herzhaft, und alle sahen sie jetzt freundlich an. An der getäfelten Wand hinter den Köpfen ihrer Vettern hingen einige von Ruths Zeichnungen in schlichten hellen Holzrahmen.

«Daß ihr die aufgehängt habt! Ich wollte euch doch bloß zeigen, wie es bei uns aussieht und was ich so mache.»

Dann sah sie an der Wand das holzgeschnitzte Bord, auf dem Kannen und Teller standen. Darunter waren Haken für die großen bunten Henkeltassen. Ruth hatte nie etwas mit Holzschnitzereien zu tun gehabt, erkannte aber sofort, daß dies neu war, viel neuer als die Holztäfelung oder die Bank und die schlichten Stühle.

«Habt ihr das Bord neu? Wer hat das geschnitzt? Das ist sehr schön.» Das Bord, das um die Ecke ging und mit dem Ende der Eckbank abschloß, hatte oben einen schmalen Fries aus Blumen: Margeriten, Kornblumen und Mohn, verschlungen wie eine Girlande, ein flaches Relief, an dem sich kein Schmutz und Staub fing. Unten, unterhalb der Tassen, war ein zweiter, breiterer Fries. Feldfrüchte, Gemüse, Obst, Kornähren – nichts wiederholte sich, aber dennoch war keine Unruhe darin. Und dann entdeckte Ruth die Maus zwischen den Ähren, einen Spatzen in den Johannisbeeren, eine Weinbergschnecke neben der Salatpflanze, Hummeln, Bienen, kleine Käfer und am äußeren Rand einen Igel, der mit schnuppernder Nase und kleinen wachen Augen nachzusehen schien, ob für ihn der Tisch gedeckt sei. Sie sagte: «Wunderschön!» und ihr Gesicht begann zu strahlen.

«Den oberen Fries hat der Papa geschnitzt und den unteren der Onkel Josef», erklärte der jüngere Vetter Peter, mit dem sie bisher am leichtesten reden konnte.

Sie sah die beiden Onkel an. «Ihr seid Künstler. Jetzt schäme ich mich für meine Bildchen. Ihr müßt mich ausgelacht haben.»

«Nein, das haben sie nicht», griff Tante Elli ein. «Im Gegenteil. Du hättest hören sollen, wie stolz sie waren, daß wieder einer in der Familie ist, der so was kann. Die Buben haben es nämlich nicht geerbt. Leider. Aber in meiner Familie hat noch nie einer schnitzen oder zeichnen können.»

«Dafür kannst du singen und Zither spielen, und das haben der Ulrich und der Peter von dir.»

Ruth hörte den Stolz, mit dem die alte Frau sprach. Sie mag ihre Schwiegertochter, dachte sie. Sie muß sie sehr gern haben, wenn sie sie so herausstreicht. Sie mögen sich alle, darum geht es mit ihnen so leicht. Wieder fiel ihr der Mann aus dem Zug ein. «Hat meine Mutter auch so etwas gekonnt?» fragte sie. «Ich meine, konnte sie zeichnen und schnitzen? Ich weiß doch gar nichts von ihr.»

«Gezeichnet hat sie nie, aber sie hat schon als Kind aus Fleckerln Puppen und Tiere genäht ...»

«Ich hab noch eine Puppe von ihr, Onkel Anton. Sie ist ganz zerrupft. Ich hab sie im Kinderheim in Dresden gehabt. Und Dorothea, meine andere Großmutter, hat sie wiedererkannt. Sie sagt, da erst wäre sie ganz sicher gewesen, daß ich ihre Enkelin war. Ich meine, weil ich meinem Vater nicht ähnlich sehe und die Großmutter Wossilo meine Mutter nicht gut gekannt . . .» Ruth wurde rot und verstummte.

«Schon gut, Ruth», sagte Onkel Josef, der seit der ersten Begegnung auf dem Dorfplatz Ruths Lieblingsonkel war und bleiben sollte. «Wir wissen das. Die Anna und dein Vater haben einen langen Brief an die Mutter geschrieben, als sie damals so plötzlich heirateten, weil die Anna schon schwanger war. Sie haben alles erklärt, auch das mit deinem Großvater, dem General. Wir haben deinen Vater nicht gekannt. Er hat ja hernach keinen Urlaub mehr bekommen, und dann war er so bald schon tot.»

Ruth wollte sie bitten, ihr den Brief zu geben, aber sie überlegte es sich anders. Vielleicht später. Vielleicht sollte sie überhaupt warten, ob sie ihn ihr von allein geben würden.

Nach dem Essen saßen sei beim Kaffee lange zusammen und redeten. Sie erzählten ihr von ihrer Mutter; sogar Tante Elli hatte sie gut gekannt.

«Bist du ebenso störrisch, Ruth? Deine Mutter war stur wie ein alter Maulesel. Wenn die was nicht wollte, wollte sie nicht. Der Vater hat ihr damals nicht erlaubt, zum Doktor Strobl in die Praxis zu gehen, um zu lernen und ihm bei der Ordination zu helfen. Er hat sie eingesperrt, weil er sie auf dem Hof halten wollte, damit sie der Mutter an die Hand geht. Da ist sie nachts aus dem Fenster geklettert und drei Tage fortgeblieben. Darauf ist der Doktor gekommen und hat mit dem Vater geredet.» Onkel Josef lachte. «Er ist abends um sechs gekommen. Der Vater war im Stall. Sie haben so miteinander geschrien, daß man's bis in den Wald gehört hat. Hernach haben sie sich betrunken, und dann durfte die Anna zum Doktor. Der lebt noch in Bleiburg. Du mußt ihn besuchen.»

«Na, bist du jetzt stur oder nicht?» fragte Peter dazwischen.

«Ich bin bockig», sagte Ruth. «Manchmal wenigstens. Friedrich hat das auch gesagt: wie ein alter Maulesel. Aber meine andere Großmutter glaubt, ich hätte es von meinem Vater.»

«Wenn's du das von beiden hast, kann's ja heiter werden!»

«Goschen, Peter!» sagte der Vater, aber es klang nicht so streng.

Als Ruth beim Geschirrspülen half, fragte sie: «Habt ihr euch heute meinetwegen frei genommen? Ich meine, weil ihr nicht auf dem Feld seid und der Onkel Josef hier ist.»

«Ganz frei kann man sich hier nie nehmen, Ruth.» Die Tante nahm ihr die große Tonschüssel ab, die sie gerade abgetrocknet hatte. «Aber heut müssen wir nur noch melken. Jetzt im Sommer können die Kühe auf derWeide bleiben. Der Josef hat Urlaub. Ulrich und Peter haben Ferien. Da sind viele da, die helfen können. Wenn du Lust hast, zeigen wir dir den Hof, und dann kannst du mit den Buben zum Schwimmen fahren. Du kannst mein Rad haben.»

«Ist hier ein Schwimmbad in der Nähe?» Ruths Gesicht wurde besorgt. Sie hatte zwar auf den Rädern ihrer Freundinnen fahren gelernt, war aber nicht sehr sicher.

«Kein Schwimmbad, ein kleiner See, eigentlich nur ein Teich. Er ist da drüben im Wald.»

«Erst zeig ich der Ruth, wo sie schläft. Sie hat noch nicht mal auspacken können.» Die Großmutter führte sie in den oberen Stock in ein kleines, getäfeltes Zimmer mit einem Bett, einem Schrank, einem Tisch und zwei Holzstühlen. Vor dem Fenster hing ein Blumenkasten mit Fuchsien und Geranien, dahinter dehnten sich Felder, Wiesen und Wald immer höher hinauf bis zu zackigen Felswänden.

«Sind das die Karawanken, Großmutter?»

«Ja. Wenn du gern wanderst, mußt du mal da hinauf.»

Während Ruth auspackte, saß die Großmutter auf einem

der Stühle und sah ihr zu. «Du hast deine Zeichensachen mitgebracht», stellte sie zufrieden fest, als Ruth die Skizzenbücher auf den Tisch legte.

«Ja, aber was willst du mit meinen Zeichnungen, wenn deine Söhne so fabelhafte Holzschnitzer sind? Sie sind Künstler, Großmutter.»

«Beim Anton weiß ich es nicht. Der hat auch zu wenig Zeit. Ich wünsch mir immer was von ihm, damit er es nicht ganz aufgibt. Er hat die schönen großen Holzlöffel mit den breiten, verzierten Stielen geschnitzt. Du mußt beim Essen darauf achten und was sagen, dann freut er sich. Der Josef hat schon eine Ausstellung gehabt. Er kennt hier die anderen Schnitzer und Maler. Manchmal kommen sogar Fremde bis zu uns herauf, weil sie ihm was abkaufen wollen. Er sagt, wenn er damit genug verdient, gibt er die Arbeit in der Fabrik auf und schnitzt nur noch.»

«Wer wohnt sonst in diesem Zimmer? Habt ihr meinetwegen einen von den Buben vertrieben? Ich möchte nicht, daß sie sich ärgern, daß ich gekommen bin.»

«Die und sich ärgern? Sie freuen sich genausosehr wie wir alle, daß du endlich da bist. Nein, in dem Zimmer wohnt nur manchmal Besuch. Die Schwester von der Elli oder ein Freund vom Josef. So, und jetzt zeig ich dir, wo du dich waschen kannst, Ruth. Wir haben seit ein paar Jahren ein Bad hier heroben im Haus.»

Als Ruth die Dusche und den großen Boiler sah, fragte sie: «Woher kommt das Wasser?»

«Wir haben eine Quelle gefaßt. Im Berg hinter dem Haus ist ein Reservoir. Selbst wenn es lange nicht regnet, reichen wir aus. Als deine Mutter klein war, mußten wir noch jeden Eimer Wasser auf dem Hof aus dem Brunnen holen.»

«Ich hab noch nie auf dem Land gelebt, Großmutter.

Glaubst du, daß ich euch helfen kann? Im Garten oder bei der Ernte oder bei allem, was ihr so macht?»

Bis zum Abendessen hatte Ruth das Haus, die Ställe, die Scheune und die Schuppen besichtigt, hatte den ersten Melkversuch hinter sich, konnte ihre Unterarme nicht mehr heben und das Messer kaum halten. Sie war mit den Onkeln und den Vettern bergauf und bergab gestiegen, wußte, wo die Felder lagen, welche Waldstücke den Oberbichlers gehörten, wie viele Kühe und Schweine sie hatten und was im Gemüsegarten wuchs und geerntet werden mußte. Sie hatte gestanden, daß sie erst noch auf dem Fahrrad üben mußte, ehe sie sich auf die drei Kilometer lange Fahrt einließ, und hätte auch gar nicht sagen können, wann Zeit zum Baden im Waldsee gewesen wäre. Sie aß mit der Familie Speck zu hausgebackenem Brot, trank wieder den Haustrunk, einen Most aus eigenen Äpfeln, und schlief auf der Holzbank fast ein.

Als sie und die Jungen ins Bett gegangen waren, saßen die Erwachsenen noch beisammen.

«G'fallt dir deine neue Enkeltochter?» fragte Elli.

«Da brauchst du dir die Mutter nur ansehen», sagte ihr Mann.

«Ich wollt ihr den Brief von der Anna und ihrem Mann nicht gleich zum Lesen geben, weil so viel Böses drin steht. Ich denke, wir müssen sie erst besser kennenlernen. Trotzdem kommt es mir jetzt schon so vor, als wär sie viel länger da als nur einen halben Tag.» Die alte Frau lächelte.

«Ich hab schon zweimal Anna zu ihr gesagt. Sie gleicht ihr so sehr, aber sie ist auch wieder ganz anders als die Anna. Nicht wegen der Größe und weil sie so dünn ist. Sie ist härter. Die Anna war lieb . . .»

«Das ist die Ruth auch, Josef. Auf mich wirkt sie wie ein Bub, der sich nicht traut, lieb zu sein. Ist auch kein Wunder, wenn man denkt, daß sie immer nur bei der strengen alten Frau und diesem Friedrich gewesen ist.»

«Frau Wossilo hat mir einen Brief geschrieben», unterbrach die alte Frau sie. «Ich hab ihn vom Postler bekommen und euch nicht gezeigt. Aber jetzt, wo die Ruth da ist, könnt ihr ihn lesen.» Sie stand auf, zog die Schublade des Geschirrschranks auf und nahm den Brief heraus, der noch im sauber aufgeschlitzten Umschlag steckte, auf den Dorothea mit ihren steilen, strengen Buchstaben die Adresse geschrieben hatte.

«Lies ihn vor, Mutter. Dann hören wir's alle gleichzeitig.»

«Liebe Frau Oberbichler», begann sie zu lesen. «Nachdem nun die Reise von Ruth geklärt und alles verabredet ist, möchte ich Ihnen noch einige private Zeilen schreiben. Ich kann mir denken, wie sehr Sie sich auf Ruth freuen, und hoffe nur, daß sie Sie nicht enttäuscht. Wenn sie das tut, geben Sie bitte nicht dem Kind die Schuld. In den zehn Jahren, in denen sie nun mit mir zusammenlebt, hat sie sich zu einem freundlichen und klugen Mädchen entwikkelt. Ich fürchte allerdings, sie wird Ihnen nicht herzlich genug erscheinen. Ruth ist weder zärtlich noch herzlich, und daran trage allein ich die Schuld. Sie wissen, daß ich beides nicht bin. Ihre Tochter oder mein Sohn werden Ihnen das erzählt oder geschrieben haben. Meine Erziehung und mein Leben waren nicht darauf ausgerichtet, Gefühle zu zeigen. Als Ruth aus dem Heim in Sachsen zu mir kam, war ich zu alt, mich noch grundlegend ändern zu können. Was ich ihr bieten konnte, war Geborgenheit und ein Zuhause, aber ich habe sie nicht umarmt, nicht geküßt und nicht gestreichelt. Vielleicht hätte ein kleines Mädchen das nötig gehabt . . .

Sie wissen, daß ich nach dem Kriege einen alten Freund meines Mannes wiedergetroffen habe. Herr von Hortmann ist für Ruth mindestens ebenso wichtig wie ich. Er liebt sie, und sie liebt ihn. Er ist sanft und liebenswürdig und fürchtet sich nicht, Gefühle zu zeigen. Für Ruth war er immer der Ausgleich zu meiner Strenge und Kühle. Im Umgang mit ihm ist sie zärtlich und herzlich. Es ist mein tiefster Wunsch, daß es Ruth gelingen möge, Ihnen, liebe Frau Oberbichler, zu zeigen, wie sehr sie sich nach Ihnen gesehnt hat und wie bereit sie ist, Sie zu lieben.

Mit allen guten Wünschen für Sie und Ihre Familie verbleibe ich stets die Ihre

Dorothea Wossilo.»

«Was muß die für ein Dragoner sein!» sagte Elli halb lachend, halb ärgerlich. «Ich möcht bloß wissen, warum man so ein kleines Mädel nicht umarmen kann? Als ob das was wär, was man in der Schule lernt.»

«Verrückt!» Anton schüttelte den Kopf. «Irgendwie imponiert sie mir auch. Der Brief muß ihr schwergefallen sein.»

«Für die Ruth wird's am leichtesten sein, wir fragen sie nach der alten Frau und dem General. Gar so unglücklich scheint sie mit denen ja nicht zu sein, nicht wahr?»

«Ja, Josef. Aber mit uns fällt es ihr auch nicht so schwer. Wenn man denkt, wie herzlich sie uns alle begrüßt hat.» Die alte Oberbichlerin sah fragend ihren Sohn Josef an. «Wie war's denn in St. Urban, als du sie getroffen hast?»

«Da hab ich geglaubt, unsere Anna sitzt auf der Bank. Ich hab sie in die Arme genommen, und dann haben wir beide weinen müssen.»

«Ach, Josef», sagte die Schwägerin liebevoll. «Du machst es immer von allein richtig. Sie lauft dir ja auch nach wie ein kleines Hunderl.»

«Gar so klein auch wieder nicht.»

Nach drei Tagen gehörte Ruth dazu. Sie war überall und fast immer im Weg; sie wurde von den Onkeln und Vettern bewacht, die aber auch nicht alles Unheil abwehren konnten. Der Eber griff sie an, als sie das Schweinefutter auf der Wiese in den Trog schütten wollte. Bei ihrer Flucht kippten die Eimer um, aber die Schweine wurden auch so noch satt, und Ruth war über den Holzzaun geklettert, bevor der Eber sie einholte und vom Onkel Anton mit der Heugabel vertrieben wurde. Die Männer lachten schallend, sahen zum erstenmal den widerborstigen Ausdruck, den sie von der Schwester noch so gut kannten, standen staunend vor dem Mädchen und sagten im Chor: «Genau wie die Anna!»

«Ihr seid ja so gemein!» schrie Ruth, erntete neues Gelächter und mußte am Ende selber grinsen. «Warum sagt ihr mir nicht vorher, daß das Biest gefährlich ist?»

«Wir sagen dir von morgens bis abends, was gefährlich ist. Fällst du darum etwa nicht durch die Heuluke? Haben wir dir nicht gesagt, du sollst die Braune nicht melken, weil sie so damisch mit dem Schwanz schlägt und man ihn vorher festbinden muß? Natürlich mußt du es mit der Braunen probieren, die schwierig ist und bei deinem Gerupfe an den Zitzen wild wird. Jetzt hast du den Striemen am Hals und kannst froh sein, daß sie dich nicht im Gesicht getroffen hat. Du könntest blind sein!»

«Ach was!»

«Du, Ruth, hör einmal», herrschte sie der sonst so sanfte Onkel Josef an. «Wenn dir der Onkel Anton was aufträgt oder wenn er dir erklärt, was du nicht machen sollst, dann hör auf ihn. Hier hat der Anton das Sagen.»

«Entschuldige, Onkel Anton», sagte Ruth sehr verlegen zu ihrem nicht minder verlegenen Onkel. «Wenn ich den Schweinen wieder das Futter bringe, was soll ich dann mit dem Eber anfangen?»

«Nimm einen Stecken mit, hau ihm über den Hals und schrei ihn an.»

«Und das wirkt?» Ruth nahm die Heugabel, ging durch das Gatter zu den Schweinen, sah den Eber auf sich zukommen, drohte mit der Heugabel und schrie: «Du damisches Viech, schleich dich, sag ich!» Sie ging auf ihn zu, immer noch die Heugabel in der Hand. Der Eber drehte ab.

«Fluchen kannst du schon ganz gut auf Österreichisch, Ruth.»

Sie seufzte. «Das andere lern ich auch noch.»

Nach einem Tag im Gemüsegarten sank sie am Spätnachmittag auf die Holzbank vor dem Haus. «Wie macht ihr das, Tante Elli, daß ihr noch gerade gehen könnt? Am liebsten würd ich nur noch vornübergebeugt an zwei Stöcken humpeln. Ich habe Angst, mich jemals wieder gerade aufzurichten.»

«Fahrt zum Schwimmen», sagte die Tante lachend. «Das hilft am allerbesten gegen Muskelkater. Morgen machst du mal einen Tag Pause, Ruth. Du bist es doch nicht gewohnt.»

Ruth wehrte heftig ab. «Damit sie mich alle auslachen? Nein.» Sie stemmte sich an der Tischkante hoch. «Wo sind der Ulrich und der Peter?»

«Oben auf der Wiese hinter dem Wald. Sie haben heute Grummet geschnitten.»

«Steht dein Rad im Schuppen? Wenn sie nicht da sind, kann ich üben. So merkt es keiner, wenn ich runterfalle.»

«Bin ich keiner?»

«Nein, aber du verrätst mich nicht.»

Als die Großmutter aus dem Haus kam und sich zur Schwiegertochter setzte, radelte Ruth auf dem Platz vor der Scheune schlingernd Kurven. Ein paarmal sprang sie im letzten Augenblick ab, stieg aber sofort wieder auf und übte weiter.

«Radfahren auf preußisch», sagte die alte Frau schmunzelnd. «Sie ist nicht begabt dafür, aber sie gibt's nicht auf.»

Ruth steuerte jetzt gerade auf sie zu und fuhr einen wackeligen Kreis vor der Bank. «Meint ihr, ich schaffe es bis zum Teich und wieder zurück?» rief sie.

«Ich glaub, es ist besser, du übst morgen noch mal. Es sieht ziemlich gefährlich aus.»

Auch daran gewöhnte sich Ruth. Wenn sie Wagnisse einging oder sich zuviel zutraute, war keiner bereit, sie zu bewundern. Sie durfte den Traktor nur auf den Feldwegen fahren, nicht auf steilen Strecken und nicht auf den Feldern, wo es auf gerade Bahnen und schmale Wendekreise ankam. Beim Melken, das sie nicht aufgeben wollte, blieb immer einer in der Nähe. Und so sehr sie auch bettelte, das Motorrad von Onkel Josef durfte sie nicht einmal auf dem Hof ausprobieren. Der Onkel, der ihr seine Schnitzmesser ohne Wimpernzucken anvertraute und es hinnahm, daß sie sie stumpf oder schartig machte, ging auf alles Flehen nicht ein. «Nein», sagte er. «Du kannst beim Anton, bei mir und beim Ulli als Klammeraffe mitfahren. Allein nicht. Auch nicht zum Lernen.»

«Aber den Peter läßt du fahren.»

«Der ist von klein auf an Motoren gewöhnt und weiß, wie sie funktionieren. Der fährt, seit er neun war, mit dem Traktor. Das ist was anderes.»

Ruth fügte sich, denn der Oberbichlermund, der bei Dorothea und Friedrich eine vorzügliche Waffe war, erregte hier nur Heiterkeit.

«Jetzt schaut sie wieder wie die Anna aus, wenn sie mit dem Kopf nicht durch die Wand kam», sagte die Großmutter.

Ruths Lieblingsvetter war nicht der zwei Jahre ältere Ulrich. Der fesche Hoferbe, der vom Herbst bis zum Frühjahr auf eine landwirtschaftliche Schule ging und nur sommers ganz auf dem Hof arbeitete, war ihr zu überlegen. Er war freundlich zu ihr wie zu einer kleineren Schwester. Geduldig zeigte und erklärte er ihr alles, und das meiste, was sie über Landwirtschaft, über Viehzucht und Getreide- und Obstanbau wußte, stammte von ihm.

«Was lernst denn du auf deiner feinen Schule eigentlich? Das da ist ein Mistkäfer, und der ist ganz harmlos. Auf Kartoffelkäfer sollst du achten, hab ich gesagt. Gelbe Streifen, Ruth! Bist du farbenblind?» Er legte ihr Ähren auf den Tisch. «Na, was ist? Erkennst du sie jetzt?»

«Gerste, Roggen, Weizen», sagte Ruth.

«Und das?»

«Hafer», flüsterte Onkel Josef.

Alle lachten.

An einem Abend nahm Ulrich sie auf dem Motorrad mit nach St. Urban in den «Adler». Die Burschen und Mädchen waren modischer aufgemacht als Ruth und alle ihre Freunde und Freundinnen zu Hause. Sie tanzten auch wilder. Die Mädchen betrachteten Ruth neugierig und wurden herablassend, als sie sahen, daß sie sich nicht schminkte und nur ein einfaches Baumwollkleid trug. Und da sie nicht einmal mit dem Plattenautomaten umgehen konnte, grinsten sie einander zu. Als die Wirtin ihr das dritte Glas Most brachte, spottete eine, die hinter Ulrich her war, aber von ihm gelangweilt abgetan wurde: «Ulli, paß auf, die Kleine trinkt zuviel. Nachher fallt sie dir noch vom Motorrad!»

Ein Freund von Ulli, den Ruth nett fand und mit dem sie öfter tanzte, wollte mit ihr auf den Hof.

«Ihr bleibt herinnen!» sagte Ulrich. Mehr nicht.

Der Freund nahm übel. Er hatte zuviel getrunken und wurde streitsüchtig. Mit Ruth sprach er so, daß sie ihn verstehen konnte, aber jetzt begann er zu raunzen und zu schimpfen. Ruth sah das rote Gesicht ihres Vetters, auf dessen Stirn eine blaue Ader dick anschwoll. «Fahr mich zurück, Ulrich», sagte sie. Sie hielt die gerade Wossilonase in die Luft. «Ich weiß, daß ich ein Reinfall für dich bin. Es tut mir leid. Aber so sehr haben sie dich und mich nicht beleidigt, daß du dich deswegen schlagen mußt.»

Der Rücksitz des Motorrads hatte keinen Griff. Auf der holprigen Fahrt mußte Ruth sich am Vetter festhalten, wenn sie nicht herunterfallen wollte. Auf der Herfahrt hatte es ihr nichts ausgemacht, ihm die Arme um den Leib zu schlingen. Wenn die Onkel sie mitnahmen, machte sie es auch so. Jetzt legte sie ihm vorsichtig die Hände auf die Schultern, aber nach der dritten Kurve und der nächsten Schlaglochstrecke rutschte sie nach vorn und umschlang ihn wieder. Er sagte etwas, das sie nicht verstand.

«Nun hör du auf, auch noch auf mir rumzuhacken», schrie sie ihm ins Ohr. «Was kann ich denn dafür, wenn ich jünger bin und noch nie in einer Kneipe mit so einem blöden Apparat umgegangen bin? Und von drei Gläsern Most werde ich noch lange nicht betrunken! Und wenn du dir einbildest, ich wäre mit deinem blöden betrunkenen Freund auf den Hof gegangen, um mich von dem abknutschen zu lassen, bist du schiefgewickelt! Diese depperte Kuh, die sich wie ein Zirkusclown anstreicht und so ein scheußliches fleischfarbenes Kleid freiwillig anzieht und schön findet, kannst du haben. Ich schenke sie dir. Meinen Segen hast du!»

Plötzlich hielt das Motorrad an. Der Vetter stieg ab und setzte sich dann verkehrt herum auf den Sitz, so daß er ihr aus nur wenigen Zentimetern Abstand in der sternklaren Nacht ins Gesicht sehen konnte.

«Bist du jetzt fertig?»

«Ja.»

Ruth hatte ebenso wie er die Füße auf den Boden gestellt. Ihre Knie berührten sich. Als sie ärgerlich die Beine zurückzog, spürte sie immer noch seine Schuhe neben ihren Sandalen.

«Das war ein fader Abend, Ruth. Sie wollten alle vor dir großtun, weil du von weit her kommst und alle ja wissen, wer du bist. Sie wissen, daß die Anna den Sohn von einem General geheiratet hat. Und dann kommst du daher, lang und dünn wie eine Hopfenstange, hast ein braves Kleid an und siehst wie vierzehn aus und redest wie eine Lehrerin . . .»

Ruth, die an diesem Abend gemerkt hatte, wie gut ihr Vetter Ulrich aussah, wie gern sie mit ihm tanzte, wie verlegen es sie machte, so dicht hinter ihm sitzen zu müssen, daß er ihre Brüste durch die dünne Sommerjacke spüren konnte, bekam einen Eimer eiskaltes Wasser über den Kopf: Eine Hopfenstange, ein braves Kleid, eine vierzehnjährige Lehrerin! Sie sah wieder das reife, schöne, wenn auch zu bunt bemalte Mädchen mit dem lachsfarbenen Kleid vor sich. Dann stand sie daneben und sah sich selbst. Die eine Ruth stand am Wegrand und betrachtete die andere, die auf dem Motorrad saß. Keine Hopfenstange, das nicht. Sie war einfach groß und dünn. Sie sah auch nicht wie vierzehn aus. Das hatte der Vetter nur gesagt, weil er . . . was? Sie nicht noch mehr beleidigen wollte? Auch das war es nicht. Er spürte einfach, daß sie unerfahren war, noch nie etwas mit einem Mann gehabt hatte, daß sie nicht genau wußte, was zwischen Männern und Frauen geschah. Oh, in der Theorie wußte sie es wohl, und gesehen hatte sie es auch schon. Sie konnte sich noch sehr gut an das Kinderheim erinnern, an den Durchschlupf in der Hekke, an die Verstecke im Park . . . Aber Ulrich und seine Freunde und das lachsfarbene Mädchen waren ihr überlegen und um diese Erfahrung reifer.

«Das hast du alles vorher gewußt», sagte sie nun in Dorotheas klar akzentuiertem Hochdeutsch. «Ich habe dir nichts vorgemacht. Du hättest wissen können, daß ich nicht zu deinen Freunden passe und daß sie mich auslachen würden. Wahrscheinlich hast du geglaubt, mit mir angeben zu können.

Jetzt ärgert es dich, daß ich bloß ich bin und nicht eine elegante junge Kusine aus Deutschland. Aber wenn es dich tröstet, ich fand es auch sehr fad.»

Ulrich sah sie nachdenklich an und lachte dann plötzlich. «Komm, Ruth, wir fahren heim. Wenn du in zwei Jahren wiederkommst, wird alles ganz anders sein.»

Ruth kam erst nach drei Jahren wieder nach Kärnten, und da war sie neunzehn, hatte das Abitur gemacht, fühlte sich erwachsen und sicher und brauchte die Vettern und ihre Freunde nicht mehr zur Selbstbestätigung. Außerdem hatte Ulrich eine Braut. Nicht das üppige Mädchen aus St. Urban, das längst verheiratet war, sondern eine Mitschülerin aus der Landwirtschaftsschule, die Tochter eines reichen Gastwirts, ein zierliches, blondes Mädchen, das wie ein Holzfäller schuften konnte. Ruth freundete sich mit ihr an, und die Freundschaft hielt.

Damals, in den ersten Ferien in Kärnten war Peter Ruths Lieblingsvetter.

Am Tag nach dem mißglückten Ausflug ins Dorf kam er dazu, als Ruth schlingernde Kurven auf dem Fahrrad übte. Er sah eine Weile zu und sagte dann: «Fahr mal geradeaus. Das ist leichter, und du brauchst auf dem Weg doch keine Kreise fahren.»

Sie fuhr geradeaus bis in die Scheune und sprang dort ab.

«Es wird schon gehen», sagte er und blieb unter dem offenen Tor stehen. «Hol deine Badesachen und paß auf, daß dich keiner derwischt. Wir sind einfach fort. Wenn du die Strecke einmal gefahren bist, kannst du's.»

Im Haus lief Ruth der Großmutter über den Weg. Sie verbarg die Handtuchrolle hinter dem Rücken, kam sich dann dumm vor, holte sie vor und sagte: «Der Peter nimmt mich mit zum Schwimmen. Er meint, ich würd es schaffen.

Verrat uns bitte nicht. In Zukunft trau ich mich auch vor den anderen, aber heut möchten wir's allein ausprobieren.»

«Ich hab euch nicht gesehen und weiß nicht, wo ihr seid.»

Die Großmutter lächelte über Ruths Versuch, Österreichisch zu sprechen. Es klang nicht echt, aber auch nicht mehr so übertrieben hochdeutsch wie am Anfang. «Seht zu, daß ihr zum Nachtessen zurück seid.»

Peter fuhr vor Ruth her und war so anständig, sich keinmal nach ihr umzudrehen. Wenn er hörte, daß sie nicht nachkam, wartete er oder stieg vor jeder kleinen Steigung ab und schob das Rad. Der See war auf drei Seiten vom Wald umgeben; der schmale Fußpfad führte über einen Wiesenstreifen bis ans Ufer. Weil das Ufer sumpfig war, hatten die Oberbichlers einen Holzsteg gebaut, von dem eine Leiter ins Wasser ging. Ruth und Peter setzten sich auf den Steg, baumelten mit den nackten Beinen und teilten sich eine von Peters Zigaretten. Zu Hause durften weder Ruth noch Peter rauchen.

So unähnlich waren sich die beiden Familien gar nicht. Dorothea und Friedrich wachten über Ruth und waren überzeugt, sehr genau zu wissen, wann ein Mensch erwachsen war und wann nicht. Die Oberbichlersippe, nicht nur die Eltern, wachten über Ulrich und Peter, betrachteten sie als wertvollsten Besitz, der geliebt und behütet wurde, wenn es auch nach außen nie so aussehen durfte.

Ruth und Peter schwammen und tauchten, sprangen vom Steg ins Wasser, wühlten den Grund auf, bis sie in einer moorigen Brühe badeten und ans entfernte Waldufer schwimmen mußten, um wieder sauber zu werden. Sie kletterten barfuß über Baumwurzeln ans Ufer, gingen auf nackten Sohlen über den Waldboden mit kitzelnden Tannennadeln und scharfen Gräsern zurück zum Pfad und legten sich auf die sonnenwarmen Bretter, um im Schein der tiefstehenden Sonne zu trocknen.

Ruth drehte sich auf den Rücken, verschränkte die Arme hinter dem Kopf, blinzelte in den Himmel und fragte endlich faul: «Was willst du werden, Peter?»

Er lag neben ihr auf dem Bauch, war dunkelbraun verbrannt, und die von der Sonne ausgebleichten Haare an seinem Körper umhüllten ihn wie ein Gespinst aus Bronze. «Zum Forst würd ich gern gehn.»

«Wie wird man Förster?»

«Wenn man die Matura macht, kann man danach Forstwirtschaft studieren.»

«Was sagt dein Vater dazu?»

«Daß es zu teuer ist. Die Schule vom Ulrich können sie grad noch aufbringen, aber wenn ich aufs Gymnasium gehe – das müßt ich, weil ich im nächsten Jahr die mittlere Reife hab –, kann ich nicht mehr daheim wohnen, und soviel bringt der Hof nicht auf.»

«Kann der Onkel Josef nicht aushelfen?»

«Der arbeitet eh schon zuviel und hilft überall aus.»

«Wann wird der Ulrich fertig?»

«In zwei Jahren.»

Ruth erschlug eine Bremse auf ihrem braunen Bein. Fast schläfrig fragte sie: «Gibt es keine Stipendien?»

«Da müßt ich in der Schule besser sein.»

«Bist du schlecht?»

«Naa. Aber nicht gut genug. Wann soll ich denn lernen? Ich komm immer erst nachmittags zurück, und dann muß ich daheim helfen. Abends bin ich zu müde.»

«Ich hab von meinem Vater eine Rente, und Großmutter und Friedrich haben gute Pensionen, schon seit vielen Jahren. Vielleicht könnte meine Großmutter Wossilo aushelfen –»

«Von der nimmt keiner von uns einen Schilling an.»

Ruth fuhr hoch. Sie funkelte ihn wütend an. «Wie redest du von ihr! Du kennst sie doch gar nicht. Sie ist vielleicht altmodisch und manchmal streng, aber sie ist anständig und lieb.»

«Zu deiner Mutter war sie nicht lieb.»

«Ach, was weißt denn du davon!»

«Genug.» Jetzt saß auch Peter auf dem Steg und zog die Knie an. «Unsere Anna war ihr nicht fein genug. Sie sollte deinen Vater nicht heiraten, und nachher sollte sie dich bei ihnen abgeben. Dich wollten sie, aber nicht die Tante Anna. Die sollte wieder nach Kärnten und vergessen, daß sie mal einen Mann und ein Kind gehabt hatte.»

«Woher weißt du das? Das ist nicht wahr!»

Hinter Ruths zornigem Gesicht sah der Vetter die Angst und Unsicherheit ihrer Augen. Er hätte gern alles zurückgenommen und die Worte ungesagt gelassen, aber das ging nicht mehr. «Es tut mir leid, Ruthi», murmelte er linkisch. «Wir haben den Erwachsenen versprochen, nicht mit dir über deine Großmutter und den General und die Tante Anna zu reden. Es ist mir rausgerutscht. Aber jetzt kann ich dir gleich alles sagen, was ich weiß. Die Wossilos haben nicht gewollt, daß ihr Sohn die Tante Anna heiratet.»

«Das hat mir meine Großmutter erzählt.»

«Na gut. Aber hat sie dir auch gesagt, daß die Tante Anna bei ihnen war, als dein Vater gefallen ist und du noch ganz klein warst? Und daß der alte General dich hat haben wollen? Er hat zu deiner Mutter gesagt, er und seine Frau würden dich adoptieren, und dann würdest du mal alles erben. Aber deine Mutter dachte nicht daran, dich herzugeben. Sie nahm dich mit und brachte dich in einer Familie unter, solange sie im Lazarett Dienst hatte. Das stand in einem Brief an die Großmutter, an unsere Großmutter, meine ich. Beim nächsten Urlaub wollte sie dich herbringen und hier auf dem Hof lassen. Aber dann hat keiner mehr was von ihr gehört, bis die Nachricht kam, daß die Frau Wossilo dich aus dem Kinderheim geholt hat. Im Heim wußten sie nur, daß die Leute, die dich da abgegeben haben, gesagt hatten, deine Mutter wäre auf der Flucht krank geworden und zu spät operiert worden. Sie wär einen Tag darauf gestorben. Vorher hätte sie diese Familie noch gebeten, dich mitzunehmen.»

Ruth starrte ihn aus runden braunen Augen an. Peter merkte, daß sie ihn nicht wirklich anstarrte, sondern in Gedanken weit fort war. Nach einer Weile zuckte ihre Unterlippe, dann liefen ihr Tränen über die Wangen, aber sie gab keinen Ton von sich.

«Ruth, Ruthi! Jetzt heul doch nicht. Ich wollt's dir wirklich nicht sagen.» Er legte den Arm um ihre Schulter. «Hast du das denn nicht gewußt?»

«Nein», sagte sie mit ihrer Alltagsstimme, während die Tränen eine Furche über ihr sonnenverbranntes Gesicht zogen. «Ich war dumm. Ich hätte es mir ausrechnen können, weil sie mir immer ausgewichen sind, wenn ich gefragt habe. Sie hat nur immer gesagt, meine Mutter hätte mich sehr geliebt. Friedrich hat sie nicht gekannt. Aber er versucht mir zu erklären, wie es früher war, wie sie erzogen worden sind, und daß sie meinen Vater nicht verstanden haben, weil er so anders war als sie. Er wollte nicht reiten, und das Gut hat ihn nicht interessiert, und Offizier wollte er auch nicht werden. Er hat Gedichte gelesen und geschrieben. Mein Großvater hätte das unmännlich gefunden. Friedrich sagt, Dorothea hätte das machen müssen, was ihr Mann gewollt hat . . .»

«Gräm dich nicht, Ruth. In ein paar Jahren bist du erwachsen, dann kannst du von ihr fort.»

Ruth sah ihn erstaunt an. «Das verstehst du nicht. Ich will gar nicht von ihr fort. Sie tut mir nur so schrecklich leid. Sie hat mich doch aus dem Heim geholt und versucht, alles wiedergutzumachen, was sie bei meinem Vater und meiner Mutter falsch gemacht hat. Sie muß Angst gehabt haben, mit mir darüber zu reden. Stell dir vor, ich hätte es gewußt und wäre fortgelaufen . . .»

«Ja, magst du sie denn?»

«Ja. Sehr.» Ruth sprang ganz plötzlich auf. «Komm mit ins Wasser. Ich will noch mal schwimmen, damit ich nachher nicht so verheult aussehe und sie fragen, was los ist.»

Als Peter und Ruth zum Essen kamen, merkte ihnen keiner an, daß Ruth geweint hatte und Peter sich mit einem sehr schlechten Gewissen herumquälte. «Versprich mir, daß du niemand was sagst», hatte Ruth gesagt. «Und ich verspreche, daß ich nie weitererzählen werde, was ich von dir erfahren habe. Gib mir die Hand darauf.» Ernst und feierlich hatten sie sich auf dem Holzsteg die Hand geschüttelt.

Noch etwas war geschehen.

Als Ruth sich den Badeanzug bis zur Taille herunterstreifte, das halbärmelige Jungenhemd anzog, sich umdrehte, den Badeanzug ganz auszog und in den Schlüpfer und die Turnhose stieg, sagte Peter hinter ihrem Rücken: «Hast du schon mal geküßt, Ruth?»

Sie drehte sich zu ihm um, wurde ein bißchen rot, sah ihn aber gerade an. «Ja, aber nicht richtig. Nur auf dem Heimweg nach der Tanzstunde.»

«Darf ich dich küssen?»

Ruth war verlegen, sie senkte den Kopf und dachte einen Augenblick nach. «Also beibringen kann ich es dir nicht . . .»

«Manchmal bist du ganz schön dumm», sagte der Vetter und schlang ihr die Arme um den Hals und preßte seinen Mund auf ihre Lippen. «Ich kann's auch nicht», fuhr er fort, weil er wieder Luft holen mußte, «aber ich will dich küssen, weil ich dich mag.»

Ruth spürte durch die Lippen seine Zähne, sie spürte seinen Atem auf ihrer Wange und stieß mit ihrer geraden gegen seine schmale gekrümmte Nase. Sie machte die Augen auf, sah ihm aus einem Abstand von wenigen Zentimetern in die dunkelbraunen Augen, die hinter den schwarzen Wimpern durchsichtig schienen – und schob ihn ein Stück zurück. «Peter, wir müssen heim.»

Aber als er sie an sich zog und noch einmal küßte, gab sie sich diesem neuen und merkwürdigen Gefühl hin. Sie spürte seine Zunge auf den Lippen, spürte die Zähne nun an ihren Zähnen, seine Arme auf ihren Schultern und dann seine harte Brust an ihren kleinen weichen Brüsten. Erst als er auch seine Hüften an sie drängte und sie zwischen seinen Schenkeln die Härte fühlte, befreite sie sich fast unwillig. «Laß das», sagte sie. «Das will ich nicht.»

«Verzeihung, Ruth. Ich wollte das auch nicht. Ich wollte dich wirklich nur küssen.»

Sie lief voraus und saß schon auf dem Rad, als er ihr folgte. Bei der letzten Steigung vor dem Hof, als sie schieben mußten und zwischen den großen Tannen vor neugierigen Blicken verborgen waren, blieb Ruth stehen. «Versprich mir noch was, Peter. Tu das nie wieder. Ich möchte nicht jedesmal, wenn ich mit dir allein bin, Angst haben müssen. Obwohl es schön ist, macht es mir Angst.»

Viele Jahre später, als der Forstrat Peter Oberbichler mit Ruth Dumartin spazierenging, sprachen sie von dem Spätnachmittag am See.

«Du warst das erste Mädchen, das ich geküßt habe», sagte er. «Und du kannst dir nicht vorstellen, wie peinlich es mir war, daß eigentlich nicht ich, sondern mein Hormonsystem entgleist ist. Ich habe mich in Grund und Boden geschämt und wußte nicht, wie ich dich jemals wieder ansehen sollte. Aber du hast das alles in Ordnung gebracht und mir noch meine Selbstachtung gelassen. Immerhin warst du fast ein Jahr älter. Aber daß du angedeutet hast, du fürchtetest dich vor den

Weiterungen und wolltest mit mir zusammen sein, ohne Angst haben zu müssen, war für mich ungeheuer wichtig.»

Ruth lachte leise und sagte: «Weißt du, was ich damals gemacht habe, Peter? Ich bin in mein Zimmer gerannt und habe mich vor den Spiegel gestellt. Ich dachte, ich müßte anders aussehen, weil ich zum erstenmal richtig geküßt worden war und selber geküßt hatte. Ich glaubte, jeder könnte es mir ansehen. Ich traute mich kaum zum Essen, weil ich Angst vor der Großmutter, deinen Eltern und Onkel Josef hatte. Ich weiß sogar noch, daß Ulrich an dem Abend nicht da war und mir deswegen ein Stein vom Herzen gefallen ist.»

«Wußtest du denn überhaupt, was mit Männern geschieht oder auch mit Buben, wie in meinem Fall?» ergänzte er schmunzelnd.

«Nur in der Theorie. Ich hab die ersten Studien im Kinderheim betrieben. Wir sind in den Park ausgerückt, haben uns versteckt und Liebespaare beobachtet. Ich habe Tiere gesehen. In der Schule hat uns unsere alte Biologielehrerin aufgeklärt, obwohl das damals noch nicht Mode war. Sie ging auch nicht in Details.» Ruth blieb nachdenklich einen Moment stehen. «Ja, das muß ganz kurz vor den Ferien bei euch gewesen sein. Die Mädchen in meiner Klasse waren alle zwischen sechzehn und siebzehn; viele wußten bestimmt mehr als unsere Lehrerin, die wir bis dahin für eine alte Jungfer gehalten hatten.»

Sie schilderte dem Vetter die Szene, die sie wie all ihre Erinnerungen bildhaft vor sich sah. Die kleine ältere Frau stand vor der ersten Bankreihe. Ruth hörte die helle, herbe, sehr hamburgische Stimme wieder und sah das blasse Gesicht, auf dem zwei rote Flecken auf den Wangenknochen lagen, weil ihr der Vortrag peinlich war, sie ihn aber für so wichtig hielt, daß er gehalten werden mußte. «Männer müssen die Annäherung suchen», sagte sie abschließend. «Ihre Natur, nein, die Natur zwingt sie dazu. Das ist ein Drang, der schwer zu beherrschen ist, vor allem für junge Männer, für Ihre Freunde. Der weiblichen Spezies – das ist bei Tieren nicht anders – ist die Wahl gegeben. Sie müssen sich nicht jedem Mann hingeben, der um Sie wirbt. Sexuelle Erfüllung ist für einen Mann eine Augenblickssache, für Sie nicht. Bewahren Sie sich, wählen Sie. Hören Sie auf Ihre inneren Warnsignale. Lernen Sie das. Erst wenn Sie es können, werden Sie in der Lage sein, die richtige Wahl zu treffen!» In der Pause waren die Mädchen voller Bewunderung über den Mut und die Tapferkeit der Lehrerin gewesen.

«Und? Hast du den Rat brauchen können?» fragte Peter Oberbichler.

Ruth lächelte ihn an.

Als die Kärntener Ferien dem Ende zu gingen, nahm Onkel Josef Ruth zu einem Malerfreund mit.

«Er kennt deine früheren Zeichnungen, Ruth. Nimm auch die mit, die du hier für die Mutter gemacht hast.» Die Großmutter hatte Ruth gebeten, ihr die Tiere des Hofs zu zeichnen. Ruth zeichnete und kolorierte mit Farbstiften die braune Kuh, an die sie der Striemen am Hals noch einige Zeit erinnern sollte. Sie zeichnete den Eber, der sie nicht länger angriff. Und als sie die beiden Katzen, die Hühner und die Ziege mit ihren beiden Jungen gezeichnet hatte, blieben immer noch viele Seiten in ihrem Skizzenbuch frei. Sie fing Ameisen und eine grüne Heuschrecke ein, hielt sie so lange in ihrem Zahnputzglas gefangen, bis sie ihren komplizierten Körperbau erfaßt hatte und wiedergeben konnte. Auf der letzten Seite war ein Laubfrosch. Als sie hinter dem Onkel auf dem Motorrad saß, hatte sie den Block in ihre Strickjacke eingeknöpft. Bisher kannte niemand die Zeichnungen. Das Skizzenbuch sollte ein Abschiedsgeschenk werden, und vor den beiden Onkeln, die so meisterhaft schnitzen konnten, hatte sie Hemmungen bekommen. Sie hatten interessiert und erheitert ihren Schnitzversuchen zugesehen, geduldig erklärt und Ratschläge gegeben, tröstend gesagt, daß man das nicht von einem Tag auf den anderen lernen könne und es Jahre der Ausdauer brauche. Aber weder Ruth noch die Onkel täuschten sich darüber hinweg, daß ihre Begabung anderswo lag. Als Ruth eine liegende Kuh in die Hand nahm, die Josef geschnitzt hatte, strich sie mit zärtlichen Fingern über den Hals und den Rücken. «Bei dir lebt sie, Onkel Josef.» Dann betrachtete sie abfällig die Eule, die ihr bisher bester Versuch war. «Das da ist ein Stück Holz.»

Der Maler wohnte oberhalb von St. Urban in einem kleinen alten Steinhaus. Er hatte einen Kranz kurzer grauer Haare um den kahlen Schädel und sah, je nach dem Einfall des Lichts, wie ein kantiger Bauernheiliger aus einer der Dorfkirchen aus. Er sagte du zu Ruth, was ihr sofort alle Befangenheit nahm, setzte sonst aber bei der sechzehnjährigen Schülerin zuviel voraus. Er sprach von Brancusi und Giacometti, verglich ein geschnitztes Pferd Josefs mit einer Marini-Plastik und sah dabei Onkel und Nichte Zustimmung heischend an.

Josef lachte. «Wenn du Abbildungen hättest, Hans, könnt ich dir was dazu sagen. Aber so?» Er hob die Hände. «Und die Ruth, wenn ich sie mir so anschau, weiß auch nicht, von was du redest.»

«Ich hab die Namen bis heute noch nie gehört», sagte Ruth ehrlich. «Ich verstehe nichts von Kunst. Meine Großmutter und Friedrich lesen viel, aber über Bilder oder Maler reden sie selten. Friedrich hat Kupferstiche von alten Fürsten und Feldherrn, Großmutter hat Familienbilder. Ich glaube, ihre Vorfahren waren sparsame Leute, denn die Bilder sind schlecht gemalt. Die Maler konnten keine Hände malen. Die Ahnen haben lange Spitzenärmel und darunter rosa Knubbel. Oder sie hören beim dritten Jackettknopf einfach auf.»

Der Maler schmunzelte. «Wenigstens hast du Augen im

Kopf und siehst das, Ruth. Übrigens kann man auch allein ins Museum gehen. Dazu braucht es keine Großmutter oder einen General. Aber nun zeig mal, was du mitgebracht hast. – Ist sie gut, Josef? Was sagst du zu ihr?»

«Nix sag ich. Ich hab nix gesehen. Sie zeigt ja nichts her, seit sie weiß, daß der Anton und ich schnitzen können. Sie ist g'schamig.»

Der Maler blätterte das Skizzenbuch durch, während Ruth und der Onkel in sein Atelier gingen und die Bilder betrachteten.

«Gefällt er dir, Ruth?»

«Ich weiß es nicht. Er wirft mich um. Ich kann so schlecht von Strichen auf Farben umdenken. Er ist ein so ruhiger, gelassener Mann, und dann dieses Blau und Grün und da vorn das grelle Rosa . . . Das ist gewalttätig. Wenn ich zeichne, möchte ich wiederholen und aufheben, was ich gesehen habe. Ruth schüttelte den Kopf und sah suchend den Onkel an. «Ich war noch nie in einem Atelier. Er ist mein erster lebendiger Maler, Onkel Josef. Ich finde ihn furchtbar nett, aber seine Bilder erschrecken mich so sehr, daß ich nicht mehr weiß, ob sie gut sind oder nicht. Ich meine – sicher sind sie gut, denn sonst wäre er nicht dein Freund und du hättest mich nicht zu ihm mitgenommen –»

Ruth hatte nicht gemerkt, daß der Maler zu ihnen getreten war. Sie sah nun den Blick lächelnden Einverständnisses, den die Männer wechselten, und wurde feuerrot.

«Kein Grund zum Rotwerden, Ruth. Ich hab nicht alles gehört, was du gesagt hast, aber dein Erschrecken vor meinen Bildern ist schon ein Urteil. Verstehst du das?»

Sie sah ihn ernst und nachdenklich an. «Ja. Ich glaube, ich weiß, was Sie meinen. Wenn nichts da wäre, könnte ich nicht erschrecken.»

Der Maler hakte sie beide unter und ging mit ihnen in die

Stube zurück, wo er eine Flasche Wein und Gläser auf den Tisch gestellt hatte. «Wenn meine Kritikerin wieder zu euch kommt, Josef, bring sie mit. – Und du, Ruth, mach dir derweil das Leben unbequem. Du hast eine gute Begabung. Mach was draus, damit sie groß wird. Dazu gehört arbeiten und lernen, sehen und fühlen, Angst haben und das aus sich herausholen, was man lieber drinlassen würde, weil es weh tut, Wunden in die Sonne zu halten. Kunst geht nicht ohne Denken. Und in der Kunst kann man sich nicht durchmogeln wie oft im Leben. Man wird ertappt. Vorläufig siehst du richtig, aber du denkst zu wenig.» Er nahm den Block in die Hand und schlug ihn auf. «Warum sind die Kuh und der Eber besser als all die anderen gelackten Viecher? Hast du mit denen was Besonderes erlebt? Du nickst? Siehst du, da ist ein Anfang. Zeichnen ist nicht Wiedergeben. Wenn du nur das machst, lebt es nicht.»

«Laß die Ruth in Frieden, Hans. Laß sie jung sein. Erwachsen wird sie von allein. Ich denk mir oft, wenn sie nicht so gut zeichnen könnte und nicht so gern zeichnete, hinge ihr alles viel mehr nach. Das mit der Anna und ihrem Vater und dem Krieg.»

«Dieser Scheißkrieg!» Der Maler hob sein Glas, sah aus dem Fenster und sagte: «Prost!»

Als Ruth nach ihrem Glas griff und es zögernd hochhielt, schüttelte er den Kopf. «Nein, Kind, so hab ich es nicht gemeint. Das galt nicht dir. Ich bin ein alter sentimentaler Mann. An solchen Tagen wie heute kommen sie alle zu mir, sitzen um mich herum und bringen es dazu, daß ich mich frage, warum ausgerechnet ich das überlebt habe. Warum nicht sie? Alle meine Freunde, die mich durch mein Leben hätten begleiten sollen, die ich so nötig bräuchte. Alles, was sie nicht haben erleben können, muß ich nun mit mir tragen und in meine Bilder malen. Lauter ungelebte Leben. – Prost, meine lieben Freunde!»

«Gib der Ruth den Brief von der Anna und ihrem Vater nicht zu lesen», sagte Josef am Tag vor Ruths Abreise zu seiner Mutter. «Ich war mit ihr beim Holzner Hans. Du kennst ihn ja; er hat mal wieder seinen Rappel bekommen und vor dem Kind vom Krieg geredet.»

Die alte Frau seufzte. «Arme Ruth.»

«Nein, nicht arm, Mutter. Ich glaub sogar, daß es ihr gutgetan hat. Sie meint, der Krieg hätte nur ihr etwas genommen. Sie sieht nicht einmal, daß du um deine Tochter trauerst und wir um unsere Schwester und ihre Wossilo-Großmutter um ihren Mann und Sohn. Jemand wie der Holzner kann ihr das viel besser klarmachen.»

3

Friedrich

«Was ist mit Friedrich?» fragte Ruth einige Tage nach ihrer Rückkehr aus Kärnten.

«Ich dachte schon, du würdest nie mehr fragen und ich müßte davon anfangen», sagte Dorothea und atmete erleichtert auf. «Er sagt mir nichts, aber ich fürchte, daß er sehr krank ist.»

Richtig war es ihr erst in den Ferien im Schwarzwald aufgefallen. Friedrich kam morgens mit müdem blassen Gesicht zum Frühstück, vermied die langen Spaziergänge, die sie früher immer gemacht hatten, aß wie ein Spatz und wurde erst gegen Abend lebhafter und frischer. «Ich habe ihn bedrängt, sich untersuchen zu lassen», sagte Dorothea. «Aber du kannst dir sicher vorstellen, wie er reagiert hat: ‹Menschen fahren in die Ferien, um sich zu erholen. Ich erhole mich. Von was eigentlich, Dorothea? Meine alten Knochen möchten sich ausruhen. Nicht jeder altert so glücklich wie du.› Was sollte ich sagen, Ruth? Ich habe meine großen Spaziergänge allein gemacht und ihn erst am Nachmittag zum Kaffee getroffen. Das war die Zeit, zu der es ihm meistens recht gut ging. Dadurch habe ich mich selbst darüber hinweggetäuscht, daß mit ihm etwas nicht in Ordnung ist.»

«War er seit eurer Rückkehr beim Arzt?»

«Ich weiß es nicht. Ich traue mich nicht, ihn zu fragen. Er kann es nicht leiden, wenn man sich in seine Privatangelegenheiten mischt. Er ist der verschlossenste Mensch, den ich kenne, Ruth.» Dorothea sah die Enkelin an. «Was denkst du gerade? Planst du etwas? Sei vorsichtig. Er hat eine dünne Haut; darunter ist er sehr verletzlich.»

«Leider habe ich keinen Plan, Großmutter. Sollen wir noch eine Weile abwarten? Vielleicht geht es vorüber.»

Ruth, die aus der Egozentrik der Kindheit herauszuwachsen begann, beobachtete die beiden alten Leute mit wachsender Sorge. Es ging nicht allein um Friedrich, der zweifellos verändert war, sondern auch um die Großmutter, die nie zuvor hilflos gewirkt hatte. Ruth sah ihre Angst und spürte, daß sich ihre Beziehung zu Dorothea umwandelte. Bisher war sie das Kind gewesen, das Halt suchte. Nun brauchte die alte Frau eine Schulter zum Stützen.

Im Oktober wollte Ruth nicht länger abwarten. Sie besuchte Friedrich in seiner Wohnung.

«Hast du eine Tasse Tee für mich übrig, Friedrich?»

«Aber natürlich.»

Als sie mit ihm in der Bibliothek saß, den Tee aus einer alten japanischen, fast durchsichtigen Tasse trank und Plätzchen kaute, begegnete sie seinem forschenden Blick.

«Wo brennt's denn, Kind? Du kommst nie unangemeldet zu mir. Ich bin sehr geschmeichelt, aber mit deinen Nachmittagen hast du meist etwas Besseres anzufangen, als einen alten Mann zu besuchen.»

Ruth legte die Stirn in Falten und wußte nicht, wie sehr ihr zerquältes Gesicht den Mann rührte. «Mach es mir nicht so schwer, Friedrich. Ich glaube, du weißt, warum ich hier bin.

Dorothea, ich meine Großmutter, hat mir mal erzählt, du hättest von mir gesagt, ich sammelte Menschen wie Briefmarken. Seit ich bei den Oberbichlers war, weiß ich, daß ich das nicht mehr tue. Ich liebe die wenigen Menschen, die zu mir gehören. Du gehörst zu mir, Friedrich. Ich liebe dich. ‹Leider› möchte ich fast sagen, weil Liebe so unbequem ist. Sie ist immer mit Sorge verbunden.»

«Ach, Ruth. Alte Tiere werden Einzelgänger. Alte Menschen auch. Mir bleibt nicht mehr viel Zeit. Ich hätte Dorothea und dich gern länger begleitet, aber da mir das nicht gegeben ist, möchte ich mich noch eine Weile mit denen da unterhalten.» Er deutete auf die Bücherregale, die an drei Wänden vom Fußboden bis zur Decke reichten. «Was ich noch zu wissen brauche, können sie mir besser vermitteln als du und sie, die ihr eure Zeit noch länger hier verbringen werdet und mehr Zeit zum Lernen habt.»

«Friedrich, das paßt nicht zu dem, was du mich gelehrt hast!» Um nicht zu weinen, blieb ihr nur der Angriff. «Du hast gesagt, man muß sich seinem Schicksal stellen. Ist dir das Leben zu schwer geworden? Ich kann mich nicht in dich hineindenken, so sehr ich mich bemühe. Ich träume von der Zukunft, nicht von der Vergangenheit. In meine Zukunft gehörst du. Ich brauche dich, Friedrich. Du warst immer der Ausgleich zwischen Großmutter und mir. Wo sie hart und streng ist, nicht gegen mich, so meine ich es nicht, am meisten gegen sich selbst . . . Weißt du, wenn sie sich elend fühlt und sich gehenlassen sollte, schluckt sie statt dessen einen Stock und ist so diszipliniert, daß einem das Zusehen weh tut. Dann kommst du, siehst sie an und sagst: ‹Leg dich aufs Sofa und mach es dir bequem, Dorothea.› Auf einmal ist der Stock nicht mehr da, und sie wird wieder zu einer netten alten Dame, die man liebhaben kann. Wenn ich Scheuklappen aufsetze und gegen sie Amok laufe, weil sie mir etwas verbietet, nur weil es ihr vor fünfzig Jahren verboten worden ist, sagst du:

‹Dorothea, sei nicht so orthodox!› Dann muß sie lachen. Zu mir aber sagst du in solchen Situationen nie, ich wäre im Recht und die Zeiten hätten sich geändert, oder all das, was ich gern hören würde. Du sagst: ‹Kannst du zu deiner Großmutter nicht höflicher sein, Ruth? Wie bildest du dir nur ein, etwas durchsetzen zu können, wenn du die Zähne fletschst und die Ohren zurücklegst!›»

Ruth sah, daß Friedrich sie unterbrechen wollte, und hob die Hand. «Ich weiß, daß du mich fragen willst, was das mit dir zu tun hat, mit deiner Gesundheit und deinem Wunsch, allein gelassen zu werden.

Ist es sehr egoistisch, Friedrich, wenn ich dich bitte, wegen Großmutter und vor allem meinetwegen noch ein bißchen bei uns zu bleiben?»

Er seufzte. «Man wird leider nie zu alt, sich gern schmeicheln zu lassen, liebes Kind. Ich bin geschmeichelt, wenn du mir im Augenblick auch eher wie ein Engel mit Flammenschwert vorkommst, der sich zwischen mich und Petrus' Tür stellt und mir den Eintritt verwehrt. Ich werde zurückgeschickt, weil ich meine Schulaufgaben nicht gemacht habe. Ohne Racheengel oder euch, die ihr mich zu einem Arzt treiben wollt, würde ich schneller sterben und wahrscheinlich weniger leiden müssen.»

«Warst du denn bei einem Arzt, Friedrich? Weißt du, was du hast? Es könnte doch ganz harmlos sein . . .»

Friedrich wurde an die Zeit vor zehn Jahren erinnert, an das magere unglaubliche Kind mit den ängstlichen Augen, das sich fürchtete, im Dunkeln zu schlafen. Jetzt wich er den ängstlichen Augen nicht aus, schüttelte aber lächelnd den Kopf. «Ruth, ich kann von mir nicht behaupten, oft in meinem Leben nach Gefühlen oder Instinkten gehandelt zu haben, aber wie jedes alte Tier weiß, wann seine Zeit gekommen ist, weiß ich das auch.»

«Ich war bei Friedrich», sagte Ruth am Abend zu Dorothea. «Er wird zum Arzt gehen. Uns zuliebe. Er glaubt, daß er sterben muß. Ohne Arzt, sagt er, ginge es schneller und er müsse dann weniger leiden.»

Ruth saß in der Klinik in der Privatsprechstunde des Professors und wartete geduldig, bis sie an der Reihe war.

«Was fehlt Ihnen, Fräulein Wossilo?»

«Mir fehlt nichts, Herr Professor. Ich komme wegen Herrn von Hortmann, der bei Ihnen auf der Privatstation liegt. Ich möchte Sie bitten, mir zu sagen, wie es um ihn steht.»

Der Arzt bot Ruth einen Stuhl an, setzte sich hinter den Schreibtisch, schob die Brille auf die Stirn und betrachtete sie lange und genau. Sie wich seinem Blick nicht aus und ließ die Musterung stumm über sich ergehen. «Sind Sie mit ihm verwandt?»

«Nein. Er hat keine Verwandten. Er hat nur meine Großmutter und mich. Meine Großmutter heißt Dorothea Wossilo. Ich nehme an, daß Friedrich – Herr von Hortmann uns als nächste Angehörige genannt hat.»

«Wie alt sind Sie?»

«Fast siebzehn.»

«Es wäre besser, wenn Ihre Großmutter zu mir käme.»

«Das wird sie. Aber erst am Montag. Wir mußten Herrn von Hortmann versprechen, ihn in der ersten Woche nicht zu besuchen. Heute ist Freitag. Morgen und übermorgen werden Sie sicher nichts Neues feststellen, Herr Professor. Ich möchte lieber vor meiner Großmutter erfahren, was mit ihm ist. Er ist überzeugt davon, daß er sterben wird. Er glaubt auch, daß es ohne Behandlung und Krankenhaus schneller und weniger qualvoll sein würde. Zu Ihnen ist er nur gekommen, weil wir ihn gebeten haben, unseretwegen noch eine Weile zu leben. Wir lieben ihn sehr und brauchen ihn. Aber wenn Sie ihm nicht helfen können und das bestätigen, was er selber annimmt, möchte ich, daß er nach Hause kommt und so stirbt, wie er es will.» Ruth war verlegen und rot geworden; aus Angst, daß er sie unterbrechen könnte, hatte sie fast ohne Luft zu holen zu Ende gesprochen.

Der Arzt lehnte sich im Stuhl zurück, spielte mit seiner Brille und verzog die Lippen zu einem Lächeln, das keins war. «So, und Sie und Ihre Frau Großmutter und ich übernehmen die Rolle der Heiligen Dreifaltigkeit? Wir sagen zu einem alten General: Jetzt hast du genug gelebt, jetzt kannst du deinen Abschied nehmen! Hatten Sie es sich so vorgestellt, liebes Fräuleinchen?»

Aus der verlegenen Ruth wurde das störrische Kind mit dem harten Mund ihrer Mutter. «So hatte ich es mir nicht vorgestellt. Ich wollte wissen, was Herrn von Hortmann fehlt, damit ich meine Großmutter vorbereiten kann. Sie ist alt, ihr Mann und ihr Sohn sind im Krieg gefallen. Sie hat nur noch Herrn von Hortmann –»

«Und Sie.»

«Ja.»

«Sie nehmen da allerhand auf Ihre Schultern.»

Ruth schwieg und sah ihn unverwandt an.

«Ich habe Herrn von Hortmann sehr genau Auskunft gegeben. Er weiß ebensoviel wie ich. Es wäre mir lieber, er würde die Entscheidung treffen, wem er was sagen will. Er ist kein hilfloser Patient, der der Willkür der Maschine Krankenhaus ausgesetzt ist. Noch nicht; wahrscheinlich wird er es nie werden. Gott sei Dank bin ich kein Hellseher. Er kann eine Spanne von einigen Monaten, aber auch von einigen Jahren haben. Das hängt davon ab, wie viele Abwehrkräfte der Körper eines über Siebzigjährigen noch aufbringt und ob die Krankheit langsam oder schnell fortschreitet. Bei alten Menschen kann es sehr lange dauern, aber es gibt keine Regeln.»

«Wird er für immer im Krankenhaus bleiben müssen?»

«O nein! Wiederum kann ich nicht prophezeien, aber nach sechs bis acht Wochen sollte es ihm besser gehen, und er kann nach Hause. Er muß natürlich ambulant weiterbehandelt werden.» Der Professor setzte die Brille wieder auf. Er spreizte die Finger beider Hände, formte ein Zelt und drückte die Fingerspitzen so fest gegeneinander, daß die Nägel sich dunkel färbten. Ruth zeichnete jede Bewegung ins Skizzenbuch ihres Gedächtnisses. Die übersauberen Arzthände mit der trockenen, etwas schuppigen Haut, die gerade und kurz gefeilten Nägel, blaue Venen auf dem Handrücken.

«Hände besehen bringt Streit», sagte der Arzt plötzlich und riß sie aus ihrer Versunkenheit. Diesmal lächelte er wirklich, weil sie rot geworden war.

«Entschuldigung!» Sehr verlegen sagte sie: «Ich zeichne viel. Ich habe überlegt, wie man die Bewegungen Ihrer Finger in einem einzigen Bild einfangen könnte. Hände und Füße sind besonders schwer.»

Der Professor stand auf und kam um den Schreibtisch herum. Er senkte den Blick und betrachtete seine Füße. Er trug weiße Turnschuhe. «Sollte Ihnen ein Porträt meiner Hände gelingen, möchte ich es sehen. Auf ein Bild meiner Schuhe könnte ich verzichten. – So, und nun besuchen Sie Ihren – was ist er? – Ihr Onkel?»

Ruth schüttelte den Kopf. «Ich sage nur Friedrich zu ihm. Er ist für mich alles, mein Großvater, mein Vater, mein Freund. Nein, ich kann ihn nicht besuchen. Nicht vor Montag. Ich habe es ihm versprochen.»

«Gut. Es gefällt mir, daß Sie sich an Regeln halten können. Für mich als Arzt bedeutet es, daß ich bei diesem einen Patienten nicht befürchten muß, daß die Angehörigen zu einem großen Teil das zunichte machen, was wir tun, um ihn gesund zu bekommen. Auf Wiedersehen, Fräulein Wossilo.»

«Vorläufig», sagte Friedrich zu Ruth, «wirkt dein Professor Reiter noch Wunder. Ich fühle mich wohler als seit langem.»

Nach einer Woche hatte sich die Krankenhausroutine eingespielt. Morgens, wenn Ruth in der Schule war, besuchte ihn Dorothea. Nachmittags kam Ruth und las ihm vor.

«Er ist nicht mein Professor, Friedrich. Aber wenn er dich gesund macht, wird er es sicher.»

«Pst!» machte Friedrich und deutete zum zweiten Bett, das durch die vorspringende Wand des Waschraums halb verdeckt wurde. «Ich habe seit gestern einen Zimmergenossen. Ich glaube, er ist sehr krank. Er schläft fast nur. Zum Essen müssen sie ihn meistens aufwecken. Ich habe noch gar nicht mit ihm gesprochen. Schwester Gertrud sagt, er wäre ein Freund des Professors.»

«Stört es ihn wohl, wenn ich dir vorlese? Ich will versuchen, ganz leise zu sprechen.»

«Wir probieren es mal. Wenn es ihn stört, wird er es sicher sagen. Langweilt dich das Buch auch nicht zu sehr, Ruth?»

Er hatte sie gebeten, aus seiner Bibliothek die beiden Bände «Der Untergang des Abendlandes» von Spengler mitzubringen. Er hatte das Werk vor vielen Jahren gelesen und war nun erstaunt, wie wenig er davon behalten hatte. «Hast du das wirklich alles schon einmal gelesen?» hatte ihn Ruth gefragt und dann sehr erheitert entdeckt, daß an einigen Stellen ein paar Seiten nicht aufgeschnitten waren und er gemogelt hatte. Sie ritzte sie mit dem stumpfen Obstmesser des Krankenhauses auf und sagte: «Nun hör gut zu, Friedrich. Dies ist neu für dich und sicher ganz besonders wichtig!»

«Nein, fang weiter hinten an. Dort, wo der Zettel steckt. Das ist ein Kapitel über Kunst. Ich habe geblättert und gesehen, daß er dort über Goethes Farbenlehre schreibt. Vielleicht ist das was für dich.»

Ruth las. Nach einer Stunde stieß sie beim Umblättern auf

eine getrocknete Blume, die vergilbt und duftlos ihren Schattenriß auf dem festen, von feinen Rillen durchzogenen Papier zurückgelassen hatte. «Friedrich, sieh mal, eine Blume. Es könnte eine Anemone sein. Kannst du dich erinnern? Hast du sie gepreßt?»

Er hörte den Unglauben in der jungen Stimme. «Es ist eine Christrose, Ruth. Ja, ich erinnere mich. Aber lies weiter.»

Hinter dem Vorhang ihrer leisen Stimme, die Sätze eines Philosophen sprach, der ihn zu langweilen begann, glitt er viele Jahre zurück.

Ein Dezemberabend im Jahr 1938. Er war aus dem Dienst gekommen, hatte sich gerade umgezogen und freute sich auf einen langen, stillen Abend zu Hause. Als es klingelte und er öffnete, stand Dorothea vor ihm. Die elegante, schöne Dorothea mit den ersten grauen Haaren, mit dem hochmütigen Gesicht und den klaren blaßblauen Augen.

«Friedrich», sagte sie und ging an ihm vorbei in die Wohnung, «weißt du, daß Jesko mich betrügt?»

«Guten Abend, Dorothea. Kann ich dir was zu trinken anbieten, ehe du mit dem hochnotpeinlichen Verhör beginnst?»

«Du kannst. Aber das Verhör hat bereits begonnen. Weißt du es?»

«Ja.»

«Aber du hast es nicht für nötig befunden, mir das zu sagen. Ich hatte immer geglaubt, du wärst auch mein Freund.»

«Auf deine beiden nicht gestellten Fragen kann ich mit Ja antworten. Ja, ich habe es nicht für nötig befunden, und ja, ich bin dein Freund.»

«Willst du mir das erklären?»

«Jesko ist knapp über fünfzig. Er hat beruflich Karriere

gemacht, aber sein Privatleben läßt zu wünschen übrig. Seine Ehe mit dir ist vermutlich nie himmelhochjauchzend gewesen; euer einziger Sohn kommt seinen Erwartungen und Wunschträumen nicht nach. Ach, Dorothea, was tut denn ein Mann, der Angst vor dem Altern hat, der sich von seiner Frau ständig kritisiert fühlt und weiß, daß sein Sohn ihn ablehnt? Er sucht Bestätigung. Ein gutaussehender Mann wie Jesko findet sie leicht. Ich kenne seine Freundinnen nicht. Wären sie nicht so belanglos, würde ich sie kennen. Warum soll ich unsere Freundschaft belasten, indem ich dir etwas erzähle, was du nicht zu wissen brauchst? Es geht doch wohl höchstens um verletzte Eitelkeit, oder wirst du mir jetzt erzählen, daß er deine innersten Gefühle in den Schmutz gezogen hat? Er ist diskret –»

«Diskret?» fauchte sie. «Die Haarklammern seiner kleinen Huren liegen in der Stadtwohnung im Bad herum!»

Friedrich lachte. Dorothea starrte ihn wütend an. Dann beobachtete er fasziniert, wie sich das topographische Feld ihres Gesichts zu verwandeln begann. Der verkniffene Mund entspannte sich, die Winkel hoben sich, wurden waagrecht und kräuselten sich auf einmal nach oben. Die tiefe Falte über der Nasenwurzel ebnete sich, die Augen wurden runder und bekamen einen Strahlenkranz kleiner Falten. Dorothea kicherte fröhlich und wurde zu einem Schulmädchen, das bei einem Streich erwischt worden war.

«Danke, lieber Friedrich», sagte sie, beugte sich vor und küßte ihn zärtlich auf die Wange.

Ein Abendessen im Adlon, eine Blumenfrau mit Christrosen, Dorothea, nicht mehr jung, aber strahlend und schön und zum erstenmal, seit er sie kannte, verführbar und zur Verführung bereit. Er liebte sie schon so lange, aber nun war sie in seine Reichweite gerückt. «Dorothea, ich bin kein Säulenheiliger. Ist dir das klar?»

«Seit heute, Friedrich.»

Eine verrückte, stürmische Liebesgeschichte, schon zum Scheitern verurteilt, als sie begann. Dorothea sprach halb lachend, halb weinend von Tristan und Isolde und Romeo und Julia. Er hatte abgewehrt. «Fändest du Philemon und Baucis für unser Alter nicht passender, Dorothea?» – «Nein, Friedrich, vielleicht kommt das noch.»

Dann kehrte Jesko von der Reise zurück. Friedrich und Dorothea hatten sich nur noch selten gesehen, und das bei Gesellschaften, mit anderen zusammen, vor Gefühlen geschützt. Der Krieg hatte ihre Wege auseinandergeführt. Ein Beileidsbesuch nach dem Tod des jungen Jesko, von dessen Ehe mit der Krankenschwester und dem noch ungeborenen Kind Friedrich damals zum erstenmal erfuhr. Und dann das unerwartete Wiedersehen nach dem Krieg im Westen, der ihnen beiden so fremd war.

«Philemon und Baucis, Friedrich. Erinnerst du dich?»

«Ja, Dorothea.»

Nun las ihm Dorotheas Enkelin aus einem Buch vor, in das er am Ende jener glücklichen Tage in Berlin eine schon verwelkte Christrose gelegt hatte.

Aber Ruth las nicht mehr. Friedrich hörte sie leise das Buch auf den Nachttisch legen und hinausschleichen. Erst als die Tür sich hinter ihr schloß, öffnete er die Augen.

Am Abend darauf, als Ruth ihm wieder vorgelesen, sich flüsternd mit ihm unterhalten, als sie sich verabschiedet und ihn wie immer geküßt hatte, begann der Mann im anderen Bett das erste Gespräch mit ihm.

«Versteht dieses Kind eigentlich ein Wort von dem, was es Ihnen da vorliest?»

«Einige, aber nicht sehr viele.» Doch dann gewann der höfliche, liebenswürdige alte General die Oberhand und fügte verbindlich hinzu: «Hoffentlich haben wir Sie nicht gestört? Ich muß mich übrigens noch vorstellen. Sie haben so viel geschlafen. Ich heiße Hortmann.»

«Wendelin», sagte der andere. «Hermann Wendelin, Herr General von Hortmann. Wer Sie sind, wußte ich schon, bevor Professor Reiter mich zu Ihnen ins Zimmer gelegt hat. Reiter und ich sind alte Freunde. Er fand es auch unpassend, aber er hatte kein anderes Bett frei.»

«Warum unpassend? Was paßt denn nicht, wenn zwei kranke Männer in einem Zimmer liegen?»

«Ein General und ein Unteroffizier. Das muß Ihnen doch gegen den Strich gehen.»

Friedrich lachte. «Ich bin kein General, sondern ein alter kranker Mann, der schon vor dreizehn Jahren die Hosen mit den roten Streifen ausgezogen hat. – Aber Ihr Name kommt mir bekannt vor, Herr Wendelin. Müßte ich Sie kennen?»

«Sie könnten mich höchstens kennen, wenn Sie in literarische Kaberetts gingen oder öfter Radio hörten.»

Das Gespräch mit dem Mann, den er nicht sehen konnte, weil er hinter der Zimmerecke verborgen in seinem Bett lag, begann Friedrich Spaß zu machen. «Könnte es sein, daß das Mädchen, das mir so rührend aus dem ‹Untergang des Abendlandes› vorliest, Sie besser kennt?»

«Ach, das ist es! Ich habe immer nur Bruchstücke gehört, weil sie sich bemüht, leise zu lesen, und weil ich zu oft schlafe. Das beruhigt mich sehr, denn ich habe das Buch nie gelesen, brauche es also nicht wiederzuerkennen und kann sogar hier meiner Bildung aufhelfen.»

Friedrich beichtete von Ruths Entdeckung der unaufgeschnittenen Seiten. Er sagte, demnach habe er es beim erstenmal sicher nicht sehr gründlich gelesen und müsse auch gestehen, daß es ihn im Grunde nicht besonders interessiere.

Als er am nächsten Morgen zu einer Untersuchung mußte

und im Morgenrock auf die Schwester wartete, ging er um die Ecke herum und sah seinen Zimmergenossen zum erstenmal richtig. Ein schmales, gelblich blasses Gesicht unter dunklen Haaren, tief in den Höhlen liegende graue Augen, ein empfindsamer Mund.

«Haben Sie sich schon an meinen Freund Wendelin gewöhnt, Herr von Hortmann?» fragte der Professor, dem er im Flur begegnete.

«Es geht langsam», sagte Friedrich lächelnd. «Wir beginnen sehr interessante Gespräche, aber nach drei Sätzen schläft einer von uns beiden ein. Wird er wohl noch eine Weile hierbleiben?»

«Mindestens noch vier Wochen. Er ist schon Dreiundvierzig in russische Gefangenschaft gekommen. Er hat die schlimmste Hungerzeit durchlitten. Die inneren Organe sind angegriffen. Er müßte vorsichtig leben, will das aber nicht. Darum landet er irgendwann immer wieder bei mir, und ich kann versuchen, ihn aufzupäppeln. Das spielen wir seit seiner Rückkehr. Wir waren schon in der Volksschule in einer Klasse.»

«Ruth hat sich in deinen Stationsarzt verliebt», sagte Dorothea bei einem ihrer vormittäglichen Besuche. «Sie spricht von ihm, sie versucht ihn zu zeichnen, was ihr aber zu ihrer größten Wut mißlingt. Die Zeichnungen liegen zerrissen in ihrem Papierkorb, und ich neugieriges altes Weib sehe mir die Schnipsel an und» – sie lachte – «hoffe für deinen jungen Arzt, daß er nicht wirklich so aussieht.»

«Er sieht sehr nett aus und ist auch sehr nett. Du wirst ihn sicher bald kennenlernen. Er war auf Urlaub. Er ist verheiratet; seine Frau hat vor kurzem einen kleinen Sohn bekommen. Für Ruth eignet er sich wirklich nicht.»

«Sag du ihr das!» Dorothea seufzte tief auf. «Es ist jeden

Tag ein anderer. Erst hatte ich schon den Verdacht, sie liebte deinen Professor, weil sie zwei Tage lang nichts als Hände zeichnete, seine Hände. Sie hätte ihm eine Zeichnung versprochen, aber keine wäre gut genug, besser bekäme sie es nicht hin, und was sie tun sollte. Ich habe ihr geraten, die beste herauszusuchen und ihm zu geben. Er erwarte von einer Sechzehnjährigen sicher kein Meisterwerk . . . Friedrich, sie ist mir ins Gesicht gesprungen. Warum sie mit sechzehn nicht in der Lage sein sollte, eine anständige Zeichnung von Händen zu machen? Dann brach sie in Tränen aus. Ich kenne mich mit ihr nicht mehr aus. Entweder hat sie den dümmlichen Gesichtsausdruck eines Mondkalbs oder sie weint oder sie bekommt Wutanfälle.»

Friedrich schmunzelte und hoffte, daß Wendelin das in seinem Bett um die Ecke gehört hätte. Er hörte, so schien es ihm, alles, was ihn interessierte, und schlief immer dann, wenn die Themen unergiebig waren. Zwischen Wendelin und Dorothea herrschte so etwas wie Burgfrieden. «Dein Conférencier», nannte sie ihn, wenn er nicht im Zimmer war. Wenn er aber da war, versäumte sie es nie, ihn zu begrüßen. Sie erbot sich, Besorgungen für ihn zu machen, und wenn sie bemerkte, daß die Blumen auf seinem Tisch welk wurden, brachte sie ihm kleine strenge Sträußchen mit, die Friedrich insgeheim «Dorothea-Sträuße» nannte: eine einzige Sorte nicht duftender Blumen, kein Zierkraut, kein Firlefanz. Wendelin machte sich einen Spaß daraus: «Jawohl, Frau General» und «Nein, Frau General» zu sagen. Dorothea reagierte unwirsch, aber dann siegte doch ihr grimmiger Humor. «Wenn Sie unter meiner Fuchtel wären, junger Mann», sagte sie, «wären Sie unter Garantie schnell wieder auf den Beinen.»

«Jawohl, Frau General», sagte Wendelin. «Aus nackter Angst!»

«Nichts da. Ich sehe einfach mehr als Ihr langmütiger

Freund von Professor. Meinen Sie, ich wüßte nicht, daß Sie heimlich rauchen? Nein, nicht von Herrn von Hortmann. Der petzt nicht. Aber ich rieche es, und ich sehe Ihnen das schlechte Gewissen an. Hoffentlich trinken Sie nicht auch noch heimlich!»

«Nein, Frau General. Auf Ehre nicht!»

Sie grinsten dann beide. Trotzdem fürchtete Friedrich, daß sie sich nie aneinander gewöhnen würden. Ein Mann, der Vorstellungen gab, freche Lieder sang und sich dabei selbst am Flügel begleitete, gehörte für Dorothea in dieselbe Schachtel wie fahrendes Volk oder Zirkusartisten: bewundert, vielleicht anerkannt, aber kein Umgang. Während Friedrich darauf hoffte, noch einmal so gesund zu werden, diesen neuen, faszinierenden Bekannten bei einem Auftritt sehen zu können, würde Dorothea duldsam sagen: «Nimm Ruth mit. Für sie eignet sich das besser.» Friedrich wunderte sich über sich selbst, denn er verstand nicht, warum es ihm auf einmal wichtig war, daß Dorothea und Wendelin etwas voneinander halten sollten.

Wenn Dorothea in den Gesprächen der Männer auftauchte, nannte Wendelin sie: «Ihre strenge Freundin.»

«So streng ist sie gar nicht. Sie stammt einfach aus einer anderen Zeit. Vergessen Sie nicht, daß sie neunundsechzig ist. Sie hat als erwachsene Frau den Ersten Weltkrieg miterlebt. Sie hat 1917 einen Sohn bekommen, Ruths Vater. Frau Wossilo hat ihren Mann, ihren Sohn und ihre Schwiegertochter im Zweiten Krieg verloren. Sie hat vor zehn Jahren das Mädchen in Sachsen in einem Kinderheim gefunden und noch einmal neu angefangen. Sie hat das Kind allein aufgezogen.»

«Nein, nicht allein», widersprach Wendelins Stimme hinter dem Mauervorsprung. «Sie hatte Sie, und das war sicher ganz entscheidend.»

«Wie merkwürdig», sagte Friedrich. «Dann glauben Sie also an Beeinflussung durch Erziehung? Das hätte ich von Ihnen nicht erwartet.»

«Nun nehmen Sie mich doch nicht immer beim Wort, Herr von Hortmann. Ich sage viel, weil es mir gerade durch den Kopf geht, nicht weil ich lange darüber nachgedacht hätte. Im Grunde glaube ich nicht daran. Erziehung, habe ich bisher gesagt, ist: Fisch nicht mit dem Messer und was sonst so dazugehört. Ein Mensch, glaube ich und möchte es weiter glauben, kommt fertig auf die Welt mit seinen Fehlern und Vorzügen. Das andere ist eine Schicht Lack, hübsch anzusehen, aber bei derben Stößen zerspringt der Überzug und gibt das wieder frei, was darunter lag.»

«Sie mögen recht haben. Trotzdem, ein Kind, das zu Hause gelernt hat, Rücksicht zu nehmen, sich anzupassen, nicht ungehemmt seine Gefühle herauszuschreien und jeder Regung sofort nachzugeben, wird es im Leben leichter haben.»

«Jetzt werden Sie mir zu theoretisch, Herr General. Sagen wir lieber: Ihre Ruth hat davon profitiert, daß sie neben der alten Dame einen Mann wie Sie hatte. Und erklären Sie mir nun, wie es kommt, daß Ihre strenge Freundin, die doch nur die Frau eines Generals war, in mir einen Reflex auslöst, daß ich die Hacken zusammenschlagen und strammstehen möchte, während Sie, der echte General, mich sanft und freundlich stimmen. Bei Ihnen habe ich das Verlangen zu sprechen, Ihnen anzuvertrauen, was ich keinem anderen erzählen würde, und mir Ihren Rat zu holen. Woher kommt das?»

Friedrich lachte. «Weil ich wirklich kein echter General bin. Im Ersten Weltkrieg war ich ein junger Mann. Ich bin viermal verwundet worden und habe durch eine Gasvergiftung kaputte Bronchien. Ins damalige Hunderttausend-Mann-Heer habe ich mich nur mit Hilfe eines Arztfreundes hineingemogelt. Sie hätten mich aus Gesundheitsgründen nicht genommen. Es war mein Beruf, ich hatte nichts anderes gelernt. Später war ich Kommandant eines Truppenübungsplatzes, dann kam ich in den Generalstab. In Hitlers Krieg bin ich nicht mehr gezogen. Meines Wissens war ich der einzige General, der jemals bei einer Parade vom Pferd gefallen ist. In voller Uniform, vor den aufmarschierten Soldaten. Ich mochte keine Pferde. Man sagt immer, Pferde wären dumm. So dumm war meines gar nicht. Es wußte Bescheid, machte einen winzigen Bocksprung – und ich lag unten.» Friedrich machte eine Pause. «Warum lachen Sie nicht? Dies wäre die richtige Stelle.»

«Weil ich Sie mag, Sie aber lieber nicht mögen würde. Sie gehören für mich zu denen, an die ich voller Haß gedacht habe, als ich in Rußland hungerte. Ich habe nicht die Russen gehaßt, die selber nichts hatten und denen es ähnlich dreckig ging wie uns. Aber die Leute, die hinter Schreibtischen saßen und mit einem Strich auf einem Plan entschieden, wer lebte und wer starb . . .»

Zum erstenmal hörte er die Stimme des alten Generals streng klingen.

«Ich glaube, Sie sind zu klug, Herr Wendelin, um das wirklich zu glauben. Nicht, daß ich mich entschuldigen möchte, aber –»

«Vergessen Sie das. Solche Gedanken hatte ich auch nur, solange ich mich noch gegen den Hunger auflehnte. Später wird man apathisch. Das ist zwar lebensgefährlich, aber es macht alles leichter. Am schlimmsten ist das Zwischenstadium, wenn man nicht mehr aufbegehrt und noch nicht apathisch ist. Da setzen die Phantasien ein. Ich kann heute noch keine Petit Fours essen oder auch nur sehen, ohne mich an das Lager zu erinnern. Meine Hungerphantasie-Petit-Fours begannen ganz unten mit Weißbrot, dünn geschnitten, ohne Rand. Dann kam Schinken und Brot in immer neuen Lagen. Die oberen Schichten bestanden aus dünnen süßen Teigsorten, mit Marmelade, Buttercreme, Mokkacreme und Schokolade gefüllt. Auf dem rosa Zuckerguß waren Sterne und Veilchen und ganz oben, auf dem letzten flachen Plateau stand in der Schrift meiner Mutter mit zierlichen Schnörkeln aus dünnflüssiger Schokolade: Meinem lieben Hermann zum Geburtstag.»

«Haben Sie das später mal wirklich gegessen? Ich meine, als es wieder für Sie möglich war?»

«Sie werden mich auslachen. Ja, ich habe mir heimlich diesen Turmbau gebastelt, weil ich glaubte, so endlich diese gräßliche Erinnerung loszuwerden. Es ging nicht. Das Ding war nicht so schön wie in meinen Träumen; natürlich schmeckte es auch nicht, aber ich habe es trotzdem runtergewürgt. In der Nacht habe ich kein Auge zugetan und mir die Seele aus dem Leib gekotzt. Pardon! Aber so war es. Mein Magen, meine Galle und Leber und was man sonst noch in sich hat, was der Hunger angreift, wenn die Muskeln schon fort sind, revoltieren immer noch. Sie erholen sich auch nicht mehr. Reiter sagt: Damit kannst du leben. Er hat auch einen Namen dafür: Dystrophie. Ein hübsches griechisches Wort, hinter dem sich verbirgt, daß ich bis zu meinem Tode lasches, fades Zeug essen muß, kein Kind zeugen kann, mit Alkohol Selbstmord begehe – und das alles in einem Beruf, in dem meine Kollegen lieben und leben, wie es ihnen gefällt.»

«Wie alt sind Sie?» fragte Friedrich.

«Vierzig.»

«Wie sind Sie an Ihren Beruf gekommen?»

«Ich wollte Schauspieler werden. Von der Schauspielschule holte mich Hitler in den Arbeitsdienst; dann kam die Wehrmacht und dann der Krieg. Damals war ich gesund genug, den ganzen Tag zu graben und abends den Spaten blank zu polieren, als wäre er aus Silber. Schießen lernte ich auch und habe es getan, weil ich mußte und gern leben wollte. Nur einmal habe ich nicht geschossen, als ich dazu aufgefordert wurde.»

«Da sind Sie in Gefangenschaft gekommen?»

«Nein, damals noch nicht. Wir wurden in die südliche Ukraine verlegt. Als wir in einem Dorf in unsere Unterkünfte wollten, tauchte ein Mann von einem Sonderkommando auf. Er suchte Freiwillige zum Judenerschießen. Sie hatten nicht genug Leute. Ich weiß nicht, ob sich einer von uns vielleicht gemeldet hätte. Unser Major auf jeden Fall wollte es nicht. Er gab den Befehl, ins nächste Dorf zu fahren. Ich hätte mich gern bei ihm bedankt. Aber dazu ergab sich nachher keine Gelegenheit mehr. Er ist gefallen, und ich kam in Gefangenschaft.»

«Wann?»

«Im Dezember zweiundvierzig bei Stalingrad.»

«Und wann sind Sie zurückgekommen?»

«Im Sommer neunundvierzig.»

Friedrich schwieg so lange, daß Wendelin in seiner Ecke glaubte, er wäre eingeschlafen, aber es gelang ihm nicht, sich aus seinen Erinnerungen zu befreien. Er mußte weitersprechen. «An das Judenerschießen habe ich damals in den Lagerjahren oft denken müssen. Vor allem in den ersten schlimmen Wintern, als wir froren und hungerten und meine Kameraden wie die Fliegen starben. Es kam mir wie eine Vergeltung vor. Wie ein Fegefeuer, in dem wir dafür bestraft wurden, Deutsche zu sein. Ich hatte nur dieses eine Erlebnis. Was in Wirklichkeit geschehen ist, habe ich erst nach der Entlassung und Rückkehr erfahren. War es nicht schon unbegreiflich genug, in ein fremdes Land zu ziehen und dort auf Fremde zu schießen? Die konnten sich noch wehren. Aber Wehrlose zu erschießen, nur weil sie Juden waren – und das freiwillig . . .»

Friedrich hörte sein trockenes, schmerzhaftes Schluchzen.

Er lag in seinem Bett und stellte sich schlafend, weil er nicht wußte, wie er helfen und was er sagen sollte. Er hatte damals alles von sich geschoben, weil er nicht den Mut hatte zu glauben, was er hätte sehen müssen, wenn er nicht so feige gewesen wäre. Er schämte sich vor dem Mann, der in seinem Bett schluchzte.

Friedrich sollte kurz vor Weihnachten aus dem Krankenhaus entlassen werden. Der Abschied von Wendelin fiel ihm schwerer, als er je geglaubt hätte.

«Ich werde demnächst sterben», sagte er.

«Wissen Sie das so genau, Herr von Hortmann?»

«Ja. In ein paar Monaten, vielleicht in einem Jahr. Viel länger wird es nicht dauern. Hoffentlich nicht.»

«Fürchten Sie sich vor dem Tod?»

«Bis vor kurzer Zeit hätte ich sofort nein gesagt. Es ist auch nicht der Tod oder das Sterben, die mir Angst machen. Ich komme mir fahnenflüchtig vor, darum geht es.»

«Wegen Ihrer strengen Freundin und diesem – wie nennt Schopenhauer es noch? – diesem Knalleffekt der Natur?»

«Ja, wegen Dorothea und Ruth. Darum möchte ich Sie auch erpressen, lieber Wendelin.»

«Woher nehmen Sie den Glauben, daß ich erpreßbar bin?»

Friedrich, der am Tisch saß, zog die mageren Schultern hoch. «Man wird nicht ungestraft so alt wie ich. Ich verlasse mich auf meinen Verstand und meine Gefühle. Ich kenne Sie nun seit sechs Wochen. Manchmal, in meinen Träumen, habe ich mir ausgemalt, wie es wäre, wenn ich einen Sohn hätte. Er könnte so alt wie Sie sein. Sie sind nur ein Jahr älter als Ruths Vater. Sie wird bald siebzehn. Ihren achtzehnten Geburtstag werde ich nicht mehr erleben. Sie ist zu jung, mit Dorothea alleinzubleiben. Ich möchte ihr, wenn ich mich zurückziehe, einen Freund hinterlassen, vielleicht einen Vater.»

«Und für diese Rolle haben Sie mich auserkoren?» fragte Wendelin ungläubig. Er begann zu lachen. «Wie denken Sie sich das, Herr von Hortmann? Ich bin ein kranker Mann, der herumreist, solange es seine Kräfte erlauben. Ohne Familie, ohne Anhang, ohne feste Wohnung. Ich habe eine Einzimmerwohnung in Köln und ein möbliertes Zimmer in München. Das hat mir bisher genügt. Ich habe Freundinnen, mit denen ich manchmal zusammenwohne. Halten Sie das für eine geeignete Atmosphäre für ein Mädchen, das von Frau Wossilo und Ihnen geprägt ist? Denken Sie noch mal gründlich darüber nach. Es wird Ihnen wie Schuppen von den Augen fallen. Es ist eine abstruse Idee. Soll ich Ruth in meine Vorstellungen mitnehmen und in die Kneipen, in denen ich hinterher mit meinen Freunden sitze? Soll sie desillusionierte Männer und Frauen kennenlernen, die zuviel trinken und dieses Kind nur vernaschen wollen? Ich fürchte, Sie sind weltfremd, lieber Herr General.»

«Nein, keineswegs. Hören Sie mit dem Herrn General endlich auf!» Er drehte sich zu Wendelin um. «Ich denke nicht ins Unreine oder ins Blaue. Ich habe mir dies gründlich überlegt. Ruth braucht keinen, der jeden Tag um sie herum ist. Ihre Kneipen und Ihre Freunde braucht sie auch nicht, aber es schadet ihr nicht, wenn sie sie kennenlernt. Man kann sie nicht mehr behüten, ich nicht, Dorothea nicht, und Sie, Wendelin, sollten es gar nicht erst versuchen. Sie sollen nur vorhanden sein. Ruth wird sich verrennen und Dummheiten machen. Die Art Dummheiten, mit denen in Zukunft bei ihr zu rechnen ist, eignen sich sehr wenig für Dorothea Wossilo. Sie liebt das Mädchen. Sie wird mit ihr leiden, aber helfen wird sie ihr nicht können.»

Wendelin schlug mit der geballten Faust auf die Bettdecke, richtete sich auf und schüttelte den Kopf. «Bleiben Sie bei Ihren Büchern, General. Sie sind im Begriff, sich auf das

Glatteis zu begeben, das Leben heißt. Dazu braucht es rutschfeste Schuhe, die Sie nicht haben. Ich auch nicht. Wir beide fallen abwechselnd auf die Nase und den Hintern. Wenn ich Ihnen glauben soll, Sie nicht mehr so lange und nicht mehr so oft. Ich werde die Rutschpartie noch eine Weile fortsetzen müssen. Und mir, mir wollen Sie ein Mädchen anvertrauen, das mir immer so vorkommt, als stamme es geradewegs aus einer der Romanzen von Shakespeare? Diese bezaubernden, lebensklugen Mädchen haben die rutschfesten Schuhe schon bei ihrer Geburt mitbekommen.» Wendelin seufzte tief auf, ließ sich zurückfallen und sagte: «Ich mache Ihnen einen Vorschlag: Sagen Sie Ihrer Ruth, sie soll auf mich aufpassen.»

Friedrich lächelte zufrieden vor sich hin.

Am Abend vor Weihnachten, als Dorothea und Ruth den Weihnachtsbaum schmückten, erwähnten sie zum ersten und einzigen Mal eine Zukunft ohne Friedrich.

«Hast du noch mit Professor Reiter gesprochen, Großmutter?»

«Ja, als ich gestern kam, um Friedrich abzuholen, hat er mich von Schwester Gertrud abfangen lassen. Sie hat mich in sein Zimmer geführt. Er zeigte mir übrigens deine Zeichnung von seinen Händen. Ich finde sie auch sehr gut, Ruth.»

«Großmutter!»

«Ja, ja. Sei geduldig. Ich weiß nicht, wo anfangen.»

Ruth beugte sich vor. «Hat er dir gesagt, wie lange Friedrich noch leben kann und ob er nach Hause darf? Hast du ihm erklärt, daß morgens Frau Bogletzki kommt, ihm das Frühstück macht und ihm noch das Mittagessen kocht, und daß er nachmittags und abends von uns versorgt wird? Weiß Reiter das alles?»

«Natürlich. Friedrich muß nur einmal in der Woche zu ihm in die Sprechstunde. Reiter sagt, er müsse auch nur sehr selten ins Krankenhaus, höchstens mal für zwei oder drei Tage. Er würde mit der Zeit nur immer schwächer. Vorläufig wären sogar noch kleinere Reisen möglich, wenn er das wollte . . .»

«Reisen? Will er denn reisen?»

«Er hat sich in den Kopf gesetzt, zu einer Vorstellung von Wendelin zu gehen. Aber wann der wieder auftreten kann, weiß ich nicht. Er wird noch bis Anfang Januar im Krankenhaus bleiben. Dann will er nach München. Vielleicht tritt er dort im Februar oder März auf. Das hat er Friedrich erzählt, aber so genau wird er es wohl selber nicht wissen.»

Ruth hielt eine silberne Kugel in der Hand. «Großmutter, was wird aus uns ohne Friedrich?»

«Ich weiß es nicht, Ruth.»

«Wenn ich das Abitur habe, werde ich hier studieren. Dann kann alles so bleiben, wie es ist.»

«Du hast immer davon gesprochen, daß du versuchen willst, nach Wien zu kommen.»

«Das läuft mir nicht davon.»

«Ich will nicht, daß du mir Opfer bringst. Ich könnte es nicht ertragen.» Dorothea stieg vom Schemel, von dem aus sie Lametta aufgehängt hatte, und sah Ruth streng an.

Ruth machte das Mauleselgesicht und schwieg. Plötzlich liefen ihr Tränen über die Wangen, dann lachte und weinte sie gleichzeitig. «Großmutter, wie soll das mit uns werden? Friedrich lebt noch, und wir zanken uns schon. Werden wir uns noch mehr zanken, wenn er tot ist?»

«Das nehme ich an.»

Ruth wischte sich die Augen. Dorothea hatte sich in den Sessel gesetzt, und Ruth schenkte ihr den Rotwein ein, den sie tranken, wenn sie den Baum schmückten. «Könntest du es als Kompliment verstehen, wenn ich dir sagte, daß ich mir so wie dich immer Teufels Großmutter vorgestellt habe?»

Dorothea nickte. «Ich verstehe es durchaus als Kompliment. Aber wenn ich die Großmutter bin, wer ist dann der Teufel?»

Ruth beugte sich über sie und küßte sie auf die Wange. «Vielen Dank für die Retourkutsche!» Plötzlich wurde sie wieder ganz ernst. «Benehmen wir uns vor Friedrich auch so? Glaubst du, daß er uns beide satt hat? Daß er vielleicht darum so gern sterben will? Ich habe nämlich das Gefühl, daß er sich irgendwie auf seinen Tod freut. Er mag nicht mehr. Uns zu Gefallen ist er zu Reiter ins Krankenhaus gegangen. Jetzt schüttelt er sich wie ein nasser Hund. Er hat das hinter sich. Noch dazu hat er einen neuen Freund. Er möchte, daß wir beide mit dem befreundet bleiben, wenn er selber nicht mehr hier ist. Wendelin wäre zuviel allein; er brauchte ‹solide› Menschen wie dich und mich.» Ruth trank Wein. Ihr Gesicht hatte sich gerötet. Sie sprach immer lebhafter und wollte sich nicht unterbrechen lassen.

«Bei dir kann ich es verstehen. Du bist sicher. Bei dir wird er folgsam sein und nicht soviel trinken und rauchen. Aber was soll denn ich mit ihm? Er ist ein berühmter Mann. Anke kennt alle seine Lieder. Aber hast du die Leute gesehen, die ihn besuchen? Da war eine Frau, sicher schon fünfzig. Sie hat mir gesagt, sie träte nur dreißig Minuten an einem Abend auf, davon könne sie gut leben. Sie hat sich über mich lustig gemacht. Ach, und dann war neulich ein Mann da, der sich die Haare quer über den Kopf kämmte, damit man nicht sehen sollte, daß er eine Glatze bekommt. Er legte mir einen dicken Finger unter das Kinn, schob meinen Kopf hoch und sagte zu Wendelin: ‹Ist sie nicht bezaubernd, Hermann?› Dann hat er mich auf die Backe getätschelt. Widerlich, Großmutter! Und weißt du, was Friedrich gemacht hat? Er hat diesen blöden alten Spruch aufgesagt. ‹Das Berühren der Figüren mit den Pfoten ist verboten.› Ich habe mich so geschämt, daß ich am liebsten in den Boden versunken wäre. Wendelin hat hinterher zu Friedrich gesagt, es täte ihm leid. Seine Freunde kämen eben aus einer anderen Welt. Für Wendelin existiere ich nur als Vorleserin von Friedrich. – Übrigens will er sich nicht mehr vorlesen lassen. Es interessiert ihn nicht mehr. Erst mußte ich unbedingt diese Trilogie über Österreich von Bruno Brehm aus der Bibliothek holen. Jetzt habe ich ein Drittel vom ersten Band vorgelesen. Früher hat er immer allein weitergelesen, diesmal keine Zeile. Jetzt soll ich sie wieder zurückbringen. Meistens, wenn ich komme, redet er mit Wendelin. Über dessen Kriegserlebnisse, über seine, über Wendelins Lieder. Mir kommt es so vor, als wäre ich gar nicht mehr richtig da, als hätte er sich längst von mir verabschiedet, als wäre dieser Herr Wendelin für ihn viel interessanter –»

«Nun hol mal endlich Luft», unterbrach sie Dorothea ungeduldig. «Du bist eifersüchtig. Freu dich lieber, daß Friedrich diesen Mann gefunden hat, mit dem er gern redet, der ihm Neues erzählt. Was kann er denn mit deinen Schulgeschichten und meinen alten Erinnerungen groß anfangen? Weißt du, ob es nicht vielleicht Absicht ist, ob er uns nicht auf seine Weise beibringen will, daß er nicht mehr lange für uns da ist, daß er sich jetzt schon allmählich zurückzieht?»

«Ich kann aber nicht ohne Friedrich leben.» Ruth brach in Tränen aus.

«Selbstverständlich kannst du das. Das weißt du ganz genau.»

«Jawohl», begehrte Ruth auf. «Ich weiß es. Aber laß mich doch wenigstens um ihn trauern. Das werde ich wohl noch dürfen!»

«Du darfst. Aber trauern ist etwas ganz anderes. Das wirst du noch lernen müssen, Ruth.»

Sie hatte es gelernt. Die erwachsene Ruth trauerte immer noch um Friedrich und wußte, daß sie es zeitlebens tun würde.

Sie hatte seine Bibliothek geerbt und es nicht fertiggebracht, sich auch nur von einem einzigen Buch zu trennen, in dem in seiner ruhigen, ausgewogenen Schrift sein Namenszug stand. Sie lächelte über die Gäste, die verwundert die Bücherregale der Dumartins betrachteten. «Wer ist denn bei Ihnen am Ersten Weltkrieg interessiert, und wer liest so viele Biographien von alten Heerführern?» mochte einer fragen. Hubert erklärte dann, sie hätten die Bibliothek eines alten Freundes, eines Generals, geerbt, und merkte gar nicht, daß er, der Friedrich nie gekannt hatte, ihn als alten Freund bezeichnete. Sogar für die Kinder war er ein Freund. «Es war einmal ein Mann, der hatte einen Hund und mit dem ging er immer zum Bahndamm . . .» begann Anna. «Papa, komm! Ich weiß nicht mehr, wie Friedrichs Geschichte weitergeht. Hilf mir.»

Ruth hütete eine Mappe mit den wenigen Briefen, die Friedrich ihr geschrieben hatte. Auf jeder Seite war unten das letzte Wort unterstrichen. Die nächste Briefseite begann mit demselben Wort, nur war es diesmal nicht unterstrichen. Es waren freundliche, ganz unkonventionelle Briefe, die aber wenig Rücksicht darauf nahmen, daß sie an ein Kind gerichtet waren. Nur die beiden Worte am Ende und Anfang jeder Seite waren eine Erinnerung an Friedrichs pedantische Ordnungsliebe.

Als Dorothea an jenem Weihnachtstag morgens zu Friedrich kam, war schon ein Gast da. Sein letzter Adjutant Gregor Scherling, besuchte ihn alljährlich zu Weihnachten. Diesmal hatte Dorothea ihn ohne Friedrichs Wissen angerufen und über die Krankheit gesprochen. Scherling, ein großer, breitschultriger Mann, der den zierlichen General überragte, hing in treuer Freundschaft an ihm. Er bezog in diese Freundschaft Dorothea und Ruth ein. «Lieber Scherling», sagte Dorothea zu ihm, «ich freue mich, Sie endlich einmal wiederzusehen.» Scherling verneigte sich tief und küßte ihr die Hand.

«Nun steht hier nicht herum», sagte sie gleich darauf streng. «Setzt euch alle beide. Ich kann mir selbst ein Glas holen.» Aber das war nicht nötig, denn Friedrichs treue Hilfe, Frau Bogletzki, die außer Gott und Dorothea sonst nichts auf der Welt fürchtete, kam schon mit einem kleinen Tablett und einem der alten belgischen Kristallgläser, die nur zu besonderen Gelegenheiten benützt wurden. Dorothea trank einen Schluck des alten Moselweins. «Du hast Glück, Friedrich, ich wollte dir die Leviten lesen. Aber wie kann ich das, wo du so netten Besuch hast!»

«Und schon gar nicht an Weihnachten, verehrte Frau Wossilo», sagte Scherling, dem sie ansehen konnte, wie betroffen er war, Friedrich noch viel zarter und zerbrechlicher anzutreffen, als sie es ihm am Telefon geschildert hatte. «Wie geht es meiner Freundin Ruth? Wann ist sie mit der Schule fertig?»

«Sie wird doch erst siebzehn. In zwei Jahren.»

«Siebzehn!» Scherling lächelte kopfschüttelnd. «Ich merke schon an meinen Kindern, wie schnell das Erwachsenwerden geht, aber daß Ruth siebzehn wird! Wissen Sie, ich sehe sie immer noch vor mir, als sie ein halbes Jahr bei Ihnen war. Dieses magere kleine Mädchen mit den großen ängstlichen Augen und dem breiten Sächsisch. Zeichnet sie noch?»

«Ja, viel und immer besser.»

«Das Bild, das sie mir damals gezeichnet hat, hängt hinter meinem Schreibtisch. Es war der Garten ihres Kinderheims, in dem es von Kindern wimmelte. Zwischen ihnen steht ein großer Mann mit einer grünen Schürze. ‹Der sieht aus wie du›, hat sie damals gesagt.»

«Scherling, Sie wissen gar nicht, was für einen Stein Sie bei Ruth im Brett haben», sagte Friedrich. «Sie haben ihr damals – das muß sieben- oder achtundvierzig gewesen sein – eine

Schachtel Katzenzungen mitgebracht. Daß Sie die aufgetrieben haben, war allein schon ein Wunder. Aber Sie waren wahrscheinlich der erste fremde Erwachsene, der ihr etwas mitgebracht hat.» Friedrich wechselte einen Blick mit Dorothea, und beide lächelten. «Ich kann mich noch so genau erinnern», fuhr er fort, «weil ich so gerührt war. ‹Hat er das wirklich für mich mitgebracht?› fragte sie. ‹Er kennt mich doch gar nicht!› Frau Wossilo und ich sagten das, was man dazu sagen kann: Warum sollte ein Freund von uns einem kleinen Mädchen kein Geschenk mitbringen? Freunde schenkten sich gern etwas, na und so weiter. Aber sie blieb fassungslos.»

«Die Schachtel hat sie jahrelang aufgehoben», fügte Dorothea hinzu. «Vielleicht hat sie sie immer noch. Ruth hütet ihre Schätze.»

«Darf ich Scherling erzählen, was du damals gesagt hast, Dorothea?»

«Was habe ich denn gesagt?» fragte sie, einen Augenblick verwirrt. Aber dann nickte sie. «Ja, ich weiß schon, was du meinst. Laß es mich erzählen. Es ist nicht wichtig, aber es paßt zu Ihren Katzenzungen, Scherling. Ich hatte eine schwierige Mutter, die mich nicht schätzte und die ich nicht schätzte. Es war eine ähnliche Situation. Als ich ein Kind war, kam ein entfernter Verwandter, den ich noch nie gesehen hatte, zu meinen Eltern zu Besuch. Er brachte meiner Mutter den üblichen Blumenstrauß, und mir schenkte er ein Biedermeiersträußchen aus Papierblumen und Konfekt. Ich freute mich sehr darüber. Als ich zu meiner Mutter sagte, ich fände es sehr nett, daß er auch mir etwas mitgebracht hätte, erklärte sie, es sei eine Aufmerksamkeit für die Eltern, wenn man den Kindern des Hauses etwas mitbrächte. In meinem Zimmer habe ich den Strauß zertrampelt und in den Ofen geworfen.» Dorothea lachte leise auf. «Sollten Sie jemals in Versuchung kommen, lieber Freund Scherling, bitte keinen Biedermeierstrauß, weder aus echten noch aus Schokoladeblumen. Ich kann die Dinger nicht leiden.»

Als Wendelin kurz vor Friedrichs Entlassung einmal allein mit Ruth im Zimmer war, fragte er, ob Friedrich einen Plattenspieler habe. Ruth verneinte. «Haben Sie oder Ihre Großmutter einen?»

«Ja, ich. Aber er ist nicht besonders gut.»

«Es geht nur darum, daß ich Herrn von Hortmann meine Platten zu Weihnachten schenken möchte. Aber was fängt er mit Platten an, wenn er sie nicht spielen kann? Können Sie ihm denn Ihren Apparat leihen?»

«Natürlich. Aber das bringt mich auf eine Idee. Ich zerbreche mir schon den Kopf, was ich Friedrich schenken könnte. Wenn er von Ihnen die Platten bekommt, schenke ich ihm den Plattenspieler.»

«Wird das nicht zu teuer? Darf ich mich vielleicht daran beteiligen?»

Ruth wehrte ab. «Ich kann das gut bezahlen. Meine Großmutter bekommt für mich eine Rente, weil mein Vater gefallen ist. Sie gibt mir den größten Teil davon, weil sie meint, ich müßte lernen, mit Geld richtig umzugehen.»

«Können Sie es?» fragte Wendelin neugierig.

Ruth zog die Schultern hoch. «Ich teile es in drei Teile. Einer kommt aufs Postsparbuch, einer ist für das Zeug, das ich selber bezahlen muß, Schulbücher und Kleidung, wissen Sie. Der Rest ist mein Taschengeld für den Zeichenkram und Kino und so was. Es ist viel mehr, als meine Freundinnen bekommen, denn die wirklich teuren Anziehsachen, wie Wintermäntel, gute Kleider oder auch Schuhe bezahlt Großmutter. Komisch, nicht? Ich habe eigentlich zuviel Geld.»

«Wenn ich mal in Verlegenheit bin, werde ich Sie anpumpen.» Wendelin sagte es ruhig und ernst, und Ruth war sicher, daß es nicht ironisch gemeint war.

«Das können Sie.» Sie sah ihn schmunzelnd an. «Meine Freunde machen das auch. Verraten Sie es aber bitte nicht. Meiner Großmutter und Herrn von Hortmann ist es sicher nicht recht, daß ich Geld verleihe.»

«Bekommen Sie es immer zurück?»

«Meistens.»

«Was machen Sie, wenn Sie es nicht bekommen, mahnen Sie?»

«Früher, jetzt nicht mehr. Wenn ich merke, daß sie mich ausnehmen wollen, leihe ich ihnen nie wieder was. Wenn sie wirklich in der Klemme sind, schenke ich es ihnen.» Ruth machte eine Pause und stellte dann nachdenklich fest: «Manchmal tut es mir leid, daß ich damit angefangen habe. Man verliert dabei Freunde.»

«Womit hast du angefangen? Wobei verlierst du Freunde?» fragte Friedrich, der von ihnen unbemerkt ins Zimmer gekommen war und ihre letzten Worte gehört hatte.

Wendelin kam ihr zu Hilfe. «Wir haben über die Schule gesprochen. Es ging ums Abschreiben.»

Als Ruth sich von ihm verabschiedete, hauchte sie für Friedrich unhörbar: «Vielen Dank.»

Kaum hatte sie die Tür hinter sich geschlossen, fragte Friedrich: «Ums Abschreiben ging es nicht. Um was ging es wirklich?»

Wendelin, wohlverborgen in seiner Nische, ließ ihn eine Weile warten. «Allmählich begreife ich», sagte er dann, «warum man Sie in den Generalstab geholt hat. Sie sind ein schlauer Fuchs. Und wenn es um Dinge geht, die Sie betreffen, ist Ihre Witterung ausgezeichnet. Ich habe einmal einen Fuchs gesehen, in einer verzauberten Landschaft, auf dem Bodanrück am Bodensee. Ich bummelte allein im Auto herum.

Der Fuchs saß ein Stück über der Straße am Waldrand, keine zehn Meter von mir entfernt. Es war ein heißer, sonniger Mittag. Sein Fell glänzte, er hatte die Ohren hochgestellt und beobachtete mich ganz genau. Vor dem Auto hatte er keine Angst, das kannte er. Aber er sah auch mich an, und ich war ihm nicht geheuer. Noch hielt er es nicht für nötig, vor mir zu fliehen, aber er kannte seinen Fluchtweg, und es ging um eine Entscheidung, die er in Bruchteilen von Sekunden treffen konnte. Während ich in dem langsam rollenden Auto saß, in dieser stinkenden Maschine, kam einer jener seltenen Augenblicke, die ich für mich ‹panisch› nenne, nicht mit Schrecken gepaart, sondern mit Glück, vielleicht mit Paradies. Der Fuchs und ich waren Geschöpfe einer Welt; wir waren einander verbunden. Ich habe mich beherrscht, nicht anzuhalten, und bin weitergefahren. Als ich so weit entfernt war, daß ich ihn im Rückspiegel sehen konnte, saß er am Waldrand und blickte mir nach. Das hat mich immer mit Dankbarkeit erfüllt. – Aber warum erzähle ich Ihnen das?» fragte er aus seinem Versteck. «Ich habe den Faden verloren.»

«Nein, mein lieber schlauer Bruder Fuchs, das haben Sie nicht.» Wendelin hörte die Erheiterung aus Friedrichs Stimme. «Sie sind ein Dichter, und es ist eine Freude, wenn Sie den Faden verlieren, weil Sie so schöne Geschichten erzählen. Dafür danke ich Ihnen. Ich bin kein Dichter, aber ein ganz leidlicher Denker, wenn Sie mir diese Platitüde verzeihen. Ich denke mir, daß Ruth Ihnen etwas erzählt hat, was vertraulich war. Offenbar halten Sie es nicht für gefährlich, sonst würden Sie mich – dessen bin ich sicher – gewarnt haben. Ich kenne Sie schon recht gut. Sie wissen, daß ich dieses Kind über alles liebe. Sie wissen auch, daß es mich in Schrecken versetzen muß, wenn ich plötzlich höre, daß Ruth etwas tut, was sie Freunde verlieren läßt.»

Wendelin empfand eine fast ehrfürchtige Bewunderung für

den alten General und gleichzeitig – das wurde ihm deutlich, je länger er ihn kannte – eine ohnmächtige Wut gegen das Eingeplantwerden in eine Zukunft, die Friedrich von Hortmann festlegen wollte. Er merkte, daß nicht viel fehlte, und er hätte ihm die Geschichte von Ruths Geldverleihergeschäften erzählt.

«Also gut», sagte er beinahe mürrisch. «Ich halte es nicht für gefährlich, werde aber ein Auge auf die Entwicklung haben, soweit sich mir dazu eine Gelegenheit bietet. Sind Sie nun zufrieden?»

«Ja, sehr. Ich danke Ihnen.»

Am Weihnachtsabend beobachtete Ruth die Großmutter und Friedrich mit banger Erwartung, als sie ihnen den Plattenspieler erklärte und dann zögernd eine Platte von Hermann Wendelin auflegte. Es war die, die sie für die gemäßigtste hielt.

Es schien ihr selbstverständlich, daß die Großmutter diese bösen, bissigen und anklagenden Lieder, die Wendelin mit harter rauher Stimme sang, während der Klavierpart lyrisch und weich untermalte, nicht schätzen würde. Bei Friedrich wußte sie es nicht. Sie hatte die Lieder anfangs, als sie sie zum erstenmal bei ihrer Freundin Anke hörte, häßlich und niederdrückend empfunden. Anke, musikalischer, politisch wacher und viel intensiver in ihrer Zeit lebend als die von den alten Leuten geprägte Ruth, kannte Wendelin schon längst und war begeistert von ihm. «Du weißt gar nicht, wie ich dich beneide, daß du ihn kennst! Glaubst du, daß er deinen Friedrich besuchen wird und ich dann mal kommen darf?» – «Na klar», sagte Ruth. «Aber du wirst ihn auch nicht mögen. Nicht, daß er unfreundlich ist, er schiebt nur alles von sich fort, was ihn nicht interessiert. Ihn interessieren seine Lieder, seine Freunde und neuerdings auch Friedrich, weil er sich mit dem im Krankenhaus gut unterhält. Er sagt, er könne viel von ihm lernen. Aber mir kommt es so vor, als saugte er ihn aus wie einen Schwamm. Friedrich stopft alles, was er weiß, was er erlebt und erfahren hat, in ihn hinein. Mit Großmutter und mir spricht er nur noch über langweilige Haushaltsdinge, über seine Wäsche oder sein Essen oder seine Frau Bogletzki. Es ist zum Kotzen! Wendelin hier, Wendelin da –»

«Du bist ja eifersüchtig», sagte Anke lachend.

Ruth machte eine abwehrende Handbewegung, ließ dann plötzlich den Arm sinken und starrte Anke aus großen Augen an. «Gut, daß es dich gibt. Du hast nämlich recht.» Sie lächelte unglücklich. «Ich bin eifersüchtig auf Wendelin, weil er Friedrich, der sterben muß, die Zeit besser vertreibt als Großmutter oder ich. Wir beide wollen ihn für uns, wir wollen uns nicht von ihm trennen. Wendelin und Friedrich fürchten sich nicht vor dem Sterben. Sie haben nicht einmal Angst vor dem Abschiednehmen. Das ist für mich das schrecklichste. Ich glaube, Friedrich weiß das, und darum will er sich jetzt schon trennen – von uns, meine ich. Bei Wendelin braucht er das nicht.» Ruth verschränkte die Arme hinter dem Kopf. «Und nun spiel noch mal die Seite, auf der das Lied von dem Totentanz und Gevatter Hein und dem Sterben und Erben ist. Das paßt zu meiner Stimmung.»

Aber jetzt, am Weihnachtsabend, hatte sie eine andere Platte gewählt, die, auf der das Lied vom Verlorenen Paradies war, das hätte wiederkommen können, wenn nur alles ein bißchen anders gelaufen wäre. «Es hätte so schön sein können in diesem Land», sang Wendelins brüchige Stimme, «vielleicht ein bißchen ärmer, dafür ein bißchen wärmer.» Dann, fast wie eine Fanfare: «Wer sagt denn arm? Wer sagt denn warm? Wer will denn das?»

Es war das letzte Lied auf der Seite. Als der Plattenspieler sich mit einem leisen Klicken abstellte, sprach wider Erwarten Dorothea als erste.

«Ich muß ihm Abbitte leisten, Friedrich. Ich hatte ihn nicht für so gut gehalten. Spiel noch mehr, Ruth.»

Nach dem dritten Lied stand Ruth auf. «Morgen geht das Konzert weiter. Morgen ist auch noch Weihnachten. Komm, Friedrich, du bist heute viel zu lange aufgewesen. Ich bringe dich nach Hause.»

Sie half ihm in den Mantel, der viel zu schwer für den schmächtigen Mann zu sein schien. Auf der Straße nahm sie seinen Arm und führte ihn zu seinem Haus. Niemand sonst war am Weihnachtsabend unterwegs. Als er sich an der Wohnungstür von ihr verabschieden wollte, sagte sie: «Wenn du es erlaubst, möchte ich mich noch ein paar Minuten in die Bibliothek setzen. Allein. Geh zu Bett, Friedrich. Wenn du nachher noch Licht hast, schaue ich rein.» Sie zögerte, dann legte sie ihm die Arme ganz vorsichtig um den Hals und küßte ihn. «Gute Nacht, Friedrich. Ich danke dir sehr.»

Ruth saß in Friedrichs altem Ledersessel mit den Knöpfen, die an langen Fäden hingen oder schon ganz fehlten und nur noch Ösen hinterlassen hatten. Sie schloß die Augen und dachte an ihre Menschen, an die Oberbichlers, an ihren Vater und ihre Mutter, an Dorothea und Friedrich, an Anke, an Scherling und seine Katzenzungen und an Wendelin, der gestern, als sie sich verabschiedete und ihm frohe Weihnachten wünschte, gesagt hatte: «Passen Sie gut auf ihn auf, Ruth. Machen Sie es ihm leicht, nicht schwer. Aber das werden Sie schon. Warum sage ich das überhaupt?»

4

Hermann Wendelin

Friedrich wurde an einem der ersten Dezembertage des darauffolgenden Jahres beerdigt. Es war ein schöner Tag, fast noch Spätherbst; durch Dunstschleier schien eine fahle, kühle Wintersonne. Nach der Trauerfeier in der Kapelle folgten die Freunde dem Sarg zum Grab. Friedrich hatte bestimmt, daß die Todesanzeigen erst nach der Beerdigung verschickt werden sollten.

Ruth, die sonst so leicht weinte, führte die Großmutter am Arm, vergoß keine Tränen und kam sich wie zweigeteilt vor. Die andere Ruth stand unsichtbar neben Friedrich in einem Nirgendwo, von dem aus sie beobachteten, was geschah. Die letzten Blätter, manche noch nicht ganz braun, wehten durch die Luft und raschelten unter den Füßen der schwarzen Männer, die den Wagen mit dem Sarg schoben. Hinter dem Pfarrer, Dorothea und der anwesenden Ruth folgten Gregor Scherling, der als Soldat für den alten Soldaten Friedrich von Hortmann gesprochen hatte, und Hermann Wendelin, der Freund seines letzten Jahres, der auf Friedrichs Wunsch das Lied vom verlorenen Paradies auf der Orgel gespielt hatte.

Ruth sang stumm: «Es hätte so schön sein können in diesem Land . . .» Die andere Ruth, neben Friedrich, fragte unhörbar: Hast du es dir so gedacht? Haben wir es so richtig gemacht, Friedrich? Freust du dich, daß die Sonne scheint? Wirst du den Ahornbaum lieben, der an deinem Grab steht? Sind alle da, die du gern um dich hattest? Dorothea, Scherling, Wendelin, deine treue Frau Bogletzki, die sich die Augen ausweint, meine Freundin Anke, die du gern hattest, weil sie so fröhlich und resolut ist? Sie weint auch, Friedrich. Nur ich weine nicht. Zum letztenmal haben wir beide zusammen geweint. Das war vor vierzehn Tagen, als ich dir das Bild brachte, das ich dir schon so lange versprochen hatte, aber früher nie zeichnen konnte, das vom Klüngelskerl mit dem alten Moritz. Das war unser richtiger Abschied. Heute hast du mir noch einen geschenkt, nach dem großen den kleinen Abschied, Friedrich. Ich danke dir, daß ich hier neben dir stehen und zusehen darf. Einen der Menschen, die dich hierher begleiten, muß ich dir erklären. Ja, es ist der kleine, knorrige Mann mit dem braungebrannten Gesicht, den du nicht kennst. Doch, du kennst ihn schon, du hast ihn nur nie gesehen. Gezeichnet habe ich ihn dir oft. Er ist mein Onkel Josef Oberbichler. Er ist meinetwegen gekommen, um mir den letzten Abschied von dir leichter zu machen. Aber wenn einer meinetwegen kommt, kommt er auch deinetwegen; denn ohne dich wäre ich vielleicht heute ganz anders, und dann könnte es sein, daß er mich gar nicht gern hätte. Ich habe nach Kärnten geschrieben, daß du bald sterben müßtest – dürftest. Ja, an dem Tag, an dem Professor Reiter sagte, es könne nur noch wenige Tage dauern, du würdest nicht länger leiden und nicht mehr zu Bewußtsein kommen. Jetzt lächelst du, Friedrich. So will ich dich in Erinnerung bewahren.

Erde polterte auf den Sarg. Dorothea warf Blumen ins Grab und stützte sich schwer auf Ruth, die nun wieder mit sich vereint war.

Ruth und Anke sorgten für die Trauergäste, die in Dorotheas Wohnung zusammenkamen. Der Pastor erzählte von seinen letzten Besuchen bei Friedrich und verabschiedete sich dann bald.

«Sie haben jeder einen anderen Gott», sagte Ruth zu Onkel Josef, mit dem sie abseits von den anderen auf dem Sofa saß. «Der von Großmutter ist streng und sinnt auf Rache, der vom Pastor ist, soweit ich ihn verstanden habe, milder und gütiger, aber trotzdem den Menschen zu weit entrückt.»

«Und der von Herrn von Hortmann?» fragte Josef Oberbichler.

«Den kann ich mir nicht gut vorstellen, weil er zu viele Eigenschaften hat. Er muß ein sehr freundlicher und menschlicher Leiter einer Kadettenanstalt sein.» Ruth lächelte. «Ich denke ihn mir in einer preußischblauen Uniform mit goldenen Knöpfen. Er ist ein Vater für all die kleinen geprügelten, unterdrückten Kadetten, die Heimweh haben, der einzige, der sie versteht. Andererseits aber ist er ein hochgebildeter Herr, mit dem ein alter General über Clausewitz disputieren kann. Kein Schlafrock, Onkel Josef, aber auch keine Dreifaltigkeit. Kein Gesang, kein Milchreis. In Friedrichs Himmel geht es ordentlich zu; man ist der Welt und dem Leid entrückt, hat aber das, was einem wichtig gewesen ist, mitnehmen können: Gedanken, Lebensweisheit, Bücher. Es könnte ja sein, daß man zurückbeordert wird; dann aber braucht man Marschgepäck für den Neubeginn.»

Der Onkel sah das Mädchen an, das in den anderthalb Jahren seit ihrer letzten Begegnung in Kärnten so verwandelt war. Er hatte sie am Grab beobachtet, als sie die preußische Großmutter stützte. Zwei Frauen, beide groß, die eine vom Alter und vom Leid gezeichnet, die junge Ruth kerzengerade, mit Schultern, die die Last der Trauer trugen, aber gleichzeitig abwehrten und einen Schutzwall bildeten, der der alten Frau Sicherheit geben sollte.

Josef Oberbichler sah die beiden Gestalten als Halbrelief vor sich. Barlach hatte solche Frauen geschnitzt. Er aber empfand sie anders. Doch wie sollte er diesen Ausdruck wütender Frauen darstellen? Später, als er zu schnitzen begann, fand er die Antwort.

Jetzt lächelte er Ruth zu und nickte. «Du hast ihn sehr geliebt, deinen Friedrich.» Als der weiche Mund, der ihn immer an seine Schwester Anna erinnerte, zu zittern begann, hob er die Hand. «Ist noch Kaffee in der großen Kanne?»

Ruth brachte ihm die Tasse. «Ich habe dir Milch und Zukker reingetan; ich weiß noch genau, wie du ihn trinkst.» Als sie sich wieder setzen wollte, trat Wendelin zu ihnen und schob sie zur Seite.

«Räumen Sie mir mal Ihren Platz, Ruth?»

Ohne weitere Erklärungen setzte er sich aufs Sofa neben ihren Onkel und begann mit ihm zu sprechen. Ruth fühlte sich ausgeschlossen. Sie sah sich im Wohnzimmer um. Dorothea und Scherling saßen mit dem Professor zusammen, der sich am Nachmittag in der Klinik freigemacht hatte. Scherling erzählte die Geschichte von Friedrichs bockendem Pferd bei der Parade. « . . . er stand auf, wischte sich den Staub von der Hose, klopfte dem mächtigen Braunen den Hals. Er hatte die Zügel die ganze Zeit festgehalten. Dann lief ein junger Soldat aus der Reihe, hielt das Pferd fest und half ihm in den Sattel. Er setzte sich zurecht, grinste den jungen Mann an, versteinerte dann wieder und nahm weiter die Parade ab. Hinterher konnte er tagelang nicht richtig gehen, weil er sich beim Sturz so stark geprellt hatte. Aber ich mußte den jungen Schützen suchen. Das war auf dem Truppenübungsplatz. Er sorgte dafür, daß er eine Woche Sonderurlaub bekam.»

Ruth wanderte weiter und fand Anke beim Spülen in der Küche.

«Das brauchst du nicht. Oder wolltest du mal fliehen?»

Anke hatte rotgeweinte Augen. Ruth sah fasziniert zu, wie zwei Tränen ins Spülwasser tropften.

«Spülmittel mit einer Beigabe von Tränen», stellte sie endlich fest. «Unsere Teller werden verwöhnt.»

«Du mit deinen witzigen Bemerkungen! Dein Friedrich ist heute beerdigt worden. Ich bin traurig und weine um ihn, und du blödelst!»

Ruth starrte mit blinden Augen aus dem Fenster. «Wenn du mal beerdigt wirst, werde ich noch viel mehr blödeln.»

«Und falls ich dich überlebe?»

«Darfst du allen erzählen, wie schlecht ich mich bei Friedrichs Beerdigung benommen habe und daß es mir ganz recht geschieht, so früh ins Gras beißen zu müssen.»

«Statt hier herumzuzanken, solltest du dich um deine Großmutter kümmern. Spülen kann ich sehr gut allein. Aber die arme alte Frau –»

«– würde dir den Hals umdrehen, wenn sie das hörte. Gerade hat ihr Friedrichs Adjutant eine komische Geschichte erzählt, und sie hat gelacht. Mit dem Sterben hab ich mehr Erfahrung als du. Mir imponieren Tränen im Spülwasser nicht so viel! Du mit deiner glücklichen Mammutfamilie! Wie oft warst du denn schon jemanden beerdigen?»

«Noch nie. Aber das hat nichts damit zu tun. Du bist hart. Ich habe dich beobachtet, wie du die Blumen ins Grab geworfen hast. Alle haben da geweint. Nur du, du mußtest natürlich lächeln.»

«Was weißt denn du!» fauchte Ruth, wollte aus der Küche rennen und lief geradewegs Hermann Wendelin in die Arme.

«Hoppla!» sagte er ganz unfeierlich und sah die beiden Mädchen lachend an. «Sie haben recht, Anke, ich habe auch geweint. Sogar so sehr, daß ich auf der Orgel, beim Guten

Kameraden, danebengegriffen habe. Aber daß Ruth nicht um Herrn von Hortmann trauert, glauben Sie doch wohl selber nicht. Trotzdem: Ich finde Tränen im Spülwasser auch komisch. Sehen Sie, Sie fangen selber an zu schmunzeln. Stellen Sie sich vor, wie der alte General darüber gelacht hätte. Aber wenn Sie beide sich zanken wollen, gehen Sie lieber auf die Straße. Die Wohnung ist sehr hellhörig. Wenn zwei gute Freundinnen sich darüber streiten, wer bei einer Beerdigung mehr trauert als die andere, entbehrt das nicht der Komik. Im Wohnzimmer haben alle zugehört. Ihr beide habt die Stimmung sehr gehoben.»

Anke war rot geworden. «Jetzt traue ich mich nicht mehr nach drüben.»

Ruth warf den Kopf zurück. «Du wirst aber helfen müssen. Allein schaffe ich das mit dem Abendessen nicht. Oder helfen Sie, Herr Wendelin?»

«Ich helfe auch. Wir machen das zu dritt.»

Wendelin war kein Ersatz für Friedrich, wollte es nicht sein; dennoch trat er das ihm aufgezwungene Erbe an. Friedrich hatte an alles gedacht.

«Könnten Sie nicht meine Wohnung übernehmen? Meine Erben sind Frau Wossilo und Ruth. Beide brauchen keine Wohnung und keinen Hausrat. Ich besitze nichts Wertvolles. Mit meinem Vermieter habe ich gesprochen. Ihm wäre es recht.»

«Ihr Preußen schießt verdammt schnell, lieber General», hatte er mit der auf ihn selbst beinahe erheiternd wirkenden Ergebenheit gesagt, die Friedrich ihm einflößte. «Wer gibt Ihnen das Recht, so in anderer Menschen Leben hineinzupfuschen? Bin ich ein kleiner Soldat, den Sie kommandieren können? Erst legen Sie mir die Frau General ans Herz, dann soll ich Ihre Ruth bemuttern oder bevatern; und jetzt soll ich auch noch hübsch in die Nähe meiner Schutzbefohlenen ziehen, um immer zur Stelle zu sein. Wir passen nicht zusammen, lieber Freund. Können Sie das nicht einsehen? Für Frau Wossilo gehöre ich zum Zirkus, Ruth ist auf mich eifersüchtig. Als Betreuer bin ich denkbar ungeeignet. Ich reise herum, schlafe herum, treibe mich herum; ich trinke oft zuviel. Weil ich das alles tue, kommt früher oder später der Moment, in dem mir auch Reiter nicht mehr helfen kann und ich Ihnen in die ewigen Jagdgründe folgen werde. Natürlich nur in die für die Subalternen, die ein großer Wildzaun von den Ihren trennt.»

Friedrich sah fast glücklich aus. Er liebte diese Gespräche. «Wollen wir uns dort alle tausend Jahre einmal treffen? Am ersten Gatter des Wildzauns?»

Wendelin überlegte einen Augenblick, dann lachte er. «Also täglich? ‹Denn tausend Jahre sind vor Dir wie der Tag, der gestern vergangen ist.› Ach, Sie hätten Schullehrer werden sollen. Wie werden mir diese Bildungsspiele fehlen! Könnten Sie sich nicht doch entschließen, ein wenig länger hierzubleiben?»

Friedrich überging die Frage. Lange Unterhaltungen begannen ihn anzustrengen. Er wußte, daß Wendelin das verstand und ihm geduldig Zeit ließ. Er versank für einige Minuten in Halbschlaf. Als er die Augen wieder öffnete, saß Wendelin immer noch ihm gegenüber im Sessel. Er hielt ein Buch auf dem Schoß, in dem er blätterte. Er blickte auf, als hätte er die Bewegung der Lider gehört. «Wir waren beim ewigen Thema Frau Wossilo und Ruth. Wollen Sie weitermachen, oder können wir es ein für allemal beenden? Ich möchte gern mit diesen beiden merkwürdigen Frauen befreundet sein, aber das geht nur, wenn sie mich akzeptieren. Falls sie das tun, werde ich ihnen helfen, wann und wie es mir möglich ist. Das verspreche ich Ihnen. Aber über Ihre Wohnung will ich mich nicht entscheiden. Daß ich Sie besuchen und bei Ihnen wohnen darf, wenn ich in der Gegend bin, erfüllt mich mit Dankbarkeit. Auf meinen Reisen hole ich mir die Erinnerungen an unsere Gespräche heraus, sehe mich in diesem Sessel sitzen, sehe Sie auf dem Sofa und um uns beide herum die vielen Bücher. Vorläufig, Herr von Hortmann, sind Sie es, der diese Wohnung, der meine Phantasie und mein Gefühl bevölkert. Vielleicht bin ich Ihnen in diesem einen Punkt überlegen: Ich träume gern.»

Wendelin zündete sich eine Zigarette an und fand es angenehm, daß der alte Herr kein Wort darüber verlor.

«Sie möchten immer Ordnung schaffen und klare Verhältnisse», fuhr er fort. «Wenn Sie tot sind, soll ich hier leben. Warum gefällt Ihnen der Gedanke so gut? Sie müssen doch wissen, daß ich ganz anders lebe als Sie. Sehen Sie hier in diesem Zimmer auch meine Freunde oder Freundinnen? Können Sie sich vorstellen, wie banal die Gespräche in Ihrer schönen Bibliothek sein werden? Wir würden uns nämlich Klatsch erzählen: Wer mit wem, wer ausgepfiffen worden ist, wer welche Intrigen gesponnen hat. – Es könnte sogar sein, daß eine Frau, die Ihnen wenig gefallen würde, auf Ihrem Sofa liegt, Ihre Bücher nicht sieht, aber Nagellack aufs Leder tropft. Nein, ich werde mich nicht entscheiden. Sie können nicht alles ordnen, weder Ruths Zukunft noch meine. Das ist gut so, denn die von Ihnen angestrebte Klarheit blendet mich. Wie sollen wir uns am Wildgatter erkennen, wenn ich geblendet bin?»

«Sie haben Ihre Fragen, warum ich möchte, daß Sie bei Ruth und Dorothea bleiben, schöner beantwortet, als ich es je könnte.» Friedrich lächelte.

«Ihr alter Freund Friedrich», sagte Wendelin Monate nach dessen Tod zu Dorothea, «hat ganz schön in meinem Leben herumgepfuscht.»

«Herumpfuschen war nicht seine hervorstechende Eigenschaft. Er war ein guter Stratege und ein guter Taktiker. Meinen Sie das, lieber Wendelin?»

«Nein, der liebe Wendelin meinte Herumpfuschen.»

Er saß in einem von Dorotheas Biedermeiersesselchen und trank bei ihr Tee. «Immer diese sanfte Gewalt, wissen Sie, gegen die man sich so schwer wehren konnte: ‹Wenn ich tot bin, sollten Sie meine Wohnung übernehmen. Ich habe schon mit dem Vermieter gesprochen. Dorothea und Ruth brauchen keinen Hausrat.› Das meine ich. Nach seinem Tod habe ich um ihn getrauert und mir gedacht, daß er sich freuen würde, wenn ich in seine Wohnung zöge – und bin eingezogen. Jetzt wohne ich hier, statt in München oder Köln, wo es beruflich günstiger für mich wäre. Ich habe eine feste Wohnung und so etwas wie eine Familie. Die Familie besteht nicht aus einer sanften, hilfsbedürftigen alten Dame, wie Friedrich es mich glauben machen wollte, sondern aus einem Drachen, der Feuer spuckt, und aus dem Mädchen Ruth, das mir wie ein Vulkan vorkommt, der ganz ungefährlich aussieht, aber jeden Augenblick ausbrechen kann . . .»

Dorothea, die ihm schmunzelnd zugehört hatte, brachte ihn zum Schweigen, weil sie laut zu lachen begann.

«Wenn Sie sich doch sehen könnten, Wendelin! Sie strahlen. Es muß Ihnen ungeheures Vergnügen bereiten, einen alten Drachen und einen kleinen Vulkan geerbt zu haben. Das paßt doch auch besser zu Ihnen als eine hilfsbedürftige alte Frau und ein dummes kleines Mädchen. Wobei ich wiederum bei Friedrich bin. Das war Strategie, das Erben, meine ich. Und die Wohnung war Taktik. Planung und Ausführung. Wo bleibt da das Herumpfuschen?»

«Wer rechtet schon mit Drachen?» sagte Wendelin ergeben.

«Ach, da wir gerade dabei sind. Ich habe neulich spät

abends im Radio eine Sendung mit Liedern von Ihnen gehört. Es war ein neues dabei, das ich noch nicht kannte. Es handelte von einer alten Dame, die reizend aussah, aber –»

«So? Sie glauben, Sie hätten dabei Pate gestanden? Woher nehmen Sie die Vermutung, daß Sie reizend aussehen? Furchteinflößend, würde mir besser passen. In meinem Lied geht es gerade um den äußeren Schein und die innere Wahrheit.»

Beide liebten diese Wortgefechte und waren darum selber erstaunt, als aus dem Geplänkel unversehens ein ernstes Gespräch wurde. Dorothea fing an.

«Ruth hält mich für hilfsbedürftig, Wendelin. Seit Friedrich nicht mehr da ist, bin ich der Blitzableiter für irgendwelche merkwürdigen Gefühle, die sie anderswo nicht los wird. Wenn es nicht so komisch klänge, könnte man es Mütterlichkeit nennen. Sie organisiert den Haushalt um. Seit wir zusammenleben, habe ich für uns beide Mittagessen gekocht. Jetzt soll die Hauptmahlzeit auf den Abend verlegt werden. Sie sagt, sie wolle kochen lernen. In Wirklichkeit will sie mir die Arbeit abnehmen. Dann trifft sie Entscheidungen, ist aber zu taktvoll, mich zu überrumpeln. Sie sagt zum Beispiel: ‹Wir müßten die Küche streichen lassen, findest du nicht auch?› Sage ich, es wäre mir recht, stellt sich heraus, daß sie längst mit dem Anstreicher einen Termin verabredet hat.»

«Wenn Ruth das in Ihrem Haushalt erledigt, könnten Sie vielleicht mir die Verhandlungen mit Handwerkern abnehmen? Sie eignen sich dazu wesentlich besser als ich. Bei Ihnen hat bestimmt kein Klempner den Mut, sich hinter einem kranken Gesellen und einer Großbaustelle zu verstecken, wenn der Wasserhahn tropft.»

«Ich hasse tropfende Wasserhähne», sagte Dorothea.

Wendelin lachte, fragte dann aber ganz ernst: «Soll ich mit Ruth sprechen? Soll ich versuchen, ihr klarzumachen, daß ihre Fürsorge in Bevormundung ausartet? – Ich weiß nicht, ob es mir gelingt. Unser Verhältnis ist kompliziert. Sie trägt mir meine Freundschaft mit Friedrich nach. In der Hinsicht war sie immer eifersüchtig auf mich. Ich passe nicht zu ihrem totalen Besitzanspruch an die Menschen ihrer engsten Umgebung. Friedrich hat sich getäuscht, als er glaubte, aus mir einen väterlichen Freund für Ruth machen zu können. Sie behandelt mich wie einen armseligen Hund, den sie vorm Ertränktwerden gerettet hat.» Als Dorothea sich vorbeugte, um etwas zu sagen, hob er abwehrend die Hand. «Lassen Sie mich bitte ausreden, sonst komme ich aus dem Konzept. So unrecht hat sie gar nicht. Wenn ich hier irgendwo auftrete, kommt sie meistens. Seit sie das Auto hat, geht das ja leicht. Dabei ist der Glanz der Berühmtheit von mir abgefallen. Bei Anke hält er sich noch, weil sie musikalischer als Ruth ist und mehr in ihrer Zeit lebt. Sie merkt, wann ich an Denkmälern kratze und wieviel Bitterkeit sich hinter Schnaderhüpferln verbergen kann. Ruth hält mich für einen Zerstörer, der nichts Gutes an den Menschen und der Zeit läßt. Ich kritisiere zuviel, maße mir eine Überlegenheit an, die mir nicht zusteht, erteile von der Bühne aus allen anderen Noten, nur mir selber nicht.»

«Jetzt urteilen Sie zu hart, Wendelin», sagte Dorothea.

«Nein. Ich urteile nur ebenso streng über Ruth wie sie über mich. Ruth weiß, daß die anderthalb Stunden, die so einen Abend ausmachen, bitter erkauft und teurer Glanz sind. Sie kennt mich so genau. Ich komme morgens nicht aus dem Bett, ich bin ein langsamer Dichter und Komponist, nie von der Muse geküßt, von geringer Arbeitskraft, übellaunig, wenn mir nichts einfällt. Ruth sieht mich auf der Bühne brillieren, aber nach jedem Auftritt bin ich körperlich erschöpft, kann keine fröhlichen Feste feiern, weil ich Alkohol nicht vertrage oder aparte Restaurants mit phantasievollen Gerichten Gift für mich sind. Meine Freunde und Freundinnen sind für sie zu alt oder zu anders. Sie sitzt mit uns zusammen, reißt die Augen auf, wenn Bettgeschichten erzählt werden und wir darüber Tränen lachen. Sie ist pikiert, wenn einer bei ihr handgreiflich wird. Anke ist anders. Sie findet alles spannend und komisch und wehrt sich geschickt ihrer Haut. Ruth spürt, daß sie nicht ankommt, und leidet darunter. Sie ist jünger als ihre achtzehn Jahre. Sie möchte auf ungefährliche Art ihre Erfahrungen sammeln. In den klugen Büchern steht, kleine Mädchen übten an ihren Vätern. Das ist bei ihr ausgefallen. Nun will sie an den falschen Objekten üben und begreift nicht, daß Männer, die im Alter ihres Vaters sind, auf ihre ungeschickten Avancen anders als erwartet reagieren.»

«Ist das meine Schuld?» fragte Dorothea. «Hätte ich sie vorbereiten müssen?»

«Natürlich nicht. Wie sollten Sie?»

«Und wenn Sie eingreifen?»

«Um es schlimmer zu machen? Soll ich ihr sagen, sie möchte die Wallfahrten zu meinen Auftritten unterlassen? Sie wäre zu jung, sie störte?»

«Stört Ruth Sie?» fragte Dorothea besorgt.

Wendelin ließ sich Zeit. Er trank Tee, zündete eine Zigarette an und sah mit zusammengekniffenen Augen hinter dem Rauch her. «Nein», sagte er endlich nachdenklich. «Wenn sie dumm wäre, würde es mich sehr stören, aber sie ist nur unerfahren, und das verleiht ihr einen seltsamen Reiz. Eben haben Sie von Ruth gesagt, sie halte Sie für hilfsbedürftig und bevormunde Sie. Ähnliche Gefühle hat sie offenbar auch mir gegenüber. Ich vermute, daß wieder einmal Friedrich dahintersteckt. Hat er vielleicht Ruth aufgetragen, auf mich aufzupassen? Es würde gut zu ihm passen. Übrigens wäre das wieder ein Herumpfuschen, auch wenn Ihnen das Wort so wenig gefällt, liebe Frau Wossilo.»

«Ich will nicht um Worte mit Ihnen streiten.» Dorothea seufzte tief auf. «Ich bin zu alt für Ruth. Obwohl ich kein schlechtes Gedächtnis habe, sind meine Erinnerungen an die Zeit, in der ich achtzehn war, nicht auf heute übertragbar. Ich habe mit zwanzig geheiratet, weil ich meinen Eltern entkommen wollte. Ich war nicht ganz unerfahren. Es gab auf dem Gut meines Vaters jemanden, der nicht standesgemäß war, den ich aber sehr liebte. Man hat uns erwischt und ihn fortgeschickt. Mein Mann machte es mir schwer, ihn zu lieben, aber es war keine schlechte Ehe. Sehen Sie, es nützt nichts, in der Vergangenheit herumzusuchen, wenn man nichts Passendes findet. Ruths mütterliches Erbe hat sie mit Gefühlen, Leidenschaften und dieser künstlerischen Begabung ausgestattet, auf die meine Erfahrungen sich nicht anwenden lassen. Wie soll ich raten oder zureden oder gar eingreifen?»

«Das kann man nicht», sagte Wendelin entschieden. «Trotzdem werde ich mit ihr reden, sobald es sich ergibt.»

Es ergab sich lange nicht. Nach dem Abitur fuhr Ruth nach Kärnten, kam glücklich und braungebrannt wieder, brachte Skizzenbücher voller Zeichnungen mit und zum erstenmal einige Aquarelle.

Bei ihrer Rückkehr lag Wendelin für die übliche Routineuntersuchung bei Reiter in der Klinik. Während sie an seinem Bett saß und von den Ferien erzählte, blätterte er in den Skizzenbüchern und in der großen Mappe, die sie ihm zum Zeigen mitgebracht hatte. «Du brichst ja in Farben aus!» sagte er erstaunt.

«Gefallen dir die Aquarelle?»

«Ja, sehr. So gut, daß ich dir eins von den Landschaftsbildern abkaufen möchte.»

«Du spinnst ja, Wendelin! Such dir aus, was dir gefällt.

Du schenkst mir auch alle deine Platten und läßt sie mich nicht kaufen. Wir sind doch Freunde.»

«Danke, Ruth. Dann nehme ich das mit dem grauen Steinhaus, den Tannen und dem bunten Garten. Wo ist das?»

«In Kärnten. Es ist das Haus des Malers Holzner.»

«Wie geht es dem? Ich erinnere mich, daß du sagtest, er wäre dir als Maler zu gewalttätig und als Mensch belastete er dich zu sehr mit seinen traurigen Erinnerungen und zu strengen Forderungen als Künstler.»

Ruth lächelte sicher und weise. Wendelin fand sie verwandelt, wußte nicht, ob er diese neue, so sichere Ruth noch mochte, und wandte sich ein wenig von ihr ab. Aber dann drang ihre helle, ein wenig spröde Stimme zu ihm, unverwandelt und vertraut. Er hörte zu. «Vor drei Jahren war ich zu jung. Inzwischen weiß ich, wie entsetzlich weh wirkliche Trauer tut. Ich kann ihn besser verstehen und fürchte mich nicht mehr vor ihm. Er ist ein guter Lehrer. Ich habe bei ihm Aquarellieren gelernt. Wir hatten das schon in der Schule gemacht, aber da empfand ich es immer als unordentliche Kleckerei, die anders ausfiel, als ich es wollte. Er hat mir gezeigt, daß Nässe hilft und nicht hindert. Danach bekam ich eine neue Beziehung zu Farben. Anfangs übertrieb ich; es wurde mir alles zu bunt und zu grell. Er sah, daß ich seine Ölbilder kopierte. ‹Meine Farben gehen dich nichts an. Du hast andere Farben in dir›, sagte er. ‹Laß sie raus!›»

«Das klingt ganz schön streng.»

«Er ist streng. Ach, Wendelin», sagte auf einmal die vertraute junge Ruth, die er wieder ansehen konnte, «ich kenne nicht sehr viele Künstler, aber die, die ich kenne, sind streng. Du doch auch. Wann bist du schon mit irgend etwas, das du machtest, wirklich zufrieden? Nie.»

«Vielleicht wäre ich zufriedener, wenn ich so ein Aquarell malen könnte wie das von dem Haus.»

«Das glaubst du doch selber nicht.»

«Nein», gab er lachend zu.

«Wie geht es dir?» Sie sah ihn forschend an. «Du siehst nicht schlecht aus. Was sagt denn Reiter?»

«Wenn ich immer schön brav vor mich hin lebe, könnte ich hundert Jahre alt werden.»

«Dann leb mal schön brav vor dich hin.»

«Kannst du eine Zigarette rauchen, Ruth? Pro forma? Falls einer reinkommt. Reiter hat mir meine weggenommen. Ich möchte wenigstens mal ziehen.»

Sie zündete kommentarlos eine Zigarette an. Nach zwei Zügen gab er sie ihr zurück. «Danke, das reicht.»

Ruth ging zum Waschbecken, machte sie aus und warf sie in den Papierkorb. Als gleich darauf die Schwester hereinkam, schnüffelte sie und sagte vorwurfsvoll: «Sie haben geraucht, Herr Wendelin!»

«Nein, das war ich.»

«Wir haben es nicht gern, wenn die Besucher unserer Patienten rauchen», sagte die Schwester spitz. Ruth lächelte verbindlich, stand auf, ging zum Fenster und öffnete es ein wenig weiter.

Wiederum sah Wendelin sie verwundert an. «Mir kommt es so vor, als hätte ich dich seit zwei Jahren nicht mehr gesehen», sagte er, als sie allein waren. «Liegt das an Kärnten? Bist du dort so glücklich?»

«Wenn du meinst, ich wäre dort glücklicher als hier, stimmt es nicht. Großmutter hat mir eine ähnliche Frage gestellt. Sie fürchtet, ich bliebe nur aus Pflichtgefühl bei ihr. Ich habe versucht, ihr zu erklären, daß ich sie liebe.» Die fremde Ruth mit dem braunen Gesicht und den von der Sonne ausgebleichten Haaren lächelte vor sich hin. «Mach mal einem Drachen eine Liebeserklärung, Wendelin.»

«Das würde ich nie wagen. Du bist mutiger als ich. Hattest du Erfolg?»

«Sie hat gegrollt und ein bißchen Feuer gespuckt und mir eine weise Lehre gegeben. Ich hatte sie umarmt. Das war ein Fauxpas. Ich müsse den österreichischen Gefühlsüberschwang wieder ablegen, sagte sie. ‹Auf den Balkan mag das passen, Ruth, dort sind die Menschen leidenschaftlicher. Aber so wenig man vor Lachen kreischt oder vor Schmerzen schreit oder vor Kummer laut heult, stellt man vor anderen seine Gefühle bloß.› Ach, weißt du, Wendelin, manchmal ist das Leben schon kompliziert. In Kärnten umarmen sie mich, sagen mir, daß sie sich freuen, wenn ich komme; die Braut meines Vetters hakt mich unter. Meine Kärntener Großmutter weint, wenn sie von meiner Mutter erzählt, die Onkel und die Vettern sagen ‹Ruthi› zu mir. Kaum bin ich zurück und nehme meine Großmutter Wossilo in den Arm, vergleicht sie das mit kreischendem Gelächter oder lauten Schmerzensschreien. Was macht man da, Wendelin?»

«Wie wäre es, wenn du statt Wendelin mal Hermann zu mir sagtest? So heiße ich nämlich, falls du dich erinnern solltest. ‹Wendelin› kommt mir immer so vor, als wäre ich dein treuer Knecht.»

Das wandlungsfähige Gesicht verlor mit einem Schlag die fröhliche, ironische Schicksalsergebenheit. «Das sagst du nur, um mich zu reizen. Ich kenne keinen Menschen, der sich so wenig zu einem Knecht eignet wie du. Ich sage Wendelin, und bitte, laß mich das auch in Zukunft sagen, weil ich noch Friedrichs Stimme höre. ‹Lieber Freund Wendelin›, weißt du noch? Das hat er oft gesagt, und es machte mich eifersüchtig. Das ist ein Zaubername, wie aus einem Märchen. Wenn ich auf den Plattenhüllen oder den Konzertplakaten deinen Namen lese, sehe ich dich nicht auf der Bühne am Flügel, sondern in einem verwunschenen Wald. Nein, das stimmt nicht, denn dort sehe ich dich nicht. Ich weiß nicht, wie du aussiehst, aber ich höre dich mit den Vögeln singen und mit den Tieren sprechen, und zwar mit deiner ganz normalen rauhen Stimme. Dein Wald ist auch nicht schön. Er ist wirklich verwunschen, dunkel, geheimnisvoll; er hat die Farben von Moos, von alten grausilbernen Flechten, von fast schwarzen Stämmen und vielerlei dunklem Grün ...» Ruth senkte den Blick, weil er sie so unverwandt ansah. «Jetzt hast du mich verlegen gemacht», sagte sie fast zornig. «Ich kann besser zeichnen als reden. Aber das, was ich dir sagen wollte, ist nicht einmal eine Zeichnung. Es ist ein Bild. Bitte, laß mich weiter Wendelin sagen, und leb schön brav vor dich hin, denn wenn ich gelernt habe, deinen Zauberwald zu malen, werde ich ihn dir schenken.»

«Wenn ich dein Onkel Josef wäre, würde ich jetzt Ruthi zu dir sagen und ein bißchen weinen. Aber ich bin eben nur dein sehr ergebener Knecht und Freund Wendelin.»

Ruth tat etwas ganz Neues. Sie beugte sich vor und küßte ihn auf die Wange. Dann sammelte sie schnell ihre Zeichnungen ein und ging zur Tür. Dort drehte sie sich noch einmal um. «Bis auf bald. Morgen oder übermorgen komme ich wieder. Schöne Grüße an Reiter. Er soll nicht so streng mit dir sein.»

«Ich bin ein abgenützter kranker Mann», sagte Hermann Wendelin an diesem Abend zu seinem Freund Reiter. «Ich möchte fünfundzwanzig Jahre jünger sein. Ich möchte den Krieg vergessen können und noch einmal von vorn anfangen.»

«Wenn du lange genug darüber nachdenkst, möchtest du das gar nicht. Gut, du könntest gesünder sein, das gestehe ich dir zu. Aber wenn du an den Krieg denkst? Was willst du denn wirklich vergessen? Die Zeit als Soldat, die Kriegsgefangenschaft, das Dich-Kennenlernen? Was wärst du denn ohne den Krieg? Ein mittelmäßiger, vielleicht auch ein guter Schauspieler. Du hättest eine Ehe hinter dir, die nicht funktionierte, vielleicht sogar zwei. Vielleicht hättest du Kinder. Kein

Mensch weiß, wie seine Kinder geraten. Es gibt keinen Freibrief, der Glück garantiert, Hermann.»

Wendelin lachte. «Du hast heute einen besonders sonnigen Tag.»

Der Freund schob die Brille auf die Stirn, spähte aus kurzsichtigen Augen zu ihm hinüber und verzog plötzlich das Gesicht zu einem spöttischen Grinsen. «Ich alter Esel. Ich sollte dich doch allmählich kennen. Ich dachte, du wärst in einem schrecklichen Tief, aus dem ich dich herausholen müßte –»

«Ach, das machst du so? Mit so fröhlichen Überlegungen. Wie viele deiner Patienten überleben deine Aufmunterungsversuche? Wie hoch ist bei dir die Selbstmordrate?»

«Sie hält sich in den statistischen Grenzen. Aber unterbrich mich nicht dauernd, denn ich wollte dir gerade sagen, daß die Werte und Ergebnisse der Untersuchungen besser sind als beim vorigen Mal, viel besser. Dann wollte ich dir Hausklatsch erzählen. Schwester Petra trägt mir zu, was auf der Station passiert. Sie hält das für ihre heilige Pflicht. Ich mag das Herumspionieren nicht, ziehe aber meinen Nutzen daraus. So weiß ich, daß Ruth Wossilo bei dir war. Entweder hat sie geraucht oder, was ich für wahrscheinlicher halte, du hast geraucht, und sie hat dich rausgehauen. Und wenn der Tatbestand so ist, erklärt das, warum du jünger, schöner, gesünder und was sonst noch alles sein möchtest. Nein, nein», Reiter wehrte ab, «bemüh dich nicht. Keine Erklärungen. Ich verstehe dich sehr gut.»

«Ich soll dich von ihr grüßen. Du sollst nicht so streng mit mir sein.»

Als Ruth wiederkam, war aller Zauber verflogen. Wendelin war ungeduldig, weil er aus dem Krankenhaus entlassen werden wollte. Ruth sagte weiter Wendelin zu ihm. Als sie ihm vom Familienrat der Oberbichlers erzählte, zu dem sie zugezogen worden war, bekam sie eine kleine steile Falte über der Nasenwurzel.

«Sie haben mir eröffnet, daß sie mir Geld schulden», sagte sie, während Wendelin versuchte, sich mit der fremden kleinen Falte anzufreunden, die sie wiederum erwachsener machte, als er sie je gesehen hatte.

«Sie hätten meine Mutter bei ihrer Heirat mit meinem Vater auszahlen müssen, wären aber im Kriege nicht mehr dazugekommen und hätten damals auch das Geld nicht gehabt. Die Töchter würden immer ausgezahlt, das wäre der Brauch.»

«Aber das galt für deine Mutter, Ruth. Du brauchst doch kein Geld von ihnen –»

«So laß mich ausreden, Wendelin! Natürlich brauche ich kein Geld. Aber wie soll ich das diesen Dickschädeln klarmachen? Ich habe erklärt, daß ich von Friedrich geerbt hätte, daß ich die Waisenrente bekäme, daß Großmutter eine Pension hat, die für uns beide bequem ausreicht, daß ich sehr bald selber Geld verdienen würde und sie von dem, was sie mir zugedacht hätten, lieber den Peter studieren lassen sollten.»

«Um was für eine Summe geht es eigentlich? Hast du sie gefragt?»

«Natürlich.» Ruth sprach so selbstverständlich, daß er einen Augenblick an ihre Geldverleihgeschäfte während ihrer Schulzeit erinnert wurde. «Es sind umgerechnet mehr als dreißigtausend Mark», fuhr Ruth fort. «Ich war platt, weil ich doch keine Ahnung hatte, was so ein Hof wert ist und um welche Summe es geht. Ich habe ihnen gesagt, sie sollten meine Vettern dazu holen, denn die ginge es doch auch an, aber das wollten sie nicht. Jeder von ihnen, die Großmutter, meine Onkel und meine Tante, sagten in hübscher Reihenfolge, das hätte mit der älteren Generation zu tun, und als Erbin meiner Mutter beträfe es nur mich. Es wurde schließlich ein ziemlich hitziges Gespräch. Sie wollten mir das Geld aufdrängen, ich wehrte mich, und dann habe ich sie endlich gefragt, ob sie das Geld denn überhaupt hätten.»

«Hm», machte Wendelin. «Warum hast du das gefragt, wenn du es nicht willst?»

«Weil mir ein gutes Argument eingefallen war. Aber das kommt gleich noch. Sie sagten, nein, natürlich hätten sie es nicht auf der Bank, aber der Hof wäre unbelastet und sie könnten jederzeit eine Hypothek aufnehmen. Ob sie die auch aufnehmen müßten, habe ich gefragt, wenn sie mir nur Zinsen bezahlten und ich das Geld stehen ließe?» Ruth sah ihn auffordernd an, als erwartete sie Beifall. Als er sie nur stumm anblickte, setzte sie den Bericht fort. «Sie haben mich so ähnlich verwundert angesehen wie du. Du meinst nämlich jetzt auch, ich wäre plötzlich geldgierig geworden.»

«Eigentlich nicht, aber es könnte sich so angehört haben.»

«Na, nach vielen Überlegungen und Berechnungen haben sie mir vorgeschlagen, statt Zinsen zu zahlen, wollten sie es in Raten machen. Ich sollte jedes Jahr fünftausend Mark bekommen; wenn ich damit zufrieden wäre, brauchten sie keine Hypothek, denn das könnten sie herauswirtschaften. Als wir soweit waren, merkte ich, daß sie sich über mich ärgerten. Ich tat so, als fiele mir das nicht auf. Ich habe dann sehr großmütig gesagt, es eilte mir wirklich nicht, und wenn es ihnen so recht wäre, sollten sie in einem Jahr mit den Zahlungen anfangen. Das wäre also im kommenden Jahr im August.»

«Was sollte das, Ruth?» fragte Wendelin, nun wirklich neugierig geworden.

«Ganz einfach. Im Sommer macht mein Vetter Peter die Matura. Dann kann er im Herbst mit dem Studium anfangen. Mit dem Geld kommt er aus, wenn er sich noch was dazu verdient. Und wenn sie keine Hypothek aufnehmen müssen und der Hof das abwirft, weiß ich nicht, warum er nicht studieren sollte.»

«Hast du ihnen das gesagt?»

«Nur meiner Tante und dem Peter. Der Familienrat fand zwei Tage vor meiner Abreise statt. Ich habe Tante Elli gesagt, sie sollte es ihnen erst sagen, wenn ich fort wäre. Die Stimmung war ein bißchen frostig, weil sie eigentlich damit gerechnet hatten, daß sie erst zahlen müßten, wenn ich einundzwanzig bin. Aber das macht nur ein Jahr aus. Bis dahin haben sie sich an den Gedanken gewöhnt, und der Peter ist schon ein Jahr im Studium. Natürlich haben die beiden von Rückzahlen geredet, sobald der Peter fertig wäre, aber ich hab einen anderen Plan, der sie viel weniger kostet und mir viel besser gefällt.»

«Welchen?»

«Der ist nicht eilig. Dazu muß ich wahrscheinlich auch erst großjährig sein. Weißt du, bei diesen Dickschädeln kannst du nicht einfach auf etwas verzichten, wenn sie meinen, es stünde dir zu. Ich will sie bitten, mir ein Wohnrecht auf dem Hof zu geben –»

«Ruth! Du bist neunzehn! Was willst du damit?»

Sie lachte fröhlich. «Es nicht ausnützen. Aber wenn ich es von ihnen schriftlich bekomme, ist ein Dokument in der Welt. Sie haben mich abgefunden, wir sind alle zufrieden und brauchen nie wieder darüber zu reden.»

«Rutschfeste Schuhe», sagte Wendelin gedankenverloren zum alten General.

«Was sagst du da?»

«Ach, nichts. Ich werde alt und tüterich und neige zu Selbstgesprächen. – Aber nun sage mir mal, wozu du meinen Rat haben wolltest, wenn du das alles längst selber in die Hand genommen hast?»

«Ich weiß nicht, ob ich es Großmutter Dorothea sagen soll

oder nicht. Ich meine, was ist, wenn sie sagt, ich wäre zu jung, ich könnte nicht auf soviel Geld verzichten? Dann hätte ich zu Hause noch mal so einen Krieg, und der erste hat mir gereicht.» Plötzlich war sie wieder jung und unsicher. «Wenn ich es ihr nicht sage, habe ich ihr zum erstenmal etwas Wichtiges verheimlicht . . .»

«Ich vermute, daß du ihr noch öfters etwas verheimlichen wirst. Aber in diesem Fall solltest du es ihr erzählen. Vielleicht sagt sie, daß du zu jung bist. Das ist gut möglich. Aber sie wird nicht eingreifen oder an deine Verwandten schreiben, um alles rückgängig zu machen. Das ist nicht ihre Art.»

«Hilfst du mir, wenn es doch Ärger gibt, Wendelin?»

Große bittende Augen, ein Mädchen, das ihm ein Bild eines Zauberwaldes versprochen hat. Fünfundzwanzig Jahre. Der Freund sagt: Ich verstehe dich sehr gut.

Wendelin seufzte tief auf. *«Femme le veut, Dieu le veut»*, sagte er. «Meinen Segen hast du, und wenn es nötig ist, helfe ich dir bei deiner Großmutter. – Und nun laß einen alten Mann allein. Du bist ganz schön strapaziös. Was waren das noch für Zeiten, als du in diesem Krankenhaus deinem Friedrich aus dem ‹Untergang des Abendlandes› vorgelesen hast!»

Beim nächsten Besuch bei Dorothea beklagte er sich lachend. «Sie hatten wieder recht, liebe Frau Wossilo. Ruth hat sich verändert. Ich weiß nicht mal, ob mir diese erwachsene, siegesgewisse, überlegene Ruth gefällt. Gott sei Dank wird sie noch manchmal zu dem sanften Mädchen mit den großen Augen, das ich lieber habe, aber eben nur manchmal. Können wir sie nicht umtauschen? Was fangen wir mit dieser klugen, ränkevollen Schlange an?»

«Wenn sie aus ihrem Korb gekrochen kommt, spiele ich zitternd Flöte und hoffe, daß sie schnell wieder in ihn zurückkriecht. Im Ernst, sie häutet sich immer von neuem. Mir ist nicht wohl dabei. Ich vermute, daß ein Mann dahintersteckt. Hat sie Ihnen von ihren Finanzgeschäften mit den Oberbichlers erzählt?»

«Ja. Wie haben Sie darauf reagiert?» Wendelin sah sie neugierig an. Als sie nicht gleich antwortete, fühlte er sich verpflichtet, ihr mehr zu erklären. «Ruth hat mich gefragt, ob Sie es erfahren sollten. Sie wollte es Ihnen erzählen, hatte aber Angst, Sie könnten Einspruch erheben.»

«Was würde mir das helfen? Friedrich hat mir immer zugeredet, ihr überall soviel Selbständigkeit wie möglich zu geben. Er wollte immer vorbauen. Wenn ich stürbe, sagte er, müßte Ruth mit Geld umgehen können, sie müßte einen Beruf oder wenigstens ein Berufsziel haben.» Dorothea begann im Zimmer herumzugehen, etwas, das er noch nie bei ihr beobachtet hatte. Sie blieb vor dem Fenster stehen und kehrte ihm den Rücken zu. Als sie wieder sprach, klang ihre Stimme so verändert, daß er glaubte, Tränen herauszuhören.

«Friedrich!» sagte sie. «Er war so leise und unauffällig. Man spürte ihn oft gar nicht. Aber jetzt, wo er tot ist, hinterläßt er einen riesigen leeren Raum.»

Wendelin, der Angst vor Gefühlen hatte, wenn er sie nicht in seinen Liedern ausdrücken konnte, rettete sich hinter den Schutzschild strenger Beobachtung. «Ja. Aber er stand schon vor seinem Tod in der Mitte dieses leeren Raums. Darunter haben Sie und Ruth damals gelitten. Mir kam es oft so vor, als wäre die Krankheit für ihn zu einer letzten Geliebten geworden, die ihn von allen anderen ablenkte.»

Plötzlich waren sie beide befangen, und Wendelin war dankbar, als Dorothea sich umdrehte, ihm ihr ruhiges Alltagsgesicht zuwandte und zum Thema zurückkehrte.

«Ist Ruth in diesen Peter verliebt, der so unbedingt studieren soll? Was meinen Sie?»

Er zog die Schultern hoch. «Das weiß ich nicht. Ich bin

wohl auch nicht zum Vertrauten junger Mädchen geboren. Aber ich denke, wenn Ruth bis über beide Ohren verliebt wäre, merkte man es ihr an. Sie würde den Mann dutzendfach zeichnen und glücklich durch die Zähne zischen, bis Sie das Gefühl hätten, Ihr Leben mit einem Dampfkessel kurz vor dem Kochen zu verbringen. Sie müßten es als erste merken. Bisher hat sie noch immer von allem geredet, was sie wirklich berührt.»

«Aber wenn sie nicht verliebt ist, was ist es dann? Sie ist so verändert.»

«Vielleicht kommt es heraus, wenn ich mit ihr in die Stadt fahre. Ich muß morgen ein paar Dinge erledigen und Einkäufe machen. Ruth hat mir angeboten, mich zu fahren. Sie wollte ins Museum.»

Am nächsten Nachmittag, als er neben Ruth im Auto saß und in seinem Taschenkalender blätterte, blickte er auf und fragte: «Ist dir eigentlich klar, daß die Schulkinder später mal den 12. April dieses Jahres auswendig lernen müssen?»

Ruth drehte flüchtig den Kopf zu ihm herum, zog eine Braue hoch und grinste. «Nein, es ist mir gar nicht klar. Was, bitte, war am 12. April 1961?»

Er machte ein so entgeistertes Gesicht, daß Ruth es merkte, auf die Bremse trat und langsamer fuhr. «Ich habe wirklich keine Ahnung.»

«Himmel! Hast du zufällig schon mal den Namen Jurij Gagarin gehört?»

«Ach, das meinst du! Ist das wirklich so bedeutend?»

«Es könnte, wenn wir nicht noch einen feinen Krieg kriegen, den wir alle nicht überleben, das größte Ereignis dieses Jahrhunderts werden. Zum erstenmal ist ein Mensch in den Weltraum vorgedrungen und wieder zurückgekehrt. Und du tust das einfach ab!»

«Erinnerst du dich an die schematischen Darstellungen? Da sah man an den Entfernungsangaben, daß der Abstand zur Erde gar nicht so imponierend war. Außerdem stört es mich auch. Was wollen sie im Weltraum, wenn sie nicht mal auf der Erde Ordnung schaffen können? Inzwischen fliegt schon eine Kapsel mit einem toten Hund da oben herum. Das wird immer mehr werden, bis wir eines Tages den Mond und die Sterne nicht mehr sehen können.»

«Berührt es dich denn gar nicht, in einer Zeit zu leben, in der zum erstenmal ein Mensch, ein schwacher, zerbrechlicher, sterblicher Mensch der Schwerkraft entflieht und in bisher nicht denkbare Fernen gelangt?»

«Ach, Wendelin», sagte Ruth und blickte geradeaus auf die Straße, «ich bewundere die Wissenschaftler, die das zuwege gebracht haben. Ich bewundere auch den Mut eines Mannes, der sich in eine Metallkapsel setzt, sich von Raketen in den Himmel schießen läßt, ohne zu wissen, ob er jemals zurückkommen wird. Ich bin voller Bewunderung, aber es gibt mir kein neues Lebensgefühl. Es ist wieder ein neues Riesenspielzeug. Woher weißt du, daß sie daraus nicht etwas entwickeln werden, das nur dazu dient, noch mehr Menschen auf noch viel gräßlichere Art umzubringen? Trauerst du denn gar nicht um unseren schönen Mond, Wendelin? Wir könnten wetten, wie lange es dauert, bis der erste Mensch auf dem Mond steht.» Plötzlich lachte sie. «Dann bist du um eine Illusion reicher und ich um eine ärmer. Wir wissen beide, daß der Mond kahl und tot ist, kein Mensch auf ihm leben kann, und daß er uns nur eine Seite zukehrt. Aber ich möchte meinen Mond behalten, wie er ist. Mir gefällt die Vorstellung nicht, daß plötzlich einer auf ihm herumtrampelt und womöglich eine Fahne aufstellt. Du hingegen bist mit deinem Traum vom Weltall weiter als ich. Ein Mensch auf dem Mond, bald schon einer auf der Venus, und dann der Aufbruch zu neuen Welten. Nein, Wendelin, es erhebt mich nicht.» Ruth wartete an der Ampel, bog dann auf den Parkplatz ein und sagte: «Komm doch mit ins Museum. Laß dir zeigen, was mich erhebt.»

Er war noch nie mit ihr in einer Ausstellung oder in einem Museum gewesen. Nun folgte er ihr durch die hellen Räume des neuen Baus, beobachtete aufmerksam, woran sie vorbeiging, wo sie stehenblieb oder wann sie etwas zu einem Bild sagte. Es freute ihn, daß sie wenig sagte; es blieb bei wortkargen Bemerkungen. Er hatte an vielen Wänden vertraute Freunde, Bilder, die er besuchte, die zu all seinen Stimmungen paßten und deren Schönheit er in sich aufnahm, nicht gewillt, sie mit anderen zu teilen. Auch nicht mit Ruth? Nein, dachte er, auch nicht mit ihr. Seine Konzertreisen führten ihn weit herum; er hatte Freunde in den Museen vieler Städte. Jedesmal war es ein Wiedersehen, bei dem er neue Züge entdeckte, die ihm bisher entgangen waren. Wenn es ihm gut ging und er in Frieden mit sich lebte, sah er sie völlig anders als an schlechten, kranken Tagen: andere Farben, ein anderes Licht; es kam vor, daß er an einigen achtlos vorüberging und vor anderen lange verharrte. Geschenke, dachte er oft, hier ein paar Blumen, dort ein Gesicht, ein dunkler warmer Stoff, den zu berühren er sich sehnte, die tröstende Einsamkeit einer Landschaft oder eines Waldes, manchmal auch Taumel und Überschwang, schmetternde Farben, skurrile Phantasien oder schiere Lebenslust.

Bei Ruth spürte er jetzt das Wissenwollen. Wie macht der Maler das, warum hat er diese Farbe genommen, was rückt nach vorn, was tritt zurück? Er hörte ihr neugierig zu, wenn sie manchmal auf irgendeinen kleinen Farbfleck deutete und erklärte, was ihr der Holzner dazu gesagt hätte.

Er empfand kein Bedürfnis, ihr anzuvertrauen, welches seine besonderen Freunde unter den Bildern waren. Wenn es um Sprache ging, wollte auch er wissen; er wollte sich mit dem Stil anderer auseinandersetzen, Ihrer Wortwahl nachspüren und hinter ihre Schliche und kleinen Tricks kommen. Manchmal zählte er beim Lesen einer Zeile die guten und die schlechten Vokale oder las einen Absatz laut, um eine verborgene Melodie aufzuspüren. Aber bei Malern und Bildhauern, deren Handwerk er nicht zu erforschen brauchte, nahm er dankbar an, was sie ihm schenkten.

«Entschuldige, Ruth», sagte er mit einem Anflug von Verlegenheit, weil er sich in den eigenen Gedanken verloren hatte und nicht wußte, ob sie mit ihm gesprochen hatte. «Ich bin ein Träumer. Vorhin sagtest du, du wolltest mir zeigen, was dich erhebt. Dachtest du dabei an mehrere Bilder oder nur an ein einziges?»

«Nur an eins. Als du von dem Flug Gagarins sprachst und vom Traum des Weltalls, mußte ich daran denken.» Für einen flüchtigen Augenblick wurde sie wieder zu dem unsicheren Mädchen, das scheu lächelte und ihn an die Zeit mit Friedrich erinnerte. «Vielleicht gefällt es dir gar nicht. Du urteilst wenig. Ich weiß von dir nichts, nicht einmal, welches dein Lieblingsbild ist. Wenn du meines nicht magst, sag bitte nichts, Wendelin.»

Er machte den Versuch, sich und Ruth aus der merkwürdig gedämpften Stimmung herauszuholen, in die sie geraten waren.

«Sag mir nur den Raum, in dem es hängt, und dann laß mich raten. Vielleicht finde ich es heraus.»

Sie wanderten längere Zeit schweigend weiter, bis Ruth sich endlich unter eine Türöffnung stellte, die zum Gang und einem der Innenhöfe führte. Wendelin sah sich um.

Er begann zu lächeln. «Ich bin ganz sicher, daß ich das richtige habe. Ja, das muß es sein. Es paßt zu deinem Märchenmond und zu deinem Himmel, in dem keine technischen

Apparate herumschwirren sollen. Sind es ‹*Les dieux obscurs*› von Max Ernst?»

Sie nickte und strahlte ihn an. «Gibt es ein schöneres Blau, Wendelin? Gibt es geheimnisvollere Götter? Was würde dein Gagarin sagen, wenn er ihnen in seiner Kapsel begegnete?»

«‹Potztausend!›» sagte Wendelin todernst.

Ruth sah ihn aus verblüfften braunen Augen an, lachte und fiel ihm plötzlich um den Hals. «Wenn du nur wüßtest, wie nett du manchmal sein kannst!» Sie hatte sich blitzschnell aus der Umarmung gelöst, stand vor dem Bild, kehrte ihm den Rücken zu und fuhr fort, als wäre dies ein weiteres Stückchen Kunstbetrachtung: «Warum kannst du nicht zehn Jahre jünger sein oder ich zehn Jahre älter? Warum muß das Leben so kompliziert sein? Findest du es komisch?»

«Überhaupt nicht komisch, Ruth. Und auf deine erste Frage gibt es keine Antwort. Es ist eben so.»

«Okay.» Sie sah auf die Uhr. «Wenn du noch in die Stadt willst, wird es höchste Zeit. Hast du viel einzukaufen? Wenn es nicht zu lange dauert, kann ich mitkommen oder im Auto auf dich warten. Um diese Zeit ist der Bus immer so voll.»

«Ich muß Hemden kaufen. Du könntest mich beraten und anschließend mit mir Kaffee trinken.»

Am späten Abend saß Hermann Wendelin lange in der Bibliothek im Ledersessel des alten Generals und hielt ihm eine Ansprache. Hatten Sie diese Möglichkeit erwogen, Herr von Hortmann? Oh, Sie neunmalkluger Stratege, Sie ausgebuffter Taktiker! Sie ist tabu für mich, weil ich ihr Vater sein könnte. Jawohl, Herr General! In Ihre ordentliche Welt war das nicht eingeplant. Natürlich nicht. Aber wer hat sie denn immer das unglaubliche Kind genannt? Sie doch wohl. Prost, lieber Freund! Ich trinke den letzten von Ihnen geerbten Rotwein, den ich nicht trinken soll, weil er mir nicht bekommt. Ich darf vieles nicht, weil es mir nicht bekommt, und manches nicht, weil es mir zu gut bekommen könnte. Und Ihr unglaubliches Kind fällt mir in der einen Minute um den Hals und sagt in der nächsten «Okay» und geht zur Tagesordnung über, obwohl es weiß um die Kiemen geworden ist und ihm beim Autofahren das Lenkrad zum Festhalten dienen muß. Kein gutes Bild? Nein, das finde ich auch. Ich wollte nur in Ihrer Sprache mit Ihnen sprechen. Die weißen Kiemen habe ich von Ihnen. Viel zuviel habe ich von Ihnen. Eine Wohnung, eine Bibliothek, in der ich sitze, deren Bücher aber Ruth gehören, die sie mir läßt. «Wenn ich mal heirate und in eine große Wohnung ziehe, hole ich sie mir ab, Wendelin. Falls du dich dann noch von ihnen trennen willst. Nimm sie bitte als Leihgabe.» Lauter Leihgaben für ein geliehenes Leben, Herr General. Weil ich nicht am Hunger oder am Typhus gestorben bin, habe ich ein Leben geliehen bekommen, mit dem ich nichts Rechtes anzufangen wußte, bis Sie in ihm auftauchten und weitere Leihgaben machten: eine alte Frau und ein junges Mädchen. Sie aber haben sich davongestohlen, so daß ich sie Ihnen nicht zurückgeben kann. Wobei doch das Zurückgeben der Sinn von Leihgaben ist. Okay, sagt Ruth. Schön, sage ich das auch: Okay. Aber, verdammt noch mal, es ist nicht schön, und komisch ist es auch nicht, überhaupt nicht komisch, Herr General von Hortmann. Prost!

Während Wendelin mit dem alten General rechtete, saß Ruth in Ankes Zimmer auf der Couch, die Ellbogen auf die Knie gestemmt, die Stirn gerunzelt. «Bisher war mir das mit den Männern egal», sagte sie. «Oder vielleicht nicht egal, aber ich dachte, es wird sich schon alles ergeben. Es ist nicht so, daß ich unbedingt mit einem Mann was haben möchte; nichts quält mich. Ich muß das nicht. Aber ich tue mich mit

Männern schwer. Sie stehen nicht gerade nach mir Schlange. Es muß was geschehen, Anke.»

«Warum auf einmal? Warum tust du dich schwer und warum stehen sie nicht Schlange?»

«Mensch, das frage ich dich doch. Du hast seit zwei Jahren was mit Horst. Du schläfst mit ihm, aber man sieht es dir nicht an. Du bist für deine Familie und für meine Großmutter das Vorbild eines reizenden, wohlerzogenen Mädchens. Dir trauen sie das einfach nicht zu. – Mir aber, die ich noch nie was mit einem Mann gehabt habe, mir trauen sie alles zu. Meine Großmutter macht peinliche und zugleich rührende Versuche, mich auszuhorchen. Selbst so ein Egozentriker wie Wendelin fängt auf einmal damit an, daß ich so verändert wäre. Ich wirkte selbstsicher und siegesgewiß, hat er neulich behauptet. Sie sagen es nicht so deutlich, aber sie mutmaßen, daß es nur wegen eines Mannes sein könnte.»

«Das hatte ich auch gedacht, Ruth. Ich hatte sogar die Idee, daß du in Wendelin verliebt sein könntest und darum so kratzbürstig gegen alle anderen Jungen wärst.»

«Er würde sich bestimmt freuen, daß du ihn mit Jungen vergleichst», sagte Ruth. «Meine Güte, Wendelin! Der ist krank und alt, und wenn mein Vater noch lebte, wäre der mit ihm verglichen wahrscheinlich noch ein junger Mann. Außerdem kennst du doch Wendelins Freundinnen. Und im übrigen bin ich nicht kratzbürstig. Ich hätte gern einen Freund, und wenn er nett wäre, würde ich auch mit ihm pennen. Aber die, die ich kenne, langweilen mich. Entweder reden sie nur über Sport oder nur über Politik. Und die Intellektuellen, die jeden Film und jedes Buch sezieren, bis ich das Gefühl bekomme, den Film nicht gesehen oder das Buch nicht gelesen zu haben, sind meistens verpickelt, und in unbewachten Augenblicken wollen sie einem genauso unter den Rock wie die anderen auch. Das artet dann in Nahkämpfe aus. Wenn ich zweimal nein geschrien habe und dann nach ihnen trete, weil sie nicht Ruhe geben, sagen sie, ich wäre eine blöde Tucke.»

«Ich weiß nicht, was mit dir ist.» Anke packte ihr Nähzeug fort und zündete sich eine Zigarette an. «Ich kenne doch dieselben Jungen wie du. Ich finde sie fast alle ganz nett. Schön, ich bin wegen Horst aus dem Rennen, aber trotzdem kann ich gut mit ihnen reden. Vielleicht bist du einfach verwöhnt. Du bist durch deinen Friedrich und deine Großmutter, die allen, die sie nicht genau kennen, Angst und Schrecken einjagt, und jetzt auch noch durch Wendelin so anspruchsvoll geworden, daß die Jungen wirklich nicht wissen, wie sie mit dir reden sollen.»

Als Ruth versuchte, ihr ins Wort zu fallen, wehrte sie energisch ab. «Laß mich ausreden, Ruth. Du kommst gleich dran. Unterbrechen ist unfair. Also, du sagst, deine Generalin wäre nett zu deinen Freunden. Ja, natürlich ist sie nett. Sie lädt sie zum Tee ein. Die Jungen wollen aber mit dir zusammensein oder spazierengehen. Statt dessen sitzen sie bei euch auf den Biedermeierstühlen und zittern vor Angst, daß ihnen der Löffel runterfällt oder sie krümeln. Horst kennt deine Großmutter doch nun wirklich gut, er mag sie auch sehr gern, und sie imponiert ihm maßlos, aber sogar er sagt, daß er jedesmal erleichtert aufatmet, wenn wir entlassen werden und keine Katastrophen passiert sind. Ich kann dir nur raten, es ganz anders anzufangen. Wenn du einen Neuen kennenlernst, erzähl ihm doch einfach, wie du lebst. Dann unternimm erst was mit ihm und stell ihn nicht gleich der Generalin vor. Fang nicht damit an, daß du Hermann Wendelin gut kennst. Auch deinen Kunstgesprächen sind nicht alle gewachsen. Unsere Freunde sind doch höchstens ein, zwei Jahre älter als wir. Sie kommen gerade von der Schule oder haben eben angefangen zu studieren. Wenn ich dich und deine Familie nicht schon seit der Volksschule kennte, ginge ich in die Knie, wenn ich mit dir über Zeichnungen von Goya und mit deiner Großmutter über ein Gut in Brandenburg oder über Wilhelm Raabe als letzten Humoristen in der deutschen Literatur sprechen müßte. Ihr Wossilos und eure Clique, ihr seid ganz schön anstrengend. Und du hast keine Geschwister oder Eltern, die dich ständig deckeln, wenn du hochgestochen wirst. Ich weiß, du kannst nichts dafür, aber ich merke oft, wie gut mir das tut.»

Anke drückte die Zigarette aus, zerrieb den Stummel in winzige Papierfetzchen und braune Tabakkrümel, blickte auf und grinste Ruth an. «So, jetzt darfst du reden.»

«Ich hab nichts mehr zu reden», sagte Ruth. «In Kärnten deckeln sie mich übrigens. Nicht meine andere Großmutter und meine Tante, aber die Onkeln und meine Vettern. Mit den Freunden von denen komme ich übrigens viel besser zurecht. Da war einer, mit dem hat das Schmusen Spaß gemacht. Da hätte ich mich vielleicht nicht gewehrt, wenn es weitergegangen wäre . . .»

«Aber?»

«Mangel an Gelegenheit.»

«Die wird sich noch oft genug ergeben.»

Auf dem kurzen Heimweg schämte sich Ruth. Es hatte in Kärnten keinen Freund ihrer Vettern gegeben. Sie hatte ihn für Anke erfunden, um nicht so armselig dazustehen. – Und um sie von Wendelin abzubringen. Das war gutgegangen. Wendelin! Sie hatte es lange selber nicht gewußt, eigentlich erst in Österreich an einem langen sonnigen Nachmittag in den Bergen.

Sie kannte ihn nun seit bald drei Jahren; er war zu einem Bestandteil ihrer Welt geworden. Manchmal hatte sie ihn täglich gesehen, manchmal wochenlang nicht. Irgendwann kam sie nach Hause, und er war da. «Ruth! Wie geht es dir?» – «Danke gut, und dir? Wie schön, daß du wieder da bist.» Sie waren gleich groß, sie gaben sich die Hände und lächelten.

Dorothea, die sich erst so gegen ihn gesträubt hatte, schätzte ihn von Mal zu Mal mehr. Ruth fuhr zu seinen Konzerten; sie zeigte ihm ihre Bilder. Er hatte ihr beim Auswählen geholfen, als sie Zeichnungen einreichen mußte, um an der Akademie zugelassen zu werden. Sie hörte ihm zu, wenn er neue Chansons und Lieder spielte und sang. «Nun sag endlich was», begehrte er auf, «du hast doch Ohren. Gefällt es dir oder gefällt es dir nicht? Sag nicht wieder: Ich verstehe nichts davon. Das kann ich auf den Tod nicht leiden! Du kennst jede Zeile, die ich geschrieben habe, und jede Melodie. Bei allen alten Liedern weiß ich, was du von ihnen hältst. Wenn kein Echo kommt, brauchst du gar nicht erst zuzuhören.»

«Schimpf doch nicht mit mir herum», hatte sie zornig gesagt. «Ich bin eben nicht musikalisch. Ich weiß bloß, daß in der Schlußzeile die Hebungen und Senkungen nicht auskommen. Darum singst du ja auch immer so einen komischen Schnörkel, der nicht paßt. Das verhunzt den Eindruck!»

Sein dunkler Kopf, die tiefliegenden grauen Augen, die plötzliche Verwandlung, wenn er lachte. – Auf einer flachen Felsplatte in einem Heidekrauthang in den Karawanken sah sie das Gesicht vor sich. Ihr Herz hatte einen Schlag ausgesetzt.

Seitdem kämpfte sie gegen sich. Daß ich es weiß, ändert nichts, redete sie sich ein. Nur er darf es nicht wissen. Wenn ich mich verrate, geht alles kaputt.

Ruth stand in der Dunkelheit vor dem Haus, in dem sie mit ihrer Großmutter wohnte. Die alte Frau war noch auf. Sie ging spät zu Bett. Im Wohnzimmer brannte Licht. Wenn Ruth spät nach Hause kam, ging sie immer noch ein paar Minuten zu ihr. Aber an diesem Abend ging sie weiter bis zum Ende der Straße mit den kleinen Häusern, in denen höchstens zwei Familien wohnten. Sie bog in die Seitenstraße ein, in der sie seit ihrer Kinderzeit jeden Stein kannte und jeden Baum und Strauch hatte wachsen sehen. Friedrichs Straße, Wendelins Straße, auch hier die Wohnung im oberen Stock, wieder brannte Licht hinter dem Fenster. Wendelin war auf und saß in der Bibliothek. Wie gut, daß sie Schuhe mit weichen Sohlen trug, daß kein Geräusch von Schritten nach oben drang, nicht ins Wohnzimmer von Großmutter Dorothea, nicht in die Bibliothek mit dem Ledersessel, in dem er nun sitzen würde.

Ruth ging weiter um den Block. Sie hatte sich heute verraten. Im Museum vor ihrem Lieblingsbild. Die neue, die sichere Ruth, geboren an jenem Nachmittag auf dem Felsen im Bergtal, in dem die Luft flimmerte, war plötzlich von dem Kind über den Haufen gerannt worden, das sich nach Zärtlichkeit sehnte und hören wollte, daß es geliebt wurde. Aber dann war gleich die andere wieder dagewesen, die, die sie erfunden hatte, nicht mochte, aber hinter der sie sich verschanzen konnte. Sie hatte «Okay» gesagt und war zur Tagesordnung übergegangen. Vielleicht hatte sie damit ein bißchen Treibgut aus dem Schiffbruch gerettet, soviel, daß sich ein Steg daraus zimmern ließ, der sie über den Schwemmsand ans Ufer bringen würde.

Ein Nachbar, der gerade sein Auto in die Garage gefahren hatte und nun das Tor herunterzog, erkannte sie in der Dunkelheit. «Guten Abend, Ruth. So spät noch unterwegs?»

«Guten Abend, Herr Röder. Ich war bei Anke Kellermann. Wir haben gar nicht gemerkt, wie spät es geworden ist.»

Wieder eine andere Ruth. Das Kind aus der Nachbarschaft, das im Viertel groß geworden war, alle kannte, von allen gekannt wurde, das seinen Platz hier hatte. Längst vergessen die Zeit, da das magere kleine Mädchen aus dem Gewimmel der anderen herausgefallen war, weil es im Krieg gleich beide Eltern verloren hatte und bei der strengen alten Dame lebte, die eine so merkwürdige Beziehung mit dem alten General in der Nebenstraße verband.

Als Ruth die Wohnungstür aufschloß, war das Wohnzimmer dunkel. Sie zog ihre Zimmertür leise hinter sich zu und knipste die helle Lampe an, die an die Schreib- und Zeichenplatte geschraubt war. Auf einem glatten, billigen Briefblock, den sie zum Skizzieren benützte, begann sie nun mit einem harten Bleistift Wendelin zu zeichnen. Kein weicher, schmeichelnder Stift, mit dem sich so viel verbergen ließ. Sie hatte ihn nie gezeichnet. Anfangs, weil eine unbewußte Scheu sie hinderte, den blassen, fast immer schlafenden Mann mit dem leidenden Gesichtsausdruck zum Üben zu benützen. Erst war er zu krank, dann war sie zu eifersüchtig; und endlich mußte es die Angst gewesen sein, durch eine Zeichnung Gefühle zu offenbaren, die sie tief in sich vergraben hatte und nicht herauslassen durfte.

Aber nun war alles verändert. Sie kannte ihre Gefühle, hatte sie heute für einen Augenblick bis an die Oberfläche kommen lassen und damit alles aufs Spiel gesetzt. Morgen mußte sie wieder die überlegene Ruth spielen. Aber jetzt, in dieser Nacht, wollte sie Wendelin zeichnen, so, wie sie ihn sah, wie sie ihn liebte.

Um drei Uhr morgens legte sie den Stift aus der Hand und betrachtete die vielen Blätter. Wenige Striche, nur sein Gesicht, sein Profil, dann Einzelheiten, die Augenpartie, die Stirn mit dem Haaransatz oder der Mund. Sie hatte sich kaum einmal verzeichnet, so genau ruhte sein Bild in ihrem Gedächtnis. Das Ergebnis erfüllte sie mit Befriedigung. Dies wenigstens würde ihr bleiben. Wann immer sie wollte, konnte sie ihn heranholen. Es mochte weh tun, anfangs ganz bestimmt, bis sie einmal darüber hinwegkommen würde. Danach, darüber war sie sich klar, denn sie hatte schon zu oft Abschied genommen, würde es leichter werden. Die Erinnerung an Friedrich tat nicht mehr so weh, und irgendwann einmal würde auch ein Wiedersehen mit Wendelin nicht mehr so weh tun wie eben jetzt.

Ruth strich mit einem zärtlichen Finger über die Konturen der Zeichnung, die ihr am besten erschien. Dann atmete sie tief ein, schob die Blätter zusammen und zerriß sie so lange, bis nur noch briefmarkengroße Schnipsel übriggeblieben waren, die sie in den Papierkorb streute.

Erst zwei Jahre später, als Ruth einundzwanzig war und gerade Hubert Dumartin kennengelernt hatte, kam Wendelin auf den Museumsbesuch zurück.

Er hatte sich mit einer Schauspielerin angefreundet, die Ruth aus Filmen und Fernsehstücken kannte und einmal im Theater gesehen hatte. Sie war Ende Dreißig, eine schöne dunkle Frau mit einem abweisenden Gesicht, das weich und liebenswürdig wurde, sobald die Befangenheit von ihr abfiel. Wendelin hatte sich mit ihr bei Dorothea zum Abendessen angesagt.

«Ich kenne sie schon», sagte die nichtsahnende Großmutter. «Sie wird dir sicher gefallen. Es ist die erste Frau, die er mitbringt, bei der ich das Gefühl habe, daß sie wirklich zu ihm paßt.»

Mit einem Stich im Herzen mußte Ruth eingestehen, daß sie paßte, aber sie paßte nicht nur, sie milderte seine Härte und verlieh ihm eine Fröhlichkeit, die ihn zu einem anderen Menschen machte. Ruth bewunderte Inga Peters und betrachtete staunend den Freund. Wenn er von Anfang an so gewesen wäre, dachte sie plötzlich, als sie ihn über eine Anekdote lachen hörte, hätte ich ihn vielleicht nicht so sehr geliebt. Ich habe immer den verbitterten Wendelin geliebt, den einsamen, den strengen Freund von Friedrich. Mein Wendelin lachte nicht oft, aber wenn er lachte, war das für mich wie ein kleiner Sonnenaufgang. Ruth lächelte über den Sonnenaufgang, der ihr in eine frühere Zeit zu gehören schien. Jetzt, dachte sie nüchterner weiter, rückt er allen anderen Menschen, die ich kenne und schätze, so nahe, daß kaum mehr ein Abstand bleibt.

«Hermann hat mir viele Ihrer Zeichnungen gezeigt, Ruth», sagte die Schauspielerin. «Auch das Aquarell aus Kärnten kenne ich. Ich bewundere Sie sehr. Haben Sie auch Skizzen von Hermann gemacht? Wenn Sie mir eine davon geben könnten . . .»

«Ich habe ihn nie gezeichnet», sagte sie liebenswürdig. «Er war ja immer hier. Ich habe ihn so oft gesehen. Aber ich will es gern probieren. Wenn ich was Brauchbares zustande bringe, schenke ich Ihnen ein Blatt. – Wirst du mir mal stillhalten, Wendelin?»

«Selbstverständlich, Ruth.» Aber er sah sie mit dem forschenden Blick an, den sie seit ihrer ersten Begegnung im Krankenhaus kannte und dem sie so schlecht ausweichen konnte. Sie hielt ihm stand, sah ihn ruhig aus heiteren braunen Augen an und lächelte.

Zwei Tage danach begegneten sie sich zufällig auf der Straße, als sie mit einer Zeichenmappe unter dem Arm nach Hause ging.

«Wann soll ich dir sitzen, Ruth?»

«Überhaupt nicht. Das hab ich neulich nur gesagt, weil es sich so gut machte. Ich kenne dich seit fünf Jahren, wozu soll ich dich eine halbe Stunde lang anstarren, wenn ich dich auswendig kann?»

«Du hast mich aber noch nie gezeichnet.»

«Woher weißt du das?»

«Wann, Ruth?»

«Das ist schon ziemlich lange her. Aber wenn ich es einmal gekonnt habe, wird es mir auch wieder gelingen. Welchen willst du, den neuen oder den alten Wendelin?»

Er fragte nicht und ging darauf ein, als wäre das eine längst besprochene Tatsache. «Den aus dem Museum von den

‹*Dieux obscurs*›. Den für mich. Für Inga solltest du den anderen nehmen.»

«Okay.» Ein ruhiger Blick und ein lächelnder Oberbichlermund.

Am Abend, als sie ihn zeichnete, verdarb sie zwei Bogen, weil ihr Tränen darauf tropften. Aber die Zeichnungen wurden gut.

5

Hubert Dumartin

Anke hatte ihn abgelegt oder ihn sich eigentlich gar nicht erst zugelegt, weil sie immer noch mit Horst zusammen war. «Den müßte man sich warmhalten können, Ruth», sagte sie, als sich die Freundinnen in den Semesterferien trafen. «Er ist ein Ende älter als wir, sieht gut aus, hat einen richtigen Beruf und wird demnächst ans Heiraten denken. Weißt du, genau das, wonach Mütter radschlagen.»

«Aber du schlägst nicht Rad?»

«Das hab ich sowieso nie gekonnt. Du warst immer im Turnen besser.»

«Wo hast du ihn her?»

«Er ist mit Horsts Bruder befreundet. Die beiden treffen sich abends oft mit uns an der Ruhr. Er arbeitet irgendwo in einer großen Firma, trägt die Aktentasche von seinem Chef nach New York oder sonstwohin. Magst du Rothaarige?»

«Außer Fritzchen aus der Volksschule habe ich nie einen näher gekannt. Fritzchen habe ich bewundert, weil er so atemberaubend frech war.»

«Das ist er nicht.»

Hubert Dumartin war von der zierlichen, lebhaften Anke angezogen. Sie studierte in Freiburg Medizin. Ein anderer Beruf war für sie nie in Frage gekommen. Sie stammte aus einer Arztfamilie, hatte einen Arzt-Vater und zweifelte nicht einen Augenblick, daß sie etwas anderes als Ärztin werden könnte. Als Anke zu einem der häufigen Treffen in einem kleinen Gartenlokal an der Ruhr ihre Freundin Ruth mitbrachte, merkte Hubert die Absicht und reagierte ärgerlich. Anke richtete es sehr geschickt so ein, daß Horst links von ihr saß und rechts irgendein anderer Junge aus der Freundesclique, für die Hubert eigentlich zu erwachsen war. Von Anke abgeschirmt, von den anderen, die alle noch in der ersten Hälfte des Studiums waren, teils freundlich, teils gleichgültig, aber immer als Außenseiter behandelt, schwor er sich, nie wieder zu kommen. Aber er fand sich in der ihm fremden Welt des Ruhrgebiets noch nicht zurecht, kannte wenig Menschen und begann ganz allmählich, sich an den Kreis zu gewöhnen, der sich ständig wandelte, weil einige in die Ferien fuhren, andere Freunde mitbrachten oder neue Gesichter auftauchten.

Ruth, die er im Frühsommer mehrfach gesehen, aber nie gut kennengelernt hatte, blieb fast zwei Monate weg. Als sie in ihrem Sommerhabit – so nannte es Wendelin – aus Kärnten zurückkam, braungebrannt, mit ausgebleichten Haaren und verarbeiteten Händen, fiel sie ihm zum erstenmal auf. Es war September geworden, der Kreis verkleinerte sich. Anke, die famuliert hatte, wollte nach Freiburg zurück. In der Aufbruchsstimmung, ohne Horst, der schon vorausgefahren war, ging sie ein wenig mehr auf Hubert Dumartin ein.

Eines Nachmittags schlenderten sie zu viert am Ufer der Ruhr über den Leinpfad. Ruth ging mit Ankes Bruder und seinem schwarzen Neufundländer vor ihnen her. Der Hund tobte über die Wiesen, wurde von einer Kuh gejagt, kam erschrocken zu ihnen zurück, wurde von den jungen Leuten ausgelacht, beruhigte sich wieder, als sie ihm Stöckchen warfen, und sprang plötzlich über die niedrige Uferböschung in den Fluß.

«Wenn er schon naß ist, kann er sich auch im Wasser austoben», sagte Ankes Bruder. Der Hund schwamm und apportierte, sprang wieder platschend ins Wasser, kam endlich heraus und schüttelte sich. Die vier jungen Leute rannten lachend davon, um sich vor dem Tropfenregen in Sicherheit zu bringen. Das gefiel dem Hund so sehr, daß er sie verfolgte und endlich an Ruth hochsprang. Er legte ihr die breiten Pfoten auf die Schultern und leckte ihr mit der großen roten Zunge über das Gesicht. Sie trug einen grauen Rock, eine weiße Bluse und darüber einen hellgrauen Pullover mit spitzem Ausschnitt.

Lachend nahm sie die Hundepfoten, schob ihn von sich fort und ließ ihn los. «Ferdinand, schämst du dich nicht?» fragte sie und sah kopfschüttelnd an sich herunter. «Wir wollten doch ins Kino. So geht das nicht.»

Sie betrachtete ihre Hände, die von den Hundepfoten schlammig geworden waren. «Hat einer von euch ein Taschentuch?» Als keine Angebote kamen, sagte sie grinsend: «Da sieht man mal wieder, was wahre Freundschaft taugt. Nicht mal ein Taschentuch bin ich euch wert.» Sie kletterte die Böschung hinunter und spülte die Hände im trüben Ruhrwasser ab.

«Wenn es trocken ist, kannst du das abbürsten», stellte Anke nüchtern fest. «Und im Kino sind alle Katzen grau.»

Auf dem Rückweg, als diesmal die Geschwister zusammen vor ihnen hergingen, sagte Hubert zu Ruth: «Ich kenne Mädchen, die mehr Theater gemacht hätten. Du bist so hübsch angezogen. Geht das mit Bürsten wirklich ab?»

«Natürlich nicht. Das muß man waschen.»

«Du bist auch mit Pfotenabdrücken hübsch anzusehen.»

«Frischer Schlamm ziert den Soldaten», sagte Ruth und fügte hinzu: «Ich mag Hunde. Wenn es ginge, hätte ich selber einen.»

«Warum geht es nicht?»

«Zuwenig Zeit. Um einen Hund muß man sich kümmern.»

«Ich dachte, du wohnst bei deinen Eltern.»

«Nein, bei meiner Großmutter. Sie ist dreiundsiebzig. Sie möchte keinen Hund mehr haben.»

In der einsetzenden Dämmerung wirkte das braungebrannte Gesicht noch dunkler. Hubert hörte der Stimme an, daß damit das Thema erledigt war, konnte aber den Gesichtsausdruck, der zu den Worten gehörte, nicht erkennen. Erst bei diesem Spaziergang war ihm klargeworden, wie wenig er über sie wußte. Sie wich aus, gab knappe Antworten, die immer etwas Abschließendes hatten. Frage beantwortet. Halt, Grenze. Weitere Fragen sind unerwünscht. Ein paarmal war das schon so gegangen. Als sie aus den Ferien zurückgekommen war und er sie zum erstenmal wiedersah: «Guten Tag, Ruth. Wo wird man denn so fabelhaft braun?» – «In Österreich.»

«Halte dich an Ruth», hatte Anke zu ihm gesagt. «Sie ist auch im Herbst und im Winter hier, wenn wir alle im Semester sind.»

«Ich habe nicht den Eindruck, daß sie es schätzt, wenn ich mich an sie halte. Sie spricht nicht mit mir. Sagt sie was, wenn sie mit dir zusammen ist?»

«Oh, sehr viel sogar. Faß sie mit Samthandschuhen an. Sie ist schwierig, aber sehr nett. Sie ist meine beste Freundin.»

Er hatte aufbegehrt. «Ich will nicht Ruth mit Samthandschuhen anfassen, sondern mit dir zusammensein, Anke. Ich will nicht immer in einer Truppe spazierengehen oder im Kino neben deinem kleinen Bruder sitzen.»

Anke sah ihn aus geraden blauen Augen an. «Ich dachte,

du merktest es von allein. Ich bin nicht auf dem Markt, Hubert. Es hat wirklich keinen Sinn.»

An diesem Abend, an dem er schweigend neben Ruth auf dem Leinpfad ging, verspürte er eine aus Langeweile geborene Neugier. Er begann zu fragen, bekam zum erstenmal einige Antworten, die neue Fragen erlaubten. Vielleicht halfen die Dunkelheit, der über dem Wasser aufsteigende Nebel, die Schatten der Büsche und Bäume und der Schemen des schwarzen Hundes, der an ihnen vorbeistrich und dann plötzlich wieder vor ihnen auftauchte.

«Was tust du beruflich, Ruth?»

«Ich lerne noch. Ich gehe auf die Folkwangschule.»

«Musik?»

Sie lachte erheitert auf. «Nein, ich bin total unmusikalisch. Ich zeichne und male.»

Wieder ein Endpunkt.

«Bist du hier geboren?»

«Nein, in Gleiwitz. In Schlesien.»

«Ich weiß, wo Gleiwitz ist.»

Sie überging seine Ironie, als hätte sie sie gar nicht aufgefaßt. «Das wissen nicht viele, darum sage ich es immer gleich dazu.»

«Kannst du dich noch erinnern?»

«Überhaupt nicht. Ich war bei Kriegsende erst drei.»

«Bist du damals mit deiner Familie in den Westen gekommen?»

«Nein, erst fast drei Jahre später. In der Zwischenzeit war ich in der Nähe von Dresden.»

Er rechnete. «Dann bist du jetzt einundzwanzig?»

«Ja.»

«Was für ein informatives Gespräch, Fräulein Wossilo. Du bist einundzwanzig und in Gleiwitz geboren. Du warst bei Kriegsende in Dresden. Zwei Jahre später bist du in den Westen gekommen. Du bist auf der Folkwangschule und malst und zeichnest. Dann hättest du gern einen Hund, aber deine Großmutter ist dreiundsiebzig, und darum geht es nicht. Deine Freundin sagt, man müsse dich mit Samthandschuhen anfassen. – Wir danken Ihnen für dieses Gespräch.»

«Du siehst nicht so aus, als läsest du den ‹Spiegel›.»

«Oh, noch eine Information, du liest den ‹Spiegel›. Dann eine subtile Beleidigung.»

«Es sollte keine Beleidigung sein. Ich sammle einfach auch Daten.» Ruth lachte. «Du weißt doch schon eine ganze Menge.»

«Wie lange kennen wir uns? Drei Monate. Also gut, drehen wir es anders herum. Wir haben uns in dieser Zeit wie oft gesehen, vielleicht achtmal?»

Ruth zuckte mit den Achseln. «Möglich.»

«Demnach habe ich keinen bleibenden Eindruck auf dich gemacht. Wie wär's, wenn du mir mal Fragen stelltest? Im Gegensatz zu dir bin ich ein auskunftsfreudiger Mensch. Ich glaube, daß die Sprache erfunden worden ist, um sich Mitteilungen zu machen. Wenn mich nicht alles trügt, scheinst du ihrer mächtig zu sein.»

Er sah, daß sie ihm das Gesicht zuwandte, konnte den Ausdruck nicht erkennen und hörte nur ihre leise, gleichmütige Stimme. «Ich glaube, daß ich genug über dich weiß. Du bist ein Freund von Horsts Bruder, du steigst Anke nach, aber sie will dich nicht. Die anderen fahren alle weg, nur ich bleibe hier. Da du anderswo offenbar nicht gelandet bist, greifst du nach mir als Rettungsring. Das ist sicher für mich eine ehrenvolle Aufgabe, gegen die ich auch gar nichts habe. Mir ist nur nicht klar, warum es deshalb gleich zu Herzensergüssen kommen muß.»

«Ist es ein Herzenserguß, wenn du einem guten Bekannten, falls du mich als das betrachtest, zum Beispiel erzählst, was du von deinem Studium hältst, wie du lebst, was du gern tust oder was nicht?»

«Nein, bei den meisten Menschen wohl nicht. Aber bei mir wird zu leicht einer daraus. Ich bin ein gebranntes Kind.»

«Das man nicht mit Fragen bedrängen soll?»

«Ja.»

Plötzlich war der Leinpfad zu Ende, die Straßenlaternen leuchteten vor ihnen. Die beiden Kellermanns warteten mit dem Hund Ferdinand vor den geparkten Autos auf sie.

«Könnt ihr ohne uns ins Kino fahren?» fragte Anke. «Wir wollen Ferdinand nach Hause bringen. Er ist noch zu naß. Wenn er zwei Stunden im Wagen auf uns warten muß, friert er sicher. Du müßtest uns nur deinen Wagen geben, Ruth. Geht das?»

Hubert und Ruth gingen nicht ins Kino. Sie saßen in einer gemütlichen Kneipe, aßen Strammen Max und tranken Bier dazu.

Hubert erzählte von seiner Familie, seinen hugenottischen Vorfahren, seiner Heimat an der Weser. Ruth hörte zu, stellte Fragen, lächelte oder lachte über seine komischen Antworten und bekam ganz allmählich das Gefühl, nicht nur ein Lückenbüßer für Anke zu sein.

Als es Zeit zum Heimgehen wurde, fragte Hubert: «Was tust du denn nun gern, Ruth? Ich frage das, weil es vielleicht etwas gibt, was wir zusammen unternehmen können. Bisher weiß ich nur, daß du gern spazierengehst und eure Clique ewig im Kino ist. In der Woche komme ich selten vor fünf Uhr aus dem Büro. Bald wird es dann schon dunkel sein. Das Spazierengehen müßte man auf die Wochenenden verlegen . . .»

«Wie wäre es mit Schwimmen? Das Bad hat jetzt noch bis sieben Uhr offen. Ab Oktober müßten wir ins Hallenbad.»

«Wunderbar. Wann?»

«Übermorgen, um halb sechs?»

«Abgemacht.»

Die Befangenheit dieser ersten Begegnung in Badezeug. Hubert mit der weißen Haut Rothaariger, die nie braun werden. Ruth, dunkelbraun an Gesicht, Hals, Armen und Beinen bis zu den Oberschenkeln, darüber eine hellere Stufe bis zu den Rändern eines anderen Badeanzugs. Jetzt in einem Bikini und dazwischen Streifen blasser Haut, die nie in der Sonne war. Ein Augenblick der Verlegenheit, vor dem das Wasser rettet.

«Du siehst ja wie ein Lagenkuchen aus», sagte Hubert lachend, als ihr zweistufig gebräunter Arm aus dem Wasser kam. Ich bin ein Meisterdetektiv. Soll ich mal folgern?»

«Bitte sehr.»

«Du hast deine Ferien nicht ausschließlich an einem See verbracht. Oder du bist kein Sonnenanbeter. Ich vermute, daß du auf Berge gestiegen bist. Du hast kurzärmelige Hemden und kurze Hosen getragen, aber an den Füßen hattest du Stiefel oder Schuhe und Socken. Stimmt es bisher?»

Sie ging lachend neben ihm unter und tauchte ein Stück von ihm entfernt wieder auf. «Es stimmt beinahe.»

«Wo ist der Fehler?»

«Beim Bergsteigen. Das habe ich nur an einem einzigen Tag gemacht. Du darfst weiterraten.»

«Tennis?»

«Falsch. Ich kann nicht Tennis spielen.»

«Bliebe noch Segeln. Aber dazu passen die Füße mit den Schuhen oder Stiefeln nicht.»

Ruth hing neben ihm am Beckenrand und hielt einen zweifach gefärbten Fuß aus dem Wasser. Ein langer, schmaler Fuß mit beweglichen mageren Zehen. Hubert hielt ihn fest. Sie ließ den Rand los, legte sich auf den Rücken und ruderte mit den Armen, um nicht unterzugehen. «Alles falsch. Erntezeit auf einem Bauernhof. Hafer, Roggen, Traktorfahren, Gartenarbeit, Fahrradfahrt zum Baden in einem Waldsee, der am Spätnachmittag im Schatten liegt und nur noch auf dem Holzsteg Sonne hat. – Los, wer verliert, muß das Eis bezahlen.» Sie riß ihm den Fuß aus der Hand, drehte sich um und schoß davon. Er hatte Mühe, ihr zu folgen, holte sie dann kurz vor dem anderen Beckenrand ein und blieb absichtlich zurück. Sie kletterte aus dem Wasser, setzte sich auf einen Startblock und fragte: «Hast du geschummelt?»

«Natürlich nicht. Ich bin ein schwächlicher Büromensch und solchen Strapazen nicht gewachsen.»

Er spürte ihren Blick, der über seine muskulösen Schultern, Arme und Beine wanderte. Als sie stumm blieb, sagte er mit steinernem Gesicht: «Ich habe einen Expander und Hanteln.»

«Herzlichen Glückwunsch!»

Ruth, die sich geschworen hatte, Ankes ständigen Rat zu befolgen, nicht mit der Tür ins Haus zu fallen, nicht sofort von Dorothea, Friedrich, Wendelin und ihren Eltern zu sprechen, keine Diskussionen über Kunst und ihre Zeichnerei zu beginnen, sondern abzuwarten, wie sich alles entwickelte, sah ihm an, daß er sich ärgerte. Sie hätte ihm gern gesagt, daß sie seinen Spaß sehr wohl verstanden hatte, aber das würde nur wieder zu neuen Fragen führen, die sie beantworten mußte, wollte sie nicht allzu unhöflich erscheinen. Und dabei mochte sie diesen Hubert Dumartin. Sie war gern mit ihm zusammen. Sein trockener Humor gefiel ihr. Seine Art zu sprechen oder zu erzählen war anders als die all ihrer anderen Freunde oder Mitschüler. Es konnten ganz alltägliche Bemerkungen sein, über seinen Beruf, seine Reisen, seine Familie, von ihm nicht komisch geplant und von ihr nicht komisch empfunden. Aber sie konnte sehen, was geschah. Sie wußte, wie die Menschen in seinen Erzählungen aussahen; wie die Räume, wie die Landschaften, wie das Wetter eine wichtige Rolle spielten. Wenn Hubert Dumartin mit seinem Chef nach Detroit flog, sah Ruth die Stewardeß die Erste-Klasse-Passagiere betreuen; sie erkannte die vom Partnerkonzern geschickte Abholmannschaft; sie roch die benzingetränkte flimmernde Hitze vor dem Flughafengebäude und hörte den satten Ton, mit dem die Cadillactür ins Schloß fiel. Er konnte beobachten und beschreiben. Aber wenn sie ihm nun sagte, daß sie jede seiner Erzählungen illustrieren könnte . . .

Hubert sah staunend dem Mienenspiel dieses seltsamen, fast bis zur Bockigkeit zurückhaltenden Mädchens zu, über das er sich nicht klarwurde, obwohl er sie nun schon längere Zeit kannte und einen ganzen Abend mit ihr allein gewesen war. An jenem Abend in der friedlichen Kneipe hatte er geglaubt, einen Schlüssel gefunden zu haben. Sie war vorsichtig und scheu. Ankes Samthandschuhe. Ja. Wenn man die anzog, ging es auf einmal, dann tauchte ein lebhafter, fröhlicher, offener Mensch auf. Gar nicht so kompliziert, gar nicht so verletzlich, wie es dieser weiche, empfindsame Mund vermuten ließ, der so unvermittelt herb werden konnte.

«Komm, Ruth», sagte er. «Gehen wir Eis kaufen, obwohl es fast zu kalt und zu spät ist. Du hast ja eine Gänsehaut.» Er strich über ihren glatten braunen Arm und zog dann rasch die Hand zurück. Auch das war merkwürdig. Nicht sein Verlangen, sie zu berühren, das war sehr natürlich. Aber seine Angst davor. Er sah Straßensperren und Warnschilder. Plötzlich lachte er, als er sah, daß sie über ihren Arm strich, als wollte sie den flüchtigen Druck seiner Hand fortwischen. «Hände sind an der Leine zu führen.»

Sie sah ihn groß an, dann verwandelte sich das Gesicht, die braunen Augen glänzten, und sie lächelte ein Zahnpastaläche ln. Sie sprang vom Startblock auf und griff nach seiner Hand. «Wenn es denn sein muß.»

Er wußte ganz genau, daß sie ihn absichtlich falsch verstanden hatte, freute sich eine Spur zu sehr darüber und ging mit ebenso langen Schritten wie sie zum Kiosk über die glatten Steinplatten. Sie war nur wenig kleiner als er.

«Da drüben riecht es nach Bratwurst», stellte sie schnuppernd fest. «Vielleicht verkaufen sie die auch so, ohne daß man gleich ins Restaurant muß.»

Aber es gab keine Bratwurst, und als sie zum Kiosk zurückkehrten, war gerade der Laden heruntergelassen worden.

«Hast du Lust? Sollen wir zusammen irgendwo zu Abend essen?»

«Lust schon, aber heute geht es nicht. Ich will schnell nach Hause. Meine Großmutter bekommt Besuch. Ich muß mich ums Essen kümmern.»

«Wann sehen wir uns? Geht es vor nächster Woche? Ich fahre drei oder vier Tage nach Paris.»

«Ruf mich an, wenn du zurück bist. Wir stehen im Telefonbuch. Wir sind die einzigen, die Wossilo heißen.»

Er begleitete sie zu ihrem kleinen alten Auto auf dem Parkplatz. Sie gab ihm durchs Fenster zum zweitenmal die Hand. «Dann tschüs, und viel Vergnügen in Paris.»

«Halt! Warte Ruth. Soll ich dir was mitbringen? Möchtest du Parfum?»

«Nein, dankeschön. Aber in der Nähe der Madeleine ist ein Markt, da gibt es Kräuter aus der Provence. Wenn du zufällig dort vorbeikommst und Zeit hast . . .»

«Ich hab einen Bekannten gebeten, uns aus Paris diese schöne Kräutermischung mitzubringen», sagte Ruth zu Dorothea, als sie kurz darauf zusammen in der Küche waren. Weißt du, die, die wir mal von Wendelin bekommen haben. Ich habe mir gemerkt, wo er sie gekauft hat.» Sie lachte. «Ich bin unter die Hochstapler gegangen und habe so getan, als wäre ich andauernd in Paris und kennte mich dort genau aus.»

«Hattest du das Hochstapeln denn nötig?»

Ruth zog die Schultern hoch. «Weiß man das so genau? Er ist einer von den Fischen, die hinter Anke herschwimmen.»

«Was ist Anke denn, wenn du schon in Bildern sprichst?» fragte Dorothea neugierig.

«Ein Ozeandampfer, in dessen Kielwasser erst die großen Fische folgen und hinter ihnen viele kleine, für die auch immer noch was abfällt.»

Die Großmutter schüttelte den Kopf. «Da stimmt was nicht. Ist dieser ‹Bekannte› ein großer Fisch und du ein kleiner, oder wie siehst du das? Manchmal fressen die großen Fische die kleinen.»

«Ach, du mit deiner Logik», seufzte Ruth. «Also, zugegeben, das Bild stimmt nicht, und ich hätte auch nicht hochstapeln sollen, weil ich das nicht gut genug kann, obwohl es mir so viel Spaß macht. Aber in diesem Fall schadet es nicht, und es bringt uns vielleicht was ein: provenzalische Kräuter für unseren Schweinebraten. Das wäre doch schon was.»

«Machst du das oft?» fragte Dorothea ohne jeden Vorwurf. «Schwindelst du oft deinen Freunden was vor?» Sie sah Ruth forschend an.

Ruth rührte gerade die Sauce an, probierte, gab Dorothea einen Löffel und sagte: «Probier mal. Mir kommt es so richtig vor. – Nein, ich schwindle nicht sehr oft. Eigentlich nur dann, wenn mir alles, was ich tue und was ich erlebe, entsetzlich langweilig und alltagsgrau vorkommt. Schwindeln bringt ein bißchen Farbe in die Wirklichkeit.»

«Sehr gut.» Dorothea legte den Löffel auf das Brett. «Was hast du da dran getan?»

«Saure Sahne. Du bist zu sparsam. Büchsenmilch schmeckt lange nicht so gut wie Sahne. – Kommt Wendelin allein oder mit Inga?»

«Allein. Sie tritt in Hamburg auf.»

Ruth zischte durch die Zähne, machte eine Pause und fragte dann: «Ist er immer noch so von ihr hingerissen?»

«Was verstehst du unter ‹hingerissen›? Sie sind doch kein altes Ehepaar. Nach einigen Monaten sollte er schon noch hingerissen sein. Ich hoffe übrigens, daß es hält. Sie ist eine kluge, sympathische Frau und paßt sehr gut zu ihm. Sie schwindelt nicht, glaube ich. Wenigstens habe ich sie noch nie dabei ertappt.»

«Das hört sich an, als nähmst du Anstoß, Großmutter. Aber ich mache wirklich einen Unterschied zwischen Schwindeln und Lügen. Die Schwindeleien kläre ich auf, sobald eine passende Gelegenheit dazu da ist. Wenn wir die Gewürze bekommen, werde ich erklären, daß ich Paris nur von Postkarten und Wendelins Beschreibungen kenne. Richtig gelogen habe ich noch nie. Ich hoffe es wenigstens.»

Dorothea sah in Ruths klares Gesicht und lächelte verständnisvoll. «Als ich so alt war wie du, habe ich auch geschwindelt, Ruth. Verrückt, daß sich solche Dinge vererben. Ich dachte später, es wäre die Folge einer einsamen Kindheit gewesen. Wenn man als Kind auf seine Phantasie angewiesen ist, kann man sie nicht einfach ablegen wie ein Kleid, aus dem man herausgewachsen ist. Man nimmt sie noch ein Stück des Weges mit; aber weil man erwachsen wird, verwandelt sie sich und geht in etwas über, das man irgendwann loswerden muß, denn sonst kommt der Augenblick, in dem man selber nicht mehr zwischen Phantasie und Lüge unterscheiden kann. Ich habe zu lange damit herumgespielt. Als es mir endlich aufging, wurde das Abgewöhnen zu einer harten Arbeit.»

Ruth, die Teller und Schüsseln zum Wärmen in den Backofen stellte, hockte vor dem Herd und sah zur Großmutter auf. «Ich hätte dich gern gekannt, als du jung warst. Aber danke für den guten Rat. Vielleicht ist bei mir der Augenblick gekommen, wo ich das Schwindeln aufgeben sollte. Ich hatte kein ganz sauberes Gewissen. Wahrscheinlich habe ich es dir darum auch erzählt, obwohl es so unwichtig war.»

«Es könnte auch andersherum sein. Die Schwindelei war unwichtig, nicht aber der Angeschwindelte.»

«Nachtigall, ick hör dir trapsen», sagte Ruth und lachte. «Ich decke jetzt den Tisch. Wie kommt es übrigens, daß wir Wendelin neuerdings wie einen Staatsgast behandeln? Früher hat er sich hier in der Küche mit uns Brote zurechtgemacht. Wir haben sie vor den Nachrichten gegessen und Tee getrunken. Jetzt bekommt er ein warmes Abendessen am gedeckten Tisch.»

«Wir haben zu selten Gäste. Seit du nicht mehr zur Schule gehst und Anke und eure Freunde dauernd im Haus sind, wird jeder Besuch für mich zu einem Ereignis, auf das ich mich freue. Ich mache Umstände, weil ich mich auf den Besuch freue.»

Beim Tischdecken überlegte Ruth, ob Hubert Dumartin unter die Rubrik Staatsgäste oder Freunde fallen würde. Wenn er die Gewürze mitbringt, dachte sie, lade ich ihn zu Schweinebraten und Himmel und Erde ein. Er wird sich vor Großmutter nicht fürchten. Dann dachte sie an Wendelin, der Reis bekam und Kalbsfrikassee und einen Berg Salat, weil er viel zu oft in Restaurants Gerichte essen mußte, die ihm nicht bekamen. «Er bekommt etwas, das ihm nicht bekommt», sagte sie leise vor sich hin. «Ich will es ihm sagen. Vielleicht hat er das noch nicht und kann es für ein Lied brauchen.» Als sie auf die Uhr sah, war es Viertel vor acht. Um Viertel vor sieben hatte Hubert Dumartin gesagt: «Hände sind an der Leine zu führen.» Nicht schlecht, überhaupt nicht schlecht. Sie pfiff durch die Zähne.

«Umstände!» sagte Wendelin. «Richtige Umstände! Es riecht hinreißend.» Er gab Dorothea einen Handkuß. «Hallo, Ruth. Was macht die Kunst?»

Als er sah, daß sie antworten wollte, wehrte er fröhlich ab. «So hab ich das nicht gemeint. Früher, als ich in deinem Alter war, sagten wir das zur Begrüßung.»

«Ach du meine Güte! Und jetzt, wo du ein Methusalem bist, wirst du sicher bald ‹Hab die Ehre› zu mir sagen, oder hast du noch Besseres?»

«Auf Österreichisch könnte ich mich dir zu Füßen legen. Wie gefällt dir das?»

«Mach mal», forderte Ruth ihn grinsend auf. «Wenn du nicht hochkommst, helfe ich dir altem Mann wieder auf die Beine.»

Hinter dem Geplänkel erkannte Wendelin wiederum die Verletzlichkeit des Gesichts, das er so genau, viel zu genau kannte. Er dachte an Dorotheas Anruf, als sie ihn zum Essen einlud. «Wendelin, Ruth hat einen Freund. Sie geht neuerdings ständig aus. Sie ist vergnügt, sie zischt durch die Zähne, sie macht sich hübsch. Hoffentlich ist er nett. Finden Sie nicht auch, daß es Zeit wird? Manchmal kam mir das schon ganz unnatürlich vor: Ein hübsches Mädchen von einundzwanzig, das keinem jungen Mann den Kopf verdreht!» Er hatte am Telefon gelacht. «Ihre Sorgen möchte ich haben, verehrte Frau Wossilo. Um Ruth brauchen Sie keine Angst zu haben, auf der bleiben Sie nicht sitzen.» Aber als er den Hörer aufgelegt hatte, ertappte er sich dabei, daß ihm der Gedanke an Ruth und einen Freund wenig gefiel.

Während sie bei Tisch saßen und sich unterhielten, dachte er abermals darüber nach. Er hatte Ingas Stimme im Ohr, die sagte: «Dieses reizvolle Mädchen ist in dich verliebt, Hermann. Geht das schon lange so?» – «Nein, ich bin nur der Prellbock zwischen zwei unglücklichen Lieben. Sobald in ihrem Leben etwas schiefgeht, holt sie ihre Liebe zu mir aus der Versenkung. Wir spielen das, seit sie sechzehn ist, Inga. Es ist gut eingeübt und ohne Bedeutung.» – Ingas forschende Augen, ihr sprödes Lächeln, die leise Stimme, die bis in den dritten Rang reichen konnte: «Wie faszinierend du bist. Der ironische Hermann Wendelin, der seine Zeit seziert und dabei sich selber nicht kennt.»

Er gab sich einen Ruck und führte den Plan aus, unbarmherzig gegen sich und gegen Ruth. Schon bei der Begrüßung hatte er damit begonnen.

«Haben Sie eigentlich damals in Berlin viel Kabarett gesehen, Frau Wossilo? Wilhelm Bendow und die junge Ursula Herking, Rudolf Platte und Werner Finck? Waren Sie im Kabarett der Komiker bei Willy Schaeffers?»

Dorothea strahlte. «Natürlich. Ich hab sie alle gesehen, am schönsten aber fand ich die Friedrich-Hollaender-Revuen.»

Wendelin sang einige Melodien, Dorothea nannte Namen und Lieder, an die sie sich erinnerte. Wendelin kannte sie alle. Ruth hörte eine Weile amüsiert zu, ehe sie sich einmischte.

«Hör mal, Wendelin, so alt bist du nun wieder nicht. Woher kennst du das alles? Du bist mit zehn doch noch nicht in Kabaretts gegangen oder in Lokale mit Tischtelefon oder in Homosexuellen-Bars. Das war doch gar nicht deine Zeit.»

Er hörte den verborgenen Ärger. «Nein, das nicht, aber ich war sehr dicht dran. Die älteren Schüler, die natürlich von uns Kleinen sehr bewundert wurden, haben die Schlager gesungen und auf dem Klavier gespielt. Ich glaube, für mich war das die Anregung, aus der später mein Beruf gewachsen ist. Er sang: «. . . ich hab ein Pianola zu Haus in mei'm Salong.» Dorothea stimmte ein.

«Oh, ich kann noch ganz andere Sachen.» Wendelin, der sonst so streng die Form wahrte, wenn er bei Dorothea eingeladen war, legte die Serviette auf den Tisch, stand auf, ging ins

Wohnzimmer und setzte sich vor das alte, immer ein wenig verstimmte Klavier, auf dem Dorothea nur noch sehr selten spielte. Er rief ins Eßzimmer hinüber: «Ich spiele jetzt Tafelmusik. Schließlich ist sogar ein Mozart bei Festmahlen uraufgeführt worden.»

Er spielte und sang alles, was Dorothea aus der Erinnerung kramte. Sie stand neben dem Klavier und stimmte strahlend mit ihm ein: «Komm in meine Liebeslaube . . .» – «Können Sie die zweite Stimme singen, Frau Wossilo?»

«Aber gewiß», sagte Dorothea in einem Tonfall, den Ruth bei ihrer Großmutter unangebracht fand. Nach der dritten Strophe, zu der Dorothea den Text und Wendelin die musikalische Untermalung beisteuerte, trug Ruth das Geschirr in die Küche, holte den Nachtisch ins Wohnzimmer und ging Kaffee kochen.

Als sie endlich um den Wohnzimmertisch saßen, der Nachtisch gegessen und abgeräumt war und die dampfenden Kaffeetassen vor ihnen standen, überboten sich die Großmutter und Wendelin in Reminiszenzen. Wendelin erzählte Schauspieleranekdoten; Dorothea kannte Kasinowitze über preußische Leutnants, die sie nicht von Friedrich haben konnte. Ruth wurde immer stiller. Sie lehnte in der Sofaecke, gab einsilbige Antworten oder nickte lediglich vor sich hin. Während sie Wendelins Zigaretten rauchte, bemerkte sie nicht, wie oft er sie vorsichtig ansah. Endlich stand er auf und verabschiedete sich. Vor der Haustür, die sie ihm aufschloß, sagte er: «Hoffentlich hast du dich nicht zu sehr gelangweilt. Aber manchmal ist es wohltuend, in die Vergangenheit zurückzureisen. Der Vorteil der Vergangenheit ist, Ruth, daß man sich nicht verantwortlich zu fühlen braucht. Als sie ‹Komm in meine Liebeslaube› sangen, war deine Großmutter ein junges Mädchen. Junge Mädchen waren damals nicht verantwortlich, für gar nichts. Und meine Schlager aus den zwanziger Jahren, die habe ich als Kind mitbekommen. Für Weimar und Hitler war ich damals nicht zuständig. Das war meine Zeit ohne Verantwortung. Du bist jetzt an der Grenze. Deine Beatles und deinen Elvis darfst du dir herauskramen und dich einmal ebensosehr darüber freuen, wie deine Großmutter und ich uns heute über dieses Wunschkonzert gefreut haben. Für alles, was von nun an kommt, wirst du verantwortlich sein. Es ist deine Zeit.»

Als Hubert Dumartin aus Paris zurückkam und die Gewürze mitbrachte, war Wendelin für längere Zeit verreist. Ruth, der «Der Abend der wehmütigen Erinnerungen» – so hatte ihn Dorothea genannt – noch nachging, war froh, daß das Semester begonnen hatte und sie mehrere Abende in der Woche etwas unternehmen konnte, das nicht vergangenheitsträchtig war.

«Hubert, kennst du einen Schlager, der ‹Komm in meine Liebeslaube› heißt?»

Er schüttelte lachend den Kopf. «Wie kommst du denn darauf? Sing mal vor.»

«Bloß nicht! Ich kann nicht singen, und ich habe ihn schon einen Abend lang genossen. Er stammt aus der Jugend meiner Großmutter.»

«Hat deine Großmutter ihn dir vorgesungen?»

«Viel schlimmer. Zweistimmig! Gemeinsam mit einem Freund. Dann haben sie mir gezeigt, wie Charleston geht.»

«War es denn lustig?»

«Sie fanden es ungeheuer komisch.»

«Ich kenne dich jetzt schon ganz gut, Ruth. Wenn du dieses Gesicht machst, war der Abend für dich nicht nur langweilig, sondern auch ärgerlich. Warum hast du dich geärgert?»

Sie zog eine Augenbraue hoch. «Du beobachtest verdammt genau. Ich habe bisher immer geglaubt, das wäre mein Spezialgebiet. Ich meine, weil ich zeichne und mir alles merke, was ich sehe. Ich habe ein fotografisches Gedächtnis. Das hast du demnach auch?»

Er machte eine unbestimmte Geste mit den Händen. «Bei Kindergeburtstagen war ich immer besonders gut, wenn wir Spiele machten, bei denen man sich erinnern mußte. Weißt du, man bekam die Augen verbunden und mußte ganz genau das Zimmer beschreiben, in dem man gerade war.»

«Ach? Das konnte ich auch gut. Und noch besser das Kim-Spiel –»

«Was ist das?»

«Kim ist ein Junge aus einem Buch von Kipling. Er strolchte durch Indien und sollte für den englischen Geheimdienst arbeiten. Das Spiel gehörte zu seinem Training. Man legt lauter verschiedene Gegenstände auf einen Tisch, zwanzig oder mehr. Wenn man sie einen Augenblick lang angesehen hat, wird der Tisch zugedeckt und man muß aufzählen, was man alles gesehen hat, oder raten, welcher Gegenstand entfernt worden ist, sobald der Tisch wieder aufgedeckt wird.»

«Das Spiel kenne ich, aber ich wußte nichts von dem Buch.»

«Es ist eine wunderschöne Geschichte. Man kann sie auch als Erwachsener lesen. Ich habe das Buch von Friedrich.»

«Wer ist Friedrich? Dein Freund?»

«Ja. Er war mein Freund. Er ist tot.»

Wieder die heruntergelassene Jalousie, wieder ein Tabu. Hubert überlegte noch, ob er nicht endlich in sie dringen sollte, mehr von sich preiszugeben, als sie ihn überraschte.

«Wann hast du mal Zeit und Lust, zum Abendessen zu uns zu kommen? Magst du Himmel und Erde mit Schweinebraten mit provenzalischen Kräutern? Das können wir dir nämlich jetzt bieten. Meine Großmutter ist eine Generalswitwe. Sie ist ziemlich streng und legt Wert auf Formen, aber sie ist klug und kann sehr komisch sein. Du brauchst keine Angst vor ihr zu haben.»

«Ich habe keine Angst vor strengen alten Damen, Ruth. Viel eher vor jungen hübschen, die sich mit Geheimnissen umgeben. Danke, ich komme sehr gern. Am liebsten gleich morgen.»

«Gerade das wäre grundverkehrt. ‹Wir› sind nicht sehr spontan. Wenn wir einladen, laden wir richtig ein, und dazu benötigen wir eine angemessene Frist.» Aus der ernsten Ruth, die mit Dorotheas akzentuiertem Tonfall sprach, wurde im nächsten Augenblick das schlaksige Mädchen, dem Hundepfoten auf der Schulter nichts ausmachten. «Fein, ich freue mich. Laß uns gleich den Tag verabreden. Heute ist Montag, wie paßt dir Freitag?»

«Schade, jetzt müssen wir noch formeller werden. Aber ich habe meiner Familie versprochen, am nächsten Wochenende nach Hause zu kommen. Ich wollte Freitag vom Büro aus starten. Geht es nächste Woche?»

«Natürlich. Morgen in acht Tagen?»

«Abgemacht.»

Hubert sah auf die Uhr. Sie hatten, und das war schon zu einer Gewohnheit geworden, in der kleinen düsteren Kneipe eine Aufschnittplatte für zwei Personen bestellt und dazu Bier getrunken. «Es ist noch früh. Kommst du mit zu mir, Ruth?»

Eine klare, direkte Frage, forschende grüngraue Augen, die Antwort verlangten.

Dankbarkeit für das dämmrige Licht, welches die plötzliche Röte, die ihr ins Gesicht stieg, ein wenig milderte. Sie starrte auf den Tisch, dann hob sie den Blick, sah ihn gerade an und sagte endlich: «Ja, gut.» Kein jubelndes Glück, keine bodenlose Verliebtheit, obwohl die irgendwo im Hintergrund auf der Lauer lag und nur gerufen werden wollte. Nichts als ein Tumult von Schwierigkeiten. Einundzwanzig Jahre alt, noch nie mit einem Mann... Ein Fossil! Wie sagt man das? Was, wenn er den Schrecken seines Lebens bekommt? Wie erklärt man eine Liebe, die vergraben in einem lag, aber dennoch verhinderte, daß man dem entgegenging, wozu man so lange schon bereit war? – Hubert kam mit dem Mantel und hielt ihn ihr. – Wann sollte sie es sagen? Jetzt gleich? Oder später, wenn es kein Zurück mehr geben würde? Von Wendelin sprechen? Nein, nie! – Aber wann denn nun?

Auf der Fahrt sein Arm auf ihrer Schulter. Das war schon oft so gewesen. Auch das Küssen beim Verabschieden, aber sonst nichts. Als wären sie beide zu erwachsen für all dies Geschmuse, diese klebrigen Zärtlichkeiten halber Kinder.

Sie wandte ihm das Gesicht zu. Auf der hellbeleuchteten Straße mit den großen orange Bogenlaternen sah sie sein wachsbleiches Gesicht lächeln und wußte, daß auch sie diese fahle Farbe hatte, die sich über die Bräune deckte, unter der sie blaß geworden war.

«Ich muß dir was Komisches sagen, Hubert –» Sie stockte, fand den Anfang mißraten, konnte aber nicht mehr zurück und kämpfte sich nun einfach vorwärts. «Ich war noch nie mit einem Mann zusammen.»

«Das muß doch nicht sein, Ruth, wenn du es nicht möchtest.»

«Ja. Nein. Ich meine, mal muß es ja sein...»

Hubert Dumartin lachte. Er lachte fröhlich und zugleich zärtlich und zog sie bei der nächsten Ampel eng an sich. «Ich möchte dir jetzt gern etwas Hübsches sagen, daß du schön bist und faszinierend... Das bist du nämlich, aber nicht gerade jetzt. Jetzt siehst du scheußlich aus.»

«Wenn du glaubst, daß du auf einem Schönheitswettbewerb einen Preis bekommst...»

«Ach, Ruth. Weißt du was, wir fahren zum nächsten

Friedhof und tanzen zwischen den Gräbern, wie es Gespenstern wohlansteht.»

Gleich darauf bog er nach rechts ab und fuhr in eine Seitenstraße, in der noch gute alte Gaslaternen kleine Lichttümpel unter sich warfen. Er hielt an. «Jetzt bist du wieder sehr schön.»

Sie sah mit gefurchter Stirn geradeaus. «Vielleicht solltest du mich doch besser nach Hause bringen.»

«Sofort, wenn du das wirklich willst. Was aber, wenn du dich, kaum bist du zu Hause, wütend ärgerst? Obwohl ich so wenig von dir weiß, habe ich das Gefühl, daß du dich ungemein über dich selbst ärgern kannst. Wie oft bist du in einer ähnlichen Situation schon davongelaufen, Ruth?»

«Ich war noch nie in einer solchen Situation.»

«Das glaube ich dir nicht.» Er beugte sich zu ihr und küßte sie lange zärtlich, dann sehr heftig. Als sie sich endlich aus seinen Armen löste und etwas sagen wollte, legte er ihr den Finger auf die Lippen. «Nein.» Er schüttelte den Kopf. «Jetzt bin ich noch dran. Warum hast du dir gerade mich ausgesucht? Ich mache mir keine großen Illusionen über mich. Ich bin nicht abgrundhäßlich, ich bin nicht brutal und gefühllos, ich bin nicht auf den Kopf gefallen. Soweit das Positive. Aber ich bin kein Mann, bei dessen Anblick Mädchen Herzklopfen bekommen, und ein großer Liebhaber bin ich auch nicht.» Immer noch lag sein Finger auf Ruths Lippen, doch nun wurde er verlegen und sagte gewollt forsch: «Du wirst ja wohl wissen, daß es Mädchen beim erstenmal weh tut und nicht besonders viel Spaß macht?»

Ruth wich seinem Blick nicht aus. «Ja, das sagen alle. Sie sagen auch, daß es oft lange dauert, bis es Spaß macht.»

«Warum dann ich?»

«Ich habe dich sehr gern, Hubert, und du bist der erste, der mich gefragt hat.»

Anfangs kam er nicht über das Gefühl hinweg, kühl und nüchtern ausgewählt worden zu sein, um eine Aufgabe zu erfüllen, aber ein Blick auf das zärtliche und zugleich schüchterne Gesicht dieses seltsamen Mädchens löschte den Argwohn sofort aus. Dann war er hingerissen und verzaubert, und alles verlief so völlig anders, als sie es beide erwartet hatten.

«Es hat weh getan», sagte Ruth, als sie unter der Tür seines Miniaturbadezimmers stand, «aber es war trotzdem viel schöner, als ich es mir vorgestellt hatte.» Sie beugte sich vor und musterte sich sehr genau im Spiegel. «Sehe ich anders aus?» fragte sie und drehte sich um.

«Du siehst wunderschön aus. Warum?»

«Als mich zum erstenmal ein Junge richtig geküßt hat – er war mein Vetter –, dachte ich auch, ich müßte verändert sein, aber ich konnte es nicht erkennen. Und jetzt war ich mit dir zusammen, zum erstenmal mit einem Mann, und ich sehe wieder genau wie vorher aus. Weißt du, bei mir darfst du nicht vergessen, daß ich mit meinen Erfahrungen und Maximen in eine andere Zeit gehöre, in eine andere Generation. In ‹meiner› Zeit durften verheiratete Leute machen, was sie wollten; es war immer comme il faut. Aber Unverheiratete, Damen meine ich jetzt, denen sah man es an. Schlafzimmeraugen, verlebt –»

Hubert saß lachend auf dem Bett, streckte den Arm aus und zog sie von der Tür fort und neben sich. «Ja, du siehst unglaublich verlebt aus, und diese schönen hellbraunen Schlafzimmeraugen!» Er küßte und streichelte sie und lehrte sie ihren Körper kennen und erkennen.

Hubert blieb das Wochenende über da. Er sagte seinen Eltern unter einer fadenscheinigen Begründung telefonisch ab. Ruth schwänzte alle Abendkurse, traf sich mit Hubert und kehrte zu normalen Zeiten zu Dorothea zurück. An anderen Abenden blieb sie so lange aus, daß Dorothea sich schon zurückgezogen hatte, wenn sie endlich kam.

«Ist das was Ernstes?» fragte sie ihre Enkelin am Morgen nach der ersten Einladung. Sie hatte sich diesen jungen Hugenotten gründlich angesehen und wenig an ihm auszusetzen gefunden. Er war wohlerzogen und freundlich, ließ sich nicht leicht einschüchtern – sie hatte es versucht – und war offensichtlich bis über beide Ohren in Ruth verliebt.

«Ich finde ihn sehr nett.» Mehr war aus Ruth nicht herauszubekommen. Ehe Hubert mit seinem Blumenstrauß erschienen war, hatte Ruth ihr Verhaltensregeln gegeben. «Bitte, Großmutter, nicht zuviel Landwirtschaft und Militär. Von beidem versteht er nichts. Und bitte kein Wort über Wendelin. Er weiß nicht, daß wir ihn so gut kennen. Ich möchte ihn zu Wendelins nächstem Auftritt hier in der Gegend mitnehmen und damit überraschen.»

Dorothea hätte ihr gern gesagt, daß sie nicht sicher war, ob das eine gelungene Überraschung werden würde. Welcher junge Mann freut sich schon, wenn ihm das Mädchen, das er liebt, plötzlich einen sehr viel älteren und berühmten Mann vorführt, mit dem es eine enge Freundschaft verbindet? Aber wenn Ruth es wollte . . . «Hast du sonst noch Befehle?» fragte sie belustigt. «Darf von Friedrich gesprochen werden und von deiner österreichischen Familie?»

«Von was du willst.»

Als sie das Abendessen hinter sich hatten und Ruth mit Hubert in ihrem Zimmer allein war, fiel sie ihm um den Hals. «Das hast du großartig gemacht. Besser hättest du sie gar nicht behandeln können. Als du deine Familiengeschichte mit dem Edikt von Nantes begonnen hast, war alles gelaufen.»

«Mein Gott, sie ist aber auch beeindruckend!» Hubert nickte. «Eigentlich müßtest du deine Großmutter unter einen

Glassturz aufs Vertiko stellen.» Als er die Abwehr und kämpferische Verteidigungsbereitschaft von Ruths Gesicht ablas, legte er zärtlich den Arm um sie. «Nein, nein, Ruth. So meine ich es nicht. Ich bin voller Bewunderung. Seit ich sie kenne, kann ich dich viel besser verstehen. Du hast tatsächlich eine Generation übersprungen. Weißt du, es ist fast so wie in irgendeinem abgelegenen Land, in dem sie das Stadium der Eisenbahnen ausgelassen und sofort mit Flugzeugen angefangen haben.» Er lachte mit Ruth darüber und fuhr dann fort: «Schade, daß dein alter General nicht mehr lebt. Den hätte ich auch gern kennengelernt.»

«Wenn du Dorothea bewunderst, hättest du Friedrich geliebt. – Warte, ich zeige ihn dir. Aber es sind Zeichnungen, die ich gemacht habe, als ich sechzehn war. Du darfst nicht zu streng sein.» Sie trat vor das große Holzregal, in dem nur Skizzenbücher standen. Soweit sie sich beschriften ließen, hatte Ruth Jahres- und Monatsangaben auf die Rücken gemalt. Auf den anderen steckten bunte Reiterchen, wiederum mit Jahreszahlen.

«Das hast du alles vollgezeichnet? Das kann doch nicht sein! Wann hast du damit angefangen?»

«Mit ungefähr neun. Friedrich! Er hat gesagt, ich sollte nicht immer auf Zettel zeichnen, sondern in Bücher. Ich sollte sie wie ein Tagebuch führen. Da ich nicht gern schriebe, sollte ich zeichnen. Er ließ mir das Regal bauen. Ich bekam es zu meinem zwölften Geburtstag von ihm.»

Hubert hatte Ruth schon mehrmals gebeten, ihm ihre Arbeiten zu zeigen, aber sie reagierte merkwürdig abweisend. «Wenn du zu uns kommst. In unserer Wohnung oder in meinem Zimmer. Da gehören sie hin. Hier habe ich Hemmungen. Es sieht so eitel aus, wenn ich mit einer Mappe anrücke. Vielleicht gefallen sie dir gar nicht. Aber weil sie von mir sind, mußt du sie dann notgedrungen loben.»

«Weit gefehlt. Das muß ich nicht und werde es auch nicht, wenn sie mir wirklich nicht gefallen. Aber wer sagt das denn? Ich weiß von Anke und deinen anderen Freunden, wie sehr sie deine Zeichnungen bewundern.»

Hubert blätterte einen Block durch, in dem Ruth mit ersten Porträtskizzen begonnen hatte. Er sah Friedrich in vielen Variationen, manchmal doch ungeschickt gezeichnet, aber dennoch schon mit dem sicheren Blick für Wesentliches. Zeichnungen mit hartem spitzen Stift, mit breitem weichen Stift oder sogar mit Tintenkuli. Sie hatte benützt, was gerade zur Hand war. Im selben Band dann Zeichnungen von Dorothea, von einer anderen alten Frau, von zwei Männern, die eine merkwürdige Ähnlichkeit mit Ruth hatten, und endlich zwei Knabenköpfe, schmal, dunkel, mit tiefliegenden schwarzen Augen und gebogenen Nasen. Hubert blickte auf und maß Ruth mit fast ehrfürchtiger Anerkennung. «Das hast du gezeichnet, als du sechzehn warst? Und du sagst, du hast nie richtigen Unterricht gehabt? Zeig mir, was du jetzt machst. Hat sich dein Stil verändert?»

Sie wehrte ab. «Jetzt mache ich Murks. Durch den Unterricht, durch die vielen Ratschläge und Erklärungen, durch das Korrigiertwerden und die langweiligen Wiederholungen kann ich auf einmal nicht mehr zeichnen. Früher hat es Spaß gemacht, jetzt wird es zu einer Fleißaufgabe. Ich gehe abends in eine Aktklasse; ich kann nicht mal die Modelle richtig zeichnen, sie verkrüppeln mir.» Sie grinste. «Man müßte sie, wenn sie wirklich so aussähen, wie ich sie zeichne, alle zu einem Chiropraktiker schicken, der sie wieder zurechtbiegt.»

«Dann gib ganz schnell die Schule auf.»

«Das geht auch nicht. Was ich mal angefangen habe, will ich zu Ende bringen. Weißt du, das hängt wieder mit Großvater und Friedrich zusammen und auch mit den Oberbichlers. Aufgeben kommt in ihrer Sprache nicht vor. Mein Onkel

Josef Oberbichler ist ein begnadeter Holzschnitzer.» Sie blätterte im Skizzenbuch. «Das ist er. Er ist der jüngere Bruder. Den Hof hat Onkel Anton bekommen. Josef konnten sie nicht auszahlen, als er jung war. Er ist daheim geblieben, hat in der Fabrik Geld verdient, auf dem Hof geholfen, und in der wenigen freien Zeit hat er noch geschnitzt. Alle Plastiken hier im Zimmer sind von ihm. Inzwischen hat er mehrere Ausstellungen gehabt, in Klagenfurt, Villach und sogar in Wien. Seitdem verdient er so viel, daß er die Fabrik aufgeben konnte. Stell dir vor, er hätte in seiner Jugend die Chance bekommen, auf die Akademie zu gehen!» Ruth lehnte sich mit dem Rücken gegen die Tür und sagte fast bockig: «Verstehst du, daß ich nicht davonlaufen kann? Ich muß durch dieses Tief durch. Vielleicht lerne ich wenigstens mit Farben umgehen. Ich kann ein bißchen aquarellieren. Aber auch nicht von der Schule her, sondern von einem Malerfreund meines Onkels. Wenn ich in Kärnten bin, besuche ich ihn, wann immer es geht. Er hat es mir beigebracht. Er macht unglaubliche Ölbilder mit wilden, bösen und knalligen Farben, die weh tun müßten, wenn sie nicht so großartig wären. – Komm mit. Wir haben ein Bild von ihm. Es hängt bei Großmutter.»

Dorothea saß im Wohnzimmer und las. Sie sah überrascht auf, als Ruth mit Hubert Dumartin ins Zimmer kam. Dann lächelte sie. «Wie schön, daß ihr noch mal zu mir kommt.»

«Wenn es dich nicht stört, möchte ich Hubert das Bild vom Holzner zeigen. Darf ich?»

«Natürlich.»

«Weißt du was? Hubert kann es sich allein ansehen, und ich koche uns noch einen Kaffee. Magst du, Hubert?»

«Sehr gern. Aber Sie, gnädige Frau, trinken Sie so spät noch Kaffee?»

«O ja. In meinem Alter verkehren sich die Dinge. Kaffee macht mich müde, und Alkohol steigt mir nicht zu Kopf, sondern er macht meine kalten Füße warm. Das Altwerden liefert einem manchmal einen Bonus.»

In Dorotheas Zimmer – die Bettnische war durch einen Vorhang abgeteilt – stand Hubert vor einer beinahe ins Abstrakte aufgelösten Landschaft, in der harte Farben sich aneinander rieben und das südliche Gebirgstal drohend und gefährlich machten, so daß man an Felsstürze dachte und winterliche Lawinen fürchtete. «Das hängt sich deine Großmutter freiwillig in ihr Zimmer?» fragte er, als er, den Geräuschen folgend, zu Ruth in die Küche kam.

«Ja. Sie hat mich darum gebeten. Hast du den alten verkrümmten Bauern gesehen? Den hat ihr mein Onkel bei seinem letzten Besuch geschenkt. Sie hätte sich was anderes aussuchen können, aber nein, es mußte der vom Alter heimgesuchte Mann sein. Onkel Josef ist der einzige aus meiner österreichischen Familie, der uns hier besucht. Sie schätzt ihn nicht nur als Bildhauer, sondern auch als Gesprächspartner, weil er was von Landwirtschaft versteht. Du glaubst nicht, wieviel Ähnlichkeit es zwischen einem großen Gut in der Mark Brandenburg und einem Bauernhof in Kärnten gibt. Darüber können die beiden stundenlang reden – und sich zanken. Je mehr sie einen Menschen schätzt, um so leidenschaftlicher zankt sie sich mit ihm.»

Hubert wurde von Ruth in ihren Bann gezogen. Sie war anders als alle Mädchen, die er früher gekannt hatte. Seine Vorliebe für kleine, zierliche, lebhafte Mädchen wie Anke verlor sich, während er in der herben, schwierigen Ruth eine fröhliche Geliebte entdeckte, gelehrig und unbefangen. «Wenn man das noch nie selber gemacht hat, nur davon weiß oder Darstellungen gesehen hat, kommt es einem grotesk vor. In Friedrichs Bibliothek, in der ich alles lesen durfte, hab ich ‹Die vollkommene Ehe› von van de Velde gefunden. Ich las immer darin, wenn ich sicher war, daß er nicht plötzlich ins Zimmer kommen würde. Wenn man sich die Gefühle fortdenkt, ist es übrigens immer noch grotesk.»

«Obwohl du das gern tust?»

«Aber ich liebe dich doch», sagte sie und entwaffnete ihn. «Wenn wir zusammen sind, kann ich darüber nicht nachdenken. Da habe ich anderes zu tun. Aber stell dir vor, man wäre völlig unbeteiligt!»

Als er sie zum ersten Orgasmus brachte, lief ein Zittern durch ihren Körper, und sie stöhnte tief auf. Als sie sich endlich aus der Umarmung lösten, versank er in ihrem warmen strahlenden Lächeln.

«Das also ist es», sagte sie. «Und du kannst das machen?»

«Nein, ich nicht. Nur wir beide.»

Sie strich mit dem Finger über seine Stirn, seine Augenbrauen und Wangenknochen, dann zeichnete sie seine Lippen nach. «Wenn ich es mir recht überlege, ist es vielleicht doch nicht so grotesk.»

«Was hast du gefühlt oder gedacht oder gesehen, Ruth?»

«Gedacht nichts, nur gefühlt und gesehen. Gesehen habe ich etwas, das gar nicht dazugehört. Einen Obstgarten mit Apfelbäumen mit gelben und roten Äpfeln.» Plötzlich wurden die braunen Augen besorgt. «War das falsch? Hätte ich dich sehen sollen?»

Zwei Tage später brachte sie ihm ein Geschenk mit. Eine Papprolle mit einem Aquarell. Er zog das Blatt vorsichtig heraus und zögerte beim Aufrollen. «Von dir, Ruth?» Sie nickte. «Mein erstes Bild von der großen Malerin und Zeichnerin», sagte er verlegen. «Komisch, ich habe Hemmungen.»

Sie nahm es ihm aus der Hand, rollte es auf und hielt es mit beiden Händen an den Seitenrändern fest. «Nur Mut. Jetzt darfst du hinschauen.»

Ein Apfelbaum mit gelben, rotwangigen Äpfeln, eine Leiter, ein hoher geflochtener Korb im Gras. Eine Frau, die dem Betrachter den Rücken zukehrte und auf den Zehen stehend Äpfel pflückte. Sie war groß und trug ein rotes Kleid.

«Warum ich, Ruth?» fragte er. «Ich bin ein ganz normaler, ein bißchen langweiliger Mann. Ich bin kein Künstler. Ich habe keine Begabung wie du . . . Was hast du von mir?»

«Das da.» Sie tippte auf das Bild. «Meinst du, das genügte nicht? Und du bist soviel klüger als ich. Außerdem hast du eine Begabung, die ich bewundere. Deine Sprachen. Du sprichst drei Sprachen gleich gut und die vierte auch noch fließend. Ist das nichts?» Sie lachte leise auf. «Ich habe gezeichnet, solange ich denken kann, für mich ist es selbstverständlich geworden. Du sprichst Deutsch, Französisch und Englisch und Spanisch. Du hast Volkswirtschaft studiert und arbeitest an deiner Doktorarbeit. Du hast einen Beruf, in dem du Geld verdienst, in dem du aufsteigen wirst und mit dem du in der Welt herumkommst. Seit ich dich kenne, lerne ich von dir. Du erzählst mir, wie dein Konzern funktioniert, mit was für Menschen du zusammenkommst, wie Wirtschaft und Politik zusammenhängen. Über Politik haben schon viele mit mir geredet, aber es hat mich nie interessiert. Du öffnest mir neue Gebiete. Friedrich hat mich ans Lesen gebracht, du mich ans Denken.»

«Das stimmt doch nicht, Ruth», sagte er ernsthaft. «Niemand kann zeichnen wie du, wenn er nicht nachdenkt. Niemand kann lesen, ohne zu denken.»

«Ja, das weiß ich schon, aber ich meine jetzt einen weiteren Rahmen. Durch dich ist meine Welt größer geworden.» Plötzlich fiel aller Ernst von ihr ab, sie schlang ihm die Arme um den Hals, lehnte sich ein Stück zurück und sah ihn an. «Wie wäre es, wenn du dich für das Bild bedanktest?»

Ruth gewöhnte sich nur schwer an Huberts häufige Reisen. Zwei Tage Paris, drei Tage London, zwei Wochen im Büro, dann wieder einige Reisetage.

Als Wendelin in Düsseldorf auftrat, bat sie ihn um zwei Karten.

«Wen bringst du mit?» Durch das Telefon kam ihr seine Stimme plötzlich fremd vor. «Anke kann es nicht sein, die habe ich in Freiburg getroffen. Aber ich freue mich auf das Wiedersehen. Ich hinterlege die Karten an der Kasse. Komm danach in die Garderobe. Wir könnten zusammen essen, falls ich nicht störe.»

«Red doch keinen Unsinn. Bist du etwa eifersüchtig?» fragte sie staunend, aber der Apparat war tot, und sie wußte nicht, ob er sie überhaupt noch gehört hatte.

«Hoffentlich hast du am Donnerstag Zeit», sagte sie, als sie Hubert nach einer dreitägigen Pause wiedersah. «Ich habe eine Überraschung. Wir müßten kurz vor acht in Düsseldorf sein. Geht das?»

«Ja. Was für eine Überraschung, Ruth?»

«Das wirst du schon sehen.»

Hubert kannte Platten von Wendelin und hatte ihn im Fernsehen gehört. Aber als Ruth mit ihm in den Konzertsaal kam, merkte sie sofort, daß ihr die Überraschung gelungen war. Er faßte nach ihrer Hand. «Jetzt ist schon wieder eine Lücke gefüllt worden. Wir haben noch nie über ihn gesprochen. Irgendwie hätte ich gedacht, daß das nicht deine Art von Kunst ist. Ich freue mich, daß du ihn schätzt. Ich habe mir den Kopf zerbrochen, was deine Überraschung sein könnte, habe an Theater oder Konzert gedacht, aber auf Hermann Wendelin bin ich wirklich nicht gekommen. Ich freue mich sehr.»

Anfangs beobachtete sie Hubert genau. Sie wollte seine Reaktionen sehen, wollte wissen, wie er die neuesten bösen Lieder aufnahm, die sie alle schon kannte, weil sie ihre Entstehung miterlebt hatte. Sie hegte auch den Verdacht, daß er seinen Chefs nicht erzählen könnte, daß er Wendelin schätzte. Aber sehr bald verlor sie sich und lauschte der rauhen Stimme und den Texten, die sie auswendig kannte. Sie dachte an den kranken Mann in Friedrichs Zimmer. Sie ging wieder mit ihm durch das Museum. Sie saß auf dem Sofa und beobachtete ihn mit Inga Peters; dann kam endlich der Abend mit den Couplets und alten Schlagern, sein Untertauchen in einer Zeit, aus der er sie ausschloß. Sie richtete sich ein wenig gerader auf. Ja, ausschloß, absichtlich und mit Vorbedacht. An jenem Abend hatte er einen dicken Strich gezogen, eine Grenzmauer zwischen sich und ihr errichtet. Hubert Dumartin, der jetzt neben ihr saß und ihre Hand hielt, hingerissen zuhörte, hatte hinter jener Grenze gestanden und auf sie gewartet. Weil Wendelin sie abwies, war sie zu Hubert gegangen. Das durfte Hubert nie erfahren. Ruth rückte mit der Schulter näher an ihren Geliebten heran. Sie brauchte seine Schulter, seine Hand, seine Liebe. Er mußte ihr über Wendelin hinweghelfen.

Der einsetzende Applaus riß sie aus ihren Gedanken. Sie nahm ihre Hand zurück, um klatschen zu können. Sie sah Wendelin sich verbeugen, sah, daß er die Reihen absuchte, bis er sie fand. Sie lächelte ihm zu und sah seinen Blick auf Hubert ruhen.

Wie immer mußte er Zugaben singen. Er sang drei Lieder, alte Lieder aus Friedrichs Zeit. Und als der Beifall immer noch kein Ende nahm, kam die kleine Bewegung der Schultern zum Flügel hin, dann das Verstummen der Zuhörer und seine Wendung zu ihnen, als er ankündigte: «Als letztes singe ich Ihnen das Lied vom verlorenen Paradies.» Im neuen Beifall gingen die beiden leisen Worte «für Ruth» beinahe unter. Aber in den vorderen Reihen waren sie noch gehört worden. Huberts Staunen, seine geflüsterte Frage: «Kennst du ihn privat?» Ruths nur angedeutetes Nicken und ihre Antwort: «Ja, schon sehr lange. Das ist die Überraschung.» Dann kamen die Worte: «Es hätte so schön sein können in diesem Land . . .» Erinnerungsfetzen. Das blaue Bild mit den schwarzen Göttern. Wendelin sagte: Potztausend. Und dann sagte er: Es ist überhaupt nicht komisch, Ruth. Und der Wendelin auf der Bühne sang in diesem Augenblick brüchig und so aufrüttelnd wie immer die Schlußzeile: «Wer sagt denn arm? Wer sagt denn warm? Wer will denn das?»

«Komm mit.» Ruth zog Hubert hinter sich her durch das Gewühl zur Garderobe. «Wir sollen mit ihm essen. Da kannst du ihn kennenlernen. Nach so einem Auftritt ist er meistens zu Tode erschöpft. Sei also nicht enttäuscht, wenn er nicht viel redet. Er war viele Jahre in russischer Kriegsgefangenschaft, hat zu sehr gehungert und ist nie mehr richtig gesund geworden.»

«Woher kennst du ihn so gut? Wie kommst du an ihn?»

Ruth lächelte ihn an. «Ich bin keine sehr originelle Person, Hubert. Daran mußt du dich gewöhnen. Er war ein Freund von Friedrich. Großmutter und ich haben ihn geerbt.»

Hubert sah mit Staunen noch eine neue Ruth, die Portiers an Bühneneingängen mit Handschlag begrüßte und nach der kranken Frau fragte; die durch die Labyrinthe von Garderobenräumen sicher ihren Weg fand und fröhlich über die Schulter sagte: «Zum Glück tritt er immer in diesem Saal auf und hat immer dieselbe Garderobe. Das hängt damit zusammen, daß alle Künstler so abergläubisch sind.» Sie klopfte an eine Tür, trat ein, zog ihn hinter sich her und legte dann einen Augenblick die Wange an die Schläfe des Mannes, der graugesichtig an einem Schminktisch vor dem Spiegel saß. «Du warst großartig, Wendelin. Danke, daß du mein Lied gesungen hast. – Darf ich dir Hubert Dumartin vorstellen? Ich hatte ihn dir ja schon angekündigt.»

Als Hubert sich bei Wendelin bedankte und den forschenden grauen Augen standhielt, klopfte es wieder an der Tür, und ein älterer, großer und breitschultriger Mann trat ein. Hubert sah das Staunen und die Freude auf den Gesichtern von Ruth und Wendelin und trat zurück.

«Lieber Herr Wendelin», sagte der neue Besucher, «es war wunderschön. Ich danke Ihnen sehr.»

«Herr Scherling! Wie lange haben wir uns nicht mehr gesehen! Erinnern Sie sich noch an die junge Dame, die hier steht?»

«Ruth!» sagte Gregor Scherling. «Wenn ich das geahnt hätte, hätte ich dir Katzenzungen mitgebracht.»

Sie fiel ihm lachend um den Hals. «Aber die bekomme ich doch erst, wenn Sie vor Weihnachten Großmutter besuchen.» Dann drehte sie sich um. «Siehst du, Hubert, das ist schon wieder ein Freund von Friedrich. Wir sind alle nicht sehr originell.» Sie erklärte und stellte vor und überredete gemeinsam mit Wendelin Friedrichs alten Adjutanten, zum Abendessen mitzukommen.

Es fand in einem kleinen, sehr einfachen Altstadtlokal statt, in dem Wendelin einen Tisch bestellt hatte. Andere Freunde kamen, die Ruth alle schon kannte. Zwei Frauen und ein Mann, Künstlerkollegen aus einem Kabarett, deren Alltagsgesichter ohne Schminke so anders waren, als Hubert sie vom Fernsehschirm kannte. Sie sagten du zu Ruth, die Sie sagte, aber so vertraut mit ihnen stand, daß sie die Affektiertheit und die tragenden, stark akzentuierten Stimmen nicht zu stören schienen. Wendelin, der die erste Zeit still und erloschen zwischen ihnen saß, erholte sich allmählich. Er unterhielt sich mit Scherling, verwickelte Hubert in das Gespräch, hörte ihm sehr aufmerksam zu und stellte hie und da eine Frage. Erst hinterher wurde sich Hubert bewußt, daß er von den beiden freundlichen älteren Männern sehr genau geprüft worden war. Sie lockten ihn mit unbeendeten Halbsätzen zu Stellungnahmen; sie spielten sich Fragen wie Bälle zu, die plötzlich bei ihm landeten und zurückgeschlagen werden mußten.

Als der Wirt, der selbst serviert hatte, die Teller abräumte und Wein nachschenkte, kam ein Akkordeonspieler von der Straße herein. Einige Gäste von anderen Tischen tanzten auf der winzigen Tanzfläche nahe der Theke. Hubert nützte die Gelegenheit zur Flucht und forderte Ruth auf.

«Gefällt er dir?»

«Wendelin?»

«Wer denn sonst?»

« ‹Gefallen› ist nicht das richtige Wort. Ich finde ihn großartig, aber auch zum Fürchten. Ich komme mir vor, als hätten mich deine beiden Freunde gerade seziert.»

Sie lachte. «Mach dir nichts draus. Sie fühlen sich alle für mich verantwortlich. Ich habe noch nie einen Freund in Wendelins Kreis mitgebracht. Du bist eine Neuheit, die bestaunt und geprüft wird. Dreh dich mal vorsichtig zu ihnen um. Sie sehen uns alle zu und reden über uns. Komm, laß uns da hinten in die Ecke tanzen, da sind wir unsichtbar.»

«Ich bewundere dich», sagte er, als sie sich vor den neugierigen Blicken in Sicherheit gebracht hatten. «Du gehst mit diesen berühmten und so ausgefallenen Leuten um, als wärst du mit ihnen großgeworden.»

«Ach, das bin ich praktisch auch. Wendelin kenne ich seit fünf Jahren. Seitdem war ich in sehr vielen seiner Konzerte und habe viele seiner Theater- und Kabarettfreunde kennengelernt. Anfangs war ich dem auch nicht gewachsen, aber allmählich habe ich mich an sie gewöhnt. Ich bin ja auch älter geworden.»

«Erwachsen und weise, ja.» Er zog sie enger an sich. «Ich lerne immer Neues an dir kennen. Ich wußte nicht, daß du so gut tanzen kannst.»

«Das kann ich überhaupt nicht. Ich bin widerborstig und lasse mich ungern führen. Bei dir habe ich zum erstenmal das Gefühl, daß ich es vielleicht doch noch lernen könnte.» Nach einer kurzen Pause, die sie wohlverborgen in ihrer Ecke abwarteten, ohne sich voneinander zu lösen, setzte das Akkordeon wieder ein. Es kam ein langsamer Walzer. Ruth legte den Kopf zurück und sagte lachend: «In der Tanzstunde meines Großvaters Wossilo hatten sie einen hübschen Spruch, der auf die jungen Männer gemünzt war: Ora et labora, tanz mit Triebsens Dora! Kannst du's nicht, so üb's, tanz mit Dora Triebs.»

Hubert schüttelte den Kopf. «Du steckst voll der wunderlichsten Geschichten. Du kennst so viele Menschen. Du zeichnest, daß man nur staunen kann, und wenn man das alles nicht weiß und dir so begegnet, wie ich dir begegnet bin, meint man, du wärst ein bißchen konventionell.»

«Und langweilig.»

Er sah in ihr fröhliches Gesicht, blieb aber ernst. «Ja, vielleicht auch. Ich kann mich nicht mehr erinnern, was ich gedacht habe, ehe ich dich besser kannte. Daß du anders als erwartet warst, habe ich erst bei dem Spaziergang an der Ruhr erkannt.»

«Weil Anke dir kurz vorher den Laufpaß gegeben hatte», sagte Ruth nüchtern, «und du mich überhaupt erst wahrgenommen hast.»

«Seit damals . . .» Hubert verstummte.

«Was ist seit damals?»

Er wollte nicht sagen, was ihm auf der Zunge lag und längst fällig war. Er wich aus, um Zeit zu gewinnen. «Seit damals versuche ich, dich zu ergründen und auszuloten.»

«Womit du ziemliche Fortschritte gemacht hast.» Sie zwinkerte ihm zu und sagte: «Du bist tief in die Materie eingedrungen.»

«Ruth!» Die gespielte Entrüstung verlor sich in Zärtlichkeit und Begehren.

Sie las sie seinem Gesicht ab und strahlte. Nach kurzer Zeit aber sagte sie: «Komm, laß uns wieder an den Tisch gehen. Es ist Wendelins Abend.»

Diesmal setzte sich Ruth neben Wendelin, und Hubert beobachtete mit leisem Mißtrauen die Vertrautheit zwischen ihr und dem hageren Mann, der ihr Vater hätte sein können. Er schnappte nur Wortfetzen auf, die keinen Zusammenhang ergaben, begriff aber doch, daß sie über eine Frau sprachen. Zweimal fiel der Name Inga. Das beruhigte ihn. Noch mehr aber beruhigte ihn, daß Wendelin nach einiger Zeit zu ihm herübersah und fragte:

«Herr Dumartin, können Sie mich mitnehmen? Ich trete erst übermorgen wieder auf und würde gern mal eine Nacht in meiner Wohnung und in meinem Bett schlafen.»

«Natürlich. Gern. Wo wohnen Sie?»

«Bei Ruth um die Ecke.»

Es war gut, daß er ihn darum gebeten hatte. Ein Zeichen, daß er Grenzen wahrte und nicht auf dem Umweg über Ruth mit ihm verhandelte.

Auch als sie Wendelin um ein Uhr morgens vor seinem Haus absetzten, wurden keine Grenzen übertreten. Wendelin bedankte sich, sie bedankten sich bei ihm für den Abend, aber es folgten keine Aufforderungen, noch heraufzukommen, keine neuen Treffpunkte wurden ausgemacht. Ein Abschied, wie er freundlicher und dennoch unpersönlicher nicht hätte sein können.

Vor Ruths Haus standen sie noch ein paar Minuten zusammen; beide waren müde, beide mußten am nächsten Morgen früh aufstehen.

«Das war eine gelungene Überraschung», sagte er. «Ich bin dir sehr dankbar. Er ist ein interessanter und sehr sympathischer Mann. Hoffentlich sehen wir ihn noch öfter.»

Ruth spürte ein kurzes Aufbegehren gegen sein «wir», aber dann begriff sie in einer Sekunde tiefer Einsicht, daß es so gut war und so sein mußte. «Oh, das werden wir bestimmt», antwortete sie gleichmütig. «Er gehört in Großmutters und meine Welt. Wir sehen ihn oft.» Sie lächelte Hubert an. «Du wirst ihn notgedrungen sehen müssen. Darum bin ich froh, daß du nicht nur seine Lieder magst, sondern ihn persönlich nett findest. Er ist übrigens mit Inga Peters liiert. Du bekommst also gleich noch eine berühmte Schauspielerin frei Haus. Wenn du sie kennenlernst, wirst du mich wahrscheinlich doch sehr langweilig finden.»

«Nie werde ich das. Ich verspreche es dir.»

«Großes Ehrenwort?»

«Großes Ehrenwort. Was aber, wenn du mich langweilig finden wirst?»

«Ich glaube, das können wir mit Geduld und Fassung abwarten, Hubert.»

6

Jesko, Viktor und Anna

Hubert und Ruth heirateten, als sie gerade dreiundzwanzig geworden war und das Studium an der Akademie abgeschlossen hatte.

«Warum habt ihr es denn so eilig?» fragte Dorothea verwundert. «Ihr seid beide jung und könntet ruhig noch ein bißchen warten.» Als keine Antwort kam, blickte sie forschend von Ruth zu Hubert. «Ach so», sagte sie endlich gedehnt und begann grimmig zu lächeln. «Ihr seid von der schnellen Post, ja? So nannten wir das wenigstens. Stimmt das?»

Ruth nickte. Hubert sagte: «Ja.»

«Hm. Na gut, Siebenmonatskinder hat es immer schon gegeben. Das finde ich nicht tragisch. Seid ihr euch denn sonst einig, wollt ihr wirklich heiraten, habt ihr es genau überlegt? Ich meine», sie wurde verlegen, «also nur wegen des Kindes solltet ihr es nämlich nicht tun –»

«Großmutter, du bist eine fabelhafte alte Dame!» Noch nie hatte Hubert sich solche Freiheiten herausgenommen. Nie hätte er gewagt, Dorothea zu duzen, obwohl sie sich das bei ihm schon seit einiger Zeit angewöhnt hatte. Jetzt lachte er und sah sie bewundernd an. «Wir hatten schreckliche Angst, es dir zu sagen. Wir möchten das Kind haben, und wir möchten heiraten. Aber es war uns klar, daß du lieber alles in der richtigen Reihenfolge hättest. Erst eine Verlobung, dann die Hochzeit und dann ein Kind . . .»

Dorothea hob abwehrend die Hand. «Für wie alt hältst du mich eigentlich, Hubert?»

Er legte die Stirn in strenge Falten, rechnete und sagte dann: «Für vierundsiebzig.»

Sie ließ sich ihre Freude an diesem schlagfertigen und frechen jungen Mann, den Ruth ihr ins Haus gebracht hatte, nicht anmerken. «Den Jahren nach stimmt das», erklärte sie. «Aber ich meinte damit, daß ich noch nicht so verkalkt oder so altmodisch bin, um mich nicht mehr auf eure Zeit umstellen zu können. – Wie weit bist du, Ruth, in welchem Monat?»

«Erst im zweiten, Großmutter.»

«Schön, dann bestellt das Aufgebot. In drei Wochen könntet ihr heiraten. Auf eine offizielle Verlobung verzichten wir lieber. Wen wollt ihr einladen?»

Es wurde keine große Hochzeit. Von Ruths Seite kamen Wendelin, Onkel Josef und Peter Oberbichler und Gregor Scherling mit seiner Frau. Inga war auf Tournee und mußte absagen. Anke, die nach dem Examen für ein halbes Jahr zu Verwandten nach Chile gefahren war, arbeitete dort an einem Krankenhaus und schrieb, wegen der teuren Reise könnte sie es leider nicht schaffen. Huberts Eltern kamen mit seinen beiden jüngeren Schwestern und einer zierlichen, koketten Großmutter, bei deren Anblick Ruth und Wendelin um den Familienfrieden bangten. Sie stellten dann verblüfft fest, daß die beiden so verschiedenen Großmütter glänzend miteinander auskamen. Dorothea, in einem strengen Seidenkleid, hellgrau mit schmalen weißen Streifen, mit glatt zurückgekämmten weißen Haaren und einem Knoten, überragte die winzige Frau Dumartin mitsamt dem fliederfarbenen, zum Kleid passenden kleinen Hut fast um Haupteslänge.

Huberts Großmutter legte den Kopf in den Nacken, sah zu Dorothea auf und erklärte mit ihrer tiefen, gar nicht zu ihrer Erscheinung passenden Stimme: «Frauen wie Sie, Frau Wossilo, habe ich immer beneidet.»

«Das dürfte auf Gegenseitigkeit beruhen.»

«Wenn ich Ihnen erkläre, warum, werden Sie mich verstehen und nicht mehr beneiden. Seien Sie mal so klein wie ich und fahren Sie in schlechten Zeiten Eisenbahn oder Trambahn! Sie können über alle wegsehen, ich stecke zwischen lauter Schultern und Bäuchen, muß schlechtgewaschene Menschen riechen und auch noch mit ihnen reden.»

«Warum müssen Sie das denn?» fragte die neugierig gewordene Dorothea.

«Woher soll ich denn sonst wissen, wann ich aussteigen muß?»

Dorothea lachte.

Huberts Eltern standen mit dem jungen Paar zusammen. Als sie das Lachen hörten, wechselten sie einen Blick und atmeten erleichtert auf. Ruth und Hubert, die denselben Blick ausgetauscht hatten, sahen es und fingen ebenfalls an zu lachen. Die Eltern Dumartin stimmten ein. «*La reine mère* ist zufrieden. Gott sei Dank!» sagte Huberts Mutter.

«Meint ihr damit eure Mutter oder meine Großmutter?» fragte Ruth.

«Das ist auf meine Mutter gemünzt, aber auf deine Großmutter würde es auch gut passen.» Der Schwiegervater legte ihr den Arm um die Schultern.

Ruth drehte sich zu Wendelin um, der schräg hinter ihr stand und sich mit Josef Oberbichler unterhielt. «Dorothea mag die neue Großmutter, Wendelin. Jetzt kann nichts mehr passieren.» Den anderen erklärte sie: «Wendelin und ich hatten nämlich große Angst. Wenn meine Großmutter Menschen trifft, die sie nicht mag, kann sie unausstehlich werden.»

«Kann?» Wendelin schnitt eine Grimasse. «Ist! Als ich sie kennenlernte, war sie furchteinflößend. Es hat eine lange Zeit gebraucht, bis wir uns zusammengerauft haben.»

«Doch nur, weil sie wegen Friedrich auf dich eifersüchtig war», begann Ruth, aber Wendelin schüttelte lächelnd den Kopf. «Heute ist Gegenwart, Ruth. Pack die Vergangenheit weg.»

Onkel Josef und Peter kamen zu ihnen. «Ruth», fragte Peter, «von wem hast du den schönen alten bemalten Holzkasten, in dem lauter Katzenzungen sind? Das müssen mindestens drei Kilo sein.»

«Apropos Vergangenheit!» Ruth sah Wendelin an. «Sie holt mich heute dauernd ein.» Dann ging sie mit Peter zu dem Tisch mit den Geschenken und erzählte ihm die Geschichte von den Katzenzungen. Am Schluß sagte sie: «Du hast recht, Peter. Ich weiß auch nicht, wie man an soviel Katzenzungen kommt. Laß uns Gregor Scherling fragen. Aber nicht nur wegen der Schokolade, sondern auch wegen des Kastens. Weißt du, was ich mir vorgenommen habe? Sobald das hier überstanden ist, will ich Scherling ein Katzenbild malen. Aber sag ihm nichts davon.»

Als Ruth ihn fragte, holte Scherling seine Frau. «Das geht alles auf ihr Konto», sagte er. «Sie soll es dir erklären.»

«Ach, das war nicht so schwierig, Ruth. Ich bin in einen Laden gegangen, habe festgestellt, von welcher Schokoladenfabrik die Katzenzungen sind, bin mit dem Kasten hingefahren und hab ihn füllen lassen.»

«Danke», sagte Ruth und tat etwas für sie Ungewöhnliches. Sie küßte beide Scherlings.

Am Abend rückten Hubert und Ruth aus. «Komm», sagte er. «Sie unterhalten sich alle glänzend und brauchen uns nicht mehr. Wir verschwinden.»

Sechs Wochen vor Jeskos Geburt fand Hubert das Haus im Tal. Ein altes Bruchsteinhaus mit einem großen, verwilderten Garten. Er erfuhr davon durch den Büroboten seiner Firma. Es gehörte einem jungen Ehepaar, das es geerbt hatte, aber nicht beziehen wollte, weil der Mann gerade eine Stellung in Ludwigshafen gefunden hatte. Sie wollten umziehen und konnten das Geld aus dem Verkauf sehr gut gebrauchen. Hubert sagte Ruth nichts davon. Er fuhr zum Besichtigen und verlor sein Herz an das behäbige Haus mit seinen vielen kleinen Zimmern.

«Ich will mit dir spazierenfahren», sagte er am nächsten Tag geheimnisvoll. «Wir gehen auf Entdeckungsreisen.»

«Wo fahren wir hin?» fragte sie nach einiger Zeit verwundert. «Ich lebe schon so lange hier, aber in dieser Gegend bin ich noch nie gewesen. Das ist ja wie auf dem Land. Pferde, Schafe, Ziegen – und das mitten in der Stadt!»

Hubert hielt an. Als sie ausstiegen, ermahnte er Ruth. «Sei lieb und freundlich, aber keine Begeisterungsschreie, hörst du! Ich zeige dir ein Haus, das wir vielleicht kaufen können.»

Bei der Besichtigung gab er ihr einen kleinen Rippenstoß und flüsterte: «Kannst du bitte ein bißchen weniger strahlen? Du treibst den Preis hoch.»

Aber als sie dann durch den Garten gingen und die junge Frau, die sie herumführte, auf das undurchdringliche Brombeerdickicht am Ende des Grundstücks zeigte und sagte: «Da drin ist ein Fuchsbau», war es um beide geschehen. Hinterher, als sie das Haus gekauft hatten, sagten sie zu allen Freunden: «Als wir von den Füchsen im eigenen Garten hörten, wußten wir, daß wir es kaufen würden.»

In den nächsten Tagen rechneten sie. Hubert bekam von seiner Firma zu günstigen Bedingungen ein Darlehen; Ruth steuerte ihr kleines Vermögen bei, das sich aus der Hinterbliebenenrente aufgestockt hatte; Dorothea half. Es war beiden klar, daß sie Jahre des Ausbesserns und Umbauens vor sich hatten, daß sie selber sehr viel arbeiten und lange Zeit in einem halbfertigen Haus würden leben müssen. Sie zogen ein, als Jesko ein halbes Jahr alt war. Als sie mit dem Umbau des Erdgeschosses fertig waren, stellte Ruth ziemlich erschüttert fest, daß sie schon wieder schwanger war.

Nach Viktors Geburt hausten sie monatelang im unteren Geschoß, während oben aus winzigen Kammern und Verschlägen drei kleine und ein großes Zimmer und ein Bad entstanden. Dann wurde Jesko vier und Viktor zwei Jahre alt, und sie glaubten, nun endlich eine Verschnaufpause zu haben, weil das Haus fertig war und die Kinder aus dem Babyalter herauswuchsen. Aber dann stürzte Dorothea schwer, lag viele Wochen im Krankenhaus und konnte nicht mehr allein in ihrer Wohnung leben.

«Ich würde sie sofort zu mir nehmen», sagte Wendelin, der mit Ruth und Hubert beim Kriegsrat im großen Wohnzimmer saß, «aber ich bin zuviel verreist. Bei mir würde sie auch oft wochenlang allein sein.»

«Wir müßten in der Nähe ein vernünftiges Altersheim finden, in dem sie zwei Zimmer mit ihren eigenen Möbeln einrichten könnte. Dann wären wir in der Nähe und jederzeit greifbar, aber sie würde in einem gewissen Rahmen ihre Selbständigkeit bewahren.»

Wendelin sah Hubert an und fragte: «Glaubst du denn, daß sie das will?»

Ruth mischte sich ein. «Nein, Hubert. Das ist ganz unmöglich. Sie käme sich abgeschoben vor. Keiner, der zu uns gehört, kommt in ein Heim, nur weil er alt ist. Stell dir vor, Tante Elli und der Onkel hätten die Großmutter Oberbichler in ein Heim gesteckt! Sie war bis zu ihrem letzten Lebenstag zu Hause und in der Welt, in die sie gehörte. Wir haben keinen Bauernhof, aber wir sind Großmutter Dorotheas Familie. Sie hat außer uns und Wendelin doch niemand.»

«Es geht mir nur um dich, Ruth. Seit mehr als fünf Jahren hast du Handwerker im Haus, hast zwei kleine Kinder, kommst nicht mehr zu deiner Malerei – und nun soll noch ein Mensch mehr ins Haus kommen, der versorgt werden muß. Wie willst du das schaffen? Ich liebe die Generalin, ich vertrage mich auch gut mit ihr, aber sie ist nicht einfach. Sie wird in die Erziehung der Kinder eingreifen, sie wird dir und mir Vorschriften machen. Sie wird unsere Freunde und Bekannten kritisieren . . .»

«Das alles wird sie nicht tun! Sie ist dazu viel zu taktvoll.» Ruth bekam den strengen bösen Mund. «Und wann bist du denn schon zu Hause, Hubert? Von vier Wochen bist du zwei verreist. Ja, ich weiß, du kannst das nicht ändern. Du hast es mir vorher gesagt. Aber ich bin in den Zeiten, in denen du verreist bist, allein mit den Kindern zurechtgekommen und habe mich mit den Handwerkern herumgeschlagen. Wenn Großmutter zu uns zieht, wird sie wieder gehen können. Es wäre jemand da, der die Tür aufmacht, wenn ich zum Einkaufen fort bin, der ans Telefon geht oder aufpaßt, daß wenigstens das Essen nicht anbrennt. Und wenn du hier bist, werde ich sie dir vom Leibe halten. Ich verspreche es –»

«Ruth!» unterbrach Wendelin sie schroffer, als er je mit ihr gesprochen hatte. «Hör auf. Spar dir deine große Szene für eine andere Gelegenheit auf. Hier geht es nicht ums Dampfablassen, sondern um ein schwieriges Problem, das wir in Ruhe besprechen und lösen müssen. Daß du gerade jetzt ausfallend wirst, beweist doch nur, wie recht Hubert hat. Du bist überarbeitet. Und wenn du mal einen Moment deine Gefühle wegpackst und nüchtern nachdenkst, wirst du wissen, daß es dein Leben kein bißchen erleichtert, wenn du eine neunundsiebzigjährige alte Frau im Hause hast. – O Gott! Warum weinst du denn jetzt?»

Ruth kullerten große Tränen über die Wangen. Sie saß ganz still da und machte nicht einmal den Versuch, die Tränen fortzuwischen.

Hubert zog sie an sich. «Nun nimm es doch nicht so tragisch. Natürlich kommt sie zu uns. Ich hatte das mit dem Heim doch nur deinetwegen vorgeschlagen. Wir müssen eben sehen, daß du mehr Hilfe bekommst. Wir heuern einen Mann für den Garten an, und vielleicht kann Frau Bergmann noch einen Tag mehr in der Woche kommen. Das läßt sich doch lösen. Bitte, hör auf zu weinen. Die Welt geht deswegen nicht unter.»

Ruth weinte weiter. Die beiden Männer sahen sich an, senkten den Blick, zuckten mit den Schultern und warteten. Nach einer Weile machte Hubert einen neuen Versuch.

«Geht es darum, daß wir noch mal umbauen müssen? Großmutter muß unten wohnen. Ich habe mir das schon überlegt. Die Küche ist groß genug. Wir können in Zukunft dort essen; dann kann die Generalin das Eßzimmer zum Wohnen und Schlafen bekommen, und aus der Anrichte läßt sich ein kleines Bad machen. Wir behalten dann das große Wohnzimmer und dein Atelier. Das ist doch alles nicht so tragisch. Überleg dir mal, was wir hier schon umgebaut haben! Ich bin in den nächsten vier Wochen bestimmt hier. In dieser Zeit können wir das mit dem Bad machen. Ich nehme dir ab, was ich nur kann. Vor zwei Monaten wird sie nicht kommen, und bis dahin ist alles fertig und längst vergessen. – Ruth, nimm doch Vernunft an!»

Ruth richtete sich gerade auf, wischte endlich die Tränen ab und sagte hart und klar: «Deswegen weine ich gar nicht. Ich habe nur geheult, weil ich seit gestern mit Sicherheit weiß, daß wir schon wieder ein Kind bekommen.» Hubert sah sie betreten an, aber sie sprach im selben Tonfall weiter und lächelte bitter. «Pardon, Wendelin, wenn ich dich in mein übergroßes Mutterglück einweihe. Mir hätten zwei Kinder gereicht. Hubert wahrscheinlich auch.»

Wendelin seufzte. Hubert fragte: «Wann, Ruth?»

«Erst im nächsten Jahr. Ich habe es gerade ausgerechnet. Jesko ist dann fünf und Viktor drei. Wenn das so weitergeht, haben wir am Ende zehn Kinder. Also kann ich mich schon mal dran gewöhnen.»

«Es liegt mir fern, mich in eure Privatangelegenheiten einzumischen. Aber wenn man euch so sieht und euch das Glück nicht gerade aus den Augen lacht: Es gibt kluge Bücher, Ärzte und Pillen. Und außerdem habe ich gelesen, daß man nach Holland fahren kann –»

«Nicht noch mal!» sagte Ruth. «Da du nun schon so viel weißt, können wir dir den Rest auch noch erzählen. Als Viktor noch kein Jahr alt war, haben wir das hinter uns gebracht. Es war nicht schön. Es hat bei mir Komplikationen gegeben. Darum haben wir uns darauf verlassen, und wir sind darin bestätigt worden, daß ich so schnell kein Kind mehr bekommen würde. Jetzt ist es passiert. Und ich will das Kind auch haben.» Plötzlich stand sie auf, schüttelte sich und sagte: «Brr! Ich brauche jetzt einen Schnaps. Wollt ihr auch einen?»

«Ja», sagte Hubert. «Weißt du eigentlich, daß ich dich liebe, Ruth? Und nun laßt uns auf das neue Familienmitglied anstoßen!»

Wendelin sagte, er wolle keinen Schnaps, er brauche erst recht einen. Er zündete sich eine Zigarette an, sah sie beide an, grinste kopfschüttelnd und sagte endlich: «Ich verstehe nichts von Kindern, aber wenn ich welche haben wollte, würde ich sie bei euch in Auftrag geben. Werde ich also zum drittenmal Patenonkel!»

«Und wenn es klein und krank ist, Wendelin?»

«Hat es einen besonders netten Patenonkel nötig, Ruth, nämlich mich!»

«Verdammt, jetzt heule ich gleich vor lauter Rührung.»

«Hermann!» Hubert hatte ihn von Anfang an beim Vornamen genannt. «Du verkennst deine Aufgabe. Es ist nicht deine Sache, Menschen zu rühren. Du sollst sie wachrütteln und hellhörig machen. Bitte, fang gleich damit an, denn wenn Ruth Kinder kriegt, weint sie sowieso genug.»

«Gehen wir einen Kompromiß ein. Ruth, wenn du weinen willst, kommst du zu mir und Inga. Zu Hause werden deine zarten Saiten anscheinend nicht genug geschätzt. Baut eben um, nehmt Dorothea zu euch, bekommt noch ein Kind. Ich billige dir ein paar Tränen zu, aber nicht zu viele, hörst du. Und wehe dir, Hubert, wenn du nicht nett zu ihr bist! Friedrich wird feurige Blitze vom Himmel schicken, und ich werde ein Lied auf rücksichtslose Männer singen und es dir widmen.»

«Du wirst auf der Bühne an die Rampe treten und sagen: ‹Dieses Lied ist für Hubert Dumartin, der seine schwangere Frau schlägt.›»

«Jawohl.»

«Hört auf zu zanken», sagte Ruth in dem Tonfall, in dem sie diesen Satz auch zu ihren kleinen Söhnchen sagte.

Die beiden Männer drehten sich erstaunt zu ihr um. «Zanken?» fragte Wendelin. «Dies war eine Liebeserklärung!» – «Sogar eine besonders nette», bestätigte Hubert.

«Jetzt begreife ich endlich, warum Inga sich weigert, dich zu heiraten, Wendelin.» Aber es klang ebenfalls wie eine Liebeserklärung.

Dorothea ging mit Wendelin im Park des Sanatoriums spazieren. Es war ein klarer warmer Herbsttag, bunte Blätter rieselten von den Bäumen, die Sonne zeichnete Schattenrisse, und die letzten Dahlien blühten in verschwenderischer Pracht. Die Generalin ging noch am Stock, hielt sich schon wieder kerzengerade und schob ungeduldig Wendelins Hand fort, sobald er sie bei Unebenheiten des Wegs oder kleinen Stufen stützen wollte. «Das kann ich schon wieder. Nur Treppenstufen sind noch schwierig, aber es geht jeden Tag besser. Vielleicht brauche ich nicht zu Ruth zu ziehen. Sie werden wissen, daß sie wieder ein Kind bekommt. Sie hat es mir geschrieben.»

«Ja, ich weiß es.»

«Kein Kommentar?»

«Soll ich sagen, drei Kinder wären reichlich? Fünf Jahre Bauerei und drei kleine Kinder?»

«Sie könnten hinzufügen, daß eine bald achtzigjährige Großmutter nicht auch noch zu verkraften ist. Wendelin, ich werde immer älter und unbeholfener. Soll ich am Ende die Rolle des vierten und schwierigsten Kindes übernehmen? Soll es soweit kommen, daß Ruth und Hubert mich zum Teufel wünschen?»

«Seit wann stellen Sie rhetorische Fragen, liebe Frau Wossilo? Sie wissen, daß sie das nicht tun werden. Gegen die Unbeholfenheit und das Alter sind Sie machtlos, so schwer es Ihnen fallen wird, das einzugestehen. Und warum wollen Sie auf einmal zu einem schwierigen Kind werden, wo Sie doch mit soviel Elan eine beeindruckende alte Frau geworden sind?»

Dorothea schritt stumm neben ihm her. Erst als sie beide am Geländer einer kleinen gebuckelten Brücke lehnten und auf das Wasser des Bachs starrten, fragte sie: «Könnten Sie sich nicht endlich daran gewöhnen, mich Dorothea zu nennen?»

«Damit Sie Hermann zu mir sagen? Damit wir anfangen

zu zitieren: ‹*Ruhig erwiderte darauf der Sohn mit ernstlichen Worten . . .*›?»

Dorothea hob den Blick und schmunzelte. «Die Rollenverteilung stimmt bei uns so schlecht. Darum habe ich Ihnen das bisher nicht vorgeschlagen. Aber wir können es wie Ruth machen. Sie sagen Dorothea, und ich sage Wendelin, was ich sowieso schon meistens tue.»

«Einverstanden, Dorothea. Übrigens habe ich, als ich Sie kennenlernte und die Kombination unserer Namen so lustig fand, Goethe herausgesucht und nachgelesen.»

«Sie auch?»

Wendelin lachte. «Anfangs waren mir der treffliche Sohn und das hochherzige Mädchen ein bißchen zuviel des Guten, aber dann kamen Strophen, die ihre Schönheit über alle Veränderung der Zeit bewahren werden. Erinnern Sie sich, was Dorotheas früherer Verlobter beim Abschied zu ihr gesagt hat? Ich weiß es nicht mehr ganz auswendig. Es beginnt mit: ‹*Nur ein Fremdling, sagt man, ist der Mensch hier auf Erden*›, danach fehlt mir ein Stück, aber bald darauf kommt: ‹*und finden dereinst wir uns wieder über den Trümmern der Welt*›. Ist das nicht schön? Paßt das nicht auf uns alle, auf Friedrich, Sie, mich, auf jeden? Vor allem auf unsere Zeit?»

«Glauben Sie an ein Jenseits, Wendelin?»

«Nein. Ich glaube nicht daran. Aber ich liebe schöne Bilder. Ich habe mit Friedrich ein Rendezvous in seinem Soldatenhimmel, und das Wiedersehen über den Trümmern der Welt spricht mich an, weil ich mit meinen Liedern so gern dazu beitragen möchte, daß diese schöne Welt nicht in Trümmer fällt. Tut sie es aber, und es sieht ganz so aus, freut mich der Gedanke, einen Augenblick lang noch zu sehen, daß einige wenige entkommen sind.»

«Was für ein Träumer Sie sind. Wenn Sie singen, sind

Sie hart und böse und voller Bitterkeit. Wenn man Sie kennt, sind Sie leise, verletzlich und voller Mitleid.»

Wendelin fing ein Blatt aus der Luft, braungolden, am Rand gekräuselt und noch ein wenig grün. Er hielt es am Stiel in die Sonne. Er war verlegen geworden und sagte darum für den Herbsttag und die Stimmung zu schroff: «Beenden wir das bukolische Intermezzo. Wir haben beide keine große Lust, über das zu sprechen, worüber wir reden müssen. Lassen Sie mich anfangen, Dorothea. Sie müssen zu Ruth ziehen. Ihre Mitbewohner im Haus sind den ganzen Tag über fort, weil alle arbeiten. Ihre Putzfrau kommt zweimal in der Woche. Wenn Sie noch einmal fallen, nicht ans Telefon kommen können –»

«Sterbe ich vielleicht an einer Lungenentzündung, und allen wäre geholfen.»

«Das ist unsachlich. Außerdem haben Sie mich unterbrochen. Zu mir können Sie nicht ziehen, Dorothea, weil Sie dann auch wochenlang allein wären. Ich bin zu oft unterwegs. Ein Heim kommt nicht in Frage.»

«Darüber habe ich nachgedacht. Warum nicht? Wenn ich wieder richtig gehen kann?»

«Sie wären kreuzunglücklich zwischen lauter alten Frauen, die Ihnen täglich sagen, wie ihr Blutdruck ist, wie sie geschlafen haben, wo es zwackt und warum sie von wem beleidigt worden sind. Seien Sie doch ehrlich. Es gibt Menschen, die sich fügen können. Sie, liebe Dorothea, gehören nicht dazu.»

«Müßte ich mich denn bei Ruth und ihrer Familie nicht auch fügen?»

«Darum geht es. Werden Sie sich mit Hubert vertragen können? Werden Sie zwei, bald drei lebhafte kleine Kinder verkraften? Werden Sie Ruth entlasten und nicht belasten? Ach, verzeihen Sie mir die Rolle des Wanderpredigers, ich weiß, daß sie mir nicht steht. Aber schaffen Sie es, nicht

Partei zu ergreifen, nicht Ruth zu bedauern und ihr zu sagen, ihr Mann könnte ruhig rücksichtsvoller sein? Wie oft werden Sie sagen, daß die Kinder besser erzogen werden müßten, der Tisch schöner gedeckt und das Haus gepflegter sein sollten, und daß man trotz kleiner Kinder kultiviert leben –»

«Hören Sie auf, Wendelin!» Dorothea stützte sich auf ihren Stock und maß ihn aus herrischen Augen. Dann, ganz plötzlich, war alle Kampfeslust aus ihrem Gesicht gewichen, und sie fügte müde hinzu: «Was nützt es, wenn ich Ihnen das verspreche und es hinterher nicht halten kann? Ich nehme mir täglich vor, nicht einzugreifen, mich zurückzuhalten und sanft zu sein.»

Mit seinem unglaublichen Gespür für Stimmungen ließ Wendelin die müde alte Frau nicht gewähren. Seine Antwort galt der kämpferischen Dorothea, die durch seine Reaktion neu erstand. «Sie und sanft?» fragte er. «Wie wollen Sie das machen?»

«Das weiß ich auch nicht.» Aber sie lächelte schon wieder.

Es ging besser, als alle erwartet hatten. Dorothea half tatsächlich. Sie wurde keine gütige Greisin, aber sie hatte Verständnis für die beiden kleinen Jungen, spielte mit ihnen, las ihnen vor, erzählte geduldig dem fünfjährigen Jesko, wie es früher gewesen war, bewahrte Kindergeheimnisse und spielte auf dem immer noch verstimmten Klavier Kinderlieder. Sie kannte Vögel und Pflanzen, und ihre Urenkel wußten, noch ehe sie in die Schule kamen, mehr darüber als viele Erwachsene. Als Anna kurz vor Dorotheas achtzigstem Geburtstag geboren wurde, fand sie in diesem Oberbichlerkind ihre Schwiegertochter wieder und die winzige Ruth, die sie nur einmal als Säugling gesehen hatte. Es waren die ihr fehlenden Jahre, die sie durch Anna wiederfand.

Ruth erholte sich nach der schweren Geburt nur langsam.

Huberts jüngste Schwester sprang ein. Sie unterbrach für ein Semester ihr Studium und übernahm den Haushalt. «Ganz gut, daß ich das mal erlebe», sagte sie fröhlich. «Ich dachte immer, wenn alle Stricke reißen und ich das Studium leid bin, steige ich aus und heirate den erstbesten Mann, setze Kinder in die Welt und lebe fortan glücklich bis an mein Lebensende. Gepfiffen! Ruth, wie hältst du das aus, ohne wahnsinnig zu werden?»

«Ich merke es nicht mehr, weil ich schon wahnsinnig bin.» Ruth legte das Buch aus der Hand und sah hinter Dorothea und Viktor her, die zusammen auffällig unauffällig das Zimmer verließen. «Jetzt hat sich mein dreijähriger Sohn schon wieder in die Hose gemacht. Seine Urgroßmutter und er glauben, ich merkte es nicht. Ich merke alles, aber ich bin zu müde. Wenn ich Anna versorgt habe, könnte ich jedesmal ins Bett gehen. Was sollte ich ohne dich anfangen, Michaela?»

«Statt hier die Kameliendame zu spielen, könntest du wirklich ins Bett gehen. Dazu hast du mich doch. Für mich ist das ein etwas anstrengendes Gaudium. Ich mag euch alle, und deine Großmutter himmele ich an. Sie kommandiert, aber sie schikaniert nicht. Sie weiß immer, ob ich genug gekocht habe, und wenn nicht, wie ich es verlängern soll. Sie gibt mir sinnvolle Tips, wie ich alles besser organisieren kann. Ohne sie würde ich wie ein kopfloses Huhn hier herumrennen und aufgeregt gackern.»

«Ein kopfloses Huhn kann nicht mehr gackern.»

«Sei nicht so rechthaberisch, Ruth.»

Abends, als Ruth schon zu Bett war, hielt die Familie Kriegsrat. Wendelin, der zum Abendessen gekommen war, nahm daran teil.

«Wenn sie krank wäre, würde ich es verstehen», sagte Hubert. «Reiter hat sie durch und durch untersucht. Er sagt, sie sei völlig gesund. Er drückt sich drastisch aus. Sie wäre wie eine Kuh, die man den ganzen Tag über die Weide hetzt und von der man dann erwartet, daß sie Milch gibt. Aber erstens hetzt sie doch keiner, und zweitens gibt sie Milch, denn sie bekommt Anna satt. Sie gibt sich große Mühe und behandelt uns alle freundlich, freundlich, aber nicht normal. Nicht im Guten und nicht im Bösen. Kein Streit, aber auch kein Glück. Die Jungen merken es nicht, weil sie ja anwesend ist und ihr beide, Großmutter und Michaela, für den Ausgleich sorgt.»

«Ich glaube, du verlangst zuviel, Hubert.» Michaela schenkte Wein ein und sah fragend Wendelin an, der abwehrte. «Soll ich Ihnen Tee machen, Herr Wendelin?»

«Danke, ich bleibe beim Mineralwasser. Aber was wollten Sie sagen, Michaela?»

«Daß ich keine drei Kinder und fünf Jahre Umbau hinter mir habe und trotzdem außer Puste gerate, auch wenn ich nicht putzen muß und ein anderer den Garten macht. Ich habe es schon zu Ruth gesagt. Ich weiß nicht, wieso sie nicht wahnsinnig ist. »

«Ist es denn wirklich so schlimm?» fragte Wendelin.

Dorothea antwortete ihm. «Es ist überhaupt nicht schlimm. Ruth ist gesund und kann arbeiten wie ein Pferd. Habt ihr jemals von ihr gehört, daß sie sich beklagt hat, wenn sie in Kärnten bei der Ernte geholfen hat? Da war sie von morgens um fünf bis abends auf den Beinen und ist dann noch mit ihren Vettern zum Schwimmen gefahren oder im Dorf tanzen gegangen. Gut, das waren immer nur ein paar Wochen, hinterher konnte sie sich ausruhen. Aber sie liebt die Kinder und ist mit dem Haus glücklich. Bei jedem neuen Zimmer, bei jeder Veränderung strahlt sie, weil sie ihrem Traum ein wenig näher gerückt ist. Den letzten Umbau, den für mich, hast du gemacht, Hubert. Da hat sie sich nicht überanstrengt. Ich verstehe das nicht.»

«Wenn sie sich nur nicht in den Kopf gesetzt hätte, daß außer ihr keiner etwas richtig macht», sagte Hubert seufzend. «Beim Umbau habe ich die Handwerker falsch behandelt und nicht genug aufgepaßt, daß sie nicht schluderten. Wenn ich mit den Jungen fortfahre, weil ich Ruth für ein paar Stunden entlasten möchte, verwöhne ich die Kinder maßlos, um sie ihr zu entfremden. Oder ich ziehe Jesko vor oder auch Viktor, gerade wie es ihr in den Kopf kommt. Sie wirft mir vor, daß ich sie nicht unterstütze und sie keinen Halt an mir hat, versuche ich aber, sie zu unterstützen, ist es auch nicht richtig. Ich nehme ihr das letzte bißchen Freiheit, das ihr noch geblieben ist. Was soll ich denn tun?»

«Nichts», sagte Dorothea. «Mach alles so wie bisher und warte ab, bis sie wieder normal wird.»

«Auf mich wirkt sie völlig normal, eher zu normal.» Michaela verteidigte Ruth. «Sie bedankt sich für jede Kleinigkeit, sie ist geduldig, und es erbarmt mich, wenn ich sehe, wie müde und apathisch sie ist.»

«Wendelin, was ist mit ihr?» fragte Dorothea. «Sie kennen Sie so gut. Wissen Sie es nicht?»

Wendelin glaubte es zu wissen, überlegte aber lange und wartete Wochen, bis er etwas unternahm.

An einem warmen Maitag fand er Ruth im Garten. Sie hielt Anna auf dem Arm und trug sie herum. «Sie schreit zuviel, Wendelin», sagte sie. «Sie ist gesund; es fehlt ihr nichts, aber sie schreit.»

«Dann laß sie schreien. Sie stirbt nicht dran. Gib sie mir.» Er nahm das kleine Mädchen mit den braunen Augen und braunen Haaren Ruths auf den Arm. «Komisch, wenn du mir vor fünf Jahren gesagt hättest, ich würde einmal Säuglinge spazierentragen, hätte ich dich ausgelacht. Jetzt kann ich es schon sehr gut. Siehst du, Anna schätzt mich.

Kaum bin ich da, ist sie das bravste Kind auf der ganzen Welt.»

Anna hielt mit winzigen rosa Fäusten Wendelins langen Zeigefinger fest, versuchte ihn in den Mund zu stecken und lachte glucksend.

«Ruth, überlaß mich dieser Idylle und koch uns einen Kaffee, ja? Wo sind Jesko und Viktor?»

«Bei Großmutter.»

«Dann laß sie dort und sag nicht, daß ich hier bin. Ich möchte mit dir reden. Ich kann bis abends bleiben und sehe die anderen dann auch noch ausreichend.»

«Hast du was?»

«Ich nicht, aber du. Geh Kaffee kochen, Ruth.»

Als Ruth mit dem Tablett kam und es auf den Tisch im hinteren Teil des Gartens stellte, schlief Anna fest. Sie lag auf Wendelins Schoß, hatte die Hände zu Fäusten geballt und die kurzen runden Ärmchen zum Kopf gehoben. «Das wird mal eine sehr niedliche und sehr streitbare Oberbichlerin.»

«Komm zur Sache, Wendelin», sagte Ruth ungeduldig. «Wenn deine streitbare Oberbichlerin wach wird, ist der Teufel los.»

«Nein, Ruth. Dann wacht nur ein kleines Kind auf, fühlt sich unbehaglich und teilt es seiner Umwelt mit. Mehr ist es nicht.»

Ruth stöhnte. «Schön. Wer hat dich aufgehetzt? Hubert? Großmutter? An Michaela glaube ich nicht, denn sie hält zu mir.»

«Ach? Findet hier ein Krieg mit mehreren Parteien statt? Du mit Michaela gegen deinen Mann und deine Großmutter? Was bist du für eine merkwürdige Frau geworden, Ruth. Ich suche oft nach Friedrichs wunderbarem Kind. Denkst du manchmal noch an ihn? Siehst du ihn noch vor dir? Kannst du seine Stimme noch hören? Er ist erst zehn Jahre tot, Ruth. Du bist achtundzwanzig, hast drei Kinder, eins davon kommt schon bald in die Schule. Die Generalin ist achtzig und noch fast so rüstig wie damals. Warum bist du so unzufrieden? Du entwickelst dich zu einem Putzteufel, meine Liebe. Du solltest mal dein Gesicht sehen können, wenn die Jungen ihre Saftgläser umwerfen oder schmutzig ins Haus kommen. Du siehst wie das Leiden Christi aus. Friedrichs Ruth hätte darüber gelacht. Du bist auf dem besten Wege, eine langweilige Glukke zu werden. Wann hast du dir zum letztenmal ein Kleid gekauft? Ich finde Hosen auch sehr praktisch, aber besonders elegant sind sie nicht. Du hast dich früher immer so hübsch angezogen. Ist dir dein guter Geschmack abhanden gekommen? Und, um auf etwas viel Wichtigeres zu kommen, wann hast du zum letztenmal gezeichnet?» Wendelin, der immer noch das schlafende Wickelkind auf dem Schoß hielt, merkte nicht, wie groß der Gegensatz zwischen seinem ernsten grauen Gesicht und der Zärtlichkeit war, mit der er Anna hielt. Ruth, die es hätte sehen müssen, nahm es nur mit dem Unterbewußtsein wahr. Sie wollte sprechen, aber Wendelin ließ sie noch nicht zu Wort kommen. «Das ist die einzige Frage, auf die ich wirklich eine Antwort haben möchte, Ruth. Alle anderen kannst du unbeantwortet lassen. Wann war es? In welchem Jahr, in welchem Monat. Antworte bitte, Ruth.»

«Ehe Viktor geboren wurde. Ich habe für Jesko ein Bilderbuch gemalt.»

«Gott sei Dank. Wenigstens kannst du noch Fragen beantworten.»

Als er Ruths unglückliches Gesicht sah, empfand er Mitleid, das er jedoch schnell in sich verbarg. Er war nicht zum Trösten gekommen; er wollte aufstacheln. «Wenn du in diesem Kindergewusel, in den Kochorgien und allem Haushaltskram glücklich wärst, würde ich dich darin stecken lassen, fortgehen und dich für immer abschreiben. Ich gehe nicht gern mit langweiligen Leuten um, Ruth. Aber Friedrich hat mir damals gesagt, ich sollte auf dich aufpassen. Das versuche ich jetzt. Du läßt dein Talent verkümmern und treibst Schindluder mit deiner künstlerischen Begabung. Zieh dich selber am Zopf aus dem Sumpf. Und wenn du nachts arbeitest! Oder male wenigstens deinen Kindern Bilderchen. Aber wenn du nicht mehr zeichnen willst, was ich mir nicht vorstellen kann, werde eine glückliche Glucke, die dafür sorgt, daß aus ihren Kindern glückliche Menschen werden. Immer hast du über deine einsame Kindheit gejammert und wolltest eine richtige Familie haben. Jetzt hast du sie, aber in deinem Haus fühlt man sich nicht mehr wohl.»

«Hör auf, Wendelin! Laßt mich doch endlich in Frieden. Jeder will was von mir; keiner läßt mir Zeit und Ruhe.»

«Ruhe hast du seit Annas Geburt. Michaela macht den Haushalt. Dorothea nimmt dir die beiden Buben ab. Du spielst mit dem Baby herum und machst Gott und der Welt Vorwürfe, wenn das arme kleine Luder mal schreit.»

«Ich kann nicht mehr zeichnen», sagte Ruth störrisch. «Ich konnte es schon auf der Schule nicht mehr. Ich habe mich dauernd in Sackgassen verrannt, und es hat mir keinen Spaß mehr gemacht.»

«Wer sagt denn, daß Kunst Spaß macht? Kannst du nicht mal mehr klar denken? Was hast du mir vom Maler Holzner erzählt? Was hast du Friedrich von ihm erzählt? Du wolltest deine Begabung vor dir haben, um ihr folgen zu können, während der Holzner sie hinter sich herzöge. Mir scheint, Ruth, du hast sie achtlos irgendwo in den Straßengraben geworfen und mußt nun ganz allein weitergehen. Du tust mir leid. – So, nun nimm Anna. Gnade dir Gott, wenn du aus diesem niedlichen Kind einen trübsinnigen Menschen machst! Ich fahre nach Hause. Grüß die anderen von mir.» Er ging mit steifen, hochgezogenen Schultern und kurzen harten

Schritten durch den Garten. Kurz darauf hörte Ruth den Motor seines Wagens.

Wendelin schrieb einen langen Brief an Josef Oberbichler. Er versuchte zu erklären; er entschuldigte Ruth, beharrte aber darauf, daß etwas geschehen müsse. Er bat ihn, sich um Ruth zu kümmern, denn er habe alles ihm Mögliche versucht und wisse nicht mehr weiter. Vielleicht, schrieb er, täte es ihr gut, auf den Hof nach Kärnten zu kommen.

Zehn Tage später stand Josef Oberbichler plötzlich vor der Haustür. Ruth fiel ihm um den Hals.

«Onkel Josef! Wie schön! Was machst du hier? Warum hast du dich nicht angekündigt? Ich freue mich so schrecklich . . .»

Er erklärte, daß er nach Köln müsse, wo die Galerie Mergentheimer eine Ausstellung vorbereite. Schnitzereien von ihm, Bilder vom Holzner Hans. Der Holzner käme nicht; er müsse alles allein regeln. Das mit der Ausstellung stimmte, aber als er nun sagte: «Ich hab es benützt, dich zu besuchen, Ruthi. Ich hatte Sehnsucht nach dir», klang es falsch in seinen Ohren. Er warf einen Seitenblick auf Ruth, sah ihr argloses, strahlendes Gesicht und schämte sich ein wenig.

Der Onkel aus Österreich verzauberte die kleinen Jungen. Er hatte weiches Lindenholz und seine Schnitzmesser mitgebracht und schnitzte ihnen Tiere für einen Bauernhof. Er zeigte Jesko, wie man kleine Späne abhob, um den Schafen ein lockiges Fell zu geben, und ließ es ihn versuchen. Viktor durfte schmirgeln. In den ersten zwei Tagen seines Besuchs gelang es ihm nicht, mit Ruth allein zu sein. Wenn die Kinder nicht bei ihm waren, kam Dorothea, und die Abende gehörten Ruth, Hubert und Dorothea. Er wurde die Familiennachrichten los. Peter war in der Steiermark. Ulrichs Frau erwartete ihr erstes Kind, und Anton und Elli wollten im Juli von Triest aus eine Schiffsreise durch das Mittelmeer machen. «Ihr erster richtiger Urlaub», sagte der Onkel. «Sie sind noch nie mehr als zwei oder drei Tage zusammen fortgewesen. Schade, daß die Mutter nicht mehr lebt. Sie hat sich immer danach gesehnt, einmal eine richtige Reise zu machen. Vor der Heirat mit unserem Vater war sie mal in Salzburg und in Wien. Als wir klein waren, hat sie uns oft davon erzählt.»

«Hat euch die Mama Bilder gemalt?» fragte er, als er mit den Jungen allein war.

«Mir, ein Buch», sagte Jesko, der mit der Zunge im Mundwinkel dem fünften Schaf Locken schnitzte. «Hol es, Viktor.»

Josef Oberbichler nahm Viktor und das Buch auf den Schoß und begann zu blättern. «Sehr schön ist das», sagte er dann lobend zu den Kindern, aber als er am Nachmittag mit Ruth im Garten war, fiel alles Lob ab. «Ich habe das Bilderbuch gesehen, Ruth. Das bist nicht du. Das ist geleckt, Kunstgewerbe. Was machst du denn jetzt?»

«Nichts, Onkel Josef.»

Sie senkte den Kopf, drehte die Füße nach innen und wurde rot. Er dachte an die sechzehnjährige Ruth, die sich geärgert hatte, weil ihre Schnitzversuche gescheitert waren. «Hast du keine Zeit oder keine Lust?»

«Ich kann nicht mehr.» Sie sah ihn gequält an und erzählte ihm von der Akademie, in der sie alle Sicherheit verloren hatte, weil zuviel auf sie eindrang. In der Zeit nach dem Abschluß hatte sie nichts Gutes mehr zustande gebracht und den Mut verloren.

«Das ist allen so ergangen, Ruth», sagte er tröstend. «Alle, die ich kenne und die auf der Akademie waren, haben das hinter sich. Sie bringen euch soviel bei, daß ihr über euer angelerntes Können stolpert und eine Zeit braucht, euch wiederzufinden. Aber nachher hilft das, was man gelernt hat.

Das müßtest du längst gemerkt haben. Warum gibst du auf? Es paßt nicht zu dir.»

«Wann soll ich zeichnen, Onkel Josef? Ich brauche Zeit zum Konzentrieren. Die hab ich nicht. Soll ich in den paar Minuten, die es braucht, bis die Kartoffeln kochen, zum Zeichentisch rennen?»

«Irgendwo mußt du anfangen. Wenn du dir einen Block in die Küche legst, fänd ich's praktischer. Aber dein Mann ist so oft verreist. Was machst du an den Abenden? Zeichnen kannst du auch, wenn du müde bist. Bist du denn glücklich, ohne zu zeichnen? Ich kann mir das bei dir gar nicht vorstellen.»

Ruth riß einen langen Grashalm ab und spielte damit. Sie sah ihn nicht an. «Ich kann mich selbst nicht mehr leiden, Onkel Josef. Ich wollte eine Familie haben, habe sie, bin aber nicht zufrieden. Ich möchte zeichnen und kann es nicht mehr. Wenn ich einen Stift in die Hand nehme, wird es Mist.»

«Dann mach eben Mist! Solange du dich nicht mehr leiden magst, wird es nie besser werden. Ich weiß dagegen nur eine Medizin; arbeiten, arbeiten, bis du vor Müdigkeit umfällst. Solange, bis hinter der Müdigkeit was Neues kommt, vielleicht nur ein anderer Mist, vielleicht aber auch was Gutes. Ich weiß nicht, ob du dein Talent verausgabt hast. Ich kann dir nichts dazu sagen, weil du nichts zum Vorzeigen hast. Aber wenn es nach einem Jahr, in dem du wirklich arbeitest, immer noch nichts ist, dann hast du es wenigstens versucht und brauchst dir nichts vorzuwerfen. Damit wirst du leben können. Aber so, wie jetzt, kannst du's nicht, Ruth.»

Sie ließ den Grashalm fallen und sah den kleinen, gedrungenen Mann vor sich, der in der Fabrik gearbeitet hatte, um für den Hof Geld zu verdienen, der in der Landwirtschaft arbeitete und dann, todmüde, seine Figuren schnitzte, bis ihm das Messer aus der Hand fiel. Sie sah ihn auf dem Traktor, als er sie beim ersten Besuch in St. Urban abholte und sagte: «Nachher bist du die Ruth?»

Sie umarmte ihn wie damals, nur weinte sie nicht. «Danke, danke, Onkel Josef. Bleib noch ein paar Tage da und hilf mir am Anfang.»

Er schüttelte den Kopf. «Bleiben schon, Ruth, helfen nicht. Das mußt du allein machen.»

Als Josef Oberbichler nach einer Woche abreiste, sagte Dorothea beim Abschied: «Gottes Segen über Sie! In der Woche, in der Sie hier waren, hat Ruth sich verwandelt. Sie ist fast wieder wie früher. Sie lacht wieder, und sie geht anders mit den Kindern um. Wie haben Sie das nur gemacht?»

Wendelin, der ihn zum Bahnhof brachte, formulierte es anders. «Ruth weiß nicht, daß ich Ihnen geschrieben habe. Meinen ungeschickten Versuch, sie wachzurütteln, hat sie mir nicht verziehen. Sie geht mir seither aus dem Weg. Trotzdem vielen Dank, denn ich nehme das gern in Kauf, wenn sie nur wieder zu sich selber findet.»

«Das wird sie. Sie ist aus hartem Holz.» Josef Oberbichler lachte leise auf. «Ein Schnitzer muß das wissen, nicht wahr? Aber ich bin viel härter gewesen als Sie. Ich hab ihr Angst gemacht, Angst, daß sie nie mehr etwas Gutes zeichnen wird können.»

«Arme Ruth.»

«Ich darf das. Ich bin ihr Onkel. Und ich liebe sie auf eine andere Art als Sie. Denn Sie lieben sie doch, nicht wahr?»

«Ja», sagte Wendelin.

Ruth veränderte sich. Sie teilte sich die Zeit ein, schindete Minuten heraus, in denen sie in ihrem Arbeitszimmer verschwand und die Tür hinter sich ins Schloß zog. Aber sie ging auch wieder am Abend mit Hubert spazieren, nahm die Kinder mit, entlastete damit Dorothea und Michaela und brachte müde Kinder nach Hause, die nach dem Abendessen nur noch ein paar Minuten Bilderbücher vorgelesen bekamen, ehe sie einschliefen. Sie ließ sogar Anna einige Male schreien, ohne gleich nach oben zu rennen. Nach kurzer Zeit hörte das Geschrei von selber auf. Wenn Hubert dann in seinem Sessel versank und las, fand er sich oft allein wieder. Ruth war hinausgeschlichen.

Als ihm das wieder einmal geschah, legte er das Buch aus der Hand und ging zur Tür ihres winzigen Ateliers, das fast ganz von der großen Zeichenplatte ausgefüllt war. Er wollte die Hand zur Klinke heben, stutzte aber, als er das Geräusch hörte, über das er zu lächeln begann. Ruth zischte durch die Zähne. Er schlich wie ein ertappter Dieb ins Wohnzimmer zurück, hielt es jedoch nicht lange aus. Er klopfte an die Tür von Dorothea. «Großmutter, leistest du mir Gesellschaft bei einem Glas Wein? Meine Frau hat was Besseres vor.»

Dorothea kam, setzte sich in den steilsten Sessel und atmete erleichtert auf.

Sie tauschten ein Verschwörerlächeln, und Hubert sagte: «Weißt du, was ich gehört habe? Sie zischt.»

«Gott sei's getrommelt und gepfiffen! Das verdanken wir bestimmt ihrem Onkel Oberbichler. Er muß einen Zauberspruch kennen.»

Hubert, der früher oft lange nach Ruth zu Bett gegangen war, gewöhnte sich daran, daß sie erst spät in der Nacht ins Schlafzimmer schlich. Im Spätherbst, als Anna zu krabbeln begann und aus dem rundlichen Säugling ein agiles, zierliches Kind mit fröhlichen Augen wurde, das auf einer von Dorothea gekauften Veilchenwurzel kaute und offenbar schmerzlos Zähne bekam, begann Ruth über ihre Arbeit zu sprechen.

«Laß uns früh schlafen gehen», sagte sie. «Oder bist du gar nicht müde?»

«Todmüde. Wenn ich es mir recht überlege, muß ich sofort ins Bett, Ruth.»

Sie gingen Hand in Hand die Treppe hinauf.

Mitten in der Nacht liefen sie auf nackten Füßen ins Atelier. Ruth drückte die Tür fest zu. Trotzdem flüsterten sie nur, um keinen im Haus zu wecken.

«Ruth! Seit wann wagst du dich an Ölfarben?» Hubert stand vor der Staffelei mit einem fast fertigen, kleinformatigen Bild einer getigerten Katze mit drei Jungen. Die Tiere waren nur angedeutet, verloren sich fast im Hintergrund, der mit Grau- und Grüntönen Buschwerk mehr ahnen als sehen ließ. «Wie sieht das bei Tageslicht aus?» fragte Hubert. «Ebenso eindrucksvoll?»

Ruth hob die Schultern und ließ sie wieder fallen. Ihr Gesicht begann zu leuchten, dann schlang sie ihm plötzlich die Arme um den Hals. «Findest du es wirklich schön?»

«Schön», antwortete er sehr ernst, «ist nicht das richtige Wort, Ruth. Es ist großartig und neu und ganz anders als alles, was ich bisher von dir gesehen habe. Es ist wie ein neuer Weg. Ich bin kein Künstler, ich kann es dir nur auf meine Art beschreiben. Was du bisher gemalt und gezeichnet hast, war treffend, glänzend beobachtet, oft komisch, und irgendwo sah man immer, wie begabt du bist. Aber hier hast du auf einmal die richtige Richtung. Das bist du, das sind Katzen, das lebt, obwohl es wie versteckt wirkt. Wer hat das schon gesehen?»

«Keiner. Nur du. Ich schließe immer ab. Ich traue mich nicht, es vorzuzeigen.»

Er löste sich aus der Umarmung. «Lach mich nicht aus, aber das ist das schönste Kompliment, das ich je von dir bekommen habe. Daß du mir das zeigst, als erstem, daß du mir so sehr vertraust und überhaupt etwas auf mein Urteil gibst! Danke, Ruth.»

Wie so oft schlug ihre Stimmung von einem Augenblick

zum anderen um. Sie wurde übermütig und fröhlich. «Für einen so klugen Mann bist du sehr dumm. Wenn einer musikalisch ist, braucht er doch nicht dirigieren zu können, um ein Konzert zu beurteilen. Ich kenne keinen Menschen, der so gut beobachtet wie du. Ich weiß, daß du nicht schmeichelst. Wenigstens hast du das bei mir noch nie getan. Wenn es dir gefällt, wird es wahrscheinlich anderen auch gefallen, vor allem Gregor Scherling. Dem schulde ich ein Katzenbild. Er soll es zu Weihnachten bekommen. Ich habe sicher zweihundert Versuche gemacht, Katzen zu zeichnen, zu aquarellieren, mit Kreide zu malen, und alles war Mist. Es wurden kitschige, viel zu niedliche Bildchen, Ansichtspostkarten mit putzigen Viechern, aber ich habe nie das Wesen einer Katze richtig erfaßt. Dann bin ich endlich auf den Gedanken gekommen, es mit Öl zu probieren. Da sind die Möglichkeiten größer, verstehst du? Da kann ich Farben nebeneinandersetzen, die es eigentlich gar nicht gibt, aber dann gibt es sie, und auf einmal geht es. Ach, wenn ich das richtig erklären könnte! Der Holzner müßte da sein, der könnte dir jeden, der jemals eine Farbenlehre geschrieben hat, vor- und rückwärts zitieren. Glaubst du, daß es für Scherling richtig ist?»

«Das glaube ich. Nein, ich weiß es. Aber es ist ein großartiges Bild, das du ausstellen könntest. Wenn du so weitermalst, Ruth, wirst du bekannt werden.»

«Soweit bin ich noch lange nicht. Das wird noch eine Weile dauern. Aber warte, ich will dir noch was zeigen.» Ruth bückte sich unter die Zeichenplatte, die auf einer Kommode mit vielen flachen Schubladen lag, in denen sie ihre Zeichnungen aufbewahrte. Sie legte mehrere große Blätter auf den Tisch. «Ich bastele an Plakaten herum und habe mir Wendelin als Versuchskaninchen genommen. Seit ich ihn kenne, fand ich seine Plakate und Konzertanzeigen belanglos bis beinahe häßlich. Auch die Plattenhüllen mit den Fotos mochte ich nie.

Dies sind erste Proben. Ich will sie ihm noch nicht zeigen, weil das noch nicht reif ist. Aber es könnte auf die Dauer was werden. Plakate brauchen alle, Sänger, Musiker, Zirkusse, Zauberer. Das wäre meine Richtung.»

Es dauerte mehr als zwei Jahre, bis Ruth zum erstenmal mit Zeichnungen Geld verdiente. Ein Studienfreund, der eine Glückwunschkarten-Firma geerbt hatte, kam und suchte sich Zeichnungen aus. Daraus entstand eine feste Verbindung, die sie beibehielt, als sie es längst nicht mehr nötig gehabt hätte. Der Auftrag hatte ihr Glück gebracht. Durch ihn kam sie an ihr erstes eigenes Einkommen. Sie war dem Freund dankbar und bewahrte seiner Firma die Treue.

Als Anna drei wurde und in den Kindergarten kam, gingen Jesko und Viktor schon zur Schule. Ruth hatte ein bißchen mehr Zeit für sich und war nicht mehr so abgehetzt wie in der ersten Zeit ihrer Ehe. Sie hatte einen Rhythmus gefunden, der sich aus dem Haushalt, den Kindern, den ständigen Reisen Huberts und ihrer privaten Arbeit ergab. Dorothea wurde kaum merkbar älter. Mit dreiundachtzig war sie immer noch gut zu Fuß, nahm weiterhin mit wachem Interesse alles auf, was um sie herum geschah. Mit Wendelin und Hubert sprach sie über Politik und kritisierte Ruth, die nichts davon wissen wollte.

Ruth beklagte sich in komischer Verzweiflung bei Wendelin. Wenn sie jede politische Sendung im Fernsehen anstellen und jeden Zeitungsartikel lesen wollte, wie Dorothea das von ihr verlangte, bliebe nichts mehr von ihr übrig, sagte sie. Sie kochte, wüsche, bügelte für sechs Menschen, sie nähte und stopfte, würde gelegentlich auch gern mal ein Buch lesen und hätte noch dazu einen Beruf. Sie schliefe nie mehr als sieben Stunden. Ob sie nicht die Politik denen überlassen könnte, die mehr davon verstünden?

«Wenn das jeder sagte», erwiderte Wendelin.

«Es sagt nicht jeder», erklärte Ruth mit dem Oberbichlermund. «Was kommt denn heraus, wenn du dich mit Hubert und Großmutter in hitzige Debatten verstrickst? Gar nichts. Was du wirklich meinst, sagst du in deinen Liedern. Haben die im Ernst schon was geholfen? Schlägt ein Polizist deswegen weniger hart zu, legt ein Baader-Meinhof deswegen weniger Bomben? Machst du damit einen bigotten Reaktionär weniger reaktionär?»

Wendelin sah sie aus den tiefliegenden grauen Augen fragend an. «Hat das noch was mit Politik zu tun, Ruth, oder ist es eine Attacke gegen mich? Ärgerst du dich über mich?»

«Verzeih mir.» Ihr schnelles warmes Lächeln leuchtete auf. «Du mußt ausbaden, was sich in mir zusammenbraut, wenn ihr alle so schön politisiert. Ich probe dann meinen privaten Aufruhr im Wasserglas. Manchmal mag ich nämlich auch nicht mehr. Ich kämpfe meinen Kleinkrieg gegen die Müdigkeit, gegen meinen Hunger nach Menschen, gegen meine Gefangenschaft in dieser Familie, die ich zärtlich liebe, aber manchmal auch hasse, weil sie mir dreihundertfünfundsechzigmal Frühstück, Mittagessen und Abendessen aufbürdet. Weißt du, manchmal möchte ich meine Koffer packen und fortfahren. Aber das kann ich auch wieder nicht, weil in mir Generationen von strengen Preußen und zähen Kärntener Bauern stecken. Allein beim Gedanken an den Ausbruch sehe ich sie die Stirnen runzeln. Die Preußen denken an was Komisches, das Pflicht heißt und mit großen Buchstaben geschrieben wird; die Bauern denken nicht in ethischen Begriffen, sie denken an die Kühe, die gemolken werden müssen, an die Ernte und die Herbstbestellung. – Siehst du, jetzt bekomme ich die Rederitis, die ihr habt, wenn es um Politik geht.»

Wendelin zündete sich eine Zigarette an, nicht ohne einen vorsichtigen Blick auf Ruth zu werfen, aber die blickte nicht streng, sondern nahm eine aus seiner Schachtel und wartete, bis er ihr sein Feuerzeug hinhielt. «Erzähle weiter, Ruth. Du animierst mich. Ich habe noch nie einen Hausfrauenzyklus gesungen.»

«Kein gutes Thema», sagte sie abweisend. «Die Frauen triefen nur vor Selbstmitleid und weinen, und die Männer sind eh der Ansicht, daß ihre Frauen nicht so ein Theater um das bißchen Haushalt zu machen brauchen und es ihnen eigentlich doch sehr gutgeht. Aber wenn du singen willst, sing über die Krankheit, die ich das Spinat-Syndrom nenne. Wenn wir am Tisch sitzen und ich vor mir einen Teller habe, auf dem Matschiges ist, Nudeln mit Tomatensauce oder eben Spinat, überkommt mich manchmal das Verlangen, vornüber zu kippen und mit dem Gesicht im Teller zu landen. Ich stelle mir dann vor, wie das Zeug über den Tisch spritzt, wie ich aussehe und was für Gesichter Großmutter und die Kinder machen werden. Ich würde dann gern laut und schallend lachen. Bisher habe ich es noch nicht gemacht, aber die Versuchung ist groß.»

«*‹Sing weiter, Nöck, du singst so schön›*», sagte Wendelin auffordernd. «Es ist wirklich Material für mich. Ich mache mich nicht über dich lustig.»

«Na gut. Ich erkenne meine seelische Erschöpfung an meiner wachsenden Sentimentalität. Wenn ich den Kindern vorlese und rührselig werde, wenn ich bei einem Kitschfilm zu heulen anfange oder ein Buch lese, in dem einer stirbt, und mir dabei die Augen feucht werden, sind das Warnzeichen. Etwas Ähnliches habe ich mal in einem Buch über eine Polarexpedition gelesen, das aus Friedrichs Bibliothek stammte. Einer von den Männern hatte die anderen verloren und mußte sich allein durchschlagen. Er maß den Grad seiner Erschöpfung am Geruch seines Schweißes. Er hatte das von einem Eskimo gelernt. Je angenehmer ihm der Schweiß wurde, desto näher rückte ihm der Tod.»

«Na, ist er gestorben?»

Sie lachte. «Natürlich nicht. Wie hätte er sonst das Buch schreiben können?»

«Immerhin gefällt es mir besser, wenn du weinst. Die Vorstellung, daß du an dir herumschnupperst und verzückt aussiehst, gefällt mir nicht.»

«Du bist gemein.»

«Nein, gar nicht. Aber das ist leider auch kein guter Vorwurf zum Liederdichten. Sag mir lieber, was du dagegen tust.»

«Nichts. Ich warte ab, bis was Freundliches passiert. Dann geht es von allein wieder.» Ruth drückte die Zigarette aus und sah nachdenklich an ihm vorbei. «Damals, als die Kinder Windpocken hatten, war ich in einem solchen Tief. Anna war noch nicht über das Kratzestadium weg, als Jesko sie bekam und gleich danach noch Viktor. Hubert war in drei Wochen fünfmal für zwei oder drei Tage auf Reisen. Dann legte sich Großmutter mit einer Sommergrippe ins Bett . . .»

«Kolossal freundlich, wenn du mich fragst.»

«Nun sei nicht so ungeduldig; es kommt gleich. Ich habe damals wochenlang nicht arbeiten können, und als ich an einem Nachmittag endlich einmal zum Zeichnen kam, stand Jesko unter der Tür und sagte: ‹Komm mit. Ich muß dir was zeigen.› Ich wollte ihn fortscheuchen, habe aber Gott sei Dank sein Gesicht gesehen. Er ging mit mir über die Terrasse und die Wiese bis zum Apfelbaum. Dort ist man geschützt und sieht auf den Hang und die Brombeeren. In der Nähe des Baus spielten die kleinen Füchse auf einem Grasflecken in der Sonne. Es ist ein Glück, kleine Füchse spielen zu sehen. Und es ist ein Glück, wenn einen dazu der eigene Sohn holt, weil er das mit einem teilen möchte. Und noch etwas, Wendelin. Ich weiß jetzt, was es mit der Tarnkappe auf sich hat. Die Füchsin, die ihre Kinder bewachte, hätte uns sehen müssen. Aber sie sah uns nicht, weil wir unsichtbar waren. Jesko und ich waren keine neugierigen Menschen mehr, sondern ein Baum oder ein Busch. Wir hatten uns in unserer Umgebung aufgelöst. Ich habe das erst hinterher erkannt, denn solange wir dort standen, konnte ich nur noch sehen. Ich weiß auch nicht, wie lange es gedauert hat. Irgendwann scheuchte die Mutter die Jungen in den Bau. Im Haus haben Jesko und ich uns umarmt und gelacht und versucht, uns gegenseitig zu erklären, was wir erlebt haben. Jesko sagte: ‹Ich weiß jetzt, wie es ist, ein Baum zu sein.›»

Wendelin schwieg lange. «Das kannst selbst du nicht zeichnen, nicht wahr?» fragte er endlich. «Für manches braucht man doch Worte. Kannst du es nicht aufschreiben, als Trostbüchlein? Das gesammelte Glück der Ruth Wossilo. Oder Nachrichten aus der Gefangenschaft in einer Familie.» Dann hob er langsam die Hand und ließ sie fallen, rasch und mit der Handkante nach unten, als wolle er einen Schnitt durch die Luft machen. «Beglückt es dich besonders, daß du das mit Jesko erlebt hast?»

«Du bist und bleibst ein Hellseher. Es hat nicht nur mich glücklich gemacht, sondern auch Hubert, dem ich es erzählt habe. Jesko ist das strengste und nüchternste unserer Kinder. Wir haben uns schon manchmal gefragt, welchen Einfluß Namen auf das Wesen von Menschen haben, und uns Vorwürfe wegen der Kinder gemacht. Als sie geboren wurden, schien es uns natürlich, ihnen Namen zu geben, die für uns von Bedeutung waren. Ich wollte sie nach meinen Eltern nennen, die ich nicht kannte. Aber Jesko hieß nicht nur mein Vater, der Gedichte schrieb, sondern auch mein Großvater, der General. Viktor ist ein alter Name der Familie Dumartin, und Viktor sah schon bei der Geburt wie sein Vater aus. Bei der kleinen Oberbichlerin finde ich auch, daß der Name Anna gut paßt. Nur bei Jesko hatten wir das schlechte Gewissen, Schicksal gespielt zu haben. Aber wenn ein Achtjähriger sagt, ich weiß, wie es ist, ein Baum zu sein, wird er vielleicht ein General wie Friedrich, wenn er schon General werden muß.»

«Will er das denn?»

Ruth schüttelte den Kopf. «Vorläufig weiß er zum Glück nicht genau, was das ist. Aber Großmutter, die mit den Jahren immer weiter in die Vergangenheit zurückkehrt, erzählt ihm viel. Ich höre nicht alles, aber es kommt mir so vor, als bekäme mein strenger Großvater Jesko allmählich eine Gloriole, die er in meiner Kindheit noch nicht hatte. Seine Heldentaten im Krieg, seine Orden, seine Pünktlichkeit, seine Gerechtigkeit – ach, das wächst alles. Daß er meinen Vater nicht gemocht und geschlagen hat, daß mein Vater von einer mitleidigen Großtante Geld geerbt und gegen den Willen des Großvaters sein Studium erzwungen hat und wieviel Streit es in der Familie gab, erzählt sie dem Jungen nicht. Sie und Jesko sind sich ähnlich. Keinen Kummer zeigen, sich nicht anmerken lassen, wenn man Schmerzen hat, Ordnung . . . Hast du mal Jeskos Fächer und Schubladen gesehen, Wendelin? Die Schränke eines Achtjährigen?»

Die Wandlung von Dorothea, Großmutter oder Urgroßmutter in Frau Mahlzahn geschah plötzlich. Hubert, der Reise-Vater, der versäumte Zeit wettmachen wollte, kümmerte sich an den Wochenenden und Abenden viel um seine Kinder. Und weil sie durch die Altersunterschiede schwer gleichzeitig zu beschäftigen waren, hatte es sich eingebürgert, daß er ihnen abends vorlas. Die großen Brüder saßen auf Annas Bett. Jesko und Viktor, die mittlerweile zehn und acht waren, selber lesen konnten und gern lasen, ließen dennoch keinen Abend aus. Sogar Jesko, für den Annas Märchen und Viktors Kindergedichte nicht mehr so ganz paßten, maulte nie gegen die Regel, daß jedes Kind abwechselnd bestimmen durfte, was gelesen werden sollte. Wenn es für Anna zu unverständlich wurde, schlief sie ein. Dann lächelten sich Vater und Söhne zu, aber Hubert blieb sitzen und beendete das Kapitel. Von einer Reise hatte er «Jim Knopf und Lukas der Lokomotivführer» mitgebracht. Jesko las das Buch als erster, dann las es Viktor, dann wollte Anna, angesteckt von den großen Brüdern, die Jims Abenteuer mit ihren Freunden im Garten nachspielten, das Buch unbedingt vorgelesen bekommen. Die Brüder streikten, aber dann erschien der zweite Band, und es gab Vorlesestoff für viele Abende.

«Versteht sie es schon?» fragte Ruth abends im Wohnzimmer.

«Das meiste schon. Und die Brüder sind geduldig und erklären. Die Kinder sind so verschieden, aber beim Vorlesen vertragen sie sich, und es verbindet sie. Außerdem bekommen wir sie damit ohne nervenaufreibende Kämpfe vom Fernsehen weg. Keine Gefahr, daß sie einfallslos werden und ihre Phantasie leidet.»

«Die leidet nicht», sagte Ruth lachend. «Weißt du, daß sie Großmutter unter sich in Frau Mahlzahn umgetauft haben? Sogar Anna, die doch sonst den Mund nicht halten kann, wenn es um Geheimnisse geht, hat es nicht verraten. Ich weiß es nur, weil ich sie mal gehört habe, als sie nicht wußten, daß ich in der Nähe war. Ich habe mir nichts anmerken lassen.»

«Arme Großmutter Dorothea», sagte Hubert und lachte dann auch. «So streng wie die Drachenlehrerin ist sie doch gar nicht. Ob sie auf die Kinder anders wirkt als auf uns?»

«Nein, bestimmt nicht. Sie kennen sie, so lange sie denken können, und haben nicht die Vorstellung, daß sie streng wäre oder gar angsteinflößend. Aber auf ihre Freunde wirkt sie leider so. Annas Kindergartenfreundin macht immer einen großen Bogen um sie herum. Das mit dem Drachen war schon früher ein Spaß zwischen Friedrich und ihr und mir. Er sagte, sie spucke nur nicht mehr Feuer und Schwefel. Sie hat es immer als Kompliment aufgefaßt. Glaubst du, daß sie beleidigt ist, wenn sie merkt, daß die Kinder nun auch damit anfangen? Was ist, wenn sie es zufällig hört?»

«Daß die Kinder sie Frau Mahlzahn nennen?»

«Ja.»

«Ich weiß es nicht. Es ist sicher besser, wir sagen es ihr nicht. Kennt sie die Jim-Knopf-Bücher überhaupt?»

«Sie müßte sie kennen. Anna schleppt alles, was sie begeistert, zu ihr und zeigt es ihr. Aber ob sie beim Blättern auf den Namen gestoßen ist? Keine Ahnung.»

Dorothea wußte es fast vom ersten Tag an. Anna hatte die Bücher angeschleppt und ihr alles darüber erzählt, was sie verstanden hatte. So klein sie war, hatte sie doch ein sicheres Gefühl für die Verletzlichkeit anderer. Sie sprach nie von der strengen Drachendame Frau Mahlzahn.

Als nächster war Viktor in ihr Zimmer gekommen, hatte die Bücher auf ihrem Tisch liegen sehen, seine Urgroßmutter aus den klaren graugrünen Augen seines Vaters angesehen und gefragt: «Hast du schon mal einen Spitznamen gehabt, Urgroßmutter?»

«Nein», sagte Dorothea, «noch nie. Dein Urgroßvater hat manchmal Thea statt Dorothea zu mir gesagt, das war alles. Nicht jeder Mensch eignet sich für einen Spitznamen, Viktor. Ich war immer groß und gerade und sah ein bißchen streng aus. Ich halte mich nicht für streng, aber ich weiß, daß ich so wirke. Wenn man so alt wird wie ich, kennt man sich mit sich aus. Aber warum fragst du das? Hast du einen Spitznamen für mich?»

«Wir haben einen. Aber wenn du beleidigt bist, sage ich es Jesko und Anna, dann lassen wir es.»

«Wie kann ich wissen, ob ich beleidigt bin, wenn ich ihn nicht kenne. Ist er denn so häßlich?»

«Wir nennen dich Frau Mahlzahn», sagte Viktor und erklärte ihr, wer Frau Mahlzahn war.

«Häßlich finde ich ihn nicht», stellte Dorothea endlich fest. «Beleidigt bin ich auch nicht. Aber ich möchte lesen, was meine Namensvetterin macht. Vielleicht gefällt sie mir. Zeig mir, wo sie in dem Buch vorkommt.»

Ihr nächster Besuch war Jesko, der sie zum Abendessen holen sollte. Er klopfte an, kam herein, sah sie mit dem Buch auf dem Schoß im Sessel sitzen und konnte sein Erschrecken nicht ganz verbergen. Dorothea blickte ihm neugierig und erheitert entgegen. «Hast du was, Jesko?»

«Du meine Güte! Jetzt liest du das Buch. Das war bestimmt Anna. Hat sie dir von Frau Mahlzahn erzählt?»

«Anna hat gar nichts erzählt. Sie hat mir das Buch gebracht. Viktor hat es hier liegen sehen und mir gesagt, daß ihr mich Frau Mahlzahn nennt.»

«Bist du beleidigt, Urgroßmutter?»

«Warum sollte ich? Nein, ich bin stolz. Weißt du, daß ich fünfundachtzig Jahre alt werden mußte, um zum erstenmal einen Spitznamen zu bekommen? Noch dazu einen, der mir gefällt. Er paßt und ist nicht albern.»

«Aber was nützt ein Spitzname, den jeder kennt? Er sollte doch ein Geheimnis bleiben.»

«Stimmt», sagte Dorothea. «Das sehe ich ein. Kennen ihn eure Eltern schon?»

«Nein!»

«Gut. Dann sagen wir ihnen auch nichts davon. Er bleibt ein Geheimnis zwischen dir, deinen Geschwistern und mir. Ihr dürft euch aber nicht verraten. Wenn sie da sind, müßt ihr weiter Urgroßmutter sagen. Übrigens auch, wenn sie nicht da sind. Wie ihr mich untereinander nennt, ist mir egal. Aber wenn ihr mit mir sprecht, ziehe ich Urgroßmutter vor. Ist das abgemacht?»

«Jawohl, Urgroßmutter. Ich sage es Viktor und Anna gleich.» Plötzlich seufzte er tief auf. «Weißt du, ich bin es manchmal leid, der Älteste zu sein. Immer muß ich alles in Ordnung bringen. Ich wollte, ich könnte mit Viktor tauschen.»

Dorothea war erheitert. «Das ist nicht neu, Jesko. Die Geschichte steht schon in der Bibel. Laß es lieber, wie es ist. Vermutlich würdest du auch nicht gern wieder acht Jahre alt sein?»

Jesko grinste. «Das geht ja auch gar nicht. Ich hab es nur so gesagt. Übrigens sollst du zum Essen kommen.»

Am Abend, als sie mit Hubert und Ruth im Wohnzimmer saß, sagte Dorothea: «Ihr habt Kinder, auf die ihr stolz sein könnt. Sie sind liebenswürdig, taktvoll und jedes auf seine Art sehr klug.»

Hubert und Ruth starrten die Generalin entgeistert an. Aber erst als sie in ihrem Schlafzimmer waren, fingen sie an zu kichern. «Liebenswürdig, taktvoll und klug», wiederholte Hubert. «Und hinter ihrem Rücken nennen sie sie Frau Mahlzahn, nach einem Drachen aus einem Kinderbuch.»

«Sie haben irgendein Geheimnis», sagte Ruth. «Als ich ihnen gute Nacht sagen wollte, saßen sie alle drei in Jeskos Bett und tuschelten. Als ich kam, haben sie sehr gelacht, aber nichts verraten. Es muß ein Geheimnis mit Großmutter sein, denn so strahlend guter Laune habe ich sie schon lange nicht mehr gesehen. Und dann diese verblüffende Lobrede auf die Kinder! Ich bin gespannt, was dahintersteckt. Irgendwann wird es schon herauskommen.»

Es kam nie richtig heraus, nur ganz allmählich sickerte der Name Frau Mahlzahn aus der Sprache der Kinder in die der Erwachsenen. Ruth und Hubert brauchten ihn untereinander. Von ihnen gelangte er zu Wendelin und Inga Peters, die beide, über das Kinderbuchalter längst hinaus, Erklärungen verlangten. Ruth schenkte ihnen die Jim-Knopf-Bücher zu Weihnachten, heimlich, denn sie gab ihnen das Päckchen erst, als Dorothea sich zurückgezogen hatte, Anna zusammengerollt auf dem Teppich schlief und die Brüder ihre Schätze nach oben in ihr Schlafzimmer getragen hatten.

Dann machte sich Hubert einen Spaß daraus, Drachenbücher zu suchen und sie Ruth zu schenken. Er brachte aus Amerika einen Band mit komischen Drachenzeichnungen mit, er stieß auf Bilderbücher, in denen Drachen die Hauptrolle spielten, und fand endlich eine Essaysammlung von Heimito von Doderer mit dem Titel «Die Wiederkehr der Drachen». Die Miniaturbibliothek wuchs langsam, und Ruth hortete die Bücher im kleinen Regal in ihrem Schlafzimmer, weil sie dort vor der Entdeckung durch Dorothea am besten geschützt waren. Einmal, als sie sich für drei Tage freimachen konnte und mit Hubert nach Paris fuhr, stöberten sie an der Seine in den Bücherkarren und fanden ein zerfleddertes Buch französischer Drachensagen.

«Ungemein bildend», sagte Ruth. «Was man anhand von Drachen nicht alles lernt! Jetzt muß ich wegen Frau Mahlzahn mit dem Wörterbuch Französisch lesen! Neulich habe ich dank Doderer einen Maler und Schriftsteller kennengelernt, von dessen Existenz ich nichts wußte. Er hat den schönen Namen Albert Paris Gütersloh. Jetzt müßten wir bald nach Wien reisen, damit ich mal ein Bild von ihm zu sehen bekomme. Was wirst du noch alles finden?»

«Vielleicht müssen wir die Drachensammlung wegen zu hoher Folgekosten einstellen», sagte Hubert und hakte sie unter.

7

Anke

Ruth war über die Jahre mit Anke in Verbindung geblieben, obwohl sie das Schicksal auseinandergeführt hatte. Am Ende bestand die Freundschaft nur noch aus wenigen Briefen und Telefongesprächen zu Geburtstagen und Weihnachten. Ruth hatte Hemmungen, Anke zu schreiben oder sie anzurufen, weil sie der Freundin gegenüber wegen ihres Glücks, ihrer Kinder und ihrer Ehe mit Hubert ein schlechtes Gewissen hatte. Ankes Unglück begann damit, daß ihr Freund Horst tödlich verunglückte, als sie beide kurz vor dem Examen standen. Anke promovierte, gab aber die geplante Facharztausbildung auf und begann mit Vertretungen auf dem Land. In einer dieser Vertretungszeiten in einer Kleinstadt im Bayerischen Wald lernte sie ihren späteren Mann kennen, der dort Arzt war. Die Hochzeit fand in Regensburg statt, wohin ihre Mutter nach dem Tod ihres Mannes gezogen war. Ruth und Hubert konnten nicht kommen, weil Viktor erst vier Wochen alt war und Hubert sich zu dem Termin wieder einmal im Ausland aufhielt.

Nur Hermann Wendelin, der für ein paar Wochen in München bei Plattenaufnahmen war, nahm am Empfang teil und kam voller unguter Vorahnungen zurück. «Der Mann sieht ausgezeichnet aus, und er ist auch angenehm, aber irgend etwas stimmt nicht. Ich weiß nicht, was es ist, aber er paßt nicht zu Anke. Ich habe ihn nur die paar Stunden gesehen und kaum mit ihm reden können, aber er kippt von einer Stimmung in die andere. Mal ist er todernst und abweisend, im nächsten Augenblick wird er hektisch fröhlich und betriebsam. Hoffentlich geht das gut.»

Es ging nicht gut. Ankes Kind, ein Junge, kam mit körperlichen und geistigen Schäden auf die Welt. Sie ging in der Pflege auf und konnte die Praxis nicht weiterführen, weil ihr die Zeit dazu nicht blieb. Daß ihr Mann Alkoholiker war, erfuhren die Dumartins nur gerüchteweise. Der kleine Junge starb mit vier Jahren. Ein paar Wochen danach machte Ruth sich frei und fuhr zu ihrer Freundin. Auf der Fahrt wurden alle Erinnerungen wieder wach, und sie freute sich trotz des traurigen Grundes auf das Wiedersehen mit Anke. Aber sie traf eine fremde Frau, früh gealtert, nicht mehr zierlich und lebensvoll, sondern ausgemergelt, erstarrt und ausgehöhlt.

Als sie aus dem Postbus stieg und Anke warten sah, überwand sie den ersten Schock bei ihrem Anblick, nahm sie in die Arme und hüllte sie in einen Wortschwall ein. Anke reagierte wie eine Holzfigur. Als Ruth nichts mehr einfiel, fragte sie: «Wo ist dein Mann? In der Praxis?»

«Seit dem Tag von Hinrichs Beerdigung in einer Anstalt.»

«Anke! O Gott! Was ist mit ihm? Wird es besser?»

«Nein, nie mehr», sagte Anke tonlos.

Ruth erfuhr nach und nach, daß der beliebte, lebhafte Arzt von einem viel trinkenden Mann zu einem Alkoholiker geworden war. An der Beerdigung seines Sohns hatte er nicht teilnehmen können, weil er sich am Abend davor buchstäblich bewußtlos getrunken hatte und als Schwachsinniger aus der Ohnmacht erwacht war.

«Gibt es gar keine Hoffnung?» fragte Ruth am ersten Abend. «Kann sich das vielleicht regenerieren?»

«Gehirnzellen sterben, Ruth. Er wird so bleiben. Ein freundlicher Vierjähriger, der im Garten spazierengehen kann und stolz ist, wenn sie ihn zum Geschirrspülen anstellen.»

«Nimmst du mich mit, wenn du ihn besuchst?»

«Wozu? Er hat kein Erinnerungsvermögen mehr. Er sagt nur Anke zu mir, wenn ich ihm sage, daß ich so heiße. Er weiß nicht, wer Hinrich war. Wenn sie ihm sagen, daß ich komme, strahlt er und sagt: ‹Die freundliche Dame kommt mich besuchen.›» Anke begann zu schluchzen. «Weißt du, womit ich ihm eine Freude machen kann? Mit Kinderspielzeug, mit einem Jojo und einem bunten Ball!»

Ruth legte den Arm um sie, aber Anke schüttelte ihn ab und starrte nun wieder tränenlos ins Leere.

«Was wird jetzt aus dir?»

«Ich übernehme die Praxis. Der Vertreter bleibt noch etwa drei Wochen. Ich mache jetzt schon jeden Tag mit, um mich wieder einzuarbeiten. Die meisten Patienten kenne ich, und sie kennen mich. Ich lese nach, was mir entgangen ist. Ich bin sehr beschäftigt, Ruth. Das einzige, was ich nicht ertragen kann, sind Mitleid und Erinnerungen an eine andere Zeit.»

Ruth reiste nach zwei Tagen wieder ab. Anke war versteinert; dagegen konnte sie nichts ausrichten. Von da an blieb es bei den seltenen Briefen und Anrufen.

Hubert traf Anke beim Aussteigen aus der Maschine aus New York im Frankfurter Flughafen.

«Anke?» fragte er etwas unsicher, als er neben sich auf dem Gang eine zierliche blonde Frau gehen sah, die ihn forschend betrachtete und dann zu lächeln begann.

«Ja. Jetzt sag nicht, daß du auch aus New York kommst und wir beide uns während des ganzen langen Flugs hätten unterhalten können!»

«Aber ich komme aus New York.»

«Mein Pech! Da fliege ich Hinterwäldlerin einmal in die weite Welt zu einem Kongreß, dann blase ich auf dem Heimflug Trübsal, weil übermorgen alles vorbei ist, und dabei hätte ich mir das aufsparen können, bis wir in Frankfurt gelandet wären. Wie geht es dir, Hubert? Was machen Ruth und die Kinder? Hast du noch Zeit, daß wir zusammen einen Kaffee trinken können? »

«Aber natürlich», sagte er. «Ich muß mich nur nach meinem Fahrer umsehen, sobald wir durch den Zoll sind. Er wird dort warten.»

Beim Zoll wurde Dr. Dumartin ausgerufen und zum Informationsschalter gebeten. Anke, die in einem der Cafés auf ihn wartete, sah schon von weitem sein strahlendes Gesicht. «So ein Glück! Er ist im Nebel in einen Stau gekommen und sitzt auf der Sauerlandlinie fest. Ich habe ihm gesagt, er soll schnellstens wieder nach Hause zurück. Ich führe mit dem Zug. Jetzt können wir in aller Ruhe zu Mittag essen. – Wie steht es bei dir, Anke? Wann mußt du weiter?»

«Mir reicht irgendein Zug nach Regensburg oder Straubing. Ich kann umsteigen, mit dem Bus weiterkommen oder mich abholen lassen. Ich hab morgen noch frei.»

Ein merkwürdiges Mittagessen an einem kleinen Tisch zwischen müden Reisenden aus aller Welt. Fremde Sprachen, fremde Gesichter, gleichgültige Erschöpfung oder nervöse Unrast. Sie beide auf einer winzigen Insel. Ein rotes Tischtuch, Besteck und Geschirr und einander gegenüber zwei alte

Freunde, die hinter den fremd gewordenen, vom Leben veränderten Gesichtern nach denen aus der Erinnerung suchten, die damals noch jung und ungezeichnet waren. Sie schwiegen befangen oder sagten Sinnloses. «Rauchst du noch, Anke?» – «Ja, danke. Ich kann es mir nicht abgewöhnen.» – «Wo war dein Kongreß? In New York?» – «Ja, in New York.» Irgendwann kam dann der Augenblick, in dem das nicht mehr ging. Sie verstummten.

Hubert faßte sich zuerst. «Wie lebst du?» fragte er. «Kann man dich das fragen, ohne dir wehzutun und Erinnerungen heraufzubeschwören, die man ruhen lassen sollte?»

Anke strich sich die Haare aus der Stirn und sah auf einmal wieder wie damals aus, an der Ruhr, als sie gesagt hatte: «Ich bin nicht auf dem Markt, Hubert.» Klein, zierlich, blond, nur nicht mehr fröhlich.

«Es geht ganz gut. Ich habe eine große Praxis, in der einfach alles vorkommt. Ich schneide Furunkel, bringe Kinder auf die Welt, versorge Unfallverletzte, ehe ich sie ins Krankenhaus schicken kann, nähe Wunden und behandle alte Leute mit Rheuma. Ich habe einen Platz in meinem Dorf gefunden und weiß, wohin ich gehöre.»

«Und dein Mann?»

Sie senkte den Blick und spielte mit dem Messer. «Er lebt in der Anstalt. Er vergißt mich von einem Besuch zum anderen, freut sich, wenn ich komme, weint, wenn ich fortgehe, weiß aber nicht, ob ich gestern da war oder vor vier Wochen.» Nach einem Augenblick lachte sie nervös. «Mach nicht so ein verdattertes Gesicht, Hubert. Ich kenne das. Du überlegst jetzt, wie du mich trösten sollst, und findest keine Worte. Ich bin daran gewöhnt. Es tut nicht mehr weh. Irgendwann wird auch das zum Alltag. Erzähl mir lieber von euch. Reist du immer noch soviel in der Welt herum? Hat sich Ruth daran gewöhnt? Früher hat sie darunter gelitten.»

Das rettende Ufer. Die Familie. Ruth. Ihre Malerei. Er konnte erzählen. Nicht von den Kindern, weil sie so gesund und normal waren, daß er sich fast schämte und nicht wußte, ob es ihm gelang, die Bedeutung, die sie für ihn und Ruth hatten, genügend herunterzuspielen, damit Anke nicht an den kranken, debilen Sohn mit dem anspruchsvollen Namen dachte. Natürlich dachte sie an ihn. Er sah es auf ihrem Gesicht, mit dem er sich nun wieder auskannte, obwohl es hart und anders geworden war. Ein neuer Anlauf: Wendelin. Nein, sie hatte ihn nie wieder gesehen. Alle alten Verbindungen waren abgerissen, aus ihrer Schuld. Wenn man neu anfangen muß, reist es sich besser ohne Gepäck. Hubert hörte sich Klischees an, die ihm weh taten. Früher hätte er sich dagegen gewehrt. Aber alles, was er hätte sagen können, wäre ähnlich unbrauchbar gewesen. Man macht sich ein Bild von seinen Freunden, das man mit sich trägt, und wenn sie später dem Bild nicht mehr entsprechen, ist man enttäuscht. Die junge Anke, in die ich verliebt war, hätte ihre Freunde nicht fallenlassen; sie hätte sie gebraucht. Eine Lösung. Dann eine andere: Wenn man einen Menschen lange kennt und oft an ihn denkt, wird man duldsam; man zieht in Betracht und streicht ab und ist sich seiner selbst nicht mehr so sicher.

Er erzählte ihr weiter von Wendelin und Inga. Sie hörte höflich zu, aber er merkte, daß das nicht mehr ihre Welt war. Nur als der Name Dorothea fiel, wurde sie lebendig.

«Wie alt ist sie jetzt?» Anke legte die Stirn in Falten. «Achtundachtzig? Stimmt das?» Hubert nickte. «Mein Gott, wie oft habe ich an sie gedacht. In den ersten beiden Jahren nach Hinrichs Tod, als es mir sehr dreckig ging, wollte ich ihr oft schreiben. Aber dann geschah etwas Seltsames, während ich mir den Brief überlegte, sortierten sich auf einmal die Dinge, und ich brauchte nicht mehr zu schreiben.»

«Tu's trotzdem mal, Anke», sagte er. «Sie wird sich freuen.

Ihre Welt ist so klein geworden. Dich hat sie immer sehr gern gehabt und oft von dir gesprochen.»

Vielleicht, dachte er nachher, wäre die Begegnung anders verlaufen, wenn sie hätten spazierengehen können. Aber so: an einem Tisch in einem lauten Flughafenrestaurant, mit einem Koffer in der Garderobe und Zeitplänen im Kopf. Hätte er sie auffordern sollen, mit ihm durch die Waben dieses unruhigen Bienenstocks zu gehen?

Sie erzählte wenig, und er wollte nicht in sie dringen. Ja, gelegentlich bräche sie aus, sagte sie. Reisen zu Kongressen, Wochenenden in München. Leicht sei es nicht, weil immer einer der Kollegen aus der Umgebung für sie einspringen müsse. Das bedeute für diesen dann weite Fahrten, nächtliche Anrufe und mehr Arbeit am Wochenende als in der so schon ausgefüllten Woche. Natürlich ginge das auf Gegenseitigkeit, aber es wäre anders, wenn sie, die allein lebte, Kollegen verträte, als wenn Familienväter ihre Samstage und Sonntage im Auto verbrächten. Ob sie Freunde hätte, fragte er vorsichtig.

Die alte Anke sah ihn an und wurde fröhlich. «Damit meinst du bestimmt Männer, nicht wahr? Wie lieb von dir, das zu fragen, Hubert. Wenn ich mich im Spiegel sehe, komme ich mir alt vor und jenseits von Gut und Böse. Und dann tauchst du auf dem Frankfurter Flughafen auf, nachdem wir uns Jahre nicht gesehen haben, und bist interessiert. Was für ein reizendes Kompliment!»

«Wie wäre es mit einer Antwort?»

Die alte Anke verlor sich, und die fremde Frau mit dem beherrschten Gesicht war wieder da. Sie schüttelte den Kopf. «Kein Mann. Das kann ich noch nicht. Ich bin feige geworden. Wenn ich einen Mann kennenlerne, der mir nur annähernd gefällt, verzeichne ich voller Argwohn, daß er vielleicht mehr als zwei Gläser Wein trinkt. Dann denke ich an das alternde Kind, das am Tor der Anstalt auf meinen Besuch wartet – und aus ist es. Meine Geschwister wollen mich verkuppeln. Ich besuche sie nicht oft, aber sobald ich da bin, tauchen immer ganz zufällig gestandene Geschiedene oder frische Witwer auf. Keine Ahnung, wo man die auftreibt. Ich habe mir überlegt, wie die Anzeige aussehen müßte, mit der sie mich anpreisen: Suchen für unsere Schwester, praktische Ärztin, klein, zierlich, ohne Anhang, na und so weiter . . .»

Als Hubert lachte, stimmte sie leise ein, aber dann hüllte sie beide wieder die merkwürdige Befangenheit ein. Sie suchten nach neuen Themen und alten Berührungspunkten und waren fast froh, aufbrechen zu können. Sie gingen zusammen zur S-Bahn, stellten fest, daß sie in getrennte Richtungen fahren mußten, und verabschiedeten sich.

Hubert beugte sich vor und küßte sie auf beide Wangen. «Es war schön, dich zu sehen, Anke.» Dann zögerte er, sammelte Mut und brachte keinen Satz zustande, bis sie sich schon zum Gehen gewandt hatte und er hinter ihr herrufen mußte. «Anke?» Sie drehte sich um. «Du hast gesagt, du fährst öfter nach München. Ich bin auch oft dort. Könnten wir uns nicht mal treffen?»

«Warum nicht?» antwortete sie kühl. «Vielleicht ergibt es sich.» Sie hob winkend die Hand.

Hubert erzählte zu Hause nichts von der Begegnung mit Anke. Er fürchtete, sie würde an Ruth schreiben, und wußte nicht, wie er dann erklären sollte, daß er darüber Stillschweigen bewahrt hatte. Später verlor sich die Angst, und er gab sich der törichten Hoffnung hin, sie würde ihm schreiben und ein Wiedersehen vorschlagen. Dann machte er sich klar, daß sie das nie tun würde, einfach weil es nicht zu ihr paßte. Bei der nächsten Geschäftsreise nach München überlegte er sich auf dem kurzen Flug von Düsseldorf, wie es wäre, wenn sie ihn am Flughafen oder im Hotel oder in einem Straßencafé unter einem bunten Sonnenschirm erwartete. Vor dem Rückflug am Abend blieb ihm noch ein wenig Zeit. Er ging durch die Innenstadt, starrte in die Schaufenster eleganter Geschäfte, las Theaterprogramme und malte sich aus, wo er, wäre sie da, mit ihr zu Abend essen könnte.

Das war drei Wochen nach dem Wiedersehen in Frankfurt. Nach vier Wochen, als sich Anke immer noch nicht aus seinen Gedanken und Träumen vertreiben ließ, rief er sie an. Er versuchte es mehrmals, bis er sie endlich erreichte. Wann wäre sie wieder in München? Er müsse hin, könne sich den Termin einrichten, wollte sie wiedersehen. Und Ruth, fragte Anke. Nein, Ruth nicht. Er habe ihr nicht einmal von dem Zufallstreffen in Frankfurt erzählt. Einmal brauche er etwas ganz für sich allein. Sein Leben sei zu turbulent, zu vollgestopft mit Menschen. Ruth, die Kinder, Dorothea, seine Eltern und Schwestern, seine Firma, sein Beruf, die vielen Reisen, bei denen er jedesmal Angst haben müsse, daß ein anderer es sich inzwischen auf seinem Schreibtischstuhl bequem gemacht hätte. Nein – einmal brauche er sie ganz für sich allein.

Ankes zögerndes Lachen, das durch den Draht zu ihm kam. Ihre Frage, in der ein Hauch ihrer alten Fröhlichkeit und Spottlust geisterte, auf was er denn eigentlich aus sei, auf ein Abenteuer oder stille Einkehr? Sie könne beides nicht liefern. Das mit dem Abenteuer habe sie zu erklären versucht, und stille Einkehr habe sie zu Hause im Übermaß, der wolle sie ja gerade entkommen, wenn sie in die Großstadt führe. Was also wolle er?

«Dich sehen, mit dir zusammensein.»

Es gab Klippen. Nach dem Theater – einer heiteren, ein bißchen albernen englischen Kömodie – beim Abendessen: Ankes strikte Weigerung, Wein zu trinken. Ein elegantes Restaurant, ein ausgezeichnetes Essen, der französische Wein, der ihm nicht schmeckte, weil sie aus Überzeugung Sprudel trank und jedesmal, wenn ihm der Ober nachschenkte, einen kleinen strengen Zug um den Mund bekam. Sollte er denn sagen, daß er kein Alkoholiker sei, nie einer werden würde? Mußte sie das nicht von allein wissen? Verflogen die fröhliche Laune aus dem Theater. Nichts als Reden um des Redens willen, Konversation wie bei den Einladungen seiner Chefs. Erinnerungen: Ruth, die sagte «Haben wir noch Sekt?», sich auf ihrem Sessel zusammenfaltete, ihn über den Rand des Glases anblinzelte und so aussah, als würde sie gleich sagen «Laß uns früh zu Bett gehen». Aber gegenüber saß nicht Ruth, sondern Anke, gefangen in ihren Ängsten und fixen Ideen.

Als sie endlich auf die Straße kamen, hatte es geregnet. Der Asphalt glitzerte naß, und auf ihm spielten die Autos *«Son et lumière»*. Das half ein wenig. Ein unverfängliches Thema, Reiseerinnerungen, bei ihr Rhodos, bei ihm die Loire. «Laß uns durch den Englischen Garten gehen, Hubert», sagte sie. «Ich weiß, ich habe dir die Stimmung verdorben. Alles, was du gedacht hast, habe ich auch gedacht. Ich gelobe Besserung.»

Das Nachtgesicht des Parks, erste Herbstblätter, nur mehr wenige Menschen zu so später Stunde. Hundeausführer, ein Liebespaar, heimwehkranke Türken in einem Grüppchen, auf den Stufen eines der kleinen Tempel zwei Stadtstreicher. Der Himmel war nun klar, nur noch ein paar rasch reisende Wolkenfetzen. Sie hielten sich an der Hand und schritten auf eine Bank zu. Sie probierten vorsichtig aus, wieviel von der früheren Zeit noch vorhanden war; ein Tasten mit wenigen Worten.

Zu spät sahen sie, daß die Bank besetzt war. Der Mann war weit nach vorn gerutscht, sein Hinterkopf überragte kaum die

Rücklehne, der sie sich von der Wiese aus näherten. Er hörte sie kommen und richtete sich auf. Ein alter Mann, soweit sie es in der Dunkelheit erkennen konnten, heruntergekommen, eine Flasche in der Hand, Fuseldunst in der sauberen Nachtluft.

«Treten Sie näher», sagte er. «Sie stören mich nicht. Sie können mich nicht stören, denn ich mache gerade dort oben einen Spaziergang.» Er wedelte mit der halb erhobenen Hand schlaff zum Himmel hinauf.

Hubert und Anke standen unschlüssig neben der Bank. Sie konnten sich nicht verständigen, wollten wohl beide nicht unhöflich sein.

Der Mann nahm ihnen die Entscheidung ab. «Mit fünf Mark sind Sie dabei.» Ein kehliger Laut, der vielleicht ein Lachen war. «Ich befinde mich nicht in einer augenblicklichen, sondern in einer immerwährenden Notlage.» Die kultivierte Sprache wirkte grotesk. Er tippte auf die Flasche. «Für das Heute ist gesorgt, aber das Morgen läßt noch zu wünschen übrig.»

Hubert schob die Hand unter den Mantel in die Jackettasche und fingerte nach Münzen. Er ertastete zwei Fünfmarkstücke. «Hier», sagte er. «Wird es Ihnen nicht kalt, wenn Sie so still auf der Bank sitzen? Es ist feucht und kühl.»

«Ich schlafe hier nicht. Wie ich bereits sagte, begebe ich mich auf einen Spaziergang. Der Sternenhimmel im Oktober. Beteigeuze, Rigel, Andromeda, Kassiopeia. Welcher Wohlklang der Namen! Welche Wunderwelt! Sie können mir Gesellschaft leisten. Setzen Sie sich!»

Immer noch keine Gelegenheit, sich zu verständigen. Keiner wußte vom anderen, ob er die Flucht ergreifen wollte oder nicht. Sie folgten gehorsam der Aufforderung, setzten sich und legten gleich dem Mann den Kopf in den Nacken, um in den Himmel blicken zu können.

«Ich kenne mich am Himmel nicht aus», sagte Hubert. «Ich finde den Polarstern und weiß, wo der Kleine und Große Wagen sind. Doch, den Orion finde ich auch. Aber das ist alles.»

«Ich werde Sie unterrichten», sagte der Trinker streng.

Hubert hatte sich in die Mitte gesetzt, um Anke vor dem Mann abzuschirmen. Jetzt erklärte er in gewählten Worten und gab Richtungen an, bis sie beide die Sternbilder fanden, von denen er sprach. «Dort», deutete er, «Mutter und Tochter sind einander nahe. Perseus hat sie an den Himmel versetzt, wo sie unsterblicher geworden sind als er, der Halbgott.»

«War Perseus ein Halbgott?» Anke hatte bisher noch kein Wort gesprochen. Sie hielt weiter Huberts Hand fest, abgestoßen von dem Säufer und seiner Schnapsfahne, dennoch neugierig und beeindruckt von seinem Wissen.

«Perseus, der Sohn von Danae und Zeus. Die Geschichte von den Gorgonen kennen Sie natürlich. Auf seinen Fahrten verliebt sich Perseus in das schöne, an den Felsen geschmiedete Mädchen Andromeda, das für die Eitelkeit der Mutter büßen mußte, die sich brüstete, schöner als die Nereiden zu sein.» Er sprach dozierend und rechthaberisch, kehrte von der Sage zu den Sternen zurück, zeigte ihnen den Andromedanebel, nannte Entfernungen, Größenordnungen und wissenschaftliche Klassifizierungen. Sie hörten ihm staunend zu, konnten bald nicht mehr folgen, saßen aber wie festgenagelt und wußten nicht, wie ihm entkommen. Endlich machte er eine Pause in seinem Vortrag, setzte die Flasche an den Mund und trank in langen Zügen. Als er genug hatte, reichte er sie an Hubert weiter.

Hubert wehrte ab, wollte sie ihm zurückgeben, wurde sie aber nicht los, weil der Mann sagte: «Ich glaube, es ist ein Gebot der Höflichkeit, daß Sie einen Schluck zu sich nehmen. Sie haben nicht nur für das Morgen, sondern auch das Übermorgen gesorgt. Sie können mir diese Dankesbezeugung nicht verweigern.»

Anke spürte Huberts Hand starr werden. Am liebsten hätte sie laut gelacht, beherrschte sich aber und hörte dann Hubert Atem holen. Er hob die Flasche zum Mund, trank, schnappte nach Luft und gab mit einer angedeuteten Verbeugung den Fusel zurück. «Vielen Dank.»

«Und nun die Dame. Auch ihr wird die Erwärmung willkommen sein.»

Anke sah die an Hubert vorbeigestreckte Flasche. Er macht sich über uns lustig, dachte sie. Er weiß genau, wie er auf uns wirkt und wie unangenehm uns das ist.

Als sie merkte, daß Hubert eingreifen wollte, gab sie sich einen Ruck und kam ihm zuvor. Sie griff nach der Flasche, trank zum erstenmal seit vier Jahren wieder Alkohol, trank Fusel, an dem sie fast erstickte, und hatte immer noch das Bedürfnis, laut zu lachen. Sie stand von der Bank auf, zog Hubert mit sich und sagte: «Es ist ein Gebot der Höflichkeit, daß wir uns für diesen lehrreichen Himmelsspaziergang bei Ihnen bedanken. Gute Nacht.»

Erst als sie außer Hörweite waren, wagten sie zu lachen. «Was war er mal?» fragte Hubert. «Studienrat?»

«Privatlehrer», sagte Anke. «Ich weiß zwar nicht, was das ist, aber es klingt so eindrucksvoll. Sicher hat er mit seiner Besserwisserei allen die Nerven langgezogen, bis keiner mehr etwas mit ihm zu tun haben wollte. Dadurch ist er an den Suff gekommen . . .» Plötzlich blieb sie wie angewurzelt stehen und sah staunend zu ihm auf. «Hubert! Ich habe mit einem Stadtstreicher auf einer Bank gesessen und mit ihm Schnaps getrunken. Aus der Flasche! Und mit dir wollte ich nicht einmal ein Glas Wein trinken.»

Er sah in ihr Gesicht und bekam Angst, daß sie gleich weinen könnte. «Das, liebe Anke», sagte er gedehnt, «war nur ein Gebot der Höflichkeit und eine Dankesbezeugung, die du ihm nicht verweigern konntest. Außerdem hast du etwas gelernt. Wie weit ist der Andromedanebel entfernt? Antworte mir!»

Sie sah immer noch zu ihm auf und dachte: Ich bin windelweich vor Dankbarkeit, daß er mir hilft, daß ich mit ihm dies erlebt habe, daß er mich aus dem Sumpf meiner trübseligen Gedanken zieht und ich es einmal nicht selber tun muß. Dann sah sie ihn genauer an, stellte fest, daß die roten Haare blond geworden waren und einen ersten grauen Schimmer bekamen. Sie verbarg alle Rührung, ging auf seinen Tonfall ein und sagte artig:

«Zweieinviertel Millionen Lichtjahre, Herr Professor.»

«Stimmt das?»

«Ich meine, daß er das gesagt hat, aber mir kommt es wirklich nicht auf ein paar Lichtjahre mehr oder weniger an. Ich kann nicht in Lichtjahren denken. Aber jetzt bist du dran. Was hat es mit den Gorgonen auf sich? Lernt man griechische Sagen in der Schule? In der Zeit muß ich ein langes, schleppendes Leiden gehabt haben.»

«Irgendwer versteinerte irgendwann bei ihrem Anblick», sagte Hubert. «Es ist ein Teil der Perseus-Sage. Erhellend?»

Als er sie bei ihrem Hotel abgesetzt hatte und mit dem Taxi allein weiterfuhr, lehnte er gedankenverloren in der Ecke der Rückbank und ertappte sich dabei, daß er lächelte und stumm nach einer Melodie suchte, auf die sich «Es ist ein Gebot der Höflichkeit» singen ließ.

Als sie sich das nächste Mal in München trafen, war es sehr kalt und winterlich. Sie gingen durch den Englischen Garten und suchten nach dem Pennbruder, der hochdeutsch sprach und griechische Sagen und Sterne kannte, aber sie rechneten selber nicht damit, ihn wieder anzutreffen. «Es ist nicht der

Mann, den wir suchen», sagte Anke, «es sind unsere Erinnerungen an ihn. Er war unangenehm. Wir hätten ihn nicht gern gekannt. Aber wir haben das zusammen erlebt, darum ist es wichtig.»

Er wußte, was kommen würde. Sie klammerte sich an die gemeinsamen Erlebnisse. Es waren Schätze für sie, die sie ans Licht heben und in der Sonne funkeln sehen wollte. Sie sprach über ihre Späße, die Gänge durch Ausstellungen, Mahlzeiten oder den Zoobesuch kurz vor Weihnachten. Nicht über das Heute, das beim nächsten ihrer Treffen schon Vergangenheit sein würde. Falls es ein nächstes Treffen gab. Ihnen beiden war klar, wie kurz die ihnen bemessene Zeit sein würde, daß es keine Verlängerung in die Zukunft geben konnte. Geschenkte Tage, die sie dankbar entgegennahmen, die er schwebend und heiter haben wollte. Anke verglich sie mit ihrem Alltag, machte sie gewichtig, fand jedes Glas Wein ein Wunder, jedes fröhliche unbeschwerte Lachen ein Kleinod und die erste Vereinigung mit ihm, auf die er geduldig bis in den Februar gewartet hatte, ein Glück, an dem sie schwer trug.

«Eigentlich müßte alles andersherum sein», sagte er, als er neben ihr lag und mit den Fingerspitzen über ihren Arm strich. «Du müßtest es leichtnehmen, ich müßte schwer daran tragen.»

Ihre Antwort überraschte ihn sehr: «So wird es später sein, Hubert. Wenn dies hier zu Ende ist.»

Aber noch war es nicht zu Ende. Wieder München, zwei ganz unnatürlich warme Märztage. Anke kaufte sich eine Wolljacke und ließ den schweren Mantel im Hotel. Sie bummelten durch die Straßen, machten Spiele, die sie seit der Studentenzeit nicht mehr gespielt hatten und für die sie eigentlich viel zu alt waren. Sie zählten dicke Männer mit Gamsbarthut und Dackel. Sie wetteten, daß der, der der Zahl

Dreißig am nächsten kam, vom anderen zum Abendessen eingeladen werden müßte. Anke sagte dreiunddreißig, Hubert sechsundzwanzig. Den siebenundzwanzigsten Gamsbart trafen sie auf der Straße vor dem Restaurant. Zum Staunen des Obers halbierten sie die Rechnung auf die Mark genau. Dann gab es andere Spiele. Sie stellten sich mit dem Rücken zur Frauenkirche und vertieften sich in den Stadtplan. Als sie eine lebhafte Diskussion begannen und die Stimmen hoben, zogen sie Neugierige an. Endlich fragte einer, ob er helfen könne. Hubert, der Dialekte aus der Luft aufschnappte und selbst Einheimische täuschen konnte, fragte in breitestem Kärntnerisch, wo denn die Frauenkirche wäre. Der hilfsbereite Mann sah sie kopfschüttelnd an. «Drehen's Eahna um!» Sie drehten sich gehorsam um. Sie maßen die Kirche von oben bis unten, dann sagte Hubert: «Naa! A so a klein's Kircherl!» Als die entrüsteten Münchener über die narrischen Österreicher schimpften, liefen sie davon und lachten Tränen.

Im Donisl aßen sie Weißwürste und tranken Bier dazu. Ein preußisches Ehepaar setzte sich an ihren Tisch. Hubert und Anke sprachen bayerisch, verwickelten die Fremden in ein Gespräch, gaben an, sie nicht zu verstehen und sagten. «Woas moanenS'?» Beim Fortgehen hörten sie die beiden über diese gutgekleideten Bayern rätseln, die der Schriftsprache nicht mächtig seien. Am Abend begegneten sie ihnen in der Hotelhalle, sahen das Erstaunen und retteten sich in den Lift.

In ihrem Zimmer sank Anke auf den Sessel, ließ die Arme über die Lehne baumeln, streckte die Beine aus und stöhnte: «Uff! Heute sind wir bestimmt fünfundzwanzig Kilometer gelaufen, und soviel gelacht habe ich seit Jahren nicht mehr. Du bist ein Wunderdoktor.»

«Nein», sagte er, beugte sich über sie und band die Schleife an ihrer Bluse auf. «Die Frau Doktor bist du. Bei jeder unserer Begegnungen schenkst du mir etwas Neues oder Uraltes, das ich verloren glaubte. Wenn das so weitergeht, werden wir noch ein Portemonnaie an einem Bindfaden auf die Straße legen, uns hinter einer Hecke verstecken und es fortziehen, sobald sich einer danach bückt. Du machst mich albern, liebe Anke. Albern, glücklich und zu einem Kindskopf. Dazu habe ich so lange keine Zeit gehabt, daß ich gar nicht mehr wußte, wie es geht.»

«Bist du mit deinen Kindern denn nicht albern?»

«Anders, nicht so.»

«Und mit Ruth? Früher konnte man mit ihr herrlich lachen. Ist das denn verlorengegangen? Ich kann es mir nicht vorstellen. Sogar Großmutter Dorothea war oft sehr komisch.»

Er beugte sich tiefer über sie und küßte sie. Als sie nach Luft schnappte und etwas sagen wollte, legte er ihr den Zeigefinger auf die Lippen. «Keine Kinder, keine Ruth, keine Dorothea. Heute nicht. Nur du und ich. Reicht das nicht?»

«Ja», sagte Anke. «Es reicht.»

Zum letztenmal trafen sie sich im Mai. Anke war mit dem Auto gekommen. Sie fuhren nach Schleißheim, wanderten durch den Park, erinnerten sich an einen Film, den sie gesehen hatten, als sie damals so oft ins Kino gegangen waren. «Weißt du noch?» sagten sie. Und: «Wie war das Spiel mit den Streichhölzern? Wir haben daran herumprobiert und sind nicht auf den Trick gekommen.» – «Doch», Anke lächelte wehmütig, «Horst schon. Der war ein guter Mathematiker.» Danach besichtigten sie Porzellan. Sie suchten sich aus, was sie gern gehabt hätten, stellten sich vor, wie es aussehen würde, wenn sie damit den Tisch deckten. «Kerzenlicht», sagte Hubert, «damit es einen weichen Glanz bekommt und die Farben leuchten.» – «Du müßtest ein Seidenhemd mit Rüschen tragen und einen Frack aus dunkelgrünem Damast.

Deine helle Haut, dein rotes Haar –» – «Mehr grau als rot, und rot ist es auch nicht mehr.» Sie lächelten sich an. «Für mich schon, Hubert. Weißt du, das ist so schön, wenn man sich lange kennt. Man hat das Bild des anderen fest in sich verankert, paßt es vielleicht ein wenig den Veränderungen der Jahre an, aber nicht viel. Selbst wenn du weiß oder glatzköpfig wärst, würdest du in meinen Gedanken noch rothaarig sein und keine Wirklichkeit könnte mich umstimmen.»

«Ach, Anke, das kannst du viel schöner sagen als ich. Aber für mich gehst du immer in einem himmelblauen Rock und einer weißen Bluse an der Ruhr auf dem Leinpfad spazieren.» Er lachte und griff nach ihrer Hand. Hinter einer Vitrine mit einer prunkvollen Deckelvase stellte sie sich auf die Zehenspitzen und küßte ihn.

Als sie wieder im Auto zurückfuhren, fragte sie: «Was hast du noch auf dem Programm, Hubert? Es ist unser letzter Abend.»

«Ich habe immer nur ein Programm, dich! Was möchtest du?»

«Laß uns im Hotel bleiben. Wir können dort essen.»

«Nichts lieber als das.»

Nach dem Essen, beim Mokka, versank Anke in langes Grübeln. Endlich hob sie den Blick und sah ihn an. «Ich muß dir etwas sagen, Hubert, weiß aber nicht, wo anfangen.»

Er spürte sein Herz einen Schlag aussetzen. «Vielleicht am Anfang, Anke. Oder spar ihn dir, denn ich fürchte, ich weiß, was nun kommt. Ist es zu Ende?»

«Ja. Nicht meine Liebe zu dir, meine Dankbarkeit für mehr als ein halbes Jahr Glück und Leben. Du hast mich wieder auf die Beine gestellt. Ich bin gesund geworden, durch dich. Aber weil ich gesund bin, will ich keine Heimlichkeiten mehr. Wir haben selten über Ruth gesprochen, und ich möchte das heute auch nicht. Aber du gehörst zu ihr und euren Kindern.» Anke zeichnete kleine Schnörkel auf die Tischdecke. «Das weißt du auch, nicht wahr?»

Er sah sie stumm an, brachte es aber nicht über sich, ein Wort zu sagen oder auch nur zu nicken.

«Das zwischen uns beiden», fuhr sie leise fort, «war etwas Unerledigtes, das wir durch die Jahre in uns getragen haben. Vielleicht wäre es auch geschehen, wenn Horst gelebt hätte und ich glücklich geworden wäre. Aber nach seinem Tod und dann später in den vier Jahren meiner Ehe, als ich Hinrich hatte, als er starb und aus meinem kranken Mann ein Idiot wurde, habe ich an dich gedacht und von dir geträumt. Dann habe ich es verdrängt, Jahr um Jahr hinter mich gebracht, bis es anfing, ein wenig besser zu gehen. Aber das ging langsam, und vielleicht hätte ich, wärst du nicht in Frankfurt plötzlich neben mir aufgetaucht, noch viele Jahre gebraucht, um wieder normal zu werden.» Anke sah nicht mehr traurig oder wehmütig aus wie am Nachmittag. Ein Hauch der alten Fröhlichkeit war mit einem Mal zu sehen. «Du hast mich überrumpelt. Mit deinem Anruf und dem Vorschlag, nach München zu kommen. Nie, hatte ich mir geschworen, würde ich noch einen Schluck Alkohol trinken . . .»

«Daran war ich unschuldig», sagte Hubert. «Das war der Strolch!»

«Eben nicht.» Sie schob das Kinn vor. «Ich hatte dir den Abend verdorben und dir den Wein glasweise versauert. Als mir dann der alte Säufer die Flasche gab, kam mir das wie ein Gottesurteil vor. Ich habe mich gestellt und getrunken, und nun bin ich die lähmende Angst los. Auch in der Liebe hast du mich überrumpelt.»

«Nein.» Jetzt lachte auch Hubert. «Überrumpeln kann man drei Monate eigentlich nicht nennen.»

Anke sprach weiter, als hätte sie ihn nicht gehört. «Anfangs hat mein Mann nur mit mir geschlafen, wenn er getrunken hatte. Ich war so unerfahren, daß ich das gar nicht richtig begriff. Hinrich hat er im Rausch gezeugt. Nach seiner Geburt war unsere Ehe zu Ende. Ich hatte acht Jahre nichts mit einem Mann gehabt, Hubert. Da sind drei Monate sehr kurz.»

Hubert dachte an seine Angst und Unsicherheit. Er hatte kaum gewagt, sie zu berühren. Drei Monate, dachte er jetzt. Ich wußte immer, wie wenig Zeit uns bleiben würde. Nun sagt sie «überrumpelt» und streicht mich aus ihrem Leben. – «Warum gerade jetzt, Anke?»

«Viele Gründe. Ruth ist nur einer davon. Meine vielen kleinen Reisen, mal an einem Wochenende, mal zwei Tage mitten in der Woche. Das geht auf die Dauer nicht. Ich habe zu viele Patienten. Ich belaste einen Kollegen, der einspringt, weil er mich gern hat und mir helfen will. Weißt du, es ist wie in diesen gemeinen Werbefilmen. ‹Gönnen Sie sich was.› Oder: ‹Verwöhnen Sie sich!› Ich habe mir dich gegönnt, Hubert, und mich auf Kosten anderer verwöhnt. Armer Hubert, du hast mich gesund gemacht und mich auf die Beine gestellt. Dafür bekommst du nun Hut und Mantel gereicht. Der Mohr hat seine Schuldigkeit getan, der Mohr kann gehen.»

«Der Mohr wird gehen, Anke, traurig, erfüllt, dankbar und einmal vielleicht sogar glücklich in den Erinnerungen. Aber erst morgen.»

«Ja, Hubert, erst morgen.»

Als Ruth merkte, daß Hubert sie betrog, war sie selbst über ihre Reaktion verblüfft. Sie setzte sich in ihr Atelier und betrachtete sich und die Familie so distanziert, wie ein Außenstehender sie sehen würde. Im Zentrum stand Dorothea, nicht Hubert, nicht sie, nicht die Kinder, sondern eine alte Frau von achtundachtzig. Sie ist beherrschender als wir anderen, stellte Ruth staunend fest. Sie hält uns alle zusammen. Ohne sie hätten Hubert und ich uns wahrscheinlich längst schon getrennt. Und das ginge auf meine Rechnung. Ich teile mein Leben ein, jeder bekommt ein Stückchen zugemessen, aber den Rest behalte ich für mich, für mein Malen und Zeichnen. Es gibt fünf Stücke Ruth, die ich gleichmäßig an meinen Mann, die Kinder und Großmutter austeile. Die Verteilung stimmt nicht, denn Hubert müßte das größte Stück bekommen, das, das ich nicht abgeben will. Wenn ich aber dieses Stück abgebe, zerbreche ich. Damals, nach Annas Geburt, war es beinahe soweit. Hubert ist der Leidtragende. Er hat mit mir ein schlechtes Geschäft gemacht. Er braucht eine Frau zum Vorzeigen, eine, die Gesellschaften gibt, die mehr Anteil an seinem Beruf nimmt, die ihren Ehrgeiz nicht für sich selbst behält, sondern ihn auf ihren Mann überträgt. Was sagen denn wohl seine Vorstandskollegen über mich? Die Frau von Dr. Dumartin? Zurückgezogen, großer Haushalt, Künstlerin, hat Ausstellungen gehabt, illustriert Bücher. Sie reist selten mit ihm. Gesellschaftlich gewandt, aber zu zurückhaltend, zu wenig expansiv. Mehr ein intellektueller Typ, Sie verstehen schon. – Gut, aber wie sieht Hubert das? Fühlt er sich von mir alleingelassen? Kann es sein, daß er eifersüchtig auf meinen sogenannten Erfolg ist? Nein, das glaube ich nicht. Meine Arbeit hat uns von Anfang an stark verbunden. Die Liebe auch. Die Kinder? Vernachlässige ich ihn der Kinder wegen? Aber er liebt sie ebenso wie ich. Wie oft haben wir uns gegenseitig gratuliert, diese so verschiedenen, lebensvollen und gescheiten Kinder zu haben. Bleibt Großmutter, und das ist fast verrückt, denn er liebt sie, und sie liebt ihn. Nach außen sieht es nicht so aus, weil sie sich so leidenschaftlich gern zanken. Aber wenn er berufliche Probleme hat, bespricht er sie nicht mit mir allein, sondern holt Frau Mahlzahn dazu. Wenn sie einen Schnupfen hat, regt ihn das mehr auf als mich, und am liebsten ließe er den armen Reiter zweimal am Tag kommen.

Liegt es vielleicht gar nicht an uns als seiner Familie, sondern an ihm?

Was kann ich tun? Was will ich? Ich kann nichts tun, gar nichts. Mit Weinen und Wehklagen bekomme ich ihn ebensowenig zurück, wie wenn ich mich ihm nackt auf einem roten Samtkanapee darböte. Wobei das Unsinn ist, denn er will mich ja. Und wenn ich jetzt plötzlich um ihn herumgurrte und die liebende Gattin spielte, würde er erschrecken und argwöhnisch sein. Schön, was will ich?

Ruth sprang auf und stellte sich vor die Staffelei, auf der eine aufgezogene Leinwand stand, an der sie schon lange arbeitete, aber nicht vorankam, weil sie nicht zustande brachte, was sie in der Phantasie so deutlich sah.

Sie machte den Oberbichlermund, versank in der wütenden Betrachtung dessen, was sie gemalt hatte, und verglich es mit dem Bild in ihrem Kopf.

An dem Freitag im März, an dem Hubert mit Anke in München Gamsbärte und Dackel zählte, saß die Familie beim Mittagessen, als Ruth ihren lange überlegten Plan ganz beiläufig erwähnte. «Ich möchte heute nachmittag Ausgang haben.»

Sie sah in vier neugierige Gesichter.

«So ganz außer der Reihe?» fragte Jesko, der sich selbst mit seiner manchmal so tiefen Männerstimme und den endlosen Armen und Beinen in Verlegenheit brachte und das mit ungeschickter Witzigkeit wettmachen wollte. «Was denkst du dir denn, Mama?»

«Was hast du vor?» fragte Dorothea.

«Ich möchte Wendelin besuchen und mit ihm Tee trinken.»

«Prima, da komme ich mit», sagte Jesko. «Ich auch!» rief Anna. «Klar, wir kommen alle mit», bestätigte Viktor, und sogar Dorothea nickte. «Wenn ich auch noch ins Auto passe. Es ist ein so wunderschöner Frühlingstag, und ich bin so lange nicht mehr bei ihm gewesen.»

«Natürlich paßt du ins Auto. Wir setzen uns alle drei nach hinten, Urgroßmutter, und du kommst neben Mama. Das ist ganz große Klasse. Mama bekommt Ausgang, und wir machen alle einen Betriebsausflug zu Onkel Hermann.»

Sie fuhren zu Wendelin. Er hatte Berge Kuchen gekauft, Saft für die Kinder zurechtgestellt und kochte für Dorothea, Ruth und sich Tee.

«Armer Wendelin», sagte Ruth, als sie ihn einen Augenblick in der Küche für sich allein hatte. «Ich wollte dich besuchen, aber als ich das sagte, war kein Halten mehr. Jetzt mußt du dich mal wieder mit der ganzen Horde abfinden.»

Forschende graue Augen unter der gefurchten Stirn und den nun stahlgrauen Haaren. «Du wärst lieber ohne sie gekommen? Ich bin über das Wochenende allein. Komm doch abends, wenn du sie alle untergepflügt hast. Morgen?»

«Sehr gern», sagte sie. «Danke. Aber hab keine Angst. Keine Probleme. Ich wollte nur mal wieder mit dir in der Bibliothek sitzen und reden. Ganz ohne Troß. Ein bißchen hängt es auch damit zusammen, daß ich in letzter Zeit oft an Friedrich gedacht habe. Ich habe oft noch Sehnsucht nach ihm, und dann renne ich zu dir, weil er hier noch zu Hause ist. Du bist ein guter Verweser, Wendelin, du läßt ihn weiter bei dir wohnen. Sprichst du auch noch manchmal mit ihm?»

«Ja. Aber das erzähle ich dir morgen, wenn wir mehr Zeit und Ruhe haben.»

Danach saßen sie alle zusammen. Wie immer, wenn sie bei Wendelin waren, benahmen die Kinder sich mustergültig. Sie kannten ihn, so lange sie denken konnten. Sie liebten den stillen Mann, der so berühmt war und trotzdem mit ihnen umging, als legte er Wert auf das, was sie sagten. Sie hörten andächtig zu, wenn er ihnen vorspielte oder ihnen neue Texte sang. Er ging auf sie ein und nahm an ihrem Leben teil. Als Hubert und Ruth entdeckten, daß die beiden Jungen gelegentlich Radtouren bis zu ihm machten und bei ihm Tee tranken, waren sie besorgt, er könnte sich gestört fühlen. Sie sprachen ihn darauf an und begegneten seinem erstaunten Blick. «Wieso? Habt ihr um sie Angst, weil sie einmal quer durch die Stadt fahren müssen? Oder meint ihr, sie störten mich? Ihr solltet mich eigentlich gut genug kennen, um zu wissen, daß ich mich wehren kann, wenn mich jemand stört. Eure Kinder sind mir geehrter und willkommener Besuch.»

Dorothea saß in Friedrichs Ledersessel, der hier zu ihrem Stammplatz geworden war. Sie sah die drei Urenkel auf dem Sofa sitzen und fragte sich stumm, ob Friedrich sich freuen würde, Ruths Kinder in seiner alten Wohnung zu sehen. Der lange schmale Jesko mit dem Gesicht und den hellen Haaren seines Großvaters und Urgroßvaters; neben ihm Anna, die der jungen Ruth so ähnlich sah, braunäugig und braunhaarig, nur strahlender und ohne Ruths Zurückhaltung. Anna umarmte, war zärtlich und liebevoll und kullerte glücklich und lachend durch das Leben. Dorothea beobachtete mit versteckter Zärtlichkeit das kleine Mädchen, das mit der unbewußten Sicherheit eines Rattenfängers Menschen einsammelte, wie ihre Mutter es vor weniger als dreißig Jahren gemacht hatte. Ruth hatte sie gesammelt, weil sie allein war. Anna sammelte sie aus dem Überschwang ihrer Lebensfreude. Ruth hatte sich bemühen müssen, Anna liefen sie zu. Und dann Viktor, rothaarig, sommersprossig, weißhäutig, kein Wossilo und kein Oberbichler. Er sah die Welt aus den grün-grauen Augen seines Vaters. Ein Elfjähriger mit wachem Blick und klarem Verstand, mit Witz und Humor.

Dorotheas Liebling war Anna.

«Erinnerst du dich noch an deinen Freund, den Klüngelskerl, Ruth?»

«Natürlich. Wie kommst du gerade darauf, Großmutter?»

«Wegen Friedrichs Wohnung.»

Nur Dorothea sah Wendelins Blick zum Sofa und zu Anna wandern. Sie wartete ab, bis er sie ansah, und zog dann einen Mundwinkel nach oben. Dieser Gedankenleser!

«Wo ist die Zeichnung geblieben, die du Friedrich kurz vor seinem Tod geschenkt hast?»

«Die habe ich», sagte Wendelin. «Ruth wollte sie damals nicht zurückhaben. Sie ist in der großen Mappe. Möchten Sie sie sehen, Dorothea?»

«Bitte, wir auch!» Jesko, wieder einmal der Sprecher für seine Geschwister, betrachtete seine Mutter aus aufmerksamen blauen Augen. «Was man bei Onkel Hermann nicht alles erfährt! Du warst mit einem Klüngelskerl befreundet, Mama?»

«Wie alt warst du da?» fragte Anna.

«Zwischen sechs und acht.» Dorothea antwortete an Ruths Stelle.

«Ich durfte mit ihm herumfahren. Er hatte einen alten müden Braunen. Wenn er in die Häuser ging, mußte ich auf das Pferd aufpassen. Ich war sehr stolz, daß er mir so sehr vertraute. Ich bin nie auf den Gedanken gekommen, daß er das Pferd, wenn er allein herumfuhr, einfach stehen ließ, weil es viel zu alt und müde war, den Wagen weiterzuziehen.»

«Das arme Pferd», sagte Anna.

«Der arme Mann.» Dorothea betrachtete das große Blatt, das Wendelin ihr reichte. «Er ist eines Tages tot vom Bock gefallen.»

«War Mama dabei?»

Ruth schüttelte den Kopf. «Ich war in der Schule und habe

es erst hinterher erfahren. Friedrich hat mich damals lange trösten müssen. Er hat gesagt, ich sollte mir merken, wie seine Hände aussahen, wie es roch, wie es sich anhörte, wenn er Flöte spielte. So sollte ich ihn zeichnen.»

«Aber das kann man doch nicht zeichnen», sagte Jesko.

«Deine Mutter schon.» Wendelin beugte sich über das große Blatt. «Siehst du nicht, wie das lebt und wie einfach es ist, sich vorzustellen, daß das ein heißer Sommertag ist, an dem das Pferd schwitzt, das alte Eisen klirrt und der Mann auf der Flöte seine Melodie bläst, die immer einen falschen Ton haben muß. Aber du hast schon recht, mit acht konnte sie das noch nicht. Sie hat es mit siebzehn gezeichnet.»

«Warum muß die Melodie falsch sein, Onkel Hermann? Ich hab mich schon gewundert, warum alle Klüngelskerle so gut flöten können, aber trotzdem falsch spielen.»

«Das ist eine alte Regel, Viktor. Wenn sie richtig spielten, galten sie als Straßenmusikanten, und die mußten eine Abgabe zahlen, um auftreten zu dürfen.»

Als Ruth zu Wendelin kam, wollte sie mit ihm darüber sprechen, wie sie ihr Leben anders und besser organisieren könnte, um mehr Zeit zu haben oder sie besser zwischen Mann, Familie und Beruf aufzuteilen. Sie wollte ihn fragen, ob er den Eindruck hätte, daß Hubert zu kurz käme, daß sie sich zu wenig um seinen Beruf und sein Fortkommen kümmerte, und ob er sich bei ihm schon einmal darüber beklagt hätte. Sie hatte nicht vor, über ihren Verdacht zu reden, und wollte nicht einmal eine Andeutung machen, daß sie an das Vorhandensein einer anderen Frau glaubte. Darüber zu sprechen, wäre ihr wie ein Verrat an Hubert vorgekommen. Das ging nur sie beide an.

«Was möchtest du trinken, Ruth?»

«Was trinkst du denn?»

«Rotwein.»

«Gib mir ein Glas ab.»

Wendelin begegnete Ruths forschendem Blick, sah die Besorgnis in den braunen Augen und schüttelte abweisend den Kopf. «Mach mir keine Vorhaltungen. Frag nicht, ob das vernünftig ist, frag noch viel weniger, was Reiter sagt, und verkneif dir jede Erkundigung nach meinem Wohlbefinden.»

«Jawohl, Wendelin. Also geht es dir saumäßig. Und wenn es dir saumäßig geht, trinkst und rauchst du zuviel. Was hast du wirklich?»

«Eine schwere seelische Krise, die mit meinem künstlerischen Schaffen, meiner elenden Angst vor dem Altern und meinen finanziellen Sorgen zu tun hat. Ich bin ein Krüppel, von dem keiner mehr etwas will, am Rande des Grabes –»

«– und triefend vor Selbstmitleid», beendete Ruth mit steinernem Gesicht den Satz.

«Ach, Ruth! Du Traum auf meiner Stirne, du Kleinod in meinem Herzen, du Durst auf meinen Lippen, komm, daß ich dich beschütze!»

«Das ist schön, Wendelin. Woher hast du das? Von dir ist es nicht. Und mich kannst du damit auch nicht meinen.»

«Natürlich nicht, wenn du dieses nüchterne Bauerngesicht aufsetzt und so aussiehst, als hättest du Angst, es könnte dir die Heuernte verregnen.»

«Um diese Jahreszeit gibt es kein Heu, Wendelin. Nun sag schon, woher ist das?»

«Aus einem türkischen Märchen der Frau von Kamphoevener. Liest du prosaisches Weibsbild denn nie Märchen?»

«Andere. Solche, die man Kindern laut vorlesen kann.»

Ruth saß auf dem alten Ledersofa und überlegte, wie sie mit ihm umgehen sollte. Sie kannte seine plötzlichen Stimmungsumschwünge, seine Verletzlichkeit und die Gewaltkuren, denen er sich unterzog, das alles nach außen zu vertuschen und in bissigen Reden zu ertränken. Manchmal fand sie den richtigen Ton, der ihn aus all seinen Schalen herausholte und befreite. Aber oft gelang es ihr nicht, und dann trennten sie sich, jeder mit dem anderen unzufrieden und enttäuscht. Es gab Grabenbrüche, in denen giftige Lava floß, über die kein Steg führte. Sie mußten warten, bis die Lava erkaltete und – oft nach vielen Wochen – die schwierige Freundschaft neu errichten.

«Woran denkst du?» fragte er, neugierig geworden.

«An Bilder, Wendelin. Daran, daß ich mir meine Märchen malen muß. Vielleicht ist das schwerer, als sie zu erzählen. An einem beiße ich mir gerade die Zähne aus.»

«Was kommt darin vor?»

«Ein dunkler Wald mit vielerlei Grün, Moos, Flechten und schwarzen Stämmen. Er gerät mir zu dunkel. In meiner Düsternis geht das Geheimnisvolle verloren, das ich brauche. Irgendwo muß der Widerschein der Sonne auf Tautropfen fallen, um sie in Prismen zu brechen und zum Funkeln zu bringen. Ich habe keinen Zweig für den blauen Vogel der Romantik, der singen soll. Ich kenne nicht einmal sein Lied –»

«Aber dein treuer Knecht Wendelin kennt es. Der Vogel singt nicht, sondern er krächzt. Er krächzt: ‹*Schrie, Kunst, schrie!*›»

Ein kleiner verbotener Versuchsballon war aufgestiegen und gelandet. Ein Wimpernschlag voller Erinnerung, der nächste war schon erfüllt von der Scham, die schwierigen Spielregeln nicht eingehalten zu haben und beim Mogeln ertappt worden zu sein. Ruth blickte auf, betrachtete ihn und begann zu lächeln.

«Erzähl mir, Wendelin, was ist dir widerfahren? Keine Einfälle? Schlechte Kritiken? Ein lausiges Publikum? Oder hast du dich mit Inga gestritten?»

«Weißt du, wie alt ich bin?»

Sie dachte einen Moment nach. «Einundsechzig.»

«Ja. Zu alt, auf einmal meinen Stil zu wandeln. Zu alt, um mich in Räuberzivil vor den Flügel zu setzen und anders zu singen, als ich je gesungen habe. Meine Stimme war nie besonders gut. Sie wird auch nicht besser. Aber so schlecht, wie sie heute sein müßte, wird sie nie. Meine Texte habe ich allein gedichtet, gute, schlechte, nein, nicht sehr viele schlechte, aber dafür zu oft Mittelmaß, weil einem, der davon leben muß, nicht immer nur Gutes einfällt. Aber ich habe diese Texte gedichtet, nicht gemacht. Ich kann spielen, ich bin musikalisch, ich kann komponieren. Ich bin nicht darauf angewiesen, mit griffigen Akkorden auf einer Gitarre herumzuzupfen und dazu sentimentalen Sozialkitsch in ein Mikrofon zu jaulen. – Wenn du an meinen Beruf denkst, Ruth, wie nennst du ihn?»

Sie sah ihn einen Moment verwundert an. Dann sagte sie: «Du bist ein Komponist, ein Pianist und ein Sänger. Wenn man das zusammenfaßt und die Art deiner Kunst berücksichtigt, bist du ein Kabarettist.» Plötzlich wußte sie, was kommen würde, und reagierte auf die nächste Frage ohne Erstaunen.

«Sei ehrlich. Wenn du mit anderen sprichst – gesetzt den Fall, du sprichst über mich –, sagst du dann auch nicht zu Gleichaltrigen oder zu jungen Leuten: ‹Der Liedermacher Hermann Wendelin›?»

«Nein, nie. Du stehst auf einer anderen Ebene. Du bist ein Dichter und ein Musiker, ein Künstler, kein Macher.»

«Danke.»

«Wer hat dich so genannt?»

«Einer von denen, die ins Mikrofon jaulen. Er hat mir über die Agentur einen Brief geschrieben. Ich sollte für ihn Lieder ‹machen›. Ich wäre, wie er gehört hätte, gesundheitlich angegriffen und dächte vielleicht daran, bald zurückzutreten.

Er schätze und verehre mich als großen alten Mann der Liedermacher und frage hiermit höflich an, ob ich ihm, der sich als junger Liedermacher einen Namen gemacht hätte – viel Machen, nicht wahr? – nicht Texte machen könnte.»

«Wie viele ‹Machen› hast du selbst eingebaut?»

«Höchstens eins, vielleicht zwei.»

Ruth lachte. «Kränkt dich das wirklich so sehr, Wendelin, oder hast du einen besonders schlechten und damit besonders dramatischen Tag?»

«Es geht nicht um schlechte Tage, sondern um eine Kette von Tiefdruckgebieten.»

Ruth stieg aus dem Rededuell aus. «Sei mal ernst. Du hast vorhin von Geldsorgen gesprochen. Sind die echt?»

«Gesegnet seist du, Ruth, mit deinem unzerstörbar nüchternen Bauernverstand, deinen stets in den Schluchten des Alltags landenden Gedanken und deiner bodenlosen Hilfsbereitschaft. Nein, Sorgen habe ich nicht; ich hätte gern mehr Geld, aber wer nicht? Es ist nur so, daß dieser schreckliche Brief mir klargemacht hat, daß ich ein alter Mann geworden bin, der bald kein Publikum mehr anlocken wird, dessen boshafte Verse abgestanden sind, weil die Jungen attraktiver jaulen. Damals, als ich mit deinem Friedrich im Krankenhaus lag, glaubte ich, ihm bald in eine Welt zu folgen, in der man keine Miete bezahlt, keine Arztrechnungen bekommt und je nach dem Ort der Aufbewahrung von Reisbrei oder Schwefelsuppe lebt. Ist dir mal aufgegangen, Ruth, daß dies der klassische Sozialismus ist, allerdings in zwei Etagen? Oben Reisbrei für alle, unten Schwefelsuppe kollektiv. Bei den Griechen war das übrigens noch einheitlicher, die kamen alle in die Unterwelt, ohne Unterschied, ob gut oder böse.»

«Bei der Religion, die ich in der Schule gelernt habe, gibt es noch ein Zwischendeck, auf dem es sich auch nicht sehr vergnüglich reist. Die Verpflegung, über die ich nie etwas gehört habe, dürfte ähnlich abwechslungslos sein wie in deinen beiden Etagen.» Ruth stand auf, ging in die Küche und holte sich aus dem Kühlschrank Sprudel. Als sie zurückkam, blieb sie mit der Flasche in der Hand vor ihm stehen. «Wendelin, du hast heute deinen allegorischen Tag. Ich finde deine Bilder schön, aber die Wirklichkeit geht mir dabei verloren. Kannst du mir nicht klare Antworten geben?»

«Frage mich.»

«Brauchst du Geld?»

«Nein.»

«Geht es dir gesundheitlich schlechter als üblich?»

«Nein.»

Sie zog die Schultern hoch und ließ sie nach vorn fallen. Sie senkte den Kopf, bis ihr Kinn beinahe die Halsgrube berührte. «Bald weiß ich nicht mehr weiter. Hast du wirklich Angst vor dem Alter, glaubst du, daß deine Karriere zu Ende geht und dich keiner mehr hören will?»

«Zu viele Fragen, Ruth, und gerade die, die ich nicht beantworten kann.»

«Nur noch eine letzte Frage. Hast du mit Inga Streit?»

Er lachte. «Wie hübsch du alles auf den einfachsten Nenner bringen kannst. Wendelin steckt in einer Krise. Was soll sein? Muß es doch mit einer Frau zu tun haben.»

Ruth setzte sich aufs Sofa und schenkte sich Wasser ein. Sie wußte nicht weiter. Er war ihr entglitten. Aber zu ihrer Überraschung kam nicht das lange Schweigen, das sie so gut kannte und fürchtete. «Nein, kein Streit», sagte er gelassen. «Die üblichen Hochs und Tiefs. Ist das nicht immer so zwischen zwei Menschen? Wie lange bist du jetzt mit Hubert verheiratet, vierzehn Jahre? Willst du behaupten, daß ihr euch immer gleichmäßig heiß und innig liebt? Gibt es nie Zeiten, in denen du denkst, du hättest einen anderen haben sollen, und er Frauen begegnet, die anders und darum anziehend sind?»

Sie spürte Ungeduld und einen Anflug von Ärger. «Alles zugegeben, aber du lenkst vom Thema ab. Ich mag Inga. Sie liebt dich. Jeder, der euch beide kennt, meint, daß euch nichts Besseres hätte passieren können.»

«Dein Ausgangspunkt stimmt nicht. Nichts Besseres als was, Ruth?»

Als sie aufsah, begegnete sie seinem Blick, der unverwandt auf ihr ruhte.

«Laß das sein, Hermann.» Im selben Augenblick merkte sie, daß sie das nicht hätte sagen dürfen, aber sie konnte und wollte nun nicht mehr zurück. «Jawohl, Hermann. Ich bin daran schuld. Ich habe dich wieder an früher erinnert. Und ich komme über dies verdammte Früher nicht hinweg. Ich denke an dich im Museum, ich denke an dich und den Zauberwald, den ich dir malen möchte, aber nicht malen kann. Seit so langer Zeit habe ich das alles fortgepackt, weil du es nicht wolltest. Meinst du, ich wäre so dumm gewesen, nicht zu merken, welche Grenzen du gezogen hast, als du mit Großmutter ‹Komm in meine Liebeslaube› gesungen hast? Habe ich diese Grenzen überschritten? Bis heute nicht. Ich habe meine aus der Kindheit mitgeschleppten Verletzungen ausgeheilt, ohne zu Ärzten zu rennen und um Hilfe zu schreien. Ich wollte eine Familie haben. Ich habe sie und bin mit meinem Mann und den Kindern glücklich. Meistens wenigstens. Heute war ich es nicht, bin zu dir gekommen . . .»

«Ja, Ruth?»

«Weil ich dich liebe.»

Sie senkte denKopf. Fast demütig wartete sie. Nun hatte sie es ausgesprochen. Sie hatte mehr gesagt, als sie jemals hatte sagen wollen. Nun war es an ihm.

Aber auch das nahm er ihr nicht ab. Er war nicht der Mann, der Entscheidungen traf. Wendelin spielte nicht Schicksal. Friedrich hatte ihm damals Dorothea und die junge

Ruth aufgebürdet; er nahm die Last auf sich und trug durch die Jahre leichter an ihr, weil er die beiden Frauen liebte und sie sich nichts von ihm schenken ließen. Sie zahlten zurück, Liebe für Liebe, sie gaben ihm Heimat und Geborgenheit. Das ging so lange, bis keiner mehr wußte, wer gab und wer nahm.

Und nun saß Ruth auf dem Sofa und wartete. Er wußte, worauf. Er brauchte nur die Arme auszubreiten und zu sagen: Komm! Alles in ihm verlangte danach, aber es ging nicht. Auch den nächsten Schritt mußte sie tun. Wenn sie ins Verderben rannte – und wie leicht konnte es das werden –, sollte sie es mit offenen Augen tun, sich ihrer Entscheidungsfreiheit bewußt. Sie sollte sich nicht hinterher vor sich selbst verstekken können und der Situation die Schuld geben.

Er sah sie weiter unverwandt an. Als sie endlich nicht länger warten konnte und zu ihm aufsah, war es die trotzige Ruth mit dem harten, viereckigen Mund, die kämpfte und nicht klein beigab.

«Ich weiß, daß du mich liebst, Hermann.»

«Das zu wissen, kann nicht besonders schwer sein. Aber weißt du auch, wie es weitergehen soll?»

«Ja.» Plötzlich lachte sie, wie sie über Ankes Tränen im Spülwasser gelacht hatte, mehr über sich als über andere Menschen; unter aller äußerlichen Verwundbarkeit im Kern unverwundbar, weil sie sich nie ganz preisgab. «Ja, ich weiß es. Geh an dein Klavier, Hermann, und spiel mir meine Lieblingslieder. Dann nimm mich endlich in die Arme und sag mir das, was du vorhin gesagt hast, den schönen Spruch aus dem Märchen.»

Er stand auf und ging ins Nebenzimmer zum Klavier, auf dem er übte, wenn er beim Komponieren und Singen niemanden stören wollte. Über die Schulter sagte er: «Ich hatte es nicht ganz so gemeint, wie du es ausgelegt hast. Aber das weißt du ja wohl.»

Sie stand neben ihm am Klavier und legte ihm eine Hand auf die Schulter, leise und leicht. Er neigte den Kopf zur Seite und berührte mit der Wange ihren Handrücken.

«Ich liebe dich sehr, Ruth.»

Zärtlichkeit, dachte sie, müßte man als Pastell malen können, wie Schmetterlingsflügel, ein Wunder, das zerstört wird, wenn man zu fest zufaßt. Das schmale, blasse Gesicht mit den tiefliegenden Augen. Wie selten sie es gezeichnet hatte, und wie sicher sie es im Gedächtnis bewahrte. Sie beobachtete viel zu genau, um nicht die Veränderungen zu erkennen, die mehr als zwanzig Jahre auf ihm hinterlassen hatten. So lange kannte sie sein Gesicht, liebte es und war oft in Gedanken in seiner Landschaft gewandert. Sie beugte sich über ihn und berührte mit den Lippen die Stirn, die Augen, die Wangen, die Nase und den empfindsamen Mund.

«Malst du?»

«Das ist schöner als Malen.»

«Ruth, ich hätte geduldiger sein und mehr auf dich eingehen sollen. Aber wenn plötzlich ein Traum in Erfüllung geht . . .»

«Wie dumm du bist! Wessen Traum ist denn in Erfüllung gegangen? Ich habe eigentlich immer gewartet. Ich habe gegen dich und mich gekämpft, dich manchmal vergessen und dann wiederentdeckt. Ich bin dir in deinen Zauberwald nachgelaufen, aber du hast Dickichte zwischen dir und mir aufgerichtet, in die ich nicht eindringen konnte. Ach, jetzt rutschen mir die Bilder: Du hast die Dickichte wachsen lassen. Ich aber habe das getan, was die Prinzessinnen aus deinen Märchen nie tun: Ich bin zurückgekehrt in mein anderes Leben, war zufrieden und glücklich – und werde es wieder sein, Hermann, wenn ich den weiten Rückweg aus dem Wald gefunden habe. Aber noch bin ich hier.»

«Du bist noch so jung, Ruth.»

Sie schüttelte den Kopf und legte zwei Finger über seinen Mund. Er spürte die Schwiele am Zeigefinger und glitt mit der Zunge darüber.

«Heute nicht, Hermann. Heute bin ich nicht jung und du nicht alt. Heute gibt es keine Zeit, keine Jahre und auch kein Morgen für uns.»

«Kannst du das alles aufheben?»

«Ja», sagte sie und zog ihn in einen Taumel aus Glück und Erfüllung.

Als er in den frühen Morgenstunden eingeschlafen war, lag sie still neben ihm. Auf ihrer Armbanduhr, die auf dem Tisch lag, sah sie, daß es halb fünf war. Noch eine halbe Stunde, dachte sie, dann werde ich aufstehen und fortgehen und dich in deinem Wald alleinlassen.

Eine halbe Stunde ist kurz.

Sie sammelte ihre Wäsche, den Rock und den Pullover auf, griff nach den Schuhen und schlich sich auf Zehenspitzen aus dem Zimmer, zog sich in der Bibliothek an, warf einen Blick in den Badezimmerspiegel und suchte dann in der Küche nach Papier und Bleistift.

«Dankeschön, lieber Zauberer Wendelin», schrieb sie und war sich traurig bewußt, daß es von nun an und auf alle Zeit wieder bei Wendelin bleiben würde. «Es ist besser, wenn ich so früh fahre. Wegen Deines Hauses, der Straße, wegen der Kinder und Dorothea. Ich rufe Dich gegen Mittag an. In uralter, ganz neuer und immerwährender Liebe – Deine Ruth.»

März, noch keine Sommerzeit, ein dunkler Sonntagmorgen ohne Menschen und Autos. Sie fuhr bergab, dann über die Brücke und am See entlang durch schlafende Straßen. Ich muß nachdenken, dachte sie, konnte es aber nicht, weil alles noch zu nah war. Die Erinnerung an die Nacht umhüllte und wärmte sie. Sie fuhr automatisch und sicher, merkte nicht, daß sie schaltete oder an Ampeln leerer Kreuzungen anhielt und wieder anfuhr. Wendelins Gesicht mit den wie mit spitzem Stift gezeichneten Falten. Sein Körper, nicht mehr schlank wie früher, sondern nun mager, die Haut nicht blaß, sondern fahl. Ruth sah die Hände mit den blauen Venen und den braunen Flecken und wünschte sich, sie wieder berühren zu können. Sie zog den Mantel enger um die Schultern, weil sie zu frösteln begann. Schon jetzt, nur nach Minuten, überfiel sie die Sehnsucht, gegen die sie sich hatte wappnen wollen, wohl ahnend, wie schnell ihr Angriff kommen würde. Sie hatte mit ihren Maleraugen den Schlafenden in sich aufgenommen, bis sie sich schämte und die Lider senkte, nur um übergangslos aufzuzeichnen, was sie gesehen hatte. Wie eine Spinne ihre Beute – wie ein Voyeur, der Verbotenes sieht – wie was? Warum soll ich mich schämen? Ich habe ihn angesehen, ich, die ich ihn liebe. Die Erinnerung wird mich fortan begleiten. Gleich werden die Schmerzen kommen. Es wird entsetzlich weh tun, auf lange Zeit.

Sie ließ das Auto in der Einfahrt stehen, um keinen im Haus zu wecken. In der Diele empfing sie tiefe Stille. Dann, plötzlich nahm sie den Geruch wahr, der ihr so vertraut war, daß sie ihn nur selten noch spürte. Jene zum Haus gehörenden, an ihm haftenden Gerüche aus Blumen, Tabak, Farben, Terpentin, Küchengewürzen, guten Seifen und dem spezifischen Geruch der Menschen, die in ihm lebten. Bei der Rückkehr von Reisen konnte sie ihn flüchtig aufnehmen oder im Winter nach vielen, in frostiger Luft verbrachten Stunden. Sie zog den Mantel aus und ging in ihr Zimmer. Auf der Staffelei stand Wendelins Waldbild. Während ihr Blick darüber wanderte, schob sie den Ärmel zurück und roch an der warmen Haut ihres Arms.

Als es um neun Uhr im Haus lebendig wurde, hatte sie

einige Stunden ohne Unterbrechung gemalt. Erst als Anna unter der Tür stand, erwachte sie aus ihrer Trance.

«Ich habe geklopft», sagte das kleine Mädchen, «aber du hast es nicht gehört. Wir haben das Frühstück fertig. Frau Mahlzahn wartet auch schon.»

«Guten Morgen, Anna.» Ruth streckte sich, rollte mit den Schultern und sortierte dann die Pinsel in die Marmeladegläser mit Terpentin.

«Seit wann bist du auf, Mama? Ich hatte schon Angst, du wärst gar nicht da. Dein Bett war gemacht. Und ich habe dich überall gesucht, nur hier nicht –»

«So schnell gehe ich nicht verloren. Ich habe schon ganz früh am Morgen zu malen angefangen, und dann habe ich darüber die Zeit vergessen.»

Anna, in den von Viktor geerbten Jeans, die viel zu weit und an den Beinen doppelt hochgekrempelt waren, stand vor dem Bild. Sie hatte die Hände auf dem Rücken gefaltet und wippte nun von den Zehen auf die Fersen. Die Kinder wußten, daß ihre Mutter nicht gern über Bilder sprach, an denen sie noch arbeitete. Aber diesmal durchbrach Anna die Regel. Sie drehte sich zu ihr um. «Onkel Hermanns Bild?» Ruth nickte. «Das ist unheimlich gut, Mama. Spitze!»

Ruth trank Kaffee, redete gerade soviel, wie von ihr erwartet wurde, machte die richtigen Bemerkungen, um den wachsamen Ausdruck in den wäßrigen alten Augen Dorotheas zu zerstreuen und sich dann hinter dem Vorhang des gemütlichen Geplauders beim Sonntagsfrühstück zu verstecken. Sie wollte an das bevorstehende Telefongespräch mit Wendelin denken, kam aber nie über die ersten Sätze hinweg, weil sie sich dauernd seine Erwiderungen dazudachte. Endlich verlor sie sich in dem Labyrinth aus Rede und Gegenrede, das einer schwierigen Schachaufgabe glich.

Als sie in der Küche war, das Mittagessen vorbereitete und

gerade überlegte, ob es wohl warm genug wäre, auf der Terrasse zu essen, ging die Tür auf, und Wendelin kam mit den Kindern herein.

Die Kinder lachten und erzählten alle gleichzeitig. «Er hat am Tor gestanden, Mama», sagte Viktor endlich, «und ganz höflich gefragt, ob in diesem reichen Hause ein alter Bettler wohl einen Teller Suppe und ein Stück Brot bekommen könnte.»

«Ja», Anna zerrte an Ruths Schürze und sah zu ihr auf. «Weißt du, was Jesko geantwortet hat? Er hat zu Onkel Hermann gesagt, am Sonntag gäbe es bei uns keine Suppe und kein Brot, aber wahrscheinlich ein Schnitzel und Salat und zum Nachtisch Pudding und Kompott.»

«Und er sollte in die Küche kommen und die gnädige Frau selber fragen», ergänzte Jesko. «Da ist der arme Bettler, Mama.»

«Guten Tag, Wendelin», sagte sie und legte ihm den Arm um die Schulter, wie sie es immer tat, wie die Kinder es gewöhnt waren und jeder aus der Familie es kannte. «Natürlich haben wir was für dich. Wie schön, daß du gekommen bist.» Dann drehte sie sich zu den Kindern um. «Fragt Frau Mahlzahn, ob sie bei dem schönen Wetter auf der Terrasse essen möchte, und deckt den Tisch. Drinnen oder draußen, wie sie es will. Wir können in einer Viertelstunde essen. Solange möchte ich mit Onkel Hermann ins Atelier.»

«Kann ich mitkommen, Mama?»

«Nein, Anna.»

Anna schmollte. «Ich weiß doch, was du für ein Geheimnis hast!» Aber als ihre Mutter nur wortlos den Kopf schüttelte, gab sie mit einem den Brüdern geltenden, theatralischen Achselzucken auf.

Ruth trat vor ihm durch die Tür, nahm das Tuch ab, rückte die Staffelei ins Licht und sah ihn an.

Wendelin betrachtete das Bild so lange schweigend, daß sie unruhig wurde und es endlich nicht länger aushielt. «Und?»

Er machte eine abwehrende Handbewegung und versank wieder in stummes Betrachten. «So also sieht mein Laufpaß aus», sagte er endlich, drehte sich zu ihr um und lächelte.

Wiederum ließ er sie nicht zu Wort kommen und nickte nur sehr bestimmt. «Ja, Ruth. Das wußten wir doch alle beide. Ich wollte es mir nur nicht durch das Telefon von dir sagen lassen. Dazu kennen wir uns zu lange und lieben uns zu sehr. Sag es jetzt.»

«Es muß zu Ende sein, Hermann.»

«Ja, Ruth.»

Als er sah, daß sie gleich weinen würde, legte er seine Wange an ihre, hielt sie sehr fest und sagte, während seine Lippen fast an ihrem Ohr lagen: «Wieder ein Bild der Ruth Wossilo, das ich keinem zeigen kann und mir nur hervorholen werde, wenn ich es vor Sehnsucht nicht mehr aushalte.»

«Welches ist das andere?»

Sie konnte sein Lächeln über ihre vom Kummer unberührte Neugierde nicht sehen. «Das Kohleporträt, das du mir geschenkt hast, als Inga das andere bekam. Ach Ruth, jeder, dein Mann, Dorothea, Inga, alle die dich und mich kennen, werden wissen, was zwischen uns ist, wenn sie dieses Bild sehen.»

«Aber dies ist nur ein Wald –»

«Nein», sagte er, «und wenn du das nicht wüßtest, hättest du es nie gemalt.»

8

Dorothea

Der Brief, getippt, mit einem Nürnberger Poststempel, traf an einem Morgen ein, an dem Dorothea allein im Haus war. Sie drehte den an sie adressierten Umschlag um, fand keinen Absender und überlegte, wer ihr wohl aus Nürnberg schreiben könne. Sie bekam nicht mehr viel Post. Aber es war bald Pfingsten, und es gab immer Menschen, die zu solchen Festen auf einmal Glückwünsche schickten.

«Liebe Großmutter Dorothea», schrieb Anke und verbarg sich nun nicht mehr, denn auf dem Bogen waren ihr Name und ihre Adresse gedruckt. Sie verbarg auch sonst nichts. In ihrer leserlichen Schrift, die so gar nicht auf ihren Beruf schließen ließ, gab sie Bericht über ihre Begegnung und ihre Beziehung zu Hubert. Dorothea las, versank in Erinnerungen, las weiter und sah das blonde Mädchen vor sich, das sich nie vor ihr gefürchtet hatte. Einmal, als Ruth zu einer Einladung wollte und sie ihr das verboten hatte, war Anke gekommen, und zwar zu einer Zeit, da sie sicher war, daß Ruth nicht zu Hause sein würde. «Warum sind Sie so streng, Großmutter Dorothea? Weil Beppo widerlich ist? Das wissen wir doch alle, und trotzdem gehen wir hin.»

«Warum?»

«Weil er viele unserer Freunde eingeladen hat. Wir treffen uns zu einer Fete, die uns Spaß macht. Beppo ist zufrieden, daß so viele kommen; wenn er sich danebenbenimmt, können wir uns wehren.»

«Warum sagt mir Ruth das nicht so klar wie Sie, Anke?»

«Ruth denkt an die vielen strengen gesellschaftlichen Regeln, die Sie ihr beigebracht haben. Sie stellt sich vor, was ihr Friedrich von Beppo gehalten hätte. Für Ruth sind solche Erklärungen nicht so einfach.»

Dorothea hielt den Brief auf dem Schoß und las den letzten Absatz. «Ich glaube, Ihnen Rechenschaft schuldig zu sein, Großmutter Dorothea. Dieser Brief soll keine Beichte sein und keine Bitte um Vergebung. Das würde zu uns beiden nicht passen. Ich liebe Hubert sehr, und das ist für mich nicht zu Ende, wohl aber für ihn. Wir haben uns getrennt. Ich habe von ihm Hilfe, Kraft und Lebensmut bekommen. Ich habe ihn leergeschöpft wie einen Brunnen.»

Danach hatte Anke offenbar nicht mehr niederschreiben wollen, was so klar auf der Hand lag. Keine Bitte, Hubert zu helfen, zwischen ihm und Ruth zu vermitteln, falls das nötig sein sollte; nicht einmal den Wunsch hatte sie geäußert, Ruth den Brief vorzuenthalten. Nur drei Wörter noch: Ihre ergebene Anke.

Daß es in Huberts Leben eine andere Frau gab, hatte Dorothea so genau gewußt, als hätte sie diesen Brief schon vor Monaten erhalten. Aber sie wäre nie auf Anke gekommen. Auch in Ruth war sie nicht gedrungen, ihr zu sagen, mit wem sie sich an Hubert gerächt oder über ihn getröstet hatte. Jetzt, in der Geborgenheit ihres Zimmers, seufzte sie tief auf. Sie war müde geworden. Sie mochte allein keine Lasten mehr auf sich nehmen. Aber wer hätte ihr in diesem Fall beistehen sollen? Gregor Scherling, nun auch weit über die Siebzig, ein vielfacher Großvater, half ihr, die Erinnerung an Friedrich zu bewahren. Wenn er sie nach einem Besuch verließ, gelang es ihr noch Tage danach, Zwiesprache mit dem alten General zu halten. Wendelin, den sie heimlich liebte, wie sie nie ihren Sohn geliebt hatte, sah hinter das von ihr verborgen Geglaubte, nahm die Rolle an und verlor nie ein Wort darüber. Er kam manchmal, schob Hubert, Ruth und die Kinder zur Seite und sagte in dem Tonfall, der allen Widerspruch ausschloß: «Heute ist Dorotheas Tag.»

Die alte Frau im Sessel hielt Ankes Brief in den Händen, lehnte den Kopf zurück und lächelte vor sich hin. Bei mir, Dorothea, hatte Wendelin gesagt, können Sie Pantoffeln anziehen und sagen, wo es schmerzt. Physisch und psychisch, meine ich. Ich verstehe viel von Schmerzen. Ich weiß, wie es ist, wenn einem der Rücken weh tut, und als Experte für Seelenschmerzen bin ich unerreicht.

Dorothea verbannte Wendelin aus ihren Gedanken. Sie richtete sich wieder gerade auf, sah auf die Uhr und rechnete aus, daß ihr mit Sicherheit noch eine halbe Stunde des Alleinseins blieb. Sie las Ankes Brief zum zweitenmal, aufmerksam und gründlich. Dann stand sie auf, schob den gefalteten Brief in die Tasche ihrer Wolljacke und ging ins Wohnzimmer. Sie nahm eines der herumliegenden Feuerzeuge, probierte es aus, schob mit einiger Mühe die Terrassentür ein Stück weiter auf und trat in den regnerischen Tag hinaus, an dem es nicht sonnig werden würde. Nach mehrmaligem Knipsen und Verschieben des Rädchens brachte sie eine hohe Stichflamme zuwege, die sie geduldig an den Rand des aufgefalteten Briefbogens hielt, bis er Feuer fing und die Flammen das Papier vor sich her bräunten und Ankes klare Buchstaben gierig fraßen. Die Asche sank in Placken träge auf die Steinplatten, wo Dorothea sie zertrat und zufrieden auf die schwarzen Schmierstreifen blickte.

Ruth und Hubert würden nie etwas von diesem Brief erfahren. Auch Anke wollte sie nicht antworten. Wer achtundachtzig Jahre alt war, sollte nichts mehr aufbewahren.

Aber dann stand eines Abends Hubert unter der Tür ihres Zimmers, trug eine Flasche Wein und zwei Gläser und fragte: «Darf ich, Großmutter? Ruth malt, die Kinder sind im Bett. Ich habe so lange nicht mehr mit dir zusammengesessen.»

Sie sah in sein müdes Gesicht, erkannte Falten um Mund und Augen, die ihr vorher nie aufgefallen waren, und reagierte mit Mitleid, aber auch einer gewissen Ungeduld.

«Da du mich nicht ins Wohnzimmer holst, hast du etwas auf dem Herzen, das unter uns bleiben soll. Gut. Zieh dir den Sessel herüber, Hubert, und mach es dir bequem.»

Als er ihr gegenübersaß und einschenkte, holte sie tief Atem und begann zu sprechen, weil ihr das, was kommen würde, unangenehm war und sie es hinter sich bringen wollte. Flüchtig dachte sie an Anke, empfand Dankbarkeit und versprach ihr stumm, zu helfen, soweit es in ihrer Macht stand, ohne den Brief zu erwähnen.

«Den Anfang kannst du dir ersparen, Hubert. Ich weiß, daß du Kummer hast und daß es sich um eine Frau handelt. Du bist nicht gegangen, also vermute ich, daß du auch bleiben willst und nicht an eine Scheidung denkst.»

«Woher weißt du . . .?»

Sie schüttelte abweisend den Kopf. «Ach, Hubert, ich bin alt, aber nicht dumm, blind und taub. Seit einem halben Jahr bist du von ausgesuchter Höflichkeit gegen mich. Du behandelst Ruth mit ganz ungewohnter Aufmerksamkeit, bringst Geschenke mit, bewunderst ihre Bilder und hörst zu, wenn sie dir etwas über Haushaltsdinge erzählt. Sogar mit den Kindern gehst du liebevoller und geduldiger um als sonst.» Dorothea begann zu schmunzeln. Wie lange hatte sie ihren Mann Jesko nicht mehr vor sich sehen können! Jetzt stand er mit einem

Blumenstrauß in der Berliner Wohnung, in der es nach einem fremden Parfum roch, küßte ihr die Hand und schlug etwas zu eifrig vor, zu Horcher zum Essen zu gehen.

Hubert sah, daß sie in Gedanken verloren war. Er sah sie lächeln und fragte: «Was ist daran so komisch?»

«Entschuldige. Nichts. Ich habe nur gerade überlegt, ob Männer ihr Verhalten in solchen Situationen seit Adam und Eva vererbt bekommen oder es jedesmal neu erfinden müssen. Aber nun sprich! Ich werde dich nicht mehr unterbrechen.»

Hubert erzählte von der ersten Begegnung mit Anke auf dem Frankfurter Flughafen, von allem, was er über ihr Leben wußte, von seiner jugendlichen Verliebtheit in das schöne, fröhliche Mädchen, durch das er dann Ruth kennengelernt hatte. Er sprach von den Treffen in München.

«Sie hat mich fortgeschickt», sagte er nach langer Zeit und leerte sein Glas. «Ich weiß, daß es richtig und nötig war. Ich sollte ihr dankbar sein, aber das bringe ich nicht fertig. Ich habe Sehnsucht nach ihr, mache mir Sorgen um sie, möchte ihr schreiben, sie anrufen, sie sehen, weiß, daß ich das nicht darf, und bin unglücklich. Ich habe vor Ruth ein schlechtes Gewissen und weiß nicht, ob ich ihr sagen –»

«Auf gar keinen Fall», unterbrach ihn Dorothea. «Ich halte all dieses Beichten und Aussprechen und Erklären für gefährlich. Ja, ich weiß, heute hält man viel davon. Aber all dieses Reden zerstört so schrecklich viel. Möchtest du denn wirklich mit Ruth über deine Liebe zu Anke sprechen?»

«Nein, aber –»

«Bewahr dir Anke für dich, Hubert. Jetzt leidest du, und dabei kann dir keiner helfen, Ruth am allerwenigsten. Das mußt du allein durchstehen. Später wird es zu einer Erinnerung werden, die du in dir tragen kannst, ganz allein für dich hast und nicht zu teilen brauchst. Jeder sollte etwas haben, das nur ihm gehört. Glaubst du denn, Ruth hätte das nicht? Warum mußt du dich preisgeben, wenn sie es nicht tut?»

Hubert stand auf und begann hin und her zu gehen. Dann blieb er plötzlich vor Dorothea stehen, sagte: «Was ich jetzt empfinde, stimmt sicher nicht. Trotzdem: Du hörst dich an, als hättest du etwas gegen Ruth.» Er drehte sich um und ging wieder auf und ab.

Dorothea fühlte sich ertappt, reagierte mit ihrem rasch aufflammenden Ärger und herrschte ihn an: «Setz dich hin! Hier findet kein Tennismatch statt, und wenn du einen Pfad in meinen Teppich trampeln willst, kannst du das machen, wenn ich nicht im Zimmer bin.»

Hubert setzte sich und sah sie abwartend an. Sie hielt die Lider gesenkt. Einen Augenblick fürchtete er, sie sei plötzlich eingeschlafen. Mein Gott! dachte er erschüttert. Wie alt sie aussieht. Uralt und müde. Aber sie ist uralt und trägt ein langes Leben mit sich herum. Keiner von uns nimmt darauf genügend Rücksicht. Ich am allerwenigsten. Wir strapazieren sie zu sehr, ich und die Kinder. Ruth predigt das immer . . .

Die auch jetzt noch so merkwürdig jung klingende Stimme der alten Frau riß ihn aus seinen Gedanken.

«Wir haben zu viele Künstler in der Familie», sagte sie und versetzte ihn in Erstaunen. «Ich meine damit auch Wendelin und euren Onkel Josef Oberbichler, nicht allein Ruth. Sie setzen Maßstäbe, die nicht auf uns Nicht-Künstler passen.»

«Wie meinst du das?» fragte er und war nicht sicher, ob sie plötzlich ein ganz neues Thema gefunden hatte.

«Du bist vierzig Jahre alt, hast Liebeskummer, sehnst dich nach einer Frau, mit der es für dich keine Zukunft gibt. Das mußt du durchstehen, bis die Schmerzen vergehen. Alle normalen Menschen teilen dies Schicksal. Künstler, so heißt es, erleben alles viel tiefer und intensiver, die Freude wie den Schmerz. Daran glaube ich nicht, weil sie ihre Schmerzen viel leichter loswerden als wir. Wenn Wendelin leidet, singt er traurige Lieder. Wenn Josef Oberbichler leidet, schnitzt er für seine Kirche einen Schmerzensmann oder die Gestalt einer Trauernden. Wenn Ruth unglücklich ist, malt oder zeichnet sie. Ich habe in Berlin einen Journalisten gekannt, einen sehr berühmten Mann, der unter einem Pseudonym heitere Romane schrieb. Er sagte, je schlechter es ihm ginge – und unter Hitler ging es ihm sehr schlecht –, desto lustiger und fröhlicher würden seine Romane.»

Hubert fragte: «Du meinst, wir könnten unseren Kummer nicht ausleben, weil wir mit Menschen umgehen, die ihre Gefühle sublimieren, während wir fast an ihnen zugrunde gehen?»

Dorothea begann zu lächeln: «Ich formuliere nicht so gut wie du, Hubert. Ich gehe auch nicht an Gefühlen fast zugrunde. Ich fresse meinen Kummer in mich hinein und gehe zur Tagesordnung über. Allerdings bin ich neidisch, vielmehr ich war neidisch. Als Friedrich starb, hätte ich gern einmal laut geschluchzt oder mich schreiend über ihn geworfen.» Sie sah Hubert bei der bloßen Vorstellung abwehrend den Kopf schütteln. «Ja, ich weiß», gab sie zu, «das paßt nicht. Aber kannst du dir vorstellen, was Ruth getan hat? Sie weinte, weil sie ihn leiden sah, und dann ging sie in ihr Zimmer und zeichnete für ihn. Sie brachte ihm die Bilder und hörte das Lob eines todkranken Mannes. Sie hat von Mal zu Mal gelitten, wurde getröstet und gewann Kraft daraus, weil sie ihm mit ihrer Kunst eine Freude machen konnte. Ich konnte nirgendwo neue Kraft schöpfen . . .»

Hubert stand auf, beugte sich über sie und küßte sie auf die Stirn. «Du hast eine unversiegbare Kraftquelle in dir, Großmutter. Sie ist so stark, daß sie für uns alle ausreicht, nicht nur für mich und die Kinder, sondern auch für die, die sie eigentlich gar nicht brauchen: Ruth, Wendelin und sogar Josef Oberbichler.»

«Du machst mich neugierig.»

Als er sie ansah und plötzlich zu lachen begann, wurde sie verlegen und senkte den Blick.

«Frau Mahlzahn!» sagte er mit tiefer, strenger Lehrerstimme, aus der er die Erheiterung dennoch nicht verbannen konnte. «Jetzt habe ich dir das Kompliment meines Lebens gemacht, dir gesagt, daß deine Tapferkeit, deine Haltung und Klugheit uns alle tragen. Und was tust du? Du verwandelst dich in einen koketten Drachen!»

Dorothea lachte.

Als Ruth an einem nebligen Novembernachmittag mit Dorothea Tee trank, beschwerte die sich über Wendelin, der angekündigt hatte, daß er über Weihnachten mit Inga in Hamburg sein würde. «Ich sehe ein, daß es Weihnachten nicht geht, wenn sie spielen muß und er einen Auftritt im Fernsehen hat, aber er hätte doch vorher kommen können. Seit dem Frühsommer war er nur einmal hier.»

«Zweimal», sagte Ruth automatisch. Sie wußte nicht, wie oft die Großmutter sie in den letzten Monaten prüfend betrachtet hatte. Nach den Familienferien in Kärnten hatte sie in jeder freien Minute gearbeitet, oft bis in die späte Nacht, oft in den Morgenstunden, wenn alle noch schliefen. Sie verkroch sich im Atelier vor den Begegnungen mit Hubert, ohne richtig wahrzunehmen, daß auch er ihr aus dem Weg ging. Sie hatte ihm nicht gezeigt, woran sie arbeitete, und litt unter dem fehlenden Echo. Seit Wendelins Zauberwald waren Menschen und Tiere in den Hintergrund ihrer Landschaften gerückt. Sie malte mit breiterem Pinsel, großflächiger als früher, nicht mehr in Details verliebt, mit schwereren Farben, ohne den Glanz des kindlich Heiteren. Ihre Welt war anders geworden. Über den Kornfeldern an den Kärntener Hängen drohte die sengende Sonne oder ein dunkler Gewitterhimmel. Die kleinen Gestalten, die in der Ferne die Ernte einbrachten, wirkten geduckt und müde, gehetzt vom Trecker, dem sie folgten. Auch die Gärten, die früher zu fröhlichen Miniaturen geraten waren, den Betrachter einladend, in ihnen spazierenzugehen und sich hinter den üppigen Sträuchern zu verlieren, wurden zu Arbeitsplätzen, an denen man an Spaten dachte, die tief in die schwere Erde stachen. Sie erinnerten an alte Männer und Frauen, die gerade fortgegangen waren, mit schmerzendem Rücken, das Gartentor fest hinter sich ins Schloß ziehend. Abendgärten, nannte Ruth sie bei sich, Dämmerungsruhe, in der der endlich allein gelassene Garten sich von der ihn quälenden Bearbeitung durch die Menschen erholen durfte.

«Willst du meine Bilder sehen?» fragte sie nun Dorothea, die sich ihre Sorge über die blaß und schmal gewordene Enkelin nicht anmerken ließ. «Ich habe viel gemalt. Es ist alles für die Ausstellung in Köln im Frühjahr. Aber ich habe noch viel zuwenig.»

«Den Eindruck hat man nicht, wenn man die große Kommode mit deinen Zeichnungen sieht. Wer sucht denn aus? Du oder Mergentheimer?»

«Er. Aber er will nur wenige Zeichnungen und Aquarelle. Das wäre nur Beiwerk, auf Ölbilder käme es an.»

Dorothea lehnte an der Metallkommode mit den vielen flachen Schubladen, von der Ruth das Zeichenbrett gehoben hatte. Das war der weitestmögliche Abstand von der Staffelei, auf die Ruth nacheinander sechs Bilder stellte, die sie seit dem März, seit Wendelin, gemalt hatte.

Sie sprachen nur wenig. Einmal sagte Ruth: «Das ist noch nicht fertig. Der Himmel muß anders werden.»

«Sieht so das Atelier deines Onkels aus?» Dorothea betrachtete einen düsteren, in Braun- und Sepiatönen gehaltenen Raum, dessen Holztür einen Spaltbreit offen stand und einen Lichtkegel hereinließ.

«Ähnlich», sagte Ruth. «Es ist ein Schuppen. Atelier ist viel zu hochtrabend dafür, und natürlich hat er mehr Licht.»

Als das letzte Bild auf der Staffelei stand, drehte sich Ruth zu Dorothea um und sah sie fragend an.

«Das haut einen um.»

Ruth lachte. Viktor und Jesko hätten das sagen können, hatten es schon oft gesagt, und ihre Urgroßmutter übernahm von ihnen diesen Ausdruck höchster Anerkennung.

Aber Dorothea ließ sich nicht beirren. «Ich meine es so, Ruth. Deine fröhlichen Bilder sind leichter zu verstehen, aber diese traurigen ergreifen. Man möchte mit dir weinen.»

Im selben Augenblick bereute sie die Worte, die sie nun aber nicht zurücknehmen wollte, weil sie ausdrückten, was sie empfand. Sie war zu ehrlich und liebte Ruth zu sehr, um es sich leichtzumachen. Als sie sah, wie traurig das Gesicht war, wie verloren der weiche Mund wirkte und wie die Augen sich mit Tränen füllten, erschrak sie vor der eigenen Reaktion. Sie fühlte Abwehr, wollte nicht teilnehmen, wollte sich in sich selbst verkriechen.

Als Ruth leise, fast demütig sagte: «Ich bin sehr traurig, Großmutter», versteinerte sie und starrte lange und stumm auf das Bild von Krüppelkiefern auf einem felsigen Hang, über denen große schwarze Vögel kreisten. Kein düsteres Bild; keins der üblichen romantischen Gebirgsbilder. Es war nachdenklich und traumversponnen, die Landschaft einsam, aber nicht leer. Dorothea spürte mehr, als daß sie sah, wie Ruth zum Reden ansetzte, und wehrte mit einer herrischen Kopfbewegung ab, weil sie sich weiter mit diesem Bild auseinandersetzen wollte.

«Du warst traurig, Ruth», sagte sie nach einer Weile. «Jetzt bist du es nicht mehr. Das lese ich aus diesem Bild. Bald wirst du das selber erkennen können. Aber ich will nicht mehr mit dir über etwas sprechen, was du bereits hinter dir hast. Nein, ich will eure Probleme nicht mehr. Ich bin zu alt. Ich lebe rückwärtsgerichtet. Lange habe ich geglaubt, meine Daseinsberechtigung läge darin, zuzuhören, zu raten, dazusein, weise zu sein. Das sehe ich jetzt nicht mehr so. Laßt mich doch endlich alt sein. Eure Sorgen belasten mich noch, wenn ihr sie längst vergessen habt. Ich brauche Zeit für mich.»

Ruth hörte der klaren harten Stimme zu und sah, ohne sie anzusehen, Dorotheas Gesicht, wie es wirklich war. Es war das Gesicht eines sehr alten Menschen. Immer noch von ihr abgewandt, ließ sie die Worte in sich nachklingen, verstand und beugte sich vor der Einsicht. Sie drehte sich um. Sah die Großmutter mit neuen Augen, erkannte die Schönheit des alten Gesichts und wußte, daß sie Dorothea nun endlich malen konnte.

Im Frühjahr war Dorothea neunzig geworden. Ein kleines Fest im Hause, von den fünf Dumartins ausgerichtet, nur wenige Gäste: Wendelin mit Inga Peters, das Ehepaar Scherling, Huberts Eltern – seine Großmutter war schon vor mehreren Jahren gestorben. Aus Kärnten kam Josef Oberbichler, klein, ein wenig gebeugt, mit der schrumpeligen Haut eines Winterapfels, aber mit dunklen Augen, die ohne Brille sahen und werteten.

«Frau Mahlzahn sieht unglaublich aus, findest du nicht auch, Mama?» sagte Jesko, als er nach dem Frühstück einen Augenblick mit Ruth in der Küche allein war.

«Ja, wirklich unglaublich», bestätigte sie. Zu ihrem Mann aber sagte sie, während sie auf die Gäste warteten: «Sie ist wie ein altes Schlachtroß, das noch einmal die Trompete hört. Vor zwei Wochen glaubte ich, sie würde ihren Geburtstag nicht mehr erleben. Sieh sie dir heute an. Statt an ihrem Stock zu gehen, hat sie ihn verschluckt. Ich wollte ihr vorhin beim Frisieren und Anziehen helfen, aber als ich kam, war sie schon fertig. Sie hat wieder eins ihrer geliebten Streifenkleider gekauft. Neulich kam eine Verkäuferin mit einer Auswahl. Nicht mal daran durfte ich teilnehmen. ‹Bin ich ein Kind?› hat sie mich gefragt.»

Dann saß Dorothea zwischen ihren Freunden, wickelte Geschenke aus, trank Wein, bekam rosa gefärbte Wangen, die sie um Jahre verjüngten, und wurde noch einmal zum Mittelpunkt ihrer Welt.

Jede andere alte Frau hätte bei diesen Geschenken feuchte Augen bekommen, aber Dorothea Wossilo weinte auch mit neunzig nicht. Ruth hatte ihr nach alten Fotos den Park des Guts in der Mark Brandenburg gezeichnet, dann einen riesigen Zeitsprung gemacht und Szenen aus ihrer Kinderzeit mit der Großmutter und Friedrich gemalt. Sie hatte die postkartengroßen Skizzen und Aquarelle wie ein Kinderbilderbuch gefalzt und geklebt. Auf den beiden Einbanddeckeln waren Zeichnungen von Dorothea, einmal als Zwölfjährige – nach einem Foto, das Wendelin unter Friedrichs Papieren gefunden und ihr gegeben hatte – und auf der Rückseite die alte Dorothea, wie sie jetzt zwischen ihnen saß. Scherlings hatten Fotografien von Friedrich mitgebracht, auf denen er in Uniform in einem Garten stand und, in Zivil, mit Scherling vor «Kranzler» Unter den Linden spazierenging.

Onkel Josef brachte die kleine Figur eines langbeinigen schlaksigen Mädchens mit: Ruth bei ihrem ersten Besuch in Kärnten, mit einem wippenden Rock und einem Jungenhemd mit aufgekrempelten Ärmeln. Wendelin hatte ihr mit seiner strengen, sauberen Schrift die Texte seiner «Dorothea-Lieder», die in Wirklichkeit ganz anders hießen, auf Pergament aufgeschrieben. Von Jesko und Viktor bekam sie das maßstabgetreue Modell des Hauses im Tal. «So groß, daß es zu den Bildern und Döschen auf deinem Tisch paßt, Urgroßmutter.» Anna hatte Staubtücher umhäkelt, ein großes D. W. in die

Ecke gestickt und daraus eine Puppe genäht, die der zerfledderten Kinderpuppe, die ihre Großmutter Anna ihrer Mutter gemacht hatte, sehr ähnlich sah.

Unter der Post war ein Brief von Anke. Dorothea las ihn und reichte ihn an Hubert weiter. Anke, die vor einem Jahr einen alten Freund und Kollegen geheiratet hatte, schickte das Bild eines lachenden Säuglings. «Er ist zehn Wochen alt, heißt Paul und ist kerngesund», stand auf der Rückseite. Dorothea und Hubert lächelten sich zu.

Während dieses langen Festtages sprach Dorothea mit allen Gästen. Irgendwann zog sie sie zur Seite und gab eine Art kleiner Privataudienz. Ruth beobachtete und überlegte, ob dies ein vorweggenommener Abschied sein sollte, ob Dorothea sich das vorher ausgedacht hatte und nun in die Tat umsetzte. Aber es kam ihr dann unwahrscheinlich vor, weil alle lächelten und lebhaft mit ihr sprachen. Keiner wirkte traurig.

In der stillen Pause nach dem Mittagessen, als Dorothea sich in ihr Zimmer zurückgezogen hatte und die älteren Gäste in ihren Zimmern Mittagsschlaf hielten, saßen Inga, Wendelin, Hubert und Ruth zusammen und tranken Mokka.

«Worüber hat sie mit dir gesprochen, Wendelin? Und mit dir, Inga?» fragte Ruth neugierig.

Wendelin zog die Schultern hoch. Es war ihm anzusehen, daß er nicht antworten wollte. Inga, lebhaft und offen wie immer, streifte ihn mit einem Blick, verzog die Mundwinkel zu ihrem ganz privaten Lächeln, das Ruth noch nie auf der Bühne oder in einem ihrer Filme gesehen hatte. Sie rekelte sich, verschränkte die Arme hinter dem Kopf und sagte: «Bei mir war es kein Geheimnis. Sie hat mit mir über Hermanns neue Platte mit den traurigen Liebesliedern geredet. Hast du sie ihr geschenkt, Hermann?»

«Natürlich. Sie bekommt seit Jahren jede neue Platte».

«Sie ist begeistert davon. Du hättest plötzlich einen ganz

neuen Stil gefunden, nicht sanft und brav, aber lyrischer als jemals zuvor und trotz aller Wandlung dennoch unverkennbar von dir.»

«Selbstverständlich von mir», sagte Wendelin. «Das liegt an meiner Gießkannenstimme. So schnell wird aus mir keine Nachtigall.»

«Warum sagt sie das dir und nicht Hermann?» fragte Hubert.

Inga wurde verlegen. «Weil sie mir ganz große Komplimente gemacht hat. Aber die möchte ich nicht wiederholen.»

«Das brauchst du auch nicht.» Hubert streckte die Hand aus und strich ihr zärtlich über den Arm. «Wir verdanken es dir, daß ihr beide heute hier seid, daß es Hermann so viel besser geht und daß ihm immer noch Liebeslieder einfallen, auch wenn er sie traurig nennt.»

Ruth lächelte erst Inga und dann Wendelin zu. Sie konnte das wieder. Sie konnte auch wieder mit ihm allein sein, ohne Angst haben zu müssen, zuviel oder zuwenig zu sagen.

Am späteren Nachmittag, als sich alle wieder zusammenfanden, kam auch Reiter, der seine Klinik immer noch nicht allein lassen konnte.

Er brachte Blumen und einen Jahresband der «Jugend» von 1910, den er in einem Antiquariat gefunden hatte. Dorothea strahlte, blätterte, erzählte und begann dann, sich mit Reiter zu streiten, was beide mit Genuß und Leidenschaft seit vielen Jahren taten und was bei Dorothea einer Liebeserklärung gleichkam. Ruths Schwiegervater, der auf der anderen Seite von Dorothea saß, wagte sich unvorsichtig in die Schlacht, worauf beide Gegner sich verbündeten und gegen ihn Front machten.

«Deine Großmutter ist unglaublich», sagte Ruths Schwiegermutter. Ruth lachte und erzählte ihr, daß Jesko das am Morgen nach dem Frühstück auch schon gesagt hatte. Wendelin, der bei ihnen saß und ebenso erheitert das große Streitgespräch am Nebentisch verfolgte, beugte sich vor. «Das Wort unglaublich hat in der Familie Wossilo eine lange Tradition, Frau Dumartin», sagte er leise. «Vor über dreißig Jahren, als Ruth aus dem Kinderheim zu ihrer Großmutter kam, nannte sie der General von Hortmann schon das unglaubliche Kind.»

«Ach, Wendelin, das ist schon so lange her und gar nicht mehr wahr.»

«Als ob du das beurteilen könntest, Ruth!» Ihre Schwiegermutter blinzelte Wendelin zu, der sein Glas hob und ihr zutrank.

Ruth spürte einen Anflug von Ärger und schämte sich ein wenig. Trotzdem: Typisch Wendelin, der sich mit einem sechsten Sinn mit jeder Frau verständigen konnte, mochte sie zehn Jahre alt sein wie Anna, gleichaltrig mit ihm wie ihre Schwiegermutter oder neunzig wie Dorothea. Derselbe Mann aber, Ruths Wendelin, war empfindsam und schwierig, gab oder entzog sich, ganz wie es ihm paßte, ließ keinen nahe an sich herankommen, goß seinen Spott über Verehrerinnen aus, die ihm rührende Briefe schrieben, liebte Kolleginnen, nur weil er mit ihnen jung gewesen war, und hatte kein Gespür dafür, daß sie immer schon schlecht oder mittelmäßig gewesen waren und nur in seinem Windschatten segelten. Als sie aufblickte, spürte sie, daß er sie angesehen hatte und sich durchschaut fühlte.

«Wie hübsch du aussiehst, Ruth. Grüne Seide und ein chinesischer Schnitt. Wie kommt man an so was?»

«Durch einen weitgereisten Mann. Hubert hat mir das Kleid aus Singapur mitgebracht.»

Das war ein Stichwort für Huberts Mutter, die in Erstaunen über ihren Sohn ausbrach, dem sie soviel Geschmack, Geschick und Wagemut nie zugetraut hätte. – Kein Thema für Wendelin. Als Ruth ihn nach einer Weile suchte, stand er mit

Inga und Josef Oberbichler zusammen, tief in ein Gespräch verstrickt, bei dem sie nicht stören wollte. Aus der Ferne stellte sie fest, daß er schon wieder ein volles Glas in der Hand hielt. Ein winziger Augenblick der Sorge, dann schüttelte sie den Kopf. Was ging sie das an? All ihr Mahnen hatte nie einen Sinn gehabt, und außerdem war das jetzt Ingas Sache.

«Wo bist du, Ruth?» fragte Hubert. «Du stehst allein zwischen den vielen Leuten und schüttelst feierlich den Kopf. Geht es um bedeutende Gedanken?»

«Ja, von ungeheurer Bedeutung. Das Kopfschütteln war auf Wendelins Rotwein gemünzt. Es ist sieben Uhr, noch vor dem Abendessen, und er redet schon hektisch. Aber ganz ohne Kopfschütteln habe ich Frau Mahlzahn bewundert. Verstehst du, wie sie das durchhält?»

«Ja. Sie ist glücklich.»

«Vielleicht machen wir alles falsch, Hubert. Vielmehr ich, denn ich will sie in Watte packen. Vielleicht lebt sie von Sensationen und braucht Trubel, um jung zu bleiben.»

«Nein. Morgen wird sie erschöpft und müde sein, müder als sonst. Ihre Kräfte lassen nach. Sie ist nicht mehr aufnahmebereit für unsere Sorgen und Nöte. Sie will Erfreuliches hören. – Und nun komm. Ich möchte ein Glas Sekt mit dir trinken. Hast du überhaupt schon was getrunken?»

«Zuviel Kaffee, überhaupt keinen Alkohol.»

«Dann wird es höchste Zeit.» Er zog sie an der Hand hinter sich her die Treppe hinauf.

Im Schlafzimmer holte er einen Kühler hinter dem Vorhang hervor. «So was Dummes! Jetzt habe ich die Gläser vergessen. Aber man kann das auch aus Zahnputzgläsern trinken.»

Ruth sah das Etikett der Champagnerflasche. «Du bist ja wahnsinnig! Aber ungemein sympathisch wahnsinnig.»

Sie tranken jeder ein Wasserglas leer, lachten und erzählten sich ihre Beobachtungen. «Ich schlage vor», sagte er endlich, «wir korken die Flasche zu und verabreden eine zweite Manöverbesprechung nach dem Abendessen. Hier ist übrigens noch was für dich. Ich wollte es dir schon heute morgen geben, habe es dann aber total vergessen.» Während ihr Mann in einer Schublade, in der er die seltsamsten Dinge hortete, nach einem Weinkorken suchte, wickelte Ruth das Päckchen aus. «Ein neues Drachenbuch?»

«Na, nicht direkt. Ich habe es wegen des hübschen Kerlchens auf dem Umschlag gekauft, dann habe ich es heimlich gelesen, solange du dich deinen Malorgien hingegeben hast, und jetzt bin ich sicher, daß es dir gefallen wird.»

Ruth küßte ihn zärtlich, dann lachten sie beide, und Hubert schenkte jedem noch einen Schluck ein. Als sie ein Geräusch an der Tür hörten, die sie weit offengelassen hatten, drehten sie sich um und sahen Jesko, der sie kopfschüttelnd beobachtete, dann die Schultern hochzog, «Ganz schön albern, was?» sagte und die Treppe hinunterlief.

Sommer, mehr als ein Vierteljahr seit Dorotheas Geburtstag, nur noch zwei Wochen bis zum Ferienbeginn. Bald würden Huberts Eltern kommen und bei Dorothea bleiben, bis die fünf Dumartins aus Kärnten zurückkehrten. Ruth und Hubert wollten in der Zeit zwei Wochen allein durch Jugoslawien fahren.

Anfangs sprachen sie ihre wachsende Sorge nicht laut aus, weil keiner die Vorfreude des anderen verderben wollte. Dann stand Ruth an einem frühen Morgen vor einer Vase mit Rosen, beugte sich tief über sie und atmete den Duft ein. Die schönste, eine voll aufgeblühte, samtgelbe King's Ransom verlor erst ein Blatt, dann rieselte ein kleiner Schauer von Blütenblättern auf das warme braune Holz des Tischs. Ruth richtete sich langsam wieder auf und schob mit den Fingern die weichen Blätter auseinander, bis sie einen kleinen Weg durch das gelbe Feld gebahnt hatte. Plötzlich wurde ihr Mund hart und schmal, und sie blinzelte zweimal, um wieder klar sehen zu können. Sie weckte Hubert und die Kinder, deckte den Frühstückstisch in der Küche wie immer für sechs, kochte Kaffee, horchte auf die Geräusche im Haus, um sicher zu sein, daß sie auch wirklich alle aufstanden, goß sich eine Vierteltasse Kaffee ein und trank ihn in kleinen Schlucken, während sie alles, was gebraucht wurde, auf den Tisch stellte.

Hubert kam zuerst, legte ihr die Hand auf die Schulter, sagte: «Guten Morgen», und fragte dann: «Glaubst du denn, daß Frau Mahlzahn zum Frühstück aufsteht?»

«Nein, natürlich nicht.» Ruth nahm Teller, Tasse und Besteck und räumte sie fort. «Ich kann es mir nicht abgewöhnen.» Nach einer Pause fügte sie hinzu: «Sie wird nie mehr mit uns frühstücken.»

«Daran glaube ich auch nicht, Ruth.»

Sie sahen sich an, lasen, daß der andere dasselbe dachte, und lächelten traurig. «Nicht vor den Kindern», mahnte Hubert, und Ruth war nicht sicher, ob er das meinte, was zu sagen war, obwohl es nun nicht mehr gesagt werden mußte, oder ob er nur gesehen hatte, daß sie die Augen weit geöffnet hielt, weil ein einziger Wimpernschlag sie zum Überlaufen gebracht hätte.

«Nein. Vorläufig wenigstens noch nicht.»

Nach dem Frühstück, als die Kinder, die einmal alle gleichzeitig zur Schule mußten, schon im Auto saßen, fragte er unter der Haustür: «Was meinst du, soll ich Reiter anrufen oder willst du noch warten?»

«Warten. Auf jeden Fall abwarten.»

Es war ganz langsam gegangen, kaum merkbar, eigentlich immer so, daß sie die kleinen Veränderungen erst dann erfaßten, wenn schon eine neue geschah. Gleich nach dem Geburtstag klagte Dorothea über Müdigkeit und blieb bis mittags im Bett. Wenn Ruth das Frühstück auf einem Tablett brachte, trank sie eine Tasse Tee, aß aber nichts. Dann kam ein kleiner Aufschwung, sie frühstückte wieder mit der Familie, legte sich danach aber fast immer wieder hin. Sie ermüdete rasch, schlief oft im Sessel ein, etwas, worüber sie sich ihr Leben lang sehr mokiert hatte. «Sollen sie doch ins Bett gehen», sagte sie ärgerlich, wenn sie beobachtete, daß jemand im Sessel einnickte. «Es ist eine Zumutung für alle. Man fühlt sich verpflichtet, leise zu sprechen, man traut sich nicht zu niesen oder zu husten und hat das Gefühl, sich entschuldigen zu müssen, wenn das Telefon klingelt.»

Auch als es warm wurde und sie wieder in den Garten konnte, änderte sich alles. Sie machte nicht mehr die üblichen Wege von der Terrasse über die Wiese bis zum hinteren Ende mit dem Brombeerdickicht und dem Fuchsbau.

«Nehmt Großmutter an den Arm und geht mit ihr ein paar Schritte spazieren», bat Ruth die beiden Jungen.

«Sie will nicht», sagte Viktor. «Ich habe es ihr schon angeboten.»

Jesko schwieg, aber als Ruth im Atelier arbeitete, klopfte er an und fragte: «Hast du einen Moment Zeit?»

«Natürlich.» Sie legte den Stift aus der Hand, schob den Block zurück und deutete auf den Segeltuchsessel. «Setz dich. Hat es mit Frau Mahlzahn zu tun?»

«Woher weißt du das?»

«Ich kenne dein Gesicht, Jesko. Wenn du selber Schwierigkeiten hast, siehst du anders aus.»

Er stöhnte tief auf. «Mütter sind schon ziemlich schlimm, aber eine Mutter mit Maleraugen!»

«Daran solltest du allmählich gewöhnt sein. Was ist mit ihr, Jesko?»

«Sie verwechselt mich manchmal. Tut sie das bei dir auch?»

«Nein. Mit wem verwechselt sie dich? Mit deinem Großvater Jesko?»

«Ich glaube. Neulich habe ich mich zu ihr auf die Terrasse gesetzt.» Der Junge mit der Männerstimme überwand seine plötzliche Befangenheit und sagte mit einem Lächeln, das für so überdeutlich gezeigte Gefühle um Entschuldigung bat: «Sie kam mir so einsam vor. Ich wollte sie trösten. Ich setzte mich zu ihr, und dann fing sie ein ganz verrücktes Gespräch mit mir an. Sie fragte, ob ich ihren letzten Brief bekommen hätte, den über Anna, in dem sie versucht hätte, alles zu erklären.»

«Was hast du gesagt?»

Wieder die Verlegenheit, und Ruths Verlangen, diesen Sohn, der das nicht wollte, in die Arme zu nehmen.

«Ich hab bloß was gemurmelt. Mir ging auf, daß sie gar nicht mich meinte, sondern deinen Vater oder vielleicht den General. Ich fragte: ‹Was hast du geschrieben?› Sie sah mich erstaunt und ziemlich böse an. ‹Wenn du das nicht weißt, hat es wenig Sinn, darüber zu reden. Ich schrieb dir, wir hätten uns an dem Jungen versündigt und sollten es nun nicht auch noch an Anna und dem Kind tun.›»

«Und?»

«Nichts mehr. Sie erkannte mich plötzlich, schüttelte den Kopf über sich selbst und erklärte, sie hätte geschlafen und geträumt. Was war damals, Mama?»

Ruth erzählte ihm zum erstenmal, was sie im Laufe vieler Jahre über ihre Eltern erfahren hatte, teils von Dorothea und Friedrich, vor allem aber von den Oberbichlers. Als sie zu Ende erzählt hatte, blieb sie still sitzen und sah abwartend den Sohn an.

«Arme Frau Mahlzahn», sagte Jesko. «Kann man ihr nicht helfen?»

Ruth ließ die Schultern nach vorn fallen und antwortete mit einer Gegenfrage. «Wie?»

«Habt ihr mich deswegen Jesko genannt? Um sie zu trösten?»

«Nicht bewußt. Ich habe dabei nicht an Großmutter gedacht, sondern an meinen Vater, den ich nicht kannte, und der bis zu seinem Tod nur wußte, daß seine Frau ein Kind bekommen würde. Ich dachte –» Jetzt wurde Ruth verlegen und senkte den Blick. «Ich dachte, daß es ihn gefreut hätte, wenn ein anderer Jesko vielleicht ein bißchen glücklicher aufwachsen und ein volleres Leben leben würde.» Sie sah ihn an und lächelte. «Wenn du dich durch den Namen belastet fühlst . . . Vornamen kann man ändern.»

«Was hast du gegen Jesko Dumartin, Mama?» fragte er und sah so aus wie der junge Soldat auf dem Hochzeitsbild.

Ruth sprang auf und fuhr ihm durch die Haare. «Quatschkopf!» sagte sie. «Nichts habe ich gegen ihn. Ich mag ihn ausgesprochen gern!»

Nachmittags war Dorotheas beste Zeit. Ruth half ihr beim Aufstehen, führte sie, wann immer das Wetter es erlaubte, auf die Terrasse und trank mit ihr Tee. Allein mit der Enkelin, sprach sie über das, was sie beschäftigte.

«Ich will nicht in ein Krankenhaus. Versprich mir das.»

«Ich verspreche es.»

«Kannst du dich gegen Reiter durchsetzen?» Als sie Ruths Gesicht sah, lachte sie leise auf und nickte zufrieden. «Du bist immer noch ein Maulesel.»

«Trotzdem hätte ich gern, daß er kommt», sagte Ruth. «Nicht nur deinetwegen. Er ist ein Freund . . .»

«Ach, du meinst, Sterben ist sein Metier und er könnte sich übergangen fühlen?»

«Es ist mir egal, ob er sich übergangen fühlt oder nicht», begehrte Ruth auf, «aber daß du klein beigibst, dich nicht einmal wehrst und jeden Morgen, wenn du wach wirst, ein enttäuschtes Gesicht machst, ist mir nicht egal. Das paßt nicht zu dir.»

Dorothea schwieg. Ruth schämte sich. Sie suchte noch nach einer Entschuldigung, als Dorothea in völlig verändertem Tonfall sagte: «Ich wollte dir gerade sagen, daß ich auf den Tod warte wie auf einen Geliebten –»

«O Gott!»

«Nun laß mich gefälligst ausreden. Ja, das kam mir auch unpassend vor. Ich will es anders sagen. Das Zeitalter der Drachen ist vorbei. Gefällt dir das besser?»

Ruth kauerte plötzlich neben ihrem Stuhl, sah zu ihr auf und schmunzelte. «Du solltest dich sehen können! Du sprühst Funken. Weißt du, daß ich dich als Modell brauche, Großmutter! Ich habe mich nie an den Surrealismus gewagt, obwohl ich schon so lange damit liebäugele. Meine Lieblingsmaler sind Surrealisten. Wir beide zanken uns, seit wir uns kennen. Immer kommen dabei Drachen vor und des Teufels Großmutter und Maulesel und Ziegenböcke. Ich stelle dich mir vor, vor einem Hintergrund mit einer Drachenlandschaft, Farnbäumen . . .» Ruth merkte nicht, daß Dorothea sie prüfend ansah, weil sie selber in das neue Bild versank, das sich vor ihren blinden Augen formte. Als sie nach wenigen Augenblicken wieder in die Wirklichkeit zurückkehrte, fuhr sie fort, als hätte es diese kleine Pause nie gegeben: «Das Bild wäre eine Liebeserklärung.»

Mit Hubert verliefen die Gespräche anders. Vorbei waren die Plänkeleien und Wortgefechte, an denen sich beide über die Jahre so sehr erfreut hatten.

Hubert saß oft in der Zeit vor dem Abendessen bei Dorothea in ihrem Zimmer.

«Ich bin müde», sagte sie. «Hoffentlich dauert es nicht mehr lange. Gibt es noch irgend etwas, das wir besprechen müßten?»

«Nein, Großmutter. Möchtest du –» und dann begann er plötzlich zu schlucken, weil ihm die Kehle eng wurde und er das Brennen seiner trockenen Augen spürte. «Soll jemand dich besuchen kommen?»

«Nein.»

«Auch nicht Hermann Wendelin?»

«Nein. Nur wenn er zufällig hier ist und sowieso kommt.» Dorothea senkte die Lider und fiel in jenen leichten Schlaf dicht unter der Bewußtseinsgrenze, in dem sie Stunden oder nur Minuten verharren konnte. Hubert blieb stumm sitzen, hörte ihren leisen flachen Atem und wartete.

Manchmal sagte sie ein paar Worte, hingehaucht, unbeantwortet, mitgeteilt aus der Dämmerung. «Habe mich von allen verabschiedet. Am Geburtstag. Und finden dereinst wir uns wieder . . .»

Als Viktor kam, sie beide zum Abendessen zu rufen, herrschte im Zimmer Schweigen. Sein Vater stand auf, legte ihm die Hand auf die Schulter und ging mit ihm hinaus. «Sie schläft», sagte er, als er die Tür leise hinter sich zugezogen hatte. «Wir sollten sie nicht wecken.»

«Sie ißt fast nichts mehr.» Ruth hatte die kleine steile Falte auf der Stirn, die sich einzugraben begann. Sie blickte ratsuchend in die vier ihr zugewandten Gesichter am Eßtisch auf der Terrasse. «Wenn ich sie nachher zu Bett bringe, will sie bestimmt auch nichts mehr.»

«Muß sie denn essen, wenn sie doch stirbt?» fragte Anna. Als sie das Lächeln auf den Gesichtern ihrer Eltern und Brüder sah, verzog sich das Kindergesicht schmerzlich.

«Du hast ganz recht, Anna», sagte ihr Vater. «Wir haben dich nicht ausgelacht. Das, was du sagst, haben wir alle schon gedacht, und es ist gut, wenn es endlich mal einer laut ausspricht. Nein, sie muß nicht essen.»

Am späten Abend, als die Kinder schliefen und Ruth aus

Dorotheas Zimmer kam, in dem sie gewartet hatte, bis die Großmutter fest eingeschlafen war, saß Hubert im Wohnzimmer und blätterte im Büchmann. «Frau Mahlzahn hat im Halbschlaf etwas zitiert, nach dem ich suche. Es kommt mir bekannt vor, aber ich kann es nicht finden.»

«Was war es?»

«Sie sagte: ‹*Und finden dereinst wir uns wieder.*› Kennst du das?»

«Nein. Hört sich an wie ein Kirchenlied.»

Dann sprachen sie über Anna und lachten nun doch. «Deine unbefangene und nüchterne kleine Oberbichlerin» nannte Hubert sie, und Ruth dachte plötzlich an Wendelin, der Anna als schlafenden Säugling in den Armen gehalten und etwas ganz Ähnliches gesagt hatte. «Was ist mit Wendelin?» fragte sie. «Wir müssen es ihm wenigstens sagen. Vielleicht will er kommen.»

Hubert sah sie erstaunt an. «Das war Gedankenübertragung. Ich habe gerade Luft geholt, um dich dasselbe zu fragen. Weißt du, wo er ist?»

«Vielleicht sind sie irgendwo in den Ferien. Jetzt spielt doch kein Theater. Wenn Inga nicht filmt –»

Hubert stand auf und ging zum Telefon. Ruth kauerte müde in ihrem Sessel. Sie hörte, daß Hubert wählte, wartete, wieder auflegte und neu wählte. Dann drang seine Stimme in ihren Halbschlaf. «Was? Hier bei Reiter? Ja, warum hat er uns denn nicht angerufen? Seit gestern erst? Geht es ihm nicht gut?»

Ruth war hellwach, sie sprang auf, stellte sich neben Hubert und gab ihm ein Zeichen, die Hand auf die Muschel zu legen. «Inga?» flüsterte sie. «Sag ihr nichts von Großmutter. Sie soll nicht extra kommen.»

«Nein», erklärte Hubert. «Nur so. Wir hatten so lange nichts von euch gehört. Und von Anfang August an sind wir vier Wochen in den Ferien. – Ja, wir kümmern uns.»

Als er nach kurzer Zeit auflegte, hatte Ruth zwei Gläser Obstler aus Kärnten eingeschenkt. Er spürte den Blick der ängstlichen Augen auf sich ruhen, als hätte sie ihn berührt.

«Es scheint die übliche Routineuntersuchung zu sein. Inga hat nur von ein paar Tagen gesprochen, höchstens eine Woche. Sie macht einen Fernsehfilm und ist deswegen nicht mitgekommen. Wenn sie ihn alleinläßt, kann es nicht schlimm sein. Ich werde Reiter gleich morgen früh anrufen.»

«Ich fahre hin.»

«Und Großmutter Dorothea?»

«Frau Bergmann kommt. Sie kann es ausgezeichnet mit Großmutter. Eigentlich viel besser als ich. Und ich bleibe ja nicht lange fort.»

Sie saß fröstelnd im Sessel und trank das Glas rasch leer. Endlich zog sie die Beine hoch, umschlang die Knie mit den Armen und sah ihn an.

«Weißt du, daß ich Wendelin liebe?»

«Ja, Ruth. Schon sehr lange.»

«Seit wann?»

«Seit er damals in Düsseldorf im Konzert für dich das Lied vom verlorenen Paradies gesungen hat. Ich habe dich dabei angesehen.»

«Das ist lange her, und heute liebe ich ihn anders als damals, aber ich liebe ihn immer noch, Hubert.»

Er lächelte leise, kam zu ihr, zog sie hoch und umarmte sie. «Auch das weiß ich. Wir brauchen nicht darüber zu sprechen. Trotzdem bin ich froh, daß du es mir gesagt hast. Komm.»

Sehr viel später, als sie erschöpft nebeneinanderlagen, sich aber immer noch nicht trennen wollten, weil jeder die Nähe des anderen als etwas Kostbares empfand, das es zu hüten galt, erzählte er ihr von Anke. Im Schutz ihrer Arme, die sich fester um ihn schlangen, während sie stumm zuhörte, sprach er auch von Dorothea. «Ich habe es ihr erzählt, weil ich einsam war. Sie riet mir zu schweigen. Das habe ich bis heute durchgehalten, aber jetzt weiß ich, daß ihre Regeln nicht für mich gelten.»

«Ich wußte, daß da etwas war», sagte Ruth. «Aber ich brachte es nicht fertig, in dich zu dringen oder dir Szenen zu machen, weil diese andere Frau einen so guten Einfluß auf dich hatte. Jetzt bin ich froh, daß es Anke war.»

Als es hell zu werden begann, stand Ruth auf und spähte durch die nicht fest zugezogenen Vorhänge in den Garten auf die Wiese. Zwei junge Füchse spielten im Halbdunkel, jagten sich, balgten und schnappten nacheinander. «Hubert!» flüsterte Ruth. «Die Füchse!» Aber er rührte sich nicht, und sie hörte nur sein leises Atmen. Sie sagte noch einmal halblaut: «Hubert?» Dann ließ sie ihn schlafen. Sie blieb am Fenster stehen, bis die halbwüchsigen, isabellfarbenen verspielten Kinder über die Böschung des Steingartens jagten, durch die Polster der kleinen Steinnelken und blauen Lobelien tobten, einer die dunkle Schwanzspitze des anderen zu fassen suchte und dann beide in den hohen Farnen des steilen Hangs verschwanden. Ruth merkte, daß sie Herzklopfen bekommen hatte und stumm vor sich hin strahlte. Wenn deine Kinder auf der Böschung herumklettern, dachte sie, zitterst du um die Polster und Stauden, aber wenn die jungen Füchse sie mit ihren scharfen Krallen zerrupfen, bist du glücklich.

Sie zog einen Morgenrock an und lief barfuß die Treppe hinunter in ihr Atelier. Seit ihrem letzten langen Gespräch mit Dorothea verfolgte sie das Bild der alten Frau, das sie malen wollte. Sie sah Einzelheiten vor sich: Dorotheas Kopf im Halbprofil, das hellhäutige blasse Gesicht mit der dünn über die Gesichtsknochen gespannten Haut, die hellen, wäßrigen Augen, Aquamarinaugen, das weiße, streng zurückgesteckte Haar. Ja, das sah sie deutlich, ebenso die schmale, aufrechte Gestalt. Ruth saß auf ihrem Zeichenstuhl und starrte auf die leere Holzplatte. Was weiter? Sie sah nur den Kopf deutlich, nicht aber, was die alte Frau auf diesem Bild mit Drachen und Echsen vor einer Urweltlandschaft tun sollte und wie sie gekleidet war. Während sie weiter blicklos starrte, öffnete sie ganz leicht die Lippen und zischte durch die Zähne. Dann endlich sah sie: Dorothea im karierten Morgenrock des Generals Wossilo, kerzengerade auf dem alten, ausgefransten Gobelinstuhl vor dem Bett eines geängstigten Kindes, Schemen zurückdrängend, drohende Wolken und furchteinflößende Tiere. Darüber dann ein Gewitterhimmel, irgendwo am Rand ein winziger Fleck Hellblau und darin einer der feisten Engel, der sich mit Grübchenarmen auf den Wolkenrand stützte.

«Der Holzner Hans», sagte Ruth leise. «In Kärnten. Der Holzner wird mir sagen, was er davon hält.»

Der Klang der eigenen Stimme löste sie aus der Versunkenheit. Hellwach, wie manchmal nach einer schlaflosen Nacht, war sie übergangslos in der Gegenwart. Sie ging in die Küche, blickte zur Wanduhr auf und sah, daß ihr noch eine Stunde blieb, bis die Kinder und Hubert aufstehen mußten. Dorothea? Ja, warum nicht? Ruth öffnete leise die Tür des Zimmers ihrer Großmutter. Die alte Frau lag im Bett und hielt die Augen geschlossen. «Großmutter?»

«Ja. Komm herein.»

Ruth beugte sich über sie und strich ihr über die Stirn. «Es ist noch früh», sagte sie. «Ich brauche die anderen erst in einer Stunde zu wecken. Ich habe Lust auf eine Tasse Tee. Soll ich dir auch eine bringen?»

«Ja, gern.»

Danach saß sie auf der Bettkante, half der Großmutter beim Aufrichten und Trinken, trank selbst und erzählte von den beiden jungen Füchsen. «Es sind also bestimmt zwei Junge», sagte sie. «Beide haben das helle Fell und die schwarze

Schwanzspitze. Ich glaube nicht, daß ich sie auseinanderhalten könnte. Sie sind sich ungeheuer ähnlich.»

«Wenn du das nicht kannst, wo du so genau beobachtest.»

«Ich müßte sie öfter sehen. – Wie ist es, möchtest du im Bett bleiben oder soll ich dir später beim Aufstehen helfen? Ich frage nur, weil ich heute vormittag ein paar Besorgungen machen muß.»

«Ich möchte ganz gern bis mittags liegen bleiben.» Die alte Frau sah so zufrieden aus, daß Ruth erschrocken dachte: Sie fühlt sich verpflichtet aufzustehen, unseretwegen oder meinetwegen. Jetzt ist sie erleichtert, daß sie das heute nicht braucht.

Ruth nahm die beiden Tassen mit und sagte beim Hinausgehen: «Ich mache mich jetzt fertig und wecke dann die anderen. Sobald alle aus dem Haus sind, hilft dir Frau Bergmann ins Bad.»

«Ach, kommt sie heute? Das ist gut.» Wieder diese Befriedigung, sich nicht von der Enkelin helfen lassen zu müssen.

Im Krankenhaus lief Ruth auf dem Flur Reiter über den Weg, der gerade mit seinem Troß Visite machte.

Er sagte du zu Ruth, sie sagte Herr Reiter zu ihm. Es war noch wie damals, als sie seine Hände gezeichnet und so oft an Friedrichs Bett gesessen hatte, wenn er für ein paar Minuten Zeit fand und seinen Freund Wendelin und den alten General besuchte.

«Willst du zu Hermann?»

«Wenn es paßt?»

«Bei dir paßt es immer, Ruth. Wie geht es bei euch?»

Sie schluckte. «Nicht gut. Großmutter stirbt. Sie wird immer müder und matter.»

«Ich komme heute abend.» Er sah sie aufmerksam an und lächelte aufmunternd. «Mach nicht dein ängstliches Kindergesicht. Dich braucht man nur anzusehen, um zu wissen, was du denkst, Ruth. Ich will sie nicht quälen, sondern ihr helfen, falls ich das kann. – So zwischen sechs und sieben, ja?»

«Ja. Danke», sagte Ruth.

In Wendelins Zimmer waren die Vorhänge zugezogen. Das gedämpfte Licht – draußen schien die Sonne, und der feste Stoff der Gardinen war naturfarben – verbreitete ein sanftes Honiggelb über das Bett und den nüchternen Raum. Der schlafende Mann mit dem blassen Gesicht sah gebräunt aus, als hätte er lange Tage im Freien verbracht. Ruth saß still auf dem Stuhl am Bett, sah ihm beim Schlafen zu, dachte sich die Freundlichkeit von Sonne und Stoff fort und musterte das Gesicht, das sie als das erkannte, was es war: grau, gefurcht, müde und alt. Sie fürchtete, er könnte plötzlich wachwerden und sie bei der Betrachtung ertappen. Sie stand auf, beugte sich über ihn und küßte ihn auf die Schläfe, hinter der eine kleine blaue Ader pochte. «Guten Morgen, Wendelin.»

Er drehte sich zu ihr herum, erkannte sie und begann zu grinsen. «Du bist es, Ruth! Einen Augenblick habe ich geglaubt, Reiter hätte sich die ewige Krankenhausschelte so zu Herzen genommen, daß er Schwester Gertrud zu einem menschlicheren Umgang mit ihren Patienten dressiert hätte. Aber Schwester Gertruds Kuß hätte gekratzt. Sie ist reichlich behaart.»

«Wie gut, daß ich noch gegen die Konkurrenz von Schwester Gertrud ankomme.» Ruth legte ihm die bittere Schokolade auf den Nachttisch und wickelte den bunten Blumenstrauß aus dem Garten aus. «Warum hast du nicht angerufen? Wir hätten keine Ahnung gehabt, wenn wir nicht zufällig gestern abend mit Inga telefoniert hätten.»

Wendelin las in ihrem Gesicht. «Nein, Ruth, nicht zufällig. Du hast eine neue kleine Falte auf der Stirn, du siehst übernächtigt und traurig aus. Geht es Dorothea nicht gut?»

Vor Wendelin, vor dem sie ruhig hätte weinen können, weinte sie nicht. Sie brauchte nicht einmal gegen Tränen anzukämpfen. Sie sprach klar und ruhig und sagte endlich, daß Reiter kommen werde, sie und Hubert aber ganz sicher glaubten, daß es höchstens noch Tage dauern könne. «Ich weiß nicht einmal, ob es richtig ist, daß du sie noch besuchst, Wendelin. Großmutter wird sich freuen; sie faßt das auf. So klar ist sie. Aber vielleicht behältst du sie in besserer Erinnerung, wenn du an sie denkst, wie sie an ihrem Geburtstag war. Wir wollten es dir nur sagen.»

Als Wendelin stumm blieb, trat Ruth ans Fenster, schob die Vorhänge auseinander, ließ sie hinter sich wieder zufallen und stand zwischen Fenster und Vorhang in der Sonne. Unter ihr lag die Rasenfläche, die das Gebäude vom Parkplatz des Krankenhauspersonals trennte. Sie suchte nach Reiters Wagen, fand ihn an seinem festen Platz, ließ den Blick weiterwandern zu einem Gärtner, der Unkraut aus einem Blumenbeet zusammenharkte und in einen Drahtkorb warf. Ein Pfleger in einem weißen Anzug schob eine alte Frau im Rollstuhl über den Betonweg. Vor dem zweiten Eingang fuhr ein Krankenwagen vor. Ohne sich umzudrehen, sagte sie: «Dies ist eine saubere, ordentliche Welt, Wendelin. Sie ist zu aufgeräumt und darum nicht sympathisch, aber sie schließt jedes Übermaß an Gefühlen aus. Ich stelle mir vor, daß man hier, wenn es sein muß, sehr diszipliniert stirbt. Wenn man krank ist, wird man diszipliniert krank sein und wieder gesund werden. Ohne Aufbegehren, ohne Überschwang, immer ein bißchen unterkühlt.»

«Komm zurück», sagte er, «wenn du so Merkwürdiges von dir gibst. Dabei möchte ich dich sehen können. Denkst du etwa, daß Dorothea hier auf ihre Art sterben könnte? So, wie sie auch gelebt hat, ordentlich, diszipliniert, unterkühlt?»

Ruth setzte sich wieder auf den Stuhl neben seinem Bett.

«Ja. Das ist mir gerade durch den Kopf gegangen. Aber es ist ganz ausgeschlossen, weil ich ihr versprochen habe, sie nicht ins Krankenhaus zu bringen.»

Wendelin sagte: «Wenn es sich allein um mich drehte, würde ich sie nicht mehr besuchen. Aber sage ihr, daß ich hier bin und komme, wann immer sie es möchte.» Dann streckte er den Arm aus und faßte nach Ruths Hand. «Sei nicht zu traurig, Ruth. Der Tod ist für sie eine Erlösung; es war für sie eine schwere Arbeit, ihr Leben in den letzten Jahren zu meistern. Sie hat das mit Bravour und Anstand gemacht. Ich glaube, dagegen ist das Sterben für sie ein Kinderspiel.»

«Woher weißt du das? Hat sie mit dir darüber gesprochen?»

«Gelegentlich.»

Er sagte das Wort so abschließend und endgültig, daß sie die heruntergelassene Schranke anerkennen mußte und nicht mehr in ihn drang. Plötzlich fiel ihr ein, daß sie ihn gar nicht nach seinem Befinden gefragt hatte. Sie setzte dazu an, aber dann kam ihr jede mögliche Frage nur banal und dumm vor.

Sie löste ihre Hand aus seinem Griff, stand auf und sagte: «Ich rufe dich an und komme wieder. Adieu, Wendelin.»

Als sie sich unter der Tür zu ihm umdrehte, sah sie wieder das Honiglicht, das ihm eine Gesundheit gab, die er nicht hatte.

«Adieu, Ruth.»

Reiter kam, saß bei Dorothea, hielt ihre immer noch schöne, nun durchsichtig gewordene Hand und sprach mit ihr.

«Lassen Sie mich sterben, Reiter!» Es klang wie ein Befehl.

Reiter lächelte leise und fragte: «Halten Sie mich plötzlich für den lieben Gott, Generalin?»

Dorothea war für ein Lächeln zu müde, aber der Arzt ahnte den Widerschein und fuhr fort: «Das ist nicht meine Zuständigkeit. Ich kann dafür sorgen, daß Sie keine Schmerzen haben und keine Angst . . . Aber nein, Sie haben weder Schmerzen noch Angst. Das kann ich sehen.»

«Ich bin müde, lieber Reiter, sehr müde.»

«Ist das schlimm?»

«Nein. Sehr schön. Ich träume Erinnerungen, gute Erinnerungen, keine bösen. Es wäre mir lieb, wenn mich dabei keiner störte.»

«Sie sind ein tapferes Frauenzimmer», flüsterte der Arzt, der sicher war, daß sie ihn nicht mehr hörte, denn sie hatte die Lider gesenkt. Ihr Atem ging flach und langsam; das Gesicht wurde weich und fast wieder jung. Reiter hielt die leichte, kühle Hand fest und wartete. Als sie nicht wieder erwachte, zog er die Hand an die Lippen und verließ still das Zimmer.

Ruth erwartete ihn in der Diele. Sie betrachtete ihn wortlos mit forschendem Blick.

«Sie hat etwas sehr Schönes gesagt, Ruth. Vielleicht wird es dich trösten. Als ich sie fragte, ob sie unter der Müdigkeit litte, sagte sie nein. Dann fügte sie hinzu: ‹Ich träume Erinnerungen, gute Erinnerungen, keine bösen.› Kann man schöner sterben, Ruth?»

In der Nacht saß Ruth bei ihr. Als Hubert kam und sie ablösen wollte, schüttelte sie den Kopf und zog ihn mit sich auf den Flur. «Laß mich bei ihr bleiben. Sie schläft ganz ruhig. Ich glaube nicht, daß sie noch einmal richtig wach wird. Es ist ein Verlöschen. Anfangs hat sie noch manchmal ein Wort gemurmelt, das ich nicht verstehen konnte. Jetzt liegt sie nur ganz still da.»

«Wird es dir denn nicht zuviel, Ruth?»

«Nein», sagte sie und sah ihn aus großen, tränenlosen Augen an. «Ich möchte nur bei ihr sein, damit sie nicht das

Gefühl bekommt, alleingelassen zu werden. Helfen kann man nicht mehr.»

«Dann laß mich bei dir bleiben.»

Ruth sah zu ihm auf, sah seine Trauer, aber auch die Einsamkeit des Ausgeschlossenen, den sie nicht teilnehmen lassen wollte, weil der Abschied von Dorothea für sie etwas war, das ihr allein gehörte. «Komm, Hubert.»

Dorothea schlief in den Tod. Ruth und Hubert merkten lange nicht, daß sie nicht mehr atmete. In den frühen Morgenstunden kam Reiter. Danach folgten merkwürdig leere Tage, in denen das äußere Leben seinen Gang ging, nur daß es leiser war, gedämpfter und mit einem Anflug von Unwirklichkeit.

Am Morgen vor der Beerdigung deckte Ruth den Frühstückstisch. Als sie durch den sommerlichen Garten ging, um auf die anderen zu warten, fiel ihr plötzlich ein, daß sie wieder für sechs gedeckt hatte. Sie kehrte um, schritt schnell über die noch vom Tau nasse Wiese, in der Abertausende von winzigen Spinnweben funkelten, und empfand bei jedem Schritt, daß sie zu groß, zu schwer, zu zerstörerisch war für diese morgendliche Zauberwelt. Sie sah den winzigen grünen Klee mit den gelben Blüten – Dorothea hatte immer die richtigen Namen gekannt, aber von glitzernden, taunassen Spinnweben kein Aufheben gemacht – und verspürte nur den einen Wunsch, Dorotheas Gedeck fortzuräumen, ehe die anderen zum Frühstück kamen.

Sie rannte über die Terrasse ins Wohnzimmer und in die Küche. Der Tisch war für fünf gedeckt. Jesko saß auf seinem Platz, blickte von der Zeitung auf und sagte freundlich: «Guten Morgen, Mutter.»

Eine Sekunde der Unsicherheit. Hatte sie oder hatte sie nicht? Sie sah in das ruhige, undurchdringliche Gesicht ihres ältesten Sohns und begann zu weinen. Er stand auf, umarmte sie ein wenig linkisch und sagte: «Es ist gut, Mutter. Es kommt nicht auf den Teller und die Tasse an. Sie wird sowieso hiersein, so lange wir alle leben.»